JN352703

WAITING FOR THE STORKS

코끼리한테 깔릴래, 곰한테 먹힐래?

WAITING FOR THE STORKS

카트리나 나네스타드 지음 | **최호정** 옮김

키멜리움

WAITING FOR THE STORKS
Text Copyright © Katrina Nannestad 2022
Illustrations Copyright © Martina Heiduczek 2022

First published in English in Sydney, Australia by HarperCollins
Publishers Australia Pty Limited in 2022. This Korean language edition
is published by arrangement with HarperCollins Publishers Australia
Pty Limited.

The Author has asserted her right to be identified as the Author of this
work.
All rights reserved

Korean language edition © 2025 by Cimeliumbooks.
Korean translation rights arranged with HarperCollins Publishers
Australia Pty Limited through EntersKorea Co., Ltd., Seoul, Korea.

이 책의 한국어판 저작권은 (주)엔터스코리아를 통한 저작권사와의 독점 계약으로
키멜리움이 소유합니다.
저작권법에 의하여 한국 내에서 보호를받는 저작물이므로 무단전재와 무단복제를
금합니다.

내 생애 최고의 사랑인 카스텐, 필, 그리고 클라우스
에게 바칩니다.

"나는 정말로 전 세계에서 게르만족의 혈통을 모으고, 강탈해 오고, 가능한 곳 어디서든 훔쳐 올 의향이 있다."

— 하인리히 힘러, 나치 친위대 SS 사령관, 1938년

살라미에 크림치즈, 아니면
퍼피 시드 케이크에 그레이비 소스?

하나를 골라!

1

1941년 12월, 크라쿠프, 폴란드

"살라미에 크림치즈, 아니면 퍼피 시드 케이크에 그레이비소스?"
나는 아랫입술을 깨문다.

"하나를 골라!" 엄마가 크게 외친다. 엄마는 손으로 식탁을 탁탁 두드린다. 싹싹 비워진 접시들 위에서 나이프와 포크가 달가닥거린다.

나는 펄쩍 뛰며 소리친다. "퍼피 시드 케이크에 그레이비소스!"

아빠가 환호성을 지르며 나를 끌어당겨 무릎 위에 앉힌다. 여덟 살인 내 긴 다리가 마룻바닥에 닿는데도 말이다. "잘 골랐어, 조피아! **나라도** 딱 그랬을 거야." 아빠는 팔로 나를 감싸안고 뽀뽀로 내 금발 머리를 꾹꾹 누른다.

"흥!" 엄마가 콧방귀를 뀐다. "바보. 당신은 언제나 딸 편이지. 쟤가 틀릴 때도 말이야. 살라미 위에 크림치즈를 고르는 게 더 낫다는 건 **누구라도** 아는 일이야. 크림이 무슨 맛을 내겠어? 아무 맛도 안 내지! **크림**은 싹 긁어서 먼저 먹을 수 있고, 그런 다음에 맛있고 깔끔한 살라미를 두 번째로 먹으면 된다고. 걱정할 게 없지. 그런데 퍼피 시드 케이크에 그레이비 소스를 얹는다고?" 엄마는 눈동자를 굴린다. "그레이비 소스가 케이크 속에 스며들어서 층층이 다 배어들걸. 그러면 달콤한 맛이랑 짠맛, 케이크 조각과 고기가 마구 섞인 지독한 맛이 나겠지." 엄마는 얼굴을 찡그리며 혀를 쏙 내민다. "웩!"

우리는 모두 웃음을 터트린다. 나. 아빠. 바르바라 이모. 그리고 마지막으로 엄마까지. 엄마는 고개를 젖히고 깔깔거린다. 마치 암탉이 달걀이 아니라 초콜릿으로 덮인 자두를 막 낳고서 이렇게 웃긴 건 처음 본다고 생각하는 것 같다.

이건 우리 가족이 즐겨 하는 게임이다. 내가 말을 할 줄 알게 된 이후로 항상 해온 것이다. 어떤 반려동물이 더 좋아? 얼룩말, 아니면 하마? 풀잎이 초록색이 아니라면 어떤 색이 돼야 할까? 노랑, 아니면 파랑? 만약 네가 장갑과 양말 중에서 하나만 가질 수 있다면 어떤 걸로 할 거야? 하나를 골라. 지금 바로!

그야 당연히 양말이지. 손에는 언제든 양말을 낄 수 있지만 발에 장갑을 신을 수는 없잖아. 발가락이 **진짜** 길지 않다면 말이야.

나는 살아오는 내내 뭔가를 골라 왔다. 바보같이 고르기도 하고, 재미있게 고르기도 하고, 서둘러 고르기도 했다. 양말을 골랐을 때처럼 나는 내 결정에 대부분 만족한다. 하지만 때로는 후회하기도 한다. 지금 케이크를 고른 것처럼 말이다.

"다시 해서 바꿀 수 있으면 좋겠어요." 내가 말한다.

"하지만 그건 규칙 위반이야." 엄마는 내게 다시 일깨워준다. "그게 재미인걸. 정신을 예리하고 똑똑하게 쓰게 해주는 부분이라고."

"당신은 언제나 선생님이지!" 아빠가 소리친다. 아빠는 큰 소리로 웃고 있지만 그 파란 눈에는 사랑이 넘쳐난다.

엄마는 고등학교 선생님이었다. 하지만 그 뒤에 아빠와 결혼하고 내가 생겼다. 엄마는 우리 둘만으로도 자기는 몇 년 동안 아주 바빴다고, **그리고** 지쳤다고 한다.

"스타니슬라프는 훌륭한 선생이었어." 바르바라 이모가 나지막이 말한다.

엄마는 손을 내밀어 이모의 손을 꼭 잡는다. 아빠는 나를 좀 더 꽉 안는다.

스타니슬라프는 바르바라 이모의 남편이었다. 이모부는 야기에우워 대학교의 교수였다. 하지만 그건 예전의 일이다. 독일이 폴란드를 침공하기 전의 일이다. 독일군이 크라쿠프로 진격해 들어와서 이 도시가 마치 우리 나라가 아니라 **자기** 나라인 것처럼 행동하기 전의 일이다. 그들이 도서관과 학교, 라디오 방송국과 신문사, 교회와 대학을 폐쇄하기 시작하기 전의 일이다. 책들을 불태우기 전의 일이다. 교사와 작가, 의사, 화가, 성직자, 그리고 교수들을 붙잡아서 수용소로 보내기 전의 일이다.

불쌍한 이모부와 그의 대학교 동료들은 그냥 사라졌다. 어느 날 아침, 그들은 다른 날과 똑같이 일하러 갔지만 다시는 집으로 오지 않았다.

대학 도서관에서 일하던 이모부의 친구, 자넥이 바르바라 이모의 아파트로 숨어 들어와서 이모에게 어떤 일이 일어난 건지 말해줬다. 이모는 있는 힘을 다해 우리 가게까지 달려와서 덜덜 떨며 울었다. 이모는 너무 무서워서 집으로 갈 수가 없었고, 엄마는 이모를 보내고 싶지 않았다. 3일 뒤, 마침내 이모가 집으로 갔을 때 시내 광장을 사이에 두고 성모 마리아 대성당과 마주 보고 있는 이모의 예쁜 아파트는 더는 이모의 집이 아니었다. 어떤 나치 장교가 자기 아내를 데리고 들어와 있었다. 그들은 바르바라 이모가 자기 옷들, 또는 벽난로 선반 위에 놓인 은색 액자 ─ 이모와 이모부의 결혼식 사진이 담긴 액자 ─ 조차 가지고 가게 해주지 않았다.

코끼리한테 깔릴래, 곰한테 먹힐래?

바르바라 이모는 그때부터 쭉 우리와 함께 살고 있다. 그런 지 이제 2년이 됐다. 이모는 엄마를 도와서 집안일을 하고 때로는 아빠와 같이 아빠 가게에서 일한다.

아빠는 재단사이다. 아빠는 또 폴란드 레지스탕스 대원이기도 하다. 아빠는 자기가 만드는 옷의 솔기 속에 메모들을 박음질해서 온 도시에 비밀 메시지를 보낸다.

아무도 스타니슬라프 이모부에게 나치를 조심하라는 비밀 메시지를 보내지 않았던 게 안타깝다.

"조피아," 엄마가 말한다. "왜 그렇게 슬픈 얼굴이야?"

"이모부 생각을 하고 있는데요," 내가 대답한다. "얼굴이 생각이 안 나요."

바르바라 이모가 손을 내밀어 내 뺨을 토닥거린다. "나도 그래, 아 가야. 나도."

"독일인들은," 아빠가 중얼거린다. "잡아가고 또 잡아가. 그런데도 끝이 없어. 폴란드인들을 모조리 말살하기 전에는 그들은 만족하지 않을 —."

"쉿!" 엄마가 외친다.

바르바라 이모가 울기 시작한다. 소리는 전혀 나지 않는다. 하지만 이모의 몸이 떨리고, 이모의 얼굴에서 눈물방울이 식탁 위로 떨어지는 게 보인다.

우리가 하던 행복한 게임은 사라져 버린 것 같다. 그러나 엄마는 그렇게 쉽게 굴복하지 않는다. 엄마의 눈썹이 올라가더니 엄마가 소리친다. "오늘이 네 생일이고, 넌 한 가지를 받을 수 있어. 예쁜 새 원피스, 아니면 책." 엄마가 손가락을 탁 튕긴다. "하나를 골라!"

"책!" 내가 외친다.

14

"원피스!" 바르바라 이모와 아빠, 두 사람이 동시에 소리친다.

내가 아직 킬킬거리고 있는데 엄마는 계속이다. "호수까지 하이킹 하고 있는데 곰 한 마리가 뛰어나와 너를 먹는다, 아니면 서커스 장에서 팝콘을 먹으며 즐겁게 곡예를 보고 있는데 코끼리 한 마리가 너를 깔고 앉는다. 하나를 골라!"

아빠는 둥글고 두꺼운 안경을 벗어서 내 원피스 밑단으로 안경알을 닦는다. "어떤 호수로?" 아빠가 묻는다.

"그건 중요하지 않잖아요." 내가 말한다.

"그게 내 마지막 여행이 될 거라면 중요하지." 아빠가 대답한다. 아빠는 안경을 다시 귀에 걸친다.

"모르스키에 오코 호수!" 엄마가 짧게 말한다.

아빠는 고개를 끄덕인다. "모르스키에 오코는 **장엄한** 호수지. 폴란드를 통틀어 제일 아름다운 호수야."

엄마가 다시 한번 손으로 식탁을 두드리며 으르렁거린다. "곰한테 먹힐 거야, 아니면 코끼리한테 깔릴 거야? 하나를 고르라고, 요세프 울린스키!"

"곰!" 아빠가 외친다. "난 곰한테 먹힐래."

"나도." 바르바라 이모가 말한다. "그리고 난 우리 식구들과 하이킹을 하고 행복하게 소풍 음식을 먹을 거야. 소시지, 토마토, 갓 구운 빵, 체리, 치즈 케이크…."

독일인들이 들어와서 음식을 죄다 자기들만 차지하고 난 뒤부터 본 적도, 맛본 적도 없는 그렇게 많은 음식이 거론되자 내 입에 침이 고인다.

"우리는 소풍 음식을 곰에게 줄 수 있어." 아빠가 눈을 반짝이며 말한다. "어쩌면 곰은 배가 불러서 더는 우리를 먹고 싶지 않을지도

코끼리한테 깔릴래, 곰한테 먹힐래?   15

몰라!"

"그리고," 바르바라 이모가 덧붙인다. "요세프, 제부가 예쁜 새 생일 원피스를 입고 있으면 그 곰이 풀밭을 데굴데굴 구르며 웃음을 터트릴지도 모르고, 그러면 우리는 우리가 없어진 걸 곰이 알아채기 전에 도망칠 수 있을 거야."

나는 이마를 탁 친다. "이 게임은 그런 식으로 하는 게 아니잖아요. 고를 수 있는 건 두 개, 딱 두 개뿐이라고요!"

"알겠어?" 바르바라 이모가 엄마를 바라본다. "조피아는 거만해질 거라고 내가 말했지. 너 여덟 살 때랑 똑같아, 할리나. 네가 **나**를 쥐고 흔들었는데, 언니는 **나**였다고!"

나는 아빠의 무릎에서 뛰어 내려와서 엄마와 똑같이 손으로 식탁을 탁 친다. 그리고 소리친다. "곰한테 먹힐 거예요? 아니면 코끼리한테 깔릴 거예요? 하나를 골라요!"

"곰! 곰이라고!" 아빠가 외친다. 무서운 척하면서, 하지만 웃느라 몸이 흔들린다.

"이모?" 내가 묻는다.

"곰이야." 이모는 눈을 크게 뜨고 공손하게 대답한다.

나는 고개를 흔든다. "바보, **바보**들이에요. **코끼리**를 고르는 게 맞아요."

"하지만 조피아, 짓눌려 으깨지는 그 모든 건 다 어떡해!" 엄마가 말한다. "욱. 서서히, 그리고 완전히 지저분해질걸! 곰에게 먹히는 게 분명 더 빠르고, 덜 고통스럽고, 더 깔끔할 거야."

"하지만 한 번 먹히면 죽잖아요." 내가 설명한다. "코끼리는 죽이지 않을지도 몰라요. 살짝 앉아서 그냥 신장, 폐, 배꼽 같은 몇 군데만 뭉갤 수도 있죠. 그런 뒤에 코끼리 밑에서 몸을 비틀고 나와서 그

부분들을 다시 제대로 펴고 팝콘을 계속 먹을 수도 있어요."

엄마는 웃음을 터트리며 나를 무릎 위로 끌어당긴다. "요 녀석! 이 애는 우리 모두 감당할 수 없을 만큼 똑똑하다니까! 이 애가 이번 생에 가는 곳이 어디일지 누가 알겠어?"

코끼리한테 깔릴래, 곰한테 먹힐래?

2

나는 한밤중에 잠이 깬다. 심장이 쿵쾅거린다. 트럭 한 대가 자갈돌 위로 덜커덩거리는 바퀴 소리를 내며 빠르게 지나간다. 개들이 짖는다. 군인들이 독일어로 소리친다. 사람들이 폴란드어로 비명을 지른다.

스타니슬라프 이모부가 다시 한번 내 머릿속에 떠오른다. 나치는 이모부를 트럭에 태워 갔을까? 이모부는 혼자 있었을까, 아니면 대학교에서 잡혀 온 친구들과 함께 있게 됐을까? 이모부는 추웠을까? 무서웠을까? 바르바라 이모를 찾으며 비명을 질렀을까?

나는 내 인형, 안나를 품에 꼭 끌어안는다. "불쌍한 이모부." 나는 나지막하게 중얼거린다.

거리는 다시 조용하다. 하지만 이제 다른 소리가, 아래층 아빠의 작업장에서 나오는 부드럽게 소곤거리는 소리가 들린다. 엄마와 엄마의 학생들이다.

일주일에 세 번, 여섯 명의 언니들과 네 명의 오빠들이 밤에 문학과 역사 비밀 수업을 들으러 숨어 들어온다. 엄마는 그걸 어둠의 고등학교라고 부른다.

폴란드 사람들은 학교에 다니는 게 위법이기 때문에 낮에는 만날 수가 없다. 양복점 작업대에 빙 둘러앉은 이상한 가정 학교라도 그렇다. 그러나 엄마는 우리의 젊은이들을 계속 공부하게 하는 것이 우리가 독일인들과 싸우는 한 가지 방법이라고 말한다. 우리 폴란드의 군인들은 총을 이용한다. 아빠는 바늘과 실을 이용한다. 엄마는 책과 말을 이용한다.

엄마는 나를 통해서도 엄마의 전쟁을 한다. 엄마는 나를 집에서 가르친다. 어린이들을 위한 학교조차 폐쇄되었기 때문이다. 독일 사람들은 우리가 숫자를 세고 명령에 복종하는 법만 배우면 된다고 생각한다. 자기들의 공장과 농장, 집에서 일만 할 줄 알면 되는 것이다. 노예가 되기만 하면 된다. 하지만 엄마는 **사람은 누구나** 교육을 잘 받을 자격이 있다고 말한다. 나중에 커서 벽돌공이나 의사, 가사 도우미나 오페라 가수, 돼지우리 청소부나 기술자가 된다고 해도 상관없다고 한다. 교육을 받아야만 선택을 할 수 있기 때문이다. 교육을 받아야만 자기 삶의 주인이 되기 때문이다.

그래서 엄마는 집에서 언니, 오빠들과 나를 가르친다. 하지만 모든 건 다 비밀이다. 독일 사람들은 자기들의 규칙을 무시하면 화를 내기 때문이다.

나는 학교에 갈 수 있었으면 좋겠다. 수많은 다른 아이들과 함께 있는 진짜 학교 말이다. 배우기만 하는 게 아니라 또래 친구들이 있는 학교 말이다. 하지만 내가 일곱 살이 되어 학교에 다닐 수 있게 됐을 때는 이미 독일군이 여기 있었다. 모든 걸 다 부수면서.

또 다른 트럭 한 대가 덜커덩거리며 지나간다. 내 심장은 다시 한번 쿵쾅거린다. 누군가 나를 껴안아 줘야 한다. 엄마가 안아줘야 한다.

나는 침대에서 빠져나와 두 팔로 안나를 안고서 살금살금 아래층으로 내려간다.

기둥에 걸어 놓은 호롱불 불빛이 희미하게 작업장을 밝히고 있다. 학생들과 엄마는 책 위로 몸을 웅크린 채 책을 보느라 집중하고 있다. 한 언니는 코가 거의 책에 닿을 정도로 바짝 몸을 숙이고 있다.

"안녕." 작업대에서 시침 핀을 하나 뽑으면서 내가 말한다.

학생들이 나를 보고 고개를 까딱한다. 검은 머리의 키 큰 언니 한 명이 미소를 지으며 손을 흔든다. 내가 제일 좋아하는 언니다. 그렇지만 이름은 모른다. 엄마는 우리가 서로서로 이름을 알면 절대로 안 된다고 한다. 그래야 더 안전하다. 그들도. 나도.

나는 그들에게 내 이름이 조피아 울린스키라거나 이모 이름이 바르바라 노박이라는 말을 절대로 하지 않는다. 내 인형 이름이 안나라는 것조차 말하지 않는다.

아빠가 누구인지는 그들 모두, 물론, 알고 있다. 아빠의 이름은 가게 창문에 멋진 금색 글자로 쭉 쓰여 있다 — <요세프 울린스키, 재단사>.

"우리 강아지." 엄마가 말한다. "넌 자고 있어야 하는걸."

"무서웠어요." 내가 말한다. 나는 시침 핀을 안나의 원피스에 꽂아서 엮는다. "트럭이 지나갔는데… 사람들이 가득했어요. … 폴란드 사람들요."

엄마 바로 옆에 있던 볼이 홀쭉한 오빠가 턱을 쑥 늘어뜨리고 고개를 내젓는다.

"오늘 밤에 세 번째 트럭이야." 다른 오빠가 말한다. "한 시간도 안 돼서 세 번째라는 거야."

학생들은 더 이상 말을 하지 않고 책을 덮고 의자에서 미끄러지듯 내려와서 뒷문을 통해 밤의 어둠 속으로 사라진다. 집으로 가는 것이다. 그 트럭들 중 한 대가 가게 밖에 멈출 때를 대비해서다.

나는 몸이 떨린다.

엄마는 자기 책을 덮고서 선반 뒤에 있는 감추는 장소로 찔러 넣는다. 예전에는 천이 가득했던 선반들에 지금은 사용하지 않는 종이 패턴들과 낡아서 해진 외투들, 좀이 슨 치마들이 가득하고, 나머지는 비어 있다. 엄마는 이제 기둥에 걸어둔 호롱불을 빼내서 들고 나를 위층 침대로 도로 데려간다.

엄마는 양손으로 내 두 손을 잡는다. 엄마는 녹초가 된 것 같다. 앙상한 어깨 아래로 숄이 축 늘어져 있다. 몇 줄기 갈색 머리카락이 올림머리에서 빠져나와 얼굴 위로 흘러 내려와 있다. 엄마는 뺨이 핼쑥하고 피부가 창백하다. 하지만 엄마는 그래도 아름답다. 우리 엄마니까. 그리고 아무리 슬프거나 피곤해도 엄마의 밤색 눈에는 언제나 사랑이 가득 담겨 반짝거린다.

엄마는 내 손등에 입을 맞추고 내 눈꺼풀을 내린다. 그런 다음 오늘 밤 두 번째로 나를 취침 기도로 이끈다. "수호천사님, 저의 수호천사님, 아침이나 낮이나 밤이나, 제 곁에 항상 계셔 주시고 항상 저를 도우러 와주세요. 아멘."

나는 눈을 뜬다. 하지만 엄마는 계속 눈을 감고 이맛살을 찌푸린 채 입술을 오물거리고 있다. 엄마는 하나님께 기도하고 있는 걸까? 예수님께? 성모님께? 수호천사에게 또다시?

우리는 훌륭한 천주교 신자들이다. 하지만 하룻밤에 취침 기도를 **세 번** 하는 건 우리라고 해도 너무 심하다.

"엄마?" 내가 속삭이듯 말한다.

엄마가 눈을 딱 뜬다. 엄마는 내 팔에서 안나를 가져가서 내 옆 베개 위에 눕히고 이불을 우리의 턱까지 끌어올려 덮어준다. 그런 다음 엄마는 내 코끝을 톡톡 두드린다.

나는 미소 짓는다. 그렇게 두드리는 건 '사랑해, 소중한 조피아'라는 뜻이다. 뽀뽀와 껴안기, 그리고 약간의 장난이 그 하나에 다 담

코끼리한테 깔릴래, 곰한테 먹힐래?　　　21

겨 있다.

다시 입을 연 엄마의 목소리는 날카로운 명령 투가 돼 있다. "달콤하고 뜨거운 차와 케이크로 마리 퀴리와 다과회를 할래, 아니면 돼지고기로 속을 채운, 간단하지만 맛있는 양배추 요리로 프레데리크 쇼팽과 저녁을 먹을래? 하나를 골라."

"그건 쉬운데요." 내가 말한다. "프레데리크 쇼팽과 저녁이죠."

"정말?" 엄마의 눈썹이 이마 꼭대기까지 올라간다. "난 네가 마리 퀴리와 다과회 쪽으로 갈 줄 알았는데. 케이크 한 판이랑 설탕이 듬뿍 올라간 차, 그리고 방사능에 관한 멋진 과학 토론에다가 강하고 당찬 폴란드 소녀가 되는 쪽을 말이야. 너희 두 사람은 분명 유명해질 텐데."

"그렇지만 프레데리크 쇼팽은 나를 위해 자기 피아노로 아름다운 곡을 연주해 줄 텐데요."

"맞아, 그렇고말고." 엄마가 말한다.

나는 눈을 감고 쇼팽과 저녁을 먹는 상상을 한다. "쇼팽에게는 분명 그랜드 피아노가 있을 거예요."

"오, 멋지다." 엄마가 내 머리를 어루만진다.

"어쩌면 엄마도 저녁 식사에 올 수 있을 거예요." 내가 말한다. "아빠랑 바르바라 이모랑 같이요. 그리고 안나는 다락방에서 쇼팽의 아기 고양이, 알레그로와 놀 수 있고요."

"알레그로?"

"왜냐하면 걔는 막 달려가고 춤추고 뛰어다니는 작은 장난꾸러기니까요. **알레그로죠!** 음악에서 쓰는 말을 쓴 거예요."

엄마가 웃음을 터트린다. "넌 항상 말재간이 정말 뛰어나다니까, 조피아. 이탈리아 단어. 폴란드 단어. 영어 단어. 독일 단어. 음악 단어까지."

"엄마가 나를 너무 잘 가르쳤기 때문이죠." 내가 대답한다.

또다시, 엄마가 내 코끝을 톡톡 두드린다.

"이야기 하나 해줄 거예요?" 내가 묻는다.

"넌 자야 해." 엄마가 소곤거린다.

"짧은 것 딱 하나만요. 네?"

엄마는 잠깐 말이 없다가 목청을 가다듬는다. "여우와 황새, 이솝이 쓴 이야기야."

"이솝 우화다!" 내가 소리친다. "난 교훈으로 끝나는 이야기가 좋아요."

엄마는 고개를 끄덕인다. "여우와 황새는 서로 이웃에 살고 있었어. 어느 날 여우가 황새를 저녁 식사에 초대했어. 하지만 여우는 못된 녀석이라서 넓고 얕은 접시에 수프를 내온 거야. 가엾은 황새는 부리가 길쭉해서 그 접시에 담긴 걸 먹을 수가 없었어. 그래서 여우가 혼자서 그 수프를 싹 다 먹어 치우는 동안 황새는 내내 배고픈 상태로 있었어."

"진짜 무례해요!" 나는 숨이 턱 막힌다. "그리고 욕심꾸러기예요."

엄마는 고개를 끄덕이고는 밤색 눈을 크게 뜨고 계속 말한다. "그게 다가 아니야. 여우는 그 뒤에 자기 수프가 황새에게는 맛있어 보이지 않았나 보다고 **사과했어.**"

"어머, 그건 그냥 못된 거죠." 내가 말한다. "여우는 전혀 미안하지 않아요. 여우는 황새를 계속 배고프게 할 **계획이었던** 거죠."

"맞아, 그랬어." 엄마가 동의한다. "그러자 똑똑한 황새는 여우가 못되게 군다는 걸 알았지. 하지만 황새는 웃으면서 괜찮다고 말했어. 그리고 내일은 자기 집으로 여우가 오면 참 좋겠다고 했지. 욕심 많

코끼리한테 깔릴래, 곰한테 먹힐래?   23

은 여우는 그러겠다고 했어. 그런데 여우가 도착하니까 황새는 가늘고 길쭉한, 입구가 진짜 좁은 병에 수프를 내왔어. 여우는 주둥이를 그 안에 넣을 수가 없었지만 황새의 길고 가는 부리는 쉽게 들어갔지. 그래서 황새는 수프를 혼자 다 먹었단다. 여우는 계속 배를 쫄쫄 곯고 있었지."

나는 낄낄거리며 침대 속으로 조금 더 몸을 파묻었다. "여우를 제대로 대접했네요." 나는 중얼거린다.

"그래. 그게 **정확히** 이솝이 하는 말이야. 네가 남에게 나쁜 대접을 받지 않으려면 너도 똑같이 남을 나쁘게 대해서는 안 되는 거야."

이제 나는 눈꺼풀이 너무 무거워서 눈을 뜨고 있을 수가 없다.

"고마워요, 엄마." 내가 속삭인다.

엄마는 내 이마에 뽀뽀를 하고 머리카락으로 내 얼굴을 간지럽히고는 살금살금 방에서 나간다. 가면서 엄마는 중얼거린다. 못된 여우에 관해… 아니면 그건 **나치** 여우인가? … 잘 모르겠다.

그리고 아무래도 상관없다. 난 너무, 너무 졸리니까….

3

아빠는 배달해야 할 꾸러미가 여섯 개 있다. 그런데 오기로 한 손님이 있어서 가게를 비울 수가 없다.

"**중요한** 손님이야." 아빠가 말한다.

그 말은 폴란드 레지스탕스 대원이라는 뜻이다.

바르바라 이모는 빵을 구우려 하고 있다. 이모는 밀가루를 휘저어서 식료품 가게 주인이 양을 늘리려고 섞어 넣은 바구미와 톱밥 조각들을 모두 솎아내고 있다.

"이게 다 끝난 다음에" 이모가 투덜거린다. "밀가루 한 컵이 생기면 운이 좋은 거겠지. 그러면 빵 한 조각이 겨우 만들어질 거야. 빵 한 조각! 그걸로 우리 네 식구가 이틀을 꼬박 먹어야 해!"

"조피아와 내가 꾸러미를 배달할게." 엄마가 말한다. "바람도 쐬고 운동도 되니 우리 둘 다에게 좋을 거야."

아빠는 손으로 머리카락을 연신 쓸어 올려 머리가 건초 더미처럼 위로 튀어나올 정도가 된다. 아빠는 우리가 집을 나가는 것이 불안한 것이다. 독일 군인들이 사방에 깔려 있는데 그들은 폴란드 사람들을 괴롭히는 것을 그 무엇보다 좋아한다. 그들은 이솝 우화에 나오는 여우이고 우리는 황새다.

"우리는 규칙을 알고 있어." 엄마가 말한다. "가능한 한 계속 한적한 거리로 걸어갈 것. 눈에 띄지 말 것."

코끼리한테 깔릴래, 곰한테 먹힐래?

"그리고 눈에 띨 수밖에 없을 때는 약해질 것." 아빠가 덧붙인다. "독일인들은 강한 남자들, 젊은 남자들, 똑똑한 남자들을 두려워해. 하지만 똑똑한 여자들도 그들에게 두려운 존재지." 아빠는 내 코끝을 톡톡 두드린다. "후유! 네 엄마가 진짜로 어떤 사람인지 그들이 안다면 그들은 반짝반짝 빛나는 검정 군화 속에서 덜덜 떨걸. 하지만 그들에게 나는 무서운 존재가 아니야. 난 작고 약하고 멍청하고 눈도 안 보이는 사람이니까 말이야. 난 그들에게 전혀 위협이 되지 않아."

나는 그 거짓말에 낄낄거린다. 아빠는 잘생기고 키 크고 힘센 남자다. 아빠는 예전에는 눈부신 금발이었던 옅은 갈색의 굵은 머리카락과 빛나는 파란 눈을 지니고 있다. 아빠는 두꺼운 안경을 쓰고 있지만 그렇게 된 건 오로지 온갖 섬세한 손바느질로 칼라와 주머니, 단춧구멍, 그리고 메시지를 숨길 비밀 솔기를 만드느라 시력이 나빠졌기 때문이다.

"난 가련한 고물이야." 아빠가 꺽꺽거리며 말한다. "나를 한번 봐." 아빠는 바구미가 생긴 밀가루를 뺨에 턱 붙이고 입을 아래로 벌린 다음 노인처럼 부엌을 돌아다닌다 ― 허리를 구부리고 발은 비틀거리며 입술을 떨면서. 아빠는 비틀거리다가 막 넘어지려는 찰나에 식탁을 붙잡는다. 그러더니 갑자기 다시 똑바로 일어서서 양손을 비비며 나를 보고 활짝 웃는다. "두꺼운 안경과 구부정한 등, 약간 모자라는 행동이 내 비밀 무기란다, 조피아. 독일인들은 비웃을 때가 아니라면 나를 눈여겨보는 일이 거의 없어. 눈에 띄지 않는 것만큼이나 좋은 일이지."

나는 손뼉 치며 웃는다. "영리해요!"

"그래." 아빠는 맞장구친다. "이런 시절에는 우리 **모두** 온 힘을 다해서 약해 보여야 해." 아빠가 잠깐 말을 멈춘다. 그러더니 내 눈을 똑바로 쳐다본다. 미소는 사라지고 없다. "하지만 우리는 약하지 **않단다**, 우리 딸. 우리는 강하고, 똑똑하고, 자랑스러운 폴란드 사람이야."

나는 고개를 끄덕인다.

"우리가 사랑하는 새인 황새를 생각해 봐!" 아빠가 소리친다. "그 잘생긴 부리와 윤기 나는 깃털, 멋지게 걷는 기다란 다리, 겨울에는 아프리카로, 그리고 봄에는 고향으로 그 먼 길을 쭉 날아가게 해주는, 높이 솟아오르는 날개를 한번 보렴. 고향을 찾아 항상 폴란드로 오잖아! **우리는** 황새들이야, 조피아. 그러니까 우리와 우리 고향에 무슨 일이 있더라도, 우리 중 많은 사람이 아무리 이 땅에서 쫓겨난다고 해도, 우리는 돌아와서 우리 고향을 되찾을 거야. 봄마다 황새가 둥지를 틀려고 돌아오는 것처럼 말이야. 우리는 황새들이야! 우리는 자랑스러운 폴란드 황새들이야!"

아빠는 한쪽 눈썹을 치켜올리고 양손을 겨드랑이 밑에 집어넣는다. 그리고 팔꿈치를 들썩거리며 턱은 자랑스럽게 공중으로 들고서 멋지게 걷기 시작한다. 노인처럼 비틀거리던 것과는 너무나 다르다. 엄마와 바르바라 이모, 그리고 나는 웃음이 빵 터진다. 그러자 아빠는 걸음을 멈추고 다시 한번 진지해진다. "하지만 독일인들이 보고 있지 않을 때만이야. 그들을 짜증나게 하는 건 우리가 원하는 일이 아니야. 아직은…."

"네, 아빠." 나는 고개를 끄덕인다, 이번에는 더 힘차게. "무슨 말인지 알아요. 그러니까 우리가 꾸러미를 배달해도 되죠?"

아빠는 미소를 짓더니 또다시 내 코끝을 톡톡 두드린다. "그런 것 같구나."

아빠는 우리를 아래층으로 데리고 간다. "오늘 배달을 하게 돼서 넌 운이 좋은 거야. 꾸러미 중 하나가 **아주** 특별하거든.”

나는 이맛살을 찌푸린다. 아빠의 가게에서는 어떤 아름다운 것도 만들어지지 않은 지 이미 오래다. 살 수 있는 천이 없고 가게로 오는 사람들은 하나같이 가난하다. 요즘 아빠가 하는 일은 구멍에 천을 덧대고, 누군가의 동생이나 딸, 혹은 아들에게 맞는 크기로 낡은 옷을 수선하거나, 두세 벌의 옷에서 나온 해진 조각들로 옷 한 벌을 만드는 게 대부분이다. 그 대가로 받는 건 고맙다는 인사나 순무 한 개, 아니면 양배추 피클 한 병이다. 혹은, 진짜 운이 좋으면 소시지나 달걀을 받기도 한다.

전쟁이 시작된 이래 내게는 새 코트가 없다. 아빠는 내 옛날 코트의 소매와 밑단을 계속 내리고 있다. 그래도 그게 아직은 몸에 맞는다. 나는 키는 더 컸지만 빗자루처럼 빼빼 말랐다. 우리는 모두 그렇다. 먹을 게 넉넉한 적이 없는 것이다. 독일 군인이나 나치가 아니라면 그렇다. 바르바라 이모의 옛날 아파트에서 사는 그 나치의 아내는 얼마나 뚱뚱한지, 팔이 돼지 다리 같다. 바르바라 이모의 팔은 나뭇가지 같다. 새 한 마리가 앉으면 부러질 정도로 가느다란 나뭇가지 말이다.

아빠가 아주 특별한 그 꾸러미의 갈색 종이를 벗긴다. 안쪽에 초록색 줄무늬 벨벳 양복 한 벌이 깔끔하게 접힌 채 들어 있다. 아빠는 우리가 볼 수 있도록 바지, 양복 조끼, 코트를 하나씩 들어 올린다. “보이치크 씨 거야.”

“아빠!” 나는 킥킥 웃는다. “놀라워요! 웃기기는 하지만 멋져요. 그 천은 어디서 났어요?”

“보이치크 씨가 식당 방과 응접실 사이에 쳤던 커튼을 떼어냈어!” 아빠는 고개를 뒤로 젖히며 웃는다. “보이치크 씨 부인은 엄청나게 화를 냈지만, 그는 내게 너덜너덜해진 옷과 행복한 집보다는 새 양복과 성난 아내가 있는 쪽이 더 낫다고 했단다.”

나는 낄낄거린다. 나는 보이치크 씨가 좋다. 그분은 내가 태어나기 전부터 아빠의 제일가는 손님이었다. 또한 나는 그분과 아빠가 폴란드 레지스탕스에서 함께 일할지도 모른다고 생각하지만, 물어봐서는 안 된다는 걸 안다.

“그리고 더 좋은 건 뭐냐면,” 아빠가 한쪽 눈썹을 치켜올리며 말한다. “보이치크 씨가 이미 내 수고비를 줬다는 거야.” 작업대 아래에서 아빠는 굉장히 긴 초록색 줄무늬 벨벳을 꺼낸다. “코트를 세 벌은 더 만들 수 있을 정도야. 두 벌은 팔고 한 벌은 우리 예쁜 조피아 거야.”

“아빠!” 나는 그 부드러운 벨벳 천에 얼굴을 대어본다. “와, 고마워요! 고마워요! 고마워요!”

“그러니까 이제 알겠지,” 아빠가 계속 말한다. “이 배달이 중요하다는 걸 말이야. 보이치크 씨는 이 양복을 위해 엄청난 대가 — 귀한 벨벳과 아내의 노여움 — 를 치렀다고.”

엄마와 나는 꾸러미가 가득 찬 바구니를 각자 하나씩 들고 간다. 갈색 종이는 구겨져 있고 끈은 몇 번이고 계속 사용하다 보니 닳아서 끝이 너덜거린다. 하지만 빳빳한 골판지 꼬리표는 깨끗한 새것인데, 한쪽 면에는 손님 이름과 주소가 아빠의 솜씨 좋은 손 글씨로 적혀 있고 다른 쪽 면에는 ‘요세프 울린스키, 재단사’라고 적혀 있다. 이 꼬리표가 붙으면 아무리 너덜너덜한 꾸러미라도 특별해 보인다. 생일 선물이나 왕에게 배달하는 물건처럼 말이다.

코끼리한테 깔릴래, 곰한테 먹힐래?　　　　　　　　　　　29

우리는 사람들이 제일 많이 붐비는 거리를 피하려고 주의를 기울이며 크라쿠프 구시가지를 향해 걸어간다. 멀리서 전차가 덜컹거린다. 오후의 날씨는 쌀쌀하고 바람이 세차게 분다. 가을은 겨울에 밀려 날아가 버렸다. 내 뺨과 코는 금방 얼음이 되어간다. 발도 마찬가지다. 나무로 만든 나막신은 추위로부터 발을 거의 보호하지 못한다. 제대로 된 부츠가 있으면 얼마나 좋을까! 하지만 부츠를 신는 건 독일 사람들뿐이다. 폴란드 사람들은 가죽을 살 돈이 없다. 아니, 낡은 부츠의 밑창을 수선하는 데 필요한 고무조차 살 돈이 없다. 그래서 우리는 나막신을 신는다. 차갑고 딱딱한 나막신.

"열 마리 새끼 고양이, 아니면 세 마리 강아지?"

"뭐라고?" 엄마가 묻는다.

"고양이 열 마리, 아니면 강아지 세 마리요? 어느 쪽과 자고 싶어요? 하나를 골라요!"

"아." 엄마가 내게 눈살을 찌푸린다. "한 침대에 고양이가 너무 많은걸. 그런데 또 어찌 보면, 새끼 고양이는 보드랍고 폭신하고 아주 작은데 강아지는 정신 사납고 냄새나고 품종에 따라 좀 뚱뚱할 수도 있지. 난 새끼 고양이를 고를 것 같아."

"난 강아지 할래요." 내가 말한다. "밤사이 강아지들이 내 발을 핥아서 깨끗하게 해주면 좋겠어요."

엄마는 웃으며 말한다. "초록색 줄무늬 벨벳 커튼으로 만든 파티 드레스, 아니면 왕겨 포대로 만든 잠옷?"

"그건 쉽죠." 내가 대답한다. "파티 드레스요. 그 잠옷은 까끌까끌할 거예요. 그러면 난 한숨도 못 잘걸요."

엄마는 코를 긁는다. "그래. 그러면 안 좋겠네. 하지만 네가 초록색 줄무늬 벨벳 파티 드레스를 고른다면 넌 그걸 진짜 파티에 입어야 해, 조피아. 다른 사람들이 널 볼걸. 빤히 쳐다볼 거라고. 심지어 어쩌면 비웃을지도 몰라."

나는 낄낄거린다. "그런 건 괜찮아요. 난 보이치크 씨와 함께 파티에 갈 거예요. 우린 서로 짝이 맞겠죠."

우리는 시내 중심부를 빙 두르는 공원 길을 가로질러 간다. 커다란 나무들, 푸른 잔디밭, 넓은 길, 철제 가로등, 벤치 — 모든 게 그 어느 때보다 아름답다. 마치 전쟁 같은 건 일어나지 않았고 밖으로 나가는 것에 대해 우리가 두려움도, 위험도 느낄 필요가 없는 것만 같다.

이제 딱 두 블록만 더 가면 드넓은 시장 광장이 나온다. 나는 광장에 가서 그 한가운데 서서 한 바퀴 돌면서 아치형 현관이 있는 클로스 홀, 성모 마리아 대성당과 그 주변, 광장 양쪽에 서 있는 4-5층 높이의 우아한 아파트 단지들 등 그 모든 걸 한 번 더 둘러보고 싶은 마음이 간절하다.

하지만 우리는 그러지 않는다. 그래서는 안 된다. 그곳은 사방이 너무 뚫려 있고, 사람들로 붐빈다. 우리는 아파트 건물 벽을 빙 두르며 이어지는, 조용하고 작은, 눈에 띄지 않는 외곽 도로를 택한다.

독일 군인 세 명이 우리를 향해 걸어온다. 이 남자들은 특별한 제복을 입고 있다. 칼라에 번개 표시가 두 개 달린 짙은 회색 제복이다. 사람들이 제일 두려워하는, 히틀러의 친위대인 SS 대원들이다.

엄마가 내 팔을 붙잡고 우리는 인도에서 내려서 배수로로 들어간다. 누구나 으레 그렇게 할 거로 생각한다. 인도는 독일 사람들이 다니는 길이다. 폴란드 사람들은 배수로로 다닌다.

'하일 히틀러'라고 하는 것 역시 우리에게는 금지돼 있다. 우리가 하는 경례조차도 썩은 것처럼 말이다. 우리가 '하일 히틀러'라고 **하고 싶다는** 말이 아니다. 우리는 히틀러를 미워한다. 그리고 누구도

코끼리한테 깔릴래, 곰한테 먹힐래?　　　　　　　　　31

괴물에게 경례해서는 안 된다. 하지만 독일 사람들은 자기들의 총통을 숭배하고 항상 경례를 한다.

우리는 눈을 내리깔고 눈에 띄지 않게 계속 걸어가려고 한다. 그러나 군인들 중 한 명이 우리 앞으로 나온다.

"멈춰!" 그는 마치 우리가 귀가 잘 안 들리는 사람들인 것처럼 고함을 지른다.

다른 두 명의 군인들이 우리 뒤로 다가온다. 우리는 갇혔다. 우리는 도망치려 하지 않는다. 그들은 다리가 길다. 그리고 튼튼한 부츠가 있다. 그리고 배불리 먹어서 힘과 속도가 넘친다. 게다가 총이 있다.

앞쪽에 선 군인이 우리 바구니 속에 뭐가 들었냐고 묻는다.

엄마가 고개를 젓는다. "무슨 말인지 모르겠어요."

엄마는 당연히 알고 있다. 엄마는 독일어를 유창하게 한다. 나도 그렇다. 나는 언어에 뛰어나고 엄마는 훌륭한 선생님이다. 하지만 지금, 엄마는 바보 같고 약한 척하는 것이다.

군인이 엄마의 바구니에 손을 넣어 꾸러미 하나를 꺼낸다. 그는 갈색 종이를 찢고 옷을 검사한다. 팔꿈치에 조각천을 덧대고 칼라 색깔이 짝짝이인 와이셔츠다. 그가 그 옷을 자기 동료들이 보도록 들어 올리자 그들은 히죽히죽 웃는다.

그 와이셔츠를 배수로에 던져 넣고서, 그는 두 번째 꾸러미를 끄집어내고 그걸 찢어서 푼다. 팬티 세 장이 땅바닥에 떨어진다. 부인의 꽃무늬 앞치마로 만든 이그나시아크 씨의 팬티들이다. 폴란드 사람들에게 지금은 힘든 시절이다.

팬티, 아니면 앞치마? 하나를 골라!

이그나시아크 씨 가족은 팬티를 택했다. 나라도 그랬을 것이다.

두 번째 군인이 팬티 한 장을 총 끝으로 들어 올려 공중에 휘휘 돌린다. 세 명이 모두 웃음을 터트린다. 큰 소리로 조롱하는 웃음이다.

나는 뺨이 빨개진다.

첫 번째 군인이 남아 있던 꾸러미들을 차례대로 엄마의 바구니에서, 그런 다음 내 바구니에서 꺼내 찢어서 풀고는 옷들을 땅바닥에 던진다.

마지막으로 보이치크 씨의 양복 꾸러미를 풀고서 그는 웃느라 거의 쓰러질 뻔한다.

나는 격분한다. 아빠의 멋진 옷 수선 솜씨를 어떻게 감히 모욕할 수가 있어! 이 귀한 옷들을 어떻게 감히 배수로 진흙탕에 던질 수가 있어! 우리가 좋은 것을 하나도 갖고 있지 않은 것은 **자기들** 탓인데 누더기와 덧댄 조각, 짝짝이인 칼라와 초록색 커튼 천으로 만든 옷을 입는다고 어떻게 감히 우리를 조롱해! 그들은 우리 나라로 쳐들어와서 좋은 것은 죄다 훔쳐 갔다. 우리의 부츠와 책과 학교와 옷까지도!

첫 번째 군인은 이제 초록색 벨벳 조끼의 소매 사이로 팔을 집어넣고 있다. 그리고 그건 내가 견딜 수 있는 한도를 넘었다. 아빠가 말했듯이 조용하고 온순하고 약해야 한다는 것을 알지만, 나는 어쩔 수가 없다.

"그만해요!" 나는 독일어로 소리친다. "그만하라고요! 당신의 냄새 나는 독일 팔을 보이치크 씨의 옷에서 빼요!"

엄마가 헉하고 숨을 들이쉰다. "조피아, 쉿!"

그 군인이 동작을 멈춘다. 그는 마치 내가 처음 눈에 들어온 것처럼 나를 내려다본다.

나는 심장이 쿵쾅거리고 무릎이 후들거린다.

코끼리한테 깔릴래, 곰한테 먹힐래?

그는 다른 두 군인에게 손짓을 한다. 그들은 엄마를 옆으로 밀치고 모두 내 앞에 선다.

'이걸로 끝이야.' 나는 생각한다. '나한테 총을 쏘겠지. 아니면 감옥에 처넣든지. 어느 쪽이 더 나쁠까?'

총에 맞을래, 아니면 감옥에 갇힐래? 하나를 골라!

다만 나는 독일 군인들이 내게 선택권을 주지 않을 거라는 걸 생각하지 못한다. 나를 어떻게 할지 결정할 사람들은 **그들이다**.

나는 움찔하며 나쁜 일이 일어나기를 기다린다.

그러나 그 대신, 군인들은 미소를 짓는다.

왕따를 시키는 아이들이 인형 팔을 뜯어버리거나 나막신에 침을 뱉기 전에 짓는 비열한 미소가 아니다.

상냥한 미소다. 다정하고 따뜻한.

나는 혼란스러워서 얼굴을 찡그린다.

첫 번째 군인이 내 턱 밑에 손가락을 대고 내 얼굴을 들어 올린다. 그는 내 눈을 응시하면서 점점 더 크게 웃는다. 그의 이는 가지런하고 크고 하얗다. 꼭 영화배우 같다! 내가 영화를 보러 갈 수 있다는 말은 아니다. 하지만 영화 포스터들은 봤으니까.

나도 미소를 지어주지 않을 수가 없다.

두 번째 군인이 내 머릿수건을 벗긴다. 그는 땋아 내린 내 긴 금발 머리 한쪽을 잡고 밖으로 내민다. 세 사람 모두 나의 밝고 파란 눈, 하얀 피부, 반짝이는 금발 머리에 대해 신나게 떠들어댄다.

세 번째 군인이 배수로에 손을 뻗어 아빠의 손 글씨 꼬리표 하나를 집어 든다. 그가 그걸 첫 번째 군인에게 건네자 그 군인은 보이치크 씨의 이름과 주소를 힐끗 본 다음 뒤집어서 큰 소리로 읽는다. "요세프 울린스키, 재단사." 그는 고개를 끄덕이고는 그 꼬리표를 자기

가슴 주머니에 꽂아 넣는다.

이제 군인들은 길에서 옷들을 쓸어 모아서 우리의 바구니에 다시 쑤셔 넣는다. 그들은 보이치크 씨의 양복 조끼도 돌려준다.

"잘 가, 작은 **아가씨**야." 첫 번째 군인이 말한다. 독일어로.

세 사람 모두 내게 손을 흔들더니 재빨리 말을 하며 멀어져 간다. 등을 돌리고 있어서 무슨 말을 하는지는 잘 알아들을 수 없지만, 그들이 나에 관해 말하고 있다는 걸 나는 안다. 두 단어가 반복해서 들린다.

"Deutsches Blut(독일인의 피야)."

독일인의 피.

엄마도 그 단어를 들은 게 분명하다. 고개를 내저으며 이렇게 중얼거리고 있기 때문이다. "**폴란드인**의 피야! 내 딸은 **폴란드인**이라고!"

코끼리한테 깔릴래, 곰한테 먹힐래?   35

4

우리는 군인들이 모퉁이를 돌아 사라질 때까지 배수로에 서 있다. 그러다가 엄마가 나를 다시 인도로 끌어당긴다. 엄마는 우리 바구니들 속에 뒤엉켜 있는 옷가지들을 뒤적이며 신음한다.

갈색 종이 포장지는 날아갔지만 꼬리표들은 끈이 있어서 그렇게 멀리 가지 않았다. 나는 길을 따라 뛰어다니며 꼬리표들을 주워 모은다. "괜찮아요, 엄마! 여기 꼬리표들에 이름과 주소가 있어요. 그 주소마다 가서 바구니 속 옷가지들을 보여주면 돼요. 그러면 사람들이 자기 걸 가져갈 수 있잖아요! 그리고 우리는 보이치크 씨가 어디 사는지 알고 어떤 옷인지도 아니까 군인이 그 꼬리표를 훔쳐 간 건 아무 상관 없어요."

엄마는 자기 바구니 속에 든 진흙이 묻은 와이셔츠를 들여다본다. "옷은 더러워졌지만 무슨 일이 있었는지 우리가 설명하면 다들 이해할 거라고 봐. 그리고 그 솔기에 중요한 뭔가가 있다면…."

우리는 서둘러 거리를 돌며 여기저기 아파트 단지들로 급히 들어가서 옷가지 하나하나를 다 주인들에게 찾아준다. 우리는 들어온 쪽 반대편으로 공원을 통과해서 구시가지를 빠져나온다. 우리 왼쪽에는 궁전과 성당, 포탑과 망루, 요새로 된 성벽이 뒤섞인 바벨 성이 우뚝 솟아 있다. 예전에는 폴란드 황제와 대통령들이 주인이었지만 지금은 나치의 성이 되어 있다. 우리는 고개를 숙인 채 서둘러 그곳을 지나친다.

우리는 이그나시아크 씨에게 꽃무늬 팬티를 가져다준다. 그 불쌍한 아저씨는 갈색 종이와 끈 밑에 숨겨져 있어야 했을 것을 우리가 봤다는 사실에 얼굴이 빨개진다. 그다음 계속해서 우리는 거리가 굽어져서 오르막이 시작되는 곳으로, 그래서 아파트 단지가 주택과 나무로 바뀌는 곳으로 간다. 계속 걷는다면 도시 전체가 보이는 코시치우슈코 마운드에 다다르게 될 것이다. 하지만 우리가 가는 곳은 더 가깝고 훨씬 좋은 곳이다. 바로 보이치크 씨의 집.

나는 보이치크 씨가 정말 좋다. 그 할아버지는 항상 예의 바르고 즐겁고 친절하다. 할아버지의 부인도, 비록 그다지 예의 바르지는 않지만, 멋있다. 그 할머니는 불평이 많지만 나는 그게 모두 그런 척하는 거라는 걸 안다. 할머니의 마음은 할아버지만큼이나 넓다.

"들어와요! 들어와!" 보이치크 씨가 소리친다. 할아버지는 문을 열어놓고 우리를 넓은 복도로 안내한다. 나무로 된 마룻바닥은 맨바닥이지만 예전에 카펫이 깔려 있던 중간 부분은 색이 어둡다. 카펫은 아마 먹을 걸 사려고 팔았을 것이다. 아니면 구두 수선공에게 보내 새 양복에 맞춰 신을 특이한 카펫 신발을 만들었을지도 모른다. 벽에는 금색 나무 액자로 만든 고급스러운 그림들이 걸려 있다. 하지만 여기에도 역시 그림이 없어진 어두운 부분들이 있다. 나는 그 각각의 빈자리가 빵이나 감자를 잔뜩 먹은 배가 된 상상을 한다.

"아내는 부엌에서 호두 껍질을 까고 있어요." 보이치크 씨가 말한다. "뒷마당에 나무가 하나 있거든요. 아마 호두 좀 드시고 싶을 거예요." 할아버지는 처음으로 나를 제대로 쳐다보며 미소를 짓는다. "정말 멋진 소녀가 되고 있구나! 키는 정말 큰데 너무 말랐어. 꼭 우리 손자 토마슈처럼 말이야."

엄마는 한숨을 쉰다. "먹는 게 이렇게 적은데도 아이들이 어떻게 계속 자라는지 모르겠어요."

보이치크 씨는 부엌을 향해 돌아서서 소리친다. "꼬마 조피아 울린스키가 왔는데 배가 고파요!"

호두들이 마루 판자 위로 굴러떨어지는 소리가 들리더니 뒤이어 구시렁거리는 소리가 들린다. 부엌문이 열리더니 보이치크 씨 부인이 갈색 종이봉투를 들고 발을 질질 끌며 복도로 나온다. "조피아! 할리나! 어서 와요!" 그 할머니는 남편의 팔에 걸쳐진 새 양복을 보자마자 걸음을 멈춘다. "마렉, 아, **바보** 영감! 내가 벌써 수십 번이나 말했잖아. 그걸 입으면 **우스꽝스러워** 보일 거라고!"

"멋지게 만들어졌는걸요." 내가 말한다. "아빠는 훌륭한 재단사예요."

"그래, 조피아." 할머니가 내 말에 동의한다. "네 아빠는 그렇지. 하지만 초록색 줄무늬 벨벳 커튼 천이라니! 보이치크 할아버지는 저런 옷을 입으면 걸어 다니는 소파처럼 보일 거야."

"바로 그거야!" 할아버지가 소리친다. "독일인들은 ─ 딱 당신이 그러는 것처럼 ─ 나를 멍청한 늙은이로 생각할 거야. 그러니까 나는 마음대로 마을을 돌아다니며 레지스탕스 대원들에게 비밀 메시지를 전달하고, 게토에서 유대인을 구출하고, 독일인 양치기의 손에서 목줄을 빼앗고, 나치 자동차의 타이어를 찢는 등등 내 마음대로 할 수 있을 거고…."

"아이고! 누가 들으면 당신이 그렇게 대담한 줄 알겠네." 할머니는 코웃음을 친다. 하지만 할머니가 할아버지를 바라보는 눈빛에는 사랑과 자부심 ─ 그리고 약간의 두려움 ─ 이 뒤섞인 뭔가가 있어서 나는 그 말이 사실인지 아리송해진다. 구부정하고 힘없는, 그리고 눈멀고 속 좋은 늙은 재단사인 척하면서 레지스탕스를 위해 온 도시에 중요한 메시지를 전달하는 아빠처럼 말이다.

"우리가 스탈린과 히틀러처럼 말다툼하는 걸 좀 들어봐!" 보이치크 씨가 소리친다. "우리의 예의는 어디로 간 거지? 여보, 조피아에게 줄 게 있는 것 같은데."

할머니는 갈색 종이봉투를 내게 건넨다. "호두란다. 너한테 주는 거야. 호두가 작고 거의 나무처럼 딱딱하지만, 충직한 우리 늙은 나무는 최선을 다했단다."

"고맙습니다!" 나는 발꿈치를 들어 할머니의 뺨에 뽀뽀를 한다. "분명, 맛있을 거예요."

할머니는 미소 짓는다. "정말 착하구나. 토마슈가 여기 없어서 너를 못 만나다니 아쉽네. 마렉, 토마슈가 여기서 지내러 왔다고 말했어?"

"아니." 보이치크 씨가 이맛살을 찌푸리며 말한다. "막 그 애 얘기를 하려던 참이었는데 당신이 또다시 타박하고 잔소리하기 시작했잖아!" 할아버지는 나를 향해 환하게 눈을 반짝인다. "토마슈가 지금 우리랑 살고 있단다. 그 애 아버지는 영국 공군 조종사인데 어머니가 서커스단에 들어간다고 가출했거든."

나는 킥킥 웃는다.

할머니가 눈동자를 굴린다. "폴란드 레지스탕스에 합류하려고 간 거야."

보이치크 씨가 중얼거린다. "레지스탕스. 서커스단. 바르샤바 발레단. 나는 너무 늙고 정신이 없어서 뭐가 다른지 몰라." 그러더니 재잘재잘 말한다. "토마슈는 너처럼 아홉 살이야, 조피아."

"전 여덟 살밖에 안 됐어요." 내가 대답한다. "음, 여덟 살 반이네요. 생일이 6월 22일이니까요."

"토마슈 생일도 그래!" 할아버지가 외친다. "너희는 쌍둥이구나!

아니, 토마슈가 1년 늦게 태어났다면 그랬을 거라고. 아니면 네가 1년 일찍 태어났거나. 아, 그 애가 여기 없어서 너를 못 만나다니 너무 안타깝네! 네가 도착하기 직전에 내가 심부름을 보냈거든."

"정말 만나고 싶어요." 내가 말한다.

할머니가 미소 짓는다. "내일 엄마랑 같이 차 마시러 오지 그러니? 내가 호두 케이크를 구울게. 물론, 계란이 없고… 버터나… 설탕도 없어서 네가 기대하는 것만큼 케이크가 그렇게 맛있지는 않을지 몰라. 그래도 만나면 즐거울 것 같구나."

"네, 정말요!" 나는 말도 제대로 못 한다.

"그러면 좋겠어요." 엄마가 동의한다. "하지만 이제 조피아, 우리는 정말 가야 해. 왜 이렇게 오래 걸리는지 아빠가 궁금해할 거야."

보이치크 씨는 새 옷을 아내에게 떠안긴다. "이리 와, 조피아, 그리고 할리나. 내가 배웅해 줄게. 이 길 끝까지 같이 걸어가지 뭐. 운동을 약간 하는 게 건강에 좋겠지."

"운동이라," 할머니가 비웃는다. "운동을 핑계 삼아 독일군들을 염탐하고 싶은 거지."

보이치크 씨는 고개를 끄덕인다. "아내는 나를 너무 잘 안다니까. 성가신 나치 놈들이 우리 동네에서 무슨 짓을 하고 있는지 사실 궁금하긴 해. 하지만 내가 제일 좋아하는 두 사람과 좀 더 오래 함께 시간을 보내는 게 즐겁기도 하지."

할아버지는 현관문을 열고 구부정한 자세로 멈춰 서서 엄마가 비어 있는 손을 할아버지의 꺾은 팔꿈치 사이로 끼울 때까지 기다린다. 그런 다음 할아버지는 마치 왕이 왕비와 함께 아침 산책을 나가는 것처럼 엄마를 계단 아래로, 그리고 길을 따라 인도한다. 나는 뒤를 따라가며 킥킥 웃는다. 보이치크 씨가 너무 웃기기 때문이다. 그리고 토마슈를 만날 생각에 설레기 때문이다. 다른 아이와 놀아본 게 언제인지 기억이 나지 않는다.

거리가 끝나기 전에 보이치크 씨가 걸음을 멈춘다. 할아버지는 먼 곳을 바라보고 있는데 얼굴에는 절망이 가득하다. 나는 나무들 틈으로 멋지고 큰 집을 향해 있는 할아버지의 시선을 따라간다. 2층 창문에 깃발이, — 흰 원에 검은색 꺾어진 십자가가 그려진 — 빨간 깃발이 걸려 있다. 나치의 만자 문양이다. 그 집에 살던 폴란드 가족이 떠났다는 뜻이다. 나치가 들어와 사는 것이다.

꼭 바르바라 이모의 아파트처럼.

"보렴." 보이치크 씨의 목소리가 갑자기 부드럽게 떨린다. "저 야만인들이 무슨 짓을 했는지 봐. 저 집 옥상에는 황새 둥지가 있었단다. 딱 한가운데 말이야. 그런데 저들이 그걸 다 뜯어버렸어." 할아버지는 엄마를 보다가 나를 본다. 눈에는 눈물이 그렁그렁하다. "누가 저런 짓을 할까? 불쌍한 로만 드라베크와 그의 아름다운 아내, 그리고 아이들을 쫓아낸 것만으로도 나쁜 짓은 충분하지 않아? 황새까지 쫓아내야 할까?"

할아버지는 주머니 속으로 손을 밀어 넣더니 너덜너덜해진 보라색 손수건을 꺼낸다. 할아버지는 눈을 문지르고 코를 풀더니 말한다. "황새가 여기 와서 저 지붕에 둥지를 튼 지 백 년이 넘었어! 내가 걸음마를 시작할 무렵부터 봄이면 아버지가 나를 이곳에 데리고 와서 황새가 돌아오는 걸 지켜보곤 했지. 매일같이 우리는 황새가 둥지를 청소하고 알을 품고 새로 태어난 가족이 겨울을 나기 위해 남쪽 아프리카로 날아갈 만큼 튼튼해질 때까지 키우는 걸 보곤 했어. 그때부터 난 매년 황새들을 지켜봐 왔단다."

엄마는 말이 없다. 하지만 엄마가 할아버지에게 더 가까이 다가가서 할아버지의 팔을 좀 더 꽉 쥐는 것이 보인다.

"그런데 지금은…." 보이치크 씨가 고개를 젓는다. "저 집으로 이사 온 나치 의사의 아내는 지붕에 황새 둥지가 있는 모습이 마음에 들지 않는 거야. 지저분하다고, 그러니까 없애야 한다고 생각하는 거지."

"황새 둥지를 부수면 운이 없어지지 않아요?" 내가 묻는다.

보이치크 씨는 나를 내려다본다. "운이 없어져? 그래, 조피아. 맞아. **엄청난** 불운이지…. 하지만 **누구**에게 불운일까?"

나는 등골이 오싹해진다.

"감기 걸리겠다, 조피아." 엄마가 말한다. 엄마는 보이치크 씨에게 미소를 짓는다. "감사합니다. 여기까지 저희를 데려다주셔서요. 호두와 다과 초대도 감사드려요. 초록색 줄무늬 벨벳을 나눠주신 것도요." 그런 다음, 엄마는 목소리를 낮춰서 속삭인다. "몸조심하세요, 아저씨. 군인들이 아저씨네 꾸러미를 뜯고 주소가 적힌 꼬리표도 가져갔어요. 무슨 이유인지는 모르겠어요. 이 독일인들이 왜 그런 짓을 하는지 누가 알겠어요? 하지만 조심하세요. 조만간 불시에 찾아올지도 몰라요. 그들이 아저씨네 옷장에서 초록색 줄무늬 벨벳보다 더 많은 걸 찾아내면 큰일이잖아요."

할아버지는 엄마를 바라보며 수염을 쓰다듬는다. "미안하지만, 지금 내 옷장은 꽉 차 있는걸."

나는 이맛살을 찌푸린다. 보이치크 씨의 옷장에는 다른 뭐가 있는 걸까? 빨간색 줄무늬 벨벳 양복? 보라색 양복? 꽃무늬로 뒤덮인 노란색 벨벳 양복?

노란색 벨벳은 이상할 **것 같다**. 하지만 그러면 독일인들이 충분히 화낼 만한 걸까?

내가 상식적인 답을 미처 생각해 낼 새도 없이 엄마가 내 손을 잡는다. 그리고 우리는 집을 향해 걸어간다.

42

5

엄마의 불시 방문 예상은 빗나갔다. 군인들은 보이치크 씨 집에 가서 커튼 천으로 만든 양복을 찾느라 옷장을 뒤지지 않는다. 그들은 보이치크 씨 집에는 아예 들르지 않는다.

불시에 찾아온 것은 우리 집이다.

우리가 이불 속에 파묻혀 누워 있던 한밤중에 일어난 일이다.

"울린스키!" 누군가가 아래층 길거리에서 소리친다. 그들은 가게 문을 쾅쾅 두드린다. "요세프 울린스키!"

엄마가 내 방으로 뛰어 들어온다. 엄마는 갈색 머리를 풀어 헤친 채 잠옷 위에 코트를 걸치고 있다. 엄마는 나를 침대에서 끌어내더니 원피스를 입고 스타킹을 신으라고, 코트를 입고 나막신을 신으라고, 그리고 머릿수건을 쓰라고 지시한다. "잠옷 위에. 빨리! 몸을 따뜻하게 해야 해, 조피아! 빨리! 빨리!"

"엄마…." 나는 끙끙거린다. "난 이불 속에 아주 따뜻하게 있었는데…."

바르바라 이모가 이제 내 방으로 뛰어 들어온다. 잠옷 위에다 치마를 끌어 올리면서, 나막신을 신고 민첩하게 빨리 걸으며 쉿 조용히 하라고 한다. "옷 입었어? 따뜻하게?"

나는 너무 피곤하다. 우리는 왜 옷을 입고 있는 걸까? 왜 이불 속에 그대로 있지 않는 걸까?

코끼리한테 깔릴래, 곰한테 먹힐래?   43

바르바라 이모와 엄마가 내 다리를 스타킹 속에, 팔을 코트 속에 끼워 넣는다. 그리고 그러는 동안 내내 바르바라 이모는 미친 듯이 기도한다. "수호천사님, 저의 수호천사님, 항상 제 곁에 계셔 주세요. 아침에도, 낮에도, 밤에도 항상 저를 도와주세요. 수호천사님, 저의 수호천사님, 항상 제 곁에 계셔 주세요…."

나는 흔들거리며 눈을 감다가 창문 깨지는 소리에 다시 눈을 뜬다. 문이 쾅 닫힌다. 그리고 아래층에는 소음이 넘쳐난다 — 독일군들이 고함을 지르며 군화를 쿵쿵거리고, 개가 짖고, 가구가 넘어진다.

아빠가 구겨진 얼굴에 혼란스러운 표정으로 내 방문 옆을 달려간다. 코트와 바지, 줄무늬 파자마 상의를 입고 있다. "아래층으로 내려오지 마!" 아빠가 소리친다. "무슨 일이 있어도!"

"무슨 일이에요?" 나는 이제 완전히 잠이 깨서 엄마에게 묻는다. "저 사람들이 아빠를 트럭에 태워 데려가는 거예요?"

"쉬," 엄마가 쉬쉬한다. 그건 대답이 아니다. 엄마는 나를 품 안에 끌어당기고 바르바라 이모는 반대편에서 나를 팔로 감싸안는다.

"수호천사님," 우리는 함께 중얼거린다. "저의 수호천사님, 항상 제 곁에 계셔 주세요."

아래층에서 아빠가 말하는 소리, 독일군들이 고함지르는 소리, 그리고 쿵 하는 소리가 들린다. 이제 군화가 계단을 쿵쿵 밟으며 올라오고 있다. 그러나 아빠는 아무 소리도 내지 않는다. 아빠는 당연히 "그만해!", 아니면 "당신들은 무단 침입을 하고 있어!", 또는 "우리를 해치지 않겠다고 약속하면 제가 당신들의 치수를 재서 특별한 날을 위해 모아둔 고급 초록색 줄무늬 벨벳으로 폴란드에서 가장 멋진 양복을 만들어 드리죠."라고 소리쳐야 한다. 하지만 그러지 않는다. 아빠는 말이 없다.

44

"할리나!" 바르바라 이모가 숨을 헐떡인다. "저들이 찾는 사람은 **너야**! 누군가가 너의 학생들에 관해 말을 한 게 틀림없어!" 이모는 빠르게 말한다. 한 번도 들어본 적이 없는 강한 목소리다. "네가 나인 척하면 나도 너인 척할게. 내가 할리나 울린스키가 될 거야. 나는 데려가도 문제없잖아. 나는 아이도, 남편도 없어. 하지만 조피아와 요세프에겐 네가 필요해. 저들은 ─."

독일 군인들이 내 방으로 쳐들어온다. 그들은 엄마를 붙잡는다. 나는 엄마에게 매달려 비명을 지르지만 그들은 너무 힘이 세서 우리를 뜯어서 갈라놓는다.

처음으로 내 눈에 그 남자들이 제대로 보인다. 회색 제복. 칼라 위의 번개 표시. 나치 SS다.

"안 돼! 안 돼!" 바르바라 이모가 비명을 지르며 엄마를 향해 달려든다. "사람 잘못 봤어요! **내가** 할리나 울린스키예요. 당신들이 원하는 건 **나**예요. **나**라고요!"

제일 가까이 있던 군인이 이모를 성가신 파리를 쫓아버리듯 옆으로 밀쳐 쓰러뜨린다. 이모는 넘어지면서 딱딱한 침대 모서리에 머리를 부딪친다. 그러자 이모는 눈을 감은 채 움직이지 않는다.

다른 군인이 내 팔을 잡는 바람에 나는 이모가 괜찮은지 걱정할 겨를도 없다. 오늘 오후에 내가 봤던 군인이다. 영화배우 같은 미소를 짓던 그 사람!

"이리 와!" 그가 명령한다.

"싫어요!" 내가 소리친다.

"아니!" 그가 으르렁거리며 내 팔을 잡아당긴다.

"안 돼! 안 돼!" 엄마가 겁에 질려 소리를 지른다. "그 애를 내버려둬! 나를 데려가. 내 남편을 데려가. 우리 언니를 데려가. 하지만 그 애는 여기 내버려 둬. 그 애는 그냥 어린 여자애일 뿐이야! 아무 잘 못도 하지 않았어!"

그러나 군인은 그 말을 듣지 않는다. 그는 나를 방에서 끌고 나 간다.

"엄마! 엄마! 이게 무슨 일이에요?" 나는 비명을 지른다.

하지만 엄마는 알지 못한다. 또 다른 군인이 엄마의 팔을 뒤로 묶 어서 엄마는 움직일 수가 없다.

내가 방문 너머로 끌려가서 보이지 않게 될 동안 엄마가 할 수 있 는 거라곤 울부짖는 게 전부다.

나는 발로 차고 비명을 지른다. "엄마한테 갈래! 엄마한테 갈래!" 그러나 엄마는 따라오지 못한다.

군인은 나를 아래층으로 끌고 내려가서 작업장으로 데리고 들어 간다. 그곳에는 아빠가 또 다른 군인에게 붙잡혀 있다. 그의 팔이 아 빠의 목을 꽉 조여 누르고 있어서 아빠는 말을 하지 못한다.

"아빠! 아빠!" 나는 소리를 지른다.

아빠는 대답하지 못한다. 아빠는 움직일 수가 없다. 파란 눈을 가 득 채우고 얼굴로 흘러내리는 눈물의 바다를 통해 고통 속에 바라보 는 것만이 아빠가 할 수 있는 전부다.

나는 작업장을 통과해서 유리창이 깨진 가게 안으로 끌려가서 차 갑고 어두운 거리로 나온다. 그리고 거기, 트럭 한 대가 보인다. 이틀 전 밤에 들었던, 울면서 도움을 청하던 폴란드 사람들을 가득 실은 트럭 같은 것이다. 스타니슬라프 이모부를 잡아갔을 거라고 내가 상 상했던 트럭 같은 것이다. 이모부를 데려가서 다시는 돌려보내지 않 았던 트럭 말이다.

나는 울부짖고 몸부림치고 발로 차고 깨물면서 풀려나려고 애쓴

46

다. "놔줘! 엄마한테 갈래! 아빠한테 갈래!"

"Nein(안 돼)!" 영화배우 같은 미소를 지닌 군인이 내 뺨을 때리고 나를 트럭 뒤쪽으로 던져 넣는다.

나는 겁에 질려 더는 아무런 비명도 지를 수가 없다. 숨조차 쉴 수가 없다. 숨이 헐떡이며 목이 조여와서 나는 뭔가를 붙잡으려고 더듬거린다. 그런데 내 손에 잡힌 건 어떤 발목 하나뿐이다.

어린 여자아이의 마른 발목.

나는 손을 놓는다. 그리고 트럭이 출발하자 헉하고 숨이 돌아온다.

독일어, 아니면 폴란드어?

하나를 골라!

6

누군가가 내 손가락을 빨고 있다.

축축하고 끈적끈적하고 약간 이로 씹히는 느낌이 든다.

송아지다. 행복하게 꼬리를 좌우로 흔들고 있는, 옅은 밤색의 귀여운 안짱다리 송아지. 배는 고픈데 엄마 소가 보이지 않아서 그 어린 송아지는 내 손가락을 열심히 빨면 거기서 우유가 나올 거라고 생각하는 것이다.

나는 비스툴라 강가의 푸른 초원에 서서 한 손으로 송아지 머리를 쓰다듬고 있다. 다른 손은 송아지가 빨고 있다. 행복한 기분이 든다.

이제 더 많은 송아지가 나타난다. 배고픈 송아지들. 그 송아지들도 자기 엄마를 찾지 못한다. 내 손가락을 빨고 있는 귀여운 송아지를 발견한 송아지들은 배에서 꼬르륵 소리를 내면서 모두 자기 차례가 오기를 기다린다. 송아지들은 주위를 맴돌며 웅성거린다. 그들은 점점 더 안절부절못하며 내게 몸을 밀착하고 신음하는 소리가 점점 커진다. 그들은 몸을 뒤척이고 신음하고 눈을 굴리고 밀고 힘껏 떠민다. 어떻게 된 건지 알아채기도 전에 나는 목초지를 건너고 진흙이 질척거리는 출입구를 지나 경사로로 올라가서 트럭 뒤에 실린다.

덮개 천이 내려간다. 나는 송아지 수십 마리와 함께 냄새나는 트럭에 갇혀 있다. 나는 겁에 질려 있다. 우리 모두 그렇다. 심지어 귀여운 송아지조차도 그렇다. 송아지는 눈을 꼭 감고 내 손가락을 더

코끼리한테 깔릴래, 곰한테 먹힐래?

세게 빨아댄다.

경적이 울리고 트럭이 움직이기 시작한다. 처음에는 천천히, 그런 다음 더 빠르게. 초원과 어미 소들, 비스툴라 강과 크라쿠프, 그리고 소중한 나의 엄마에게서 멀어져 간다. 어린 송아지들과 나, 우리는 모두 너무 무섭다. 그리고 우리는 배가 고프고 목이 마르고, 또 춥다. 왜냐하면 우리는 밤새도록 이동하는데 햇빛도, 담요도, 안아줄 엄마도 없기 때문이다. 트럭이 좌우로 흔들리고 송아지들이 운다. 나도 덩달아 운다. 그리고 그 귀여운 어린 송아지는 계속해서 내 손가락을 빨고, 빨고, 또 빨고 있다.

꿈이다. 악몽.

하지만 깨어나도 상황은 똑같이 나쁘다. 아니 어쩌면 더 나쁠지도 모른다. 왜냐하면 나는 정말로 밤의 어둠 속을 덜컹거리며 달리는 트럭 뒤에 **실려서** 크라쿠프와 엄마, 아빠, 바르바라 이모, 그리고 내가 아는 모든 사람에게서 점점 더 멀어지고 있기 때문이다. 나는 더럽고 냄새나는 짚 위에 앉아 있다. 그리고 춥고 배고프고 목마르고 무섭다. 그리고 나처럼 춥고 배고프고 목마르고 무서워하는 다른 아이들에게 둘러싸여 있다. 수십 명이다.

그런데 그건 송아지가 아니다. 어린아이들이다. 나와 똑같은, 폴란드 아이들.

그 애들 중 하나가 내 손가락을 빨고 있다. 이제 겨우 한 살밖에 안 된 나디아라는 여자아이이다. 그 애는 내 무릎에 웅크린 채 눈을 감고 빨고, 빨고, 또 빨고 있다. 나는 그 애가 혹시라도 깰까 봐 입에서 손가락을 빼내지 못한다. 그리고 그 애는 잠이 깨면 운다. 계속 운다.

트럭에 있는 **수많은** 아이가 운다. 한두 명은 비명을 지르지만 그러다가 지쳐 떨어져서 계속 지르지는 못한다. 어떤 아이들은 입을 크게 벌린 채 말없이 앉아 있다. 마치 비명을 지르고 싶지만 소리가 나오지 않는 것 같다. 다른 아이들은 자고 있다.

나는 벽에 등을 기대고 앉아 있고 나디아는 내 무릎 위에 있다. 나디아의 언니인 루시아와 오빠인 얀은 내 옆구리를 누르고 있다. 루시아는 네 살이고 얀은 다섯 살이다.

그 애들은 내가 자기들을 지켜줄 크고 힘센 언니, 누나라고 생각하는 것 같다. 나는 다 큰 아이가 **아니다**. 겨우 여덟 살이다. 힘이 세지도 **않다**. 그래서 나는 그 애들을 안전하게 지켜줄 수가 없다. 하지만 나는 그 애들의 따뜻한 작은 몸이 내 몸을 파고들어 와 있는 게 좋다.

"저것 봐!" 얀이 말한다. 그 애는 내 옆에 무릎을 꿇고 덮개 천으로 된 벽의 갈라진 틈새에 얼굴을 대고 있다. "불이야!"

나는 고개를 돌려 그 애 머리 바로 위쪽 같은 틈새로 밖을 내다본다. 마을 전체가 불타고 있다! 집, 헛간, 교회, 그리고 나무가.

"아름다워!" 얀이 외친다. "그림 같아!"

그 애 말이 맞다! 빨강, 노랑, 주황, 금색 물감들이 밤이라는 캄캄한 종이 위에 번지고 있다. 지붕의 뼈대, 벽, 교회 탑 등등 건물 모양을 나타내는 검은색 크레파스 선들 사이로 물감이 번지며 빛나고 있다. 색깔과 생동감이 넘치는 한 폭의 그림이다.

"아름다워…" 나는 따라 말한다.

그러나 그때 이곳이 **진짜** 마을이라는 사실이 떠오른다. 진짜 집들이 불타 없어지고 있다. 그러면 사람들은 어디 있는 거지? 나는 사람들이 안전한 어딘가로 도망쳤기를 바란다. 갑자기, 그 그림이 어떤 성난 사람이 그린 거칠고 지저분하고 걷잡을 수 없는 그림으로 보인다. 주황색과 금색이 너무 많다.

그 색깔들이 점점 더 멀리 퍼져가면서 검은색 선들을 차례차례

집어삼킨다.

"그만," 내가 중얼거린다. "그만."

"독일 놈들." 마찬가지로 불을 내다보고 있던 어떤 언니가 말한다. "괴물들. 그놈들은 우리 마을에도 똑같은 짓을 했어."

"왜?" 내가 묻는다.

그 언니는 어깨를 으쓱한다.

"봐봐!" 얀이 소리친다. "저기! 저 집 꼭대기. 황새 둥지가 있어!"

불꽃이 지붕에서 튀어 올라 둥지를 핥는다. 불이 붙은 둥지는 횃불처럼 타오른다.

나는 속이 울렁거린다. "황새 둥지를 부수면 불운이 오는데." 나는 중얼거린다.

"마을이 불타는 게 불운이지." 그 언니가 말한다.

맞는 말이다. 불타는 마을은 끔찍하다. 하지만 황새 둥지 때문에 더 끔찍하게 느껴진다.

보이치크 씨네 거리에 있는 드라베크 가족의 집이 생각난다. 황새 둥지를 허물어 버린 건 독일 사람들인데 불운을 당한 건 나였다.

독일 사람들이 폴란드에서 얼마나 많은 다른 황새 둥지들을 부수고 있을지 궁금하다.

폭격당하고.

불타고.

허물어졌다.

그들이 엉망진창으로 만들고 있기 때문이다.

불운.

불운이 넘쳐난다.

그 모든 게 우리에게 오고 있다.

54

우리는 밤새 이동하고 있다. 기온이 떨어지면서 점점 더 추워지고 비참해진다. 몸이 얼마나 떨리는지 이가 덜덜거릴 정도다. 따뜻한 목욕, 벽난로 옆에서 듣는 이야기, 뜨거운 차가 그립다.

나는 훌쩍거린다. 오늘 오후에 보이치크 씨 집에 차를 마시러 가기로 되어 있었다. 나는 **절대로** 제때 집에 돌아가지 못할 것이다.

나는 토마슈를 만날 기대에 부풀어 있었다. 이미 내 머릿속에는 온갖 세세한 것들이 그려져 있었다. 토마슈는 나처럼 키가 크고 마르고 금발 머리에 파란 눈의 아이일 것이다. 우리는 만나서 얼굴이 발개지고… 손을 흔들며 인사를 하고 킥킥거리고… 그러고는 큰 소리로 웃을 것이다. 그다음엔 복도에 호두를 굴리면서 소리를 지르고 꺅 비명을 지르곤 하겠지. 엄마와 보이치크 씨 부인은 우리에게 진정하라고 할 것이다. 그러나 우리는 너무 재미있어서 그러지 못할 것이다.

트럭이 움푹 팬 곳을 부딪치며 지나자 얀이 바지에 오줌을 적신다. 토마슈의 모습은 사라지고 나는 아까보다 더 춥다. 이제, 새벽이 오고 숨을 쉬면 얼굴 앞에 안개가 자욱해진다. 나치의 SS 대원들이 우리 집에 왔을 때 엄마가 코트와 스타킹, 머릿수건으로 나를 꽁꽁 감싸준 것에 고마움을 느낀다. 엄마는 이런 일이 일어날 줄 **알았던** 걸까?

"엄마….." 나는 나지막이 읊조린다. 눈물이 턱으로 흘러내려 나디아 아기의 머리 위로 떨어진다. 그 애가 칭얼거린다. 나는 내 코트로 그 작은 몸을 감싸고 그 애를 더 꽉 안아준다.

"목말라." 루시아가 징징거린다. "물은 언제 줘?"

"모르겠어." 내가 말한다. "금방 줄 거야."

자기 마을이 불탔다던 그 언니가 가까이에 앉아 있다. 그 언니가 콧방귀를 낀다. "우리 몇몇은 어제 아침부터 이 트럭에 타고 있었는데 아무것도 주지 않는걸."

나는 언니를 쳐다보며 겁에 질린다.

그 언니는 꼼지락거리며 조금 더 가까이 온다. "날이 밝으면서 기온이 올라가면 덮개 천 위에 앉은 서리가 녹을 거야. 물방울이 지붕에서 떨어지거나 벽을 타고 흐르면 다 핥아먹으면 돼. 별로 많지는 않아. 그렇지만 없는 것보다는 낫잖아." 언니는 얀과 루시아를 쳐다보며 다정하게 말한다. "너희 둘은 그렇게 할 수 있겠니?"

둘이 다 고개를 끄덕이자 그 언니는 미소 짓는다. "좋아. 놀이를 하는 거야. 시합이지. 누가 쇠기둥에 머리를 부딪히지 않고 물방울을 제일 많이 핥을 수 있겠어?"

"내가!" 루시아가 외친다.

"아니야, 나야!" 얀이 외친다.

그 언니가 나를 쳐다본다. "넌 할 수 있겠어?"

나는 고개를 끄덕인다. 언니가 대장 노릇을 하고 있어서 다행이다.

나디아가 내 품에서 꼼지락거리며 다시 칭얼거리기 시작한다. "아기는 어떡해?" 내가 묻는다. "벽에 묻은 물을 핥을 수 있는 나이는 아닌 것 같아. 물 없이 얼마나 버틸 수 있을까?"

그 언니가 얼굴을 찡그린다. 답을 모르는 것이다.

몇 분간 불편한 침묵이 흐른 뒤 언니가 중얼거린다. "난 카트야."

"난 조피아." 내가 말한다.

"냄새가 나서 미안해." 카트 언니가 중얼거린다. "바지에 오줌을 쌌어."

"나도." 얀이 말한다.

"봐!" 루시아가 소리친다. "첫 번째 물방울이야!"

우리는 덮개 천 지붕에서 떨어지는 물방울을 혀로 받으면서 한참을 보낸다. 큰 물방울이 떨어지면 벽을 핥고 서로의 머리를 빨기도 한다. 그러다가 내게 좋은 생각이 떠오른다. 나는 코트 안감에서 천을 조금 찢어서 떨어지는 물방울을 적시고 그 천을 나디아에게 줘서 빨아먹게 한다.

나디아는 놀라서 눈을 크게 뜬다. 좋아하는 것이다! 나는 그 애를 위해 천을 적시고 또 적셔준다.

우리는 몇 시간 동안 물을 사냥하고 있지만 여전히 목이 마르다. 하지만 그걸로 인해 다른 것들은 걱정하지 않게 된다.

가령, 우리를 왜 엄마와 아빠에게서 빼앗았을까?

또는, 우리를 왜 동물처럼 취급하는 걸까?

또는, 우리는 어디로 가는 걸까?

우리가 여전히 축축한 벽을 핥고 있을 때 트럭이 속력을 늦추더니 멈춰 선다.

"다 왔어?" 루시아가 묻는다.

나는 알지 못한다. 우리가 어디에 온 건지조차 모른다! 하지만 대신에 나는 말한다. "그런가 봐."

덮개 천 틈새로 보니 우리는 작은 회색 마을의 끄트머리에 있는 기차역 바깥에 있다. 독일군이 처참하게 만든 또 다른 폴란드 마을이다. 그리고 근처에는 우리 트럭과 똑같은 트럭이 한 대 있다.

군인들이 역에서 아이들을 질질 끌고 나와 트럭 뒤에 던져 넣는다. 작은 아이들. 큰 아이들. 무서워하는 아이들. 하지만 엄마나 아빠는 보이지 않는다.

갑자기, 그 광경이 사라지더니 내 눈앞에 어떤 농부 할머니가 보인다. 그 할머니가 덮개 천에 얼굴을 갖다 댄다.

"안녕하세요! 안녕하세요!" 나는 할머니를 향해 소리친다.

그 할머니는 뼈만 앙상한 손가락을 틈새로 집어넣으며 속삭인다. "신께서 축복해 주시길, 불쌍한 아가."

나는 내 손가락으로 그 손가락을 만져본다. "조피아예요." 내가 말한다. "저는 크라쿠프에서 온 조피아 울린스키예요. 우리 엄마와 아빠에게 제가 여기 있다고 말해주실래요? 와서 저 좀 데려가라고 말해주세요!"

트럭이 시동을 걸고 우리는 다시 움직이기 시작한다. 그 할머니의 손가락은 사라지지만 나는 손으로 계속 벽을 누르고 있다. "제발요!" 나는 소리친다. "엄마와 아빠에게 저를 찾아야 한다고 전해주세요! **전 무서워요!**"

7

길은 점점 더 울퉁불퉁해지고 트럭 바닥은 더 딱딱해진다. 나는 우리가 있는 곳이 어딘지 모른다. 폴란드는 아주 큰 나라다. 엄마와 아빠가 도대체 어떻게 나를 찾을 수 있을까?

어린아이들은 신음하며 낑낑대며 흐느끼며 잠을 청한다. 이 안에는 지독한 냄새가 난다. 똥과 오줌, 토한 냄새다. 나는 구역질을 하지만 아무것도 나올 게 없다.

나는 꾸벅꾸벅 졸다가 꿈에서 비스툴라 강을 본다. 물이 너무 많다! 나는 강물에 얼굴을 담그고 꿀꺽꿀꺽 물을 삼킨다. 깜짝 놀라 잠이 깬다. 트럭이 다시 멈췄고 뒤쪽의 덮개 천이 말려 올라간다. 우리는 어떤 도시 한가운데 있다. 내 생각에는, 큰 도시다. 왜냐하면 트럭이 주차한 데는 어떤 공장 같은 곳 옆인데 더 멀리 거리 아래쪽으로 아파트 건물들이 보이기 때문이다. 꼭 크라쿠프 같다.

"Schnell! Schnell!(빨리! 빨리!)"

두 명의 독일 군인이 우리를 들어 올린다. 나는 다리가 후들거리고 길에 누워 다시 잠들고 싶다는 생각밖에 없다. 그런데 우리를 기다리고 있는 간호사들이 — 하얀 원피스에 앞치마를 두르고 모자가 펄럭이는 여자들 — 보인다. 그리고 그들에게는 물이 있다! 길이나 가로등 기둥에서 핥아야 하는 물방울이 아니라 물통이 통째로 있다. 그들은 양철 컵에 물을 떠서 그 컵들을 나눠준다. 아이마다 각자 한 컵씩!

코끼리한테 깔릴래, 곰한테 먹힐래?   59

몇몇 아이들은 너무 급하게 벌컥벌컥 마시다가 토한다. 그러자 그 간호사들이 독일어로 그 애들을 야단친다. 아이들은 그 말을 알아들을 수는 없지만 화내는 것은 알아듣고 어리둥절해한다.

우리 모두 그렇다. 간호사는 아픈 아이들을 **도와줘야** 하는 거잖아?

우리는 간신히 정신을 차릴 수 있을까 말까 한 상태인데도 보도에 네 줄씩 일직선으로 서게 된다. 카트 언니가 나디아를 업고 있다. 루시아와 얀은 내 코트에 달라붙어 있다. 루시아가 바지에 오줌을 싸는 바람에 발 주위에 웅덩이가 생긴다.

간호사 중 한 명인 키 크고 어깨가 넓은 여자가 루시아의 귀를 잡고 줄에서 끌어낸다. 그녀는 루시아의 작은 다리 뒤를 후려치고, 루시아가 울자 다시 뺨을 때린다.

잔인하다. 그리고 말도 안 된다. **수많은** 아이가 길을 오는 도중에 그런 실수를 했다. 우리 중 누구라도 어쩔 수가 없는 것이다. 아직 어린 여자애일 뿐인데 왜 그렇게 무지막지하게 구는 걸까?

가엾은 루시아는 춥고 축축한 몸으로 다리를 떨면서, 어떻게든 눈물을 참으려 애쓰느라 얼굴이 빨개진 채 우리 앞에 그대로 서 있다. 그 못된 간호사가 군인들 중 한 명에게 말을 하러 가자, 나는 앞으로 달려가서 루시아의 손을 잡고 내 옆줄로 그 애를 다시 끌어당긴다.

간호사는 돌아와서는 그 웅덩이는 잊은 것 같다. 그녀는 독일어로 소리쳐 명령을 하며 아이들의 줄 사이로 왔다 갔다 걸어 다닌다.

우리는 줄을 계속 촘촘하게 유지하고 있어야 한다. 우리는 질서정연하게 거리를 따라 걸어야 한다. 우리는 울어서는 안 된다. 지나가는 누구에게도 말을 걸어서는 안 된다. 이 훌륭한 독일 도시의 선량한 시민들을 성가시게 해서는 안 된다.

우리는 모두, 심지어 무슨 말인지 알아듣지 못하는 아이들도 고개를 끄덕인다. 우리는 아무도 루시아처럼 뺨을 맞고 싶지 않다.

"여기는 독일이야." 카트 언니가 중얼거린다.

"설마." 어떤 오빠가 소곤거린다. "공장 정문 근처에 있는 저 간판을 봐. '바르트헬란트'라고 적혀 있어. 우리는 아직 폴란드에 있어. 단지 독일군이 훔쳐 가서 자기들 땅인 것처럼 하고 있을 뿐이지."

"Schnell! Schnell!(빨리! 빨리!)" 간호사들이 소리를 지른다. 우리는 냄새나는 한 무리의 작은 병사들이 되어 도시의 한 구역을 차례차례 따라 행군하듯 걸으며 트럭에서 멀어진다. 길 건너편에서 걷는 사람들이 고개를 돌린다. 아마도 우리의 모습과 냄새를 견디기 힘든 모양이다.

우리는 양파 모양 돔 지붕과 종탑이 있는 예쁜 폴란드 교회를 지나간다. 아니, 그건 이제 독일 교회일까? 아니면, 독일 사람들이 모든 폴란드 사람들과 함께 신을 쫓아냈기 때문에 그냥 빈 껍데기일 뿐일까?

마침내, 우리는 굉장히 큰 건물에 도착한다. 붉은 타일 지붕에 창문이 많은, 4층 높이의 흰색 건물이다. 길 뒤쪽에 쑥 들어가 있는 넓은 정원 속에 자리 잡은 그 건물을 높다란 벽돌 벽이 둘러싸고 있다. 오래된 수도원처럼 보인다.

우리는 이중 철문을 통과한다. 기관총을 든 군인 두 명이 그 철문을 지키고 있다. 침입자를 막기 위해 거기 있는 걸까? 아니면 우리를 안에 가두기 위해? 어느 쪽인지 모르겠다.

나는 지나가면서 그들에게 눈살을 찌푸린다. 나는 독일 군인들이 밉다.

그러나 그 건물로 향하는 길을 따라 걸으면서 놀라움이 미운 마음

코끼리한테 깔릴래, 곰한테 먹힐래?　　　　　　　　　　　61

을 삼켜버린다. 정원은 그림책에 나오는 것처럼 기이하고 멋지다. 깔끔한 흰색 유니폼을 입은 젊은 간호사들이 정원에 가득하다. 그들은 헐벗은 겨울나무들 사이에서 커다란 유모차들을 밀고 있다. 유모차 안에는 흰색 양털 담요가 깔려 있고, 끈 달린 아기 모자와 배내옷, 그리고 두꺼운 양털 카디건까지 온통 흰색으로 차려입은 통통하고 귀여운 아기들이 앉아 있다.

모든 것이 너무 아름답고 깨끗하고 밝고 완벽해 보인다. 나는 내가 정말 깨어 있는 건지, 냄새나는 트럭 안에서 또 다른 꿈을 꾸고 있는 게 아닌지 확인하려고 눈을 크게 뜬다.

얀이 속삭인다. "**여기는** 어쩌면 황새가 모든 엄마, 아빠에게 데리고 갈 아기들을 구해오는 곳일지도 몰라."

루시아는 희망으로 가득 찬 얼굴로 나를 쳐다본다. "황새가 **우리**를 엄마, 아빠 집으로 다시 데려다줄 수 있을 것 같아?"

멋진 생각이다. 나는 그렇게 믿고 싶다. 정말로 그렇다. 그래서 나는 미소를 지으며 고개를 끄덕인다.

우리는 건물 안으로, 넓은 복도를 따라 행군하듯 걸어가서 식탁과 긴 의자들이 잔뜩 있는 식당에 도착한다. 우리가 자리에 앉자 모락모락 김이 나는 뜨거운 수프 그릇들이 우리 앞에 놓인다.

"수프가 한 그릇 가득이야!" 카트 언니는 한 입 먹고는 숨을 헐떡인다. "그리고 감자 덩어리들이 있어. **그리고 당근도!**"

우리는 너무 들떠서 무서운 것도 잊고 조심하는 것도 잊는다. 우리가 게걸스럽게 먹는 동작을 중단한 것은 나디아가 카트 언니의 무릎에서 들어 올려지고 나서다. 그제야 우리 눈에 한 무리의 간호사들이 달려와서 아기들을 모두 데려가고 있는 것이 보인다.

얀이 소리친다. "내 동생을 돌려줘!" 그 애는 식탁에서 뛰쳐나와 나디아를 데리고 있는 간호사에게 달려가서 주먹으로 그녀를 내리친다. "그 애를 돌려줘. 내 동생이야."

간호사는 발로 얀을 탁 쳐서 밀어내고는 후다닥 가버린다.

카트 언니가 자리에서 일어나 얀을 다시 식탁으로 끌어당긴다. "괜찮아, 얀." 그 애가 말한다. "그냥 목욕시키고 깨끗한 기저귀와 우유를 주려고 데려가는 거야."

"정말로 그렇게 생각해?" 얀이 속삭인다.

카트 언니가 고개를 끄덕인다. "살찌고 행복한 저 모든 아기들을 정원에서 봤잖아. 나디아는 곧 간호사가 미는 멋진 유모차에 앉아 발을 까딱거리고 있게 될 거야. 여기는 아기들이 공주들 같아. 그리고 운이 좋으면 나디아가 너와 루시아를 자기와 함께 타게 해줄지도 모르지."

루시아가 말한다. "어쩌면 황새가 우리 셋을 모두 유모차에 태워서 엄마, 아빠에게 데려다줄지도 몰라!"

나는 입을 벌린 채 카트 언니와 루시아의 말을 듣는다. **나**는 목욕하고 싶다. 그리고 황새가 미는 유모차를 타고 집에 가고 싶다.

"Essen!(먹어!)" 간호사 중 한 명이 지나가면서 쏘아붙인다. 먹어! 그녀는 숟가락으로 음식을 입에 넣는 시늉을 한다.

시키는 대로 하는 건 쉽다. 우리는 남은 수프를 기꺼이 먹어 치운다. 그릇들이 치워지고 우리 앞에는 우유 잔들이 놓인다. 진짜 우유다! 너무 빨리 마시는 바람에 나는 딸꾹질을 한다.

또 다른 간호사 무리가 급하게 달려들더니 이번에는 좀 더 나이가 어린 아이들을 데리고 날아가듯 사라진다. 루시아와 얀은 안절부절 못하며 뒤로 물러나기 시작하지만 그 둘을 양손에 하나씩 붙잡은 간호사는 너무 우람하고 너무 키가 크고 너무 힘이 세서, 둘은 금세 시

코끼리한테 깔릴래, 곰한테 먹힐래?　　　　　　　　63

야에서 사라진다.

나는 사라지는 그 애들을 뚫어져라 바라본다. "저 애들을 다시 보게 될까?" 나는 카트 언니에게 묻는다.

그러나 언니는 대답하지 않는다.

빈 잔들이 치워지고 우리는 앉아서 기다린다. **무엇을** 기다리고 있는지는 모른다. 아무도 우리에게 왜 우리가 여기 있는지, 혹은 다음에는 어떤 일이 있을지 말해주지 않았다. 간호사들은 모두 사라지고 없다.

남자아이 둘이 의자를 떠나 문으로 달려간다. 그러나 문을 열자마자 어떤 간호사가 나타나서 각각의 귀를 잡고 그 애들을 식탁으로 다시 끌고 간다.

"Setzen!(앉아!)" 그녀가 으르렁거린다. 앉아!

그 애들은 그렇게 한다.

우리는 모두 앉아서 기다린다. 몇 시간이 흐른다. 내 머리가 식탁 앞쪽으로 수그러지고 나는 졸고 있다.

다시 깨자 카트 언니가 얼굴을 찡그리고 걱정스럽게 손을 긁고 있다. 그 언니가 묻는다. "조피아, 이상한 거 못 느꼈어?" 나는 언니를 쳐다본다. **모든 게** 이상해! 아이들을 가족에게서 **빼앗는** 것. 그 아이들을 트럭 뒤에 던져 넣는 것. 굶긴 다음 융숭하게 먹이는 것. 화장실도 못 쓰게 하고서 바지에 오줌을 싸면 뺨을 때리는 것. 커다란 유모차를 탄 살찐 아기들이 가득한 정원. **어떤 것을** 이상하다고 해야 할지 몰라서 나는 고개를 내저을 뿐이다.

"봐!" 카트 언니가 말한다.

나는 주먹으로 눈을 문지른다. 너무 피곤하다.

"식당을 둘러봐." 언니는 강하게 요구한다.

64

나는 카트 언니가 좋다. 그 언니를 보면 안전한 느낌이 든다. 나는 언니의 기분을 좋게 하고 싶다. 그래서 손가락으로 눈꺼풀을 들고 본다.

"더러워." 나는 중얼거린다. "**모든 애들이** 더러워. 저기 저 남자애는 바지에 똥이랑 지푸라기가 붙어 있어. **그리고** 그 옆에 있는 남자애. 그리고…."

카트 언니가 나를 빤히 보고 있다. 그 파란 눈으로.

카트 언니는 파란 눈에 머리는 금발이다. 꼭 나처럼.

나는 한 번 더 강당을 둘러보며 먼지 사이로 카트 언니가 본 걸 보려고 애쓴다.

그러자 보인다.

우리는 모두 똑같다.

카트 언니.

나.

이곳에 있는 다른 여자아이들과 남자아이들 모두.

우리는 모두 금발 머리에 파란 눈의 아이들이다.

코끼리한테 깔릴래, 곰한테 먹힐래?

8

나는 깜짝 놀라 잠이 깬다. 누군가 울고 있다. 가까이 있는 누군가.
나는 어둠 속을 응시한다. 마음이 어지럽다. 심장이 쿵쾅거린다.
기억이 난다.

우리는 식당에 있었다. 그다음에 우리는 텅 비어 있는 기다란 방
으로 끌려갔다. 나. 카트 언니. 나머지 여자아이들. 남자아이들은 남
겨졌다.

후다닥 들어와서 우리를 데려간 간호사들은 모두 똑같아 보였다.
키가 크고 어깨가 넓고 억세고 큼지막한 손, 흰색 모자 아래 금발 머
리, 엄숙한 얼굴과 차디찬 파란 눈이었다. 그들은 명령하고 떠밀고 쏘
아붙이고 뺨을 때렸다. 한 명도 빠짐없이 그랬다.

우리는 옷을 벗어야 했고 오래오래 떨면서 기다려야 했다. 너무 오
래 기다리고 있었다!

간호사가 나를 욕조에 집어넣고 내 몸의 때를 밀었는데 너무 세게
문질러서 울음이 터져 나왔다. 머리를 감길 때는 손톱으로 벅벅 긁
어서 나는 더 많이 울었다.

"쉿!" 그녀가 독일어로 딱딱거렸다. "어쨌든 넌 머리카락은 그대로
두게 되잖아. 머릿니가 있는 애들은 다 머리를 박박 밀게 돼."

"머리카락을 전부 다요?" 나도 독일어로 물었다.

"싹둑-싹둑-싹둑!" 간호사가 대답했다. "전부 다!" 그러나 조금 더

부드러워진 말이었다. 내가 폴란드어가 아닌 **자기 나라** 말을 했기 때문인 것 같다. 나는 조용히 있었고 그 간호사는 나를 욕조에서 들어 올리고 수건을 들이밀며 나를 밀쳐냈다.

나는 수건을 가만히 보고 있었다. 나는 혼자 몸을 닦은 적이 없다. 그건 엄마가 해주는 일이다. 엄마는 나를 수건으로 감싸서 안고 작은 누에고치라고 부르며 사랑한다고 말한다. 겨울이면 엄마는 나를 부엌으로 데려가서 난로 앞에 앉혀 놓고서 몸을 말려준다. 목욕은 언제나 감싸주고 안아주는 것, 그리고 난로 옆의 따뜻함을 의미한다.

하지만 여기서는 아니다. 여기서 나는 혼자 몸을 닦아야 했다. 나는 다른 여자애들 넷과 함께 덜덜 떨면서 추운 욕실에 서 있었다. 나는 머리카락을 축 늘어뜨린 채 수건을 망토처럼 두르고 누군가가 도와주기를 기다리고 있었다. 다른 간호사가 내 쪽으로 걸어오기에 나는 미소를 지었다. 그러나 그녀는 인상을 쓰며 내 맨다리를 후려쳤다. "Schnell! Schnell!(빨리! 빨리!)"

나는 또다시 울음을 터트렸고, 혼자 몸을 닦아보려고 했지만 구석구석 손이 닿지 않았다. 그래서 간호사가 내 머리 위로 잠옷을 뒤집어씌우자 물기 때문에 잠옷이 등에 달라붙었다. 너무 스멀스멀한 느낌이 들어서 나는 흐느껴 울다가 혀를 씹을 뻔했다.

그러고는 취침 시간이 됐다. 한 방에 이층 침대가 열 개 있다. 장판이 깔린 맨바닥이다. 커다란 창문은 열려 있다. 지금은 한겨울인데도 말이다. 욕실보다 더 춥다.

우리는 이층 침대 끝에 각각 두 명씩 서 있었다. 나는 카트 언니 옆에 있고 싶었지만 그 언니는 맞은편에 있었고 나는 무서워서 자리를 옮기지 못했다.

"침대로 들어가!" 간호사가 이층 침대를 가리키며 말했다. 그리고 우리는 동시에 그렇게 했다.

"취침!" 간호사는 그렇게 말하고 불을 껐다.

누군가가 큰 소리로 취침 기도를 하기 시작했고 우리 중 몇몇이 동참했다. "수호천사님, 저의 수호천사님, 제 곁에 항상 계셔 —."

불이 다시 켜지더니 간호사가 우리를 침대에서 끌어 내려 때렸다. 세차게. 추운 우리의 맨다리를. "기도는 금지야!"

나는 또다시 울면서 침대로 도로 기어 올라갔다. 다리가 불타고 있었다. 가슴이 아팠다. 나는 말없이 기도하려고 했으나 간호사는 내게 몸을 기울이며 쉭쉭거렸다. "머릿속으로 기도할 생각도 하지 마. 내가 다 알 테니까."

정말로 알 수 있을까? 확실히 알 수는 없었지만 혹시나 해서 나는 기도하지 않았다. 나는 하나님께 기도하지 못해서 미안하다고 속으로 말하고야 **말았는데** 그것도 어쩌면 기도일지 몰랐다. 하지만 불이 꺼지고 간호사는 나를 내버려 두고 나갔다.

나는 울었다. 그리고 내 마음을 상하게 하고 나를 때리고 겁주던 키 크고 어깨가 떡 벌어진 그 간호사들에게 분노하며 계속 깨어 있고 싶었다. 하지만 이건 매트리스와 베개, 깨끗한 깔개와 따뜻한 이불이 있는 진짜 침대였고 나는 배가 부르고 기진맥진한 상태였다. 나는 곧바로 잠이 들었다.

그런데 이제 잠이 깬다. 그리고 누군가 울고 있다. 가슴이 아프고 눈이 따끔거려서 나도 금방 따라서 울 것 같다.

나디아 아기가 여기서 내 손가락을 빨고 있으면 좋겠다. 얀과 루시아가 양옆에서 내 품에 파고들었으면 좋겠다. 내 인형, 안나가 있었으면 좋겠다. 안아줄 송아지가 있었으면 좋겠다.

아니, 엄마와 아빠가 여기 있었으면 **정말** 좋겠다.

엄마와 아빠는 여기 **없다.**

하지만 그래도 카트 언니가 있다. 크고 용감한 카트 언니.

나는 침대에서 슬그머니 내려와서 일렬로 있는 침대들을 따라가며 어둠 속에서 길을 찾아 헤맨다. "카트 언니, 카트 언니." 나는 훌쩍이며 말한다. "어디 있어?"

나는 이제 울음소리 바로 옆에 와 있다. 방금 내가 지나친 침대 아래 칸에서 들려오는 소리다. "엄마! 엄마 보고 싶어!" 흐느끼는 목소리다.

나도 **우리** 엄마가 보고 싶다.

나는 그 흐느끼는 소리를 향해 움직인다. 그 여자애의 손이 느껴지자 나는 손으로 그 애의 손을 잡는다.

"안녕." 내가 속삭인다.

그 애는 내 손을 꽉 쥐고 코를 훌쩍거린다. "누구야?"

"조피아." 내가 말한다. "난 조피아 울린스키야."

"**너희** 엄마는 어디 있어?" 그 애가 묻는다.

모른다. 엄마는 우리 집 침대 속에 있을까? 크라쿠프 거리를 뛰어다니면서 나를 찾고 내 이름을 외쳐 부르고 있을까? 트럭 뒤에 실려서 낯설고 새로운 폴란드 어딘가로, 이해할 수 없는 규칙이 있고 그걸 어기면 종아리를 맞는, 어딘가로 가고 있을까?

나는 엄마가 어디 있는지 모른다. 그래서 묻는다. "네 이름은 뭐야?"

"마리아 폴란스키야." 그 애가 말한다.

"**너희** 엄마는 어디 있어?" 내가 묻는다.

"감옥에." 그 애가 속삭인다. "엄마는 빵집에서 일했는데 독일 여자에게 줄 케이크를 보관하지 않고 폴란드 여자에게 팔았어."

코끼리한테 깔릴래, 곰한테 먹힐래?

"어떤 케이크?" 바보 같은 질문이지만 달리 무슨 말을 해야 할지 나는 모른다. 엄마는 내게 온갖 종류의 일들을 가르쳐 줬다. 읽고 쓰기, 더하기와 곱하기, 폴란드의 역사, 고양이 그리는 법, 잠자리에서 어떤 기도를 해야 하는지, 독일어와 영어, 이탈리아어 하는 법, 단추를 꿰매는 데 가장 좋은 실 등등을. 하지만 목욕하고 나서 몸을 닦는 법이나 가족들 품에서 납치됐을 때, 혹은 케이크를 엉뚱한 사람에게 팔아서 감옥에 간 엄마를 둔 여자애를 만났을 때 무슨 말을 해야 하는지는 한 번도 가르쳐 주지 않았다.

"호두 케이크." 마리아가 말한다.

또다시, 나는 보이치크 씨 부인이, 그리고 내가 못 먹게 된 오후의 차와 만나지 못하게 된 토마슈라는 남자애가 생각난다. "나 호두 케이크 정말 좋아해!" 나는 소리쳐 말한다.

"그 독일 숙녀도 그랬어." 마리아가 다시 흐느끼기 시작한다.

"조피아, 조피아!" 누가 내 이름을 숨죽여 부른다. 카트 언니다.

"여기 있어." 내가 말한다.

"어디?"

"여기."

또 한 번의 바보 같은 대화지만 카트 언니가 이제 내 옆에서 나를 안아주고 있으니까 말이 통한 것이다.

"너 울고 있네." 언니가 말한다.

"내가 아니고," 내가 설명한다. "마리아야."

"마리아 폴란스키야." 마리아가 흐느낀다. "난 열 살이야."

"난 열한 살." 카트 언니가 말한다.

"난 여덟 살이야." 내가 말한다.

모두 바보 같다.

마리아 언니가 이불을 젖힌다. "들어올래?"

우리는 그렇게 한다. 카트 언니와 나는 끼어서 눌린다. 침대가 너무 작아서 우리는 서로서로 짓누르고 있지만 혼자가 아니니까 괜찮다.

"우린 가족 같아." 내가 속삭인다.

"우린 정어리 통조림 같아." 카트 언니가 말한다.

"난 정어리 정말 좋아해." 마리아 언니가 말한다. "난 열 살이고 정어리를 좋아해. 하지만 체리를 훨씬 더 좋아해."

또 하나의 바보 같은 말이지만 꽤나 괜찮은 말이기도 하다. 왜냐하면 엄마나 아빠, 감옥, 아니면 호두 케이크를 사지 못해 성난 독일 여자들이나 트럭, 아니면 우리가 얼마나 무서웠는지, 그런 말들이 나오지 않았기 때문이다.

코끼리한테 깔릴래, 곰한테 먹힐래?　　　　　　　　　　　　　71

9

아침이다. 간호사가 카트 언니와 마리아 언니, 그리고 나를 내려다보고 있다. 한 침대에 여자애 세 명. 분명히 규칙 위반이다.

화가 난 것 같다. 화가 난 간호사들은 뺨을 때린다.

"죄송해요." 내가 말한다.

"죄송해요." 마리아 언니가 말한다.

"우리는 정어리인 척하고 있는 거예요." 카트 언니가 말한다. "마리아가 정어리를 정말 좋아하거든요. 하지만 체리만큼은 아니에요."

나는 킥킥거린다. 카트 언니가 재미있고 건방지고 용감하다고 생각해서이기도 하지만 무서워서이기도 하다. 겁이 나면 가끔은 엉뚱한 소리가 나오기도 한다. 나는 킥킥 웃다가 침대에서 떨어지고, 그런 다음 숨을 참으며 혼나기를 기다린다.

간호사는 몸을 숙여 내가 일어나도록 도와준다. 그녀는 소리 지르지 않는다. 뺨을 때리지도 않는다.

나는 그 간호사를 안고 싶다. 아니 그보다는, **그녀가** 나를 안아주면 좋겠다. 엄마가 아침에 나를 깨울 때처럼 말이다.

나는 그 파란 눈을 들여다본다. 어젯밤에 나를 씻겨준 간호사다. 나는 독일어로 속삭인다. "전 조피아예요."

그러나 간호사는 안아주지 않는다. 웃지도 않는다. 이름도 말해주지 않는다. 그녀는 침대마다 옮겨 다니며 어깨를 흔들어 아이들을 하나씩 깨운 다음 우리 모두에게 침대 끝에 서 있으라고 말한다.

다른 간호사가 나타나서 소리친다. "매일 아침, 제일 먼저 할 일은 이부자리를 정리하는 거야!" 그녀는 인상을 쓴 다음 내 침대로 가서 베개를 평평하게 펴고 깔개와 이불을 걷어서 평평하게 한 다음 개어 놓는다. 그 모든 걸 내가 하품하는 것보다 짧은 시간에 다 한다.

그녀가 한 번 더 소리친다. 그건 사실 말이 아니다. 으르렁거리는 것에 더 가깝다. 여자애들은 모두 정확히 똑같은 방식으로 서둘러 이불을 개기 시작한다. 나만 빼고. 내 이부자리는 방금 정리가 끝났기 때문이다. 고마운 마음이 든다. 왜냐하면 내 이부자리는 바르바라 이모가 항상 정리해 주기 때문에 내가 그걸 잘 할 수 있을 거라는 생각이 들지 않아서다. 내가 그 간호사에게 막 고맙다고 하려는데 그녀가 앞으로 달려와서 내 이부자리를 다 흩트러 놓고 베개를 바닥에 던진다.

나는 입을 벌리고 그녀를 바라본다. 무엇 때문에 그렇게 한 걸까? 어쩌면 광견병에 걸린 건지도 모른다. 광견병에 걸린 동물들은 미쳐 버린다. 나는 그녀의 입 주위에 거품이 있는지 찾아본다.

"Schnell! Schnell!(빨리! 빨리!)" 그녀는 나를 헝클어진 이부자리 옆으로 밀어 넣는다.

나는 이불을 부풀리고 당기고 반반하게 펴서 개지만 그다지 깔끔하지 않다. 간호사가 으르렁거리며 내 등을 찌른다. 나는 더 열심히 애를 쓰지만 주름지고 구겨진 부분이 되려 더 늘어나는 것 같다. 울음이 터지기 직전에 내 침대 위 칸에서 자는 언니가 슬며시 내 옆에 와서 도와준다.

"고마워." 나는 말한다.

그 언니는 미소를 짓는다. 그러자 나는 그 언니가 머리를 빡빡 밀

코끼리한테 깔릴래, 곰한테 먹힐래? 73

었는데도 아주 예쁘다는 걸 알게 된다. 그 언니는 상냥하게 나를 내 침대 발치로 데려가고 우리는 거기 나란히 서서 기다린다.

"난 조피아야." 내가 속삭인다.

"난 야드비가야." 언니가 대답하며 새끼손가락으로 내 손가락에 깍지를 낀다.

우리는 이부자리를 검사 받고 이불이 구겨진 아이들은 뺨을 맞는다. 이불이 구겨지지 않은 여자애 두 명도 뺨을 맞는다. 둘 다 야드비가 언니처럼 머리를 빡빡 밀었다. 그러니까 어쩌면 그건 머리에 이가 있어서 맞는 것인지도 모른다. 알 수가 없다.

뺨 때리기가 끝나자 우리는 욕실로 행진해 간다. 그곳에서 우리는 화장실에 가고 — "Schnell! Schnell!(빨리! 빨리!)" — 세수를 한다. 잠옷을 벗어 벽에 건다. 또 다른 간호사가 머리를 손질하는 법을 알려주는 동안 우리는 떨면서 팬티 차림으로 서 있다.(어쨌든, 다른 간호사라고 나는 **생각한다.** 그들은 모두 똑같은 모습이다. 키가 크고 어깨가 넓고 화난 표정이다.)

간호사는 대열에서 제일 작은 여자애를 골라 그 애의 머리가 반짝반짝 빛이 날 때까지 빗은 다음 가운데를 나누고 두 갈래로 완벽하게 땋는다. 그런 다음 땋은 머리를 각각 고리 모양으로 감아서 검정 리본으로 묶는다. 그렇게 하니까 그 어린 여자애는 귀가 펄럭이는 한 마리 사냥개 같다.

스타니슬라프 이모부가 그런 개를 키웠었다. 이름은 덤플링이었다.

그 어린 여자애가 대열로 돌아와서 내 옆에 선다. 나는 속삭인다. "안녕, 난 조피아야."

"안녕. 난 에바야." 그 애는 대답하며 살며시 내 손을 만진다.

에바. 야드비가 언니. 마리아 언니. 카트 언니.

떨리는 내 시린 가슴에 약간의 온기가 스며든다.

"Schnell! Schnell!(빨리! 빨리!)" 간호사는 소리치고 우리는 모두 머리를 손질해야 한다. 두 개의 땋은 머리를 아래로 내리거나 에바의 강아지 귀처럼 고리 모양으로 올려야 한다. 밀어서 머리카락이 없는 아이들만 빼고.

나는 머리를 땋을 줄 모른다. 엄마와 바르바라 이모가 항상 내 머리를 손질해 줬다. 하지만 이번에는 도움이 필요해도 괜찮다. 야드비가 언니가 또다시 나를 구하러 온다. "고마워." 내가 또다시 말한다. 그러자 그 언니는 웃음을 지어보려 하지만 그러는 대신 울기 시작한다. 그 언니는 머리카락이 없는 아이들 중 하나이고 오래도록 땋을 머리가 없을 것이기 때문이다.

"괜찮아." 내가 속삭인다. "내가 여태껏 본 대머리 중에 언니 머리가 제일 예뻐."

"정말?" 언니가 울먹인다.

내가 미소 지으며 고개를 끄덕이자 언니는 떨리는 듯한 젖은 미소로 내게 답한다.

우리는 팬티 차림에 완벽하게 땋은 머리를 한 채 추운 복도를 따라 걸어가서 또 다른 방으로 들어간다. 그곳에서 우리는 옷을 받는다. 여기저기 천을 덧댄 누더기나 낡은 커튼과 밀가루 포대로 만든 이상한 옷이 아니다. 이 옷들은 멋지다. 따뜻한 속옷, 스타킹과 원피스, 모두 깨끗하고 하얗고 밝다.

우리는 이제 금방이라도 흰색 양털 담요의 바닷속에서 유모차에 풀썩 앉아서 정원을 누비게 되는 게 아닐까 하는 생각이 든다. 하지만 훨씬 더 좋은 일이 생긴다.

코끼리한테 깔릴래, 곰한테 먹힐래?

우리는 저마다 한 켤레씩 부츠를 받는다.

진짜 가죽 부츠다.

우리는 인형처럼 차려입고 식당으로 행진해 들어간다. 나와 에바, 야드비가 언니, 마리아 언니, 그리고 카트 언니가 한 식탁에 앉는다. 나는 뜨겁고 걸쭉한 죽을 먹는다. 부드러운 가죽 부츠 속에서 따뜻한 스타킹을 신은 발가락을 꼼지락거린다. 그리고 미소 짓는다.

그러다가 나는 부끄러움에 휩싸인다.

부드러운 가죽 부츠와 배불리 먹는 죽, 아니면 엄마와 아빠? 하나를 골라.

올바른 선택은, 당연히, 엄마와 아빠다.

올바른 선택은 **언제나** 엄마와 아빠가 될 것이다.

10

"옷을 벗어." 간호사가 명령한다. 처음에는 독일어로, 그다음엔 폴란드어로. 그래서 알아듣지 못하는 일은 없다.

나는 책상 주위에 모여 이야기를 나누고 있는 다섯 명의 의사들을 바라본다. 그들은 모두 하얀 가운을 입고 주머니에는 펜을, 목에는 청진기를 걸고 있다. 네 명은 키가 크고 말랐다. 다섯 번째 사람은 유모차에 탄 아기들처럼 키가 작고 통통하다. 모두 남자들이다.

에바와 다른 세 명의 여자아이들이 이곳에 나와 함께 들어와 있다. 우리는 말없이 같은 생각을 하며 서로를 바라보다가 고개를 젓는다.

"옷을 벗어." 간호사가 또 한 번 명령한다.

"하지만 추워요." 내가 말한다. 우리가 진짜 걱정하는 것은 추위가 아니다. 하지만 이 낯선 남자들 앞에서 옷을 벗는 게 어떤 기분일지 설명할 말이 없다.

"옷을 벗어." 간호사의 목소리는 이제 아주 조용하다. 그러나 그 말들 사이에는 뭔가 위험한 것이 숨겨져 있다.

알몸이 되기, 아니면 뺨을 맞고 **그래도 역시** 알몸이 되기. 하나를 골라!

나는 원피스를 머리 위로 끌어올리고 다른 여자애들도 따라 한다. 간호사는 고갯짓으로 벽에 조르르 달린 못을 가리킨다. 그래서 우리는 거기에 원피스를 건다.

코끼리한테 깔릴래, 곰한테 먹힐래?

"부츠, 스타킹, 러닝셔츠도!" 간호사가 명령한다.

나는 의사들에게 긴장된 눈빛을 보내지만 간호사가 우리 앞으로 한 걸음 내딛자 재빨리 그 말대로 한다.

우리는 소중한 부츠를 벽에 기대 놓는다. 에바는 부츠를 앙상한 작은 가슴에 꺼안고 나서 내려놓는다. 우리는 속옷과 스타킹을 못걸이에 걸고 팬티 말고는 아무것도 입지 않은 채 방 한가운데 서 있다. 나는 몸이 떨린다. 한 명이 흐느낀다. 소리는 없었으나 눈물이 얼굴에서 떨어져 벗은 배를 타고 흘러내릴 정도다.

우리는 각자 다른 의사와 짝을 이룬다. 키가 작고 통통한 의사가 서류철을 보고 내 이름을 읽는다.

간호사가 나를 앞으로 민다.

"조피아 울린스키," 의사가 반복한다. "크라쿠프. 폴란드인 부모. 여덟 살. Ja(맞아)?"

나는 코를 찡그린다. 그런 것을 알리면 의사가 아니어도 된다. 카트 언니, 마리아 언니, 야드비가 언니, 에바도 그 정도는 알고 있다. 게다가 에바는 겨우 일곱 살이고… 아주 조그마하고… 강아지라고도 볼 수 있다.

"얼굴 찡그리지 마!" 간호사가 쏘아붙인다. "그리고 의사 선생님 말씀에 대답해."

나는 찡그린 코를 펴려고 노력하며 말한다. "Ja(네), 의사 선생님."

의사는 서류철에서 고개를 든다. "훌륭한 소녀군." 그가 폴란드어로 말한다. 그런 다음 그 말을 독일어로 되풀이한다. "Braves Mädchen."

"Braves(훌륭한) 의사 선생님." 내가 대답하자 의사는 껄껄 웃는다. 가볍고 유쾌하고 다정한 웃음이다. 아마도 좋은 사람일 거라고 나는 생각한다. 그러나 확신할 수는 없다. 영화배우 같은 미소를 짓는 군인이 이솝 우화의 여우처럼 교활할 수 있다. 다정한 웃음을 짓는 의사도 역시 나쁠 수 있다. 더 나쁠 수도 있다.

"영리하구나!" 의사는 통통한 손으로 살짝 박수를 친다. "그럼 우리 이제 독일어로 말하면 되겠다."

나는 기분을 맞추고 싶은 간절한 마음으로 고개를 끄덕인다. 뺨을 맞지 않은 것에 감사하면서.

의사가 내 손을 잡고 나를 똑바로 세워진 나무 자로 데려간다. 내가 자에 등을 대고 서자 의사는 막대를 아래로 밀어 내려 내 머리에 가볍게 닿게 한다.

"아!" 의사는 내 차트에 몇 가지 숫자를 기록하면서 고개를 끄덕이며 미소를 짓는다. "키가 크구나. 다리가 길고."

"황새처럼요." 나는 할 수 있는 최고의 독일어로 말한다.

"기린처럼!" 선생님이 외친다.

나는 기린을 좋아하는데! 나는 처음으로 살짝 미소 짓는다.

다음으로, 나는 시청이나 기차역에서 볼 수 있는 시계처럼 바닥이 넓고 표면이 큼직한 체중계에 올라 몸무게를 잰다.

"코끼리처럼 무겁나요?" 내가 기대하며 묻는다.

의사는 미간을 찡그린다. "너무 가벼워. 너무 말랐어!" 의사는 뒤로 물러서서 나를 본다. 내 팔과 다리를 꽉 눌러 잡는다. 의사가 내 갈비뼈를 찌르자 나는 낄낄거린다.

"간지러워요."

의사는 한 번 더 내 갈비뼈를 찌른다.

나는 낄낄거리며 몸을 꼬며 소리친다. "전 간지럼 타는 기린이에요."

의사가 또다시 껄껄 웃는다. 의사는 나를 좋아한다! 내가 낄낄거

코끼리한테 깔릴래, 곰한테 먹힐래?   79

리는 걸 좋아한다. 내가 독일어로 말하는 걸 좋아하며 듣는다. 심지어 바보 같은 독일어라도.

나는 다른 여자애들과 그 애들의 의사를 힐끗 쳐다본다. 낄낄거리지도, 껄껄 웃지도 않는다. 그냥 찡그리고, 찌르고, 중얼거리고 살짝 울 뿐이다.

의사는 계속 내 차트를 작성한다. 내 체온을 잰다. 눈과 귀, 목구멍과 코에 작은 불빛을 비춘다. 청진기로 내 심장 박동과 기침할 때 폐에서 나는 소리를 듣는다. 의사는 계속해서 말을 걸고 나는 그 말에 독일어로 대답한다.

하지만 나는 의사가 "이제 피를 좀 뽑을 거야"라고 하자 아무 말도 하지 않는다. 의사는 쟁반에 손을 뻗어 바늘이 달린 유리관을 들어 올린다. 아빠가 두꺼운 모직 코트에 칼라를 꿰맬 때 사용하는 것 같은 커다란 바늘이다.

나는 눈을 크게 뜨고 고개를 내젓는다.

의사는 미소 지으며 다정하게 말한다. "간지럼 많이 타는 기린아, 그냥 살짝 아픈 거야." 그러고는 내 코끝을 살살 두드린다. 꼭 엄마, 아빠가 그러는 것처럼!

내 눈에 눈물이 고인다. 나는 고개를 끄덕이고 눈을 있는 대로 꽉 감는다. 바늘은 따갑지만 나는 간지럼 많이 타는 용감한 기린이다. 의사 선생님을 실망하게 하고 싶지 않기 때문이다.

의사는 피를 가득 담은 주사기를 기다리고 있던 간호사에게 넘긴다. "훌륭한 독일인의 피 같아!" 선생님이 흥얼거린다.

나는 주사기에 담긴 빨간 액체를 바라본다.

내 팔을 내려다본다.

폴란드 사람인 내 팔을.

훌륭한 폴란드 사람의 피로 가득 찬 팔이다.

그러자 갑자기, 이제 더는 독일어로 말하고 싶지 않다.

11

나는 이제 더는 독일어로 말하고 싶지 않지만 해야만 한다. 우리 모두 그렇다. 바로 그날부터 시작이다.

우리는 추운 교실 안 책상 앞에 함께 모여 앉아 있다. 한쪽에는 남자아이들이, 다른 쪽에는 여자아이들이. 나치의 SS 제복을 입은 어떤 남자가 손에 회초리를 들고 우리 앞에 서 있다.

"선생님이라고 불러라." 그는 억양이 이상한 폴란드어로 지시한다. "그리고 지금부터 우리는 독일어로만 말한다!"

"하지만 저는 독일어를 할 줄 몰라요." 에바가 낮은 소리로 말한다. "무슨 말인지 알아듣지도 못해요."

"저도요." 마리아 언니가 중얼거린다.

"철썩!" 회초리가 에바 앞의 책상을 내리친다.

"Kein Polnisch!(폴란드어 금지!)" 선생님이 고함친다.

에바는 그 말을 알아듣는다. 모두가 다 알아듣는다.

나머지 오후는 독일어 단어와 구문을 배우는 시간이 된다. 선생님이 우리에게 그림 한 장을 보여주고 단어를 말한 다음 우리를 가리키면 우리는 그 단어를 말한다. 그는 한 번 더 그렇게 하고 우리가 그 단어를 훌륭한 독일 아이들처럼 말할 때까지 몇 번이고 반복한다. 바보 같은 짓이다. 우리는 훌륭한 폴란드 아이들이니까. 어떤 이유인지 모르지만 여기 오게 된 러시아 남자애만 빼고 말이다.

오후가 다 갈 때쯤, 우리는 많은 것들을 독일어로 말할 줄 알게 된다. 매일 쓰는 수많은 문구는 독일어를 한 번도 배운 적이 없는 아이들조차도 이미 알고 있는 것들이다. 그러니까 '부탁합니다', '감사합니다', '안녕', '잘 가', '이리 와', '비켜 줘' 같은 말들 말이다. 제일 좋은 농장과 아파트, 그리고 케이크를 훔쳐 간 독일 군인들과 나치가 온 나라에 득실득실하면 몇몇 독일어를 주워듣지 않을 수가 없다.

'감자', '소시지', '칫솔', '비누', '10까지 숫자', 그리고 '신체 부위 이름' 같은 건 쓸모 있는 것들이다. 다른 것들, 예를 들어 '내 머리는 예쁜 금발이다' 같은 것들은 멍청하게 들린다. 머리를 빡빡 밀린 남녀 아이들에겐 특히 그렇다.

하지만 우리가 마지막으로 배운 건 끔찍하다. 선생님은 칠판에 커다란 흰색 글씨로 독일어 단어들을 적는다.

'우리 어머니와 아버지는 죽었다.'

선생님은 보기 싫은 그 독일어 단어들을 가리키며 그게 세상에서 제일 경이로운 뉴스라도 되는 것처럼 노래하는 목소리로 크게 읽는다.

그는 우리가 따라 읽기를 기대하며 다시 가리킨다. 우리는 모두 침묵을 지킨다.

그가 다시 가리킨다. 하지만 여전히 아무도 말하지 않는다.

마리아 언니가 울기 시작한다. 남자애 두 명도 울기 시작한다.

선생님은 격분한다. 그는 칠판 위의 단어들을 회초리로 치면서 입가에 침 거품을 묻힌 채 아주 크게 소리친다. "우리 어머니와 아버지는 죽었다."

하지만 아무도 선생님의 말을 따라 하지 않는다.

선생님은 남자애를 책상에서 끌어내 회초리로 때린다. 손바닥을.

그리고 종아리를. 그 남자애는 바닥에 쓰러진다. 하지만 여전히 그 말들을 읽지 않는다.

선생님이 두 번째 아이를 의자에서 끌어낸다.

엄마, 아빠를 죽인다, 아니면 매를 맞는다. 하나를 골라!

남자애는 매를 맞는다. 첫 번째 아이보다 두 배나 많이 맞는다.

선생님이 또 다른 남자애를, 그리고 또 다른 애를 때린다. 그러나 아무리 많이 맞아도 아이들은 말하지 않을 것이다.

화가 나서 벌게진 얼굴로 선생님은 교실의 여자애들 쪽으로 돌아선다. 선생님은 책상들 사이를 왔다 갔다 걸어 다니다가 마침내 에바를 의자에서 끌어낸다. 조그맣고 어린 에바를.

선생님은 그 애의 종아리를 때린다. 한 대. 두 대.

나는 튀어 오르듯이 일어나서 내가 할 수 있는 제일 큰 목소리로, 완벽한 독일어로 그 단어들을 외친다. "우리 어머니와 아버지는 죽었다!"

매질이 멎는다.

에바는 흐느끼며 바닥에 주저앉는다.

남자애들이 기어서 자기 자리로 돌아간다.

선생님은 이솝 우화의 여우처럼 빙그레 웃는다.

그리고 나는 회초리로 백 대나 맞은 아이처럼 울고 있다.

저녁은 빵 한 조각과 기름이 방울방울 반짝이며 떠 있는 감자수프다. 수프를 끓인 냄비 어딘가에 진짜 고기가 있었던 것 같은 맛이 난다. 나는 게걸스럽게 먹는다. 그리고 훌쩍거리고 있는 에바를 옆에 두고 수프를 맛있게 먹고 있는 나 자신이 밉다. 게다가 나는 내 입으로 엄마와 아빠를 죽였다.

나는 내 입으로 우리의 엄마와 아빠를 **모두** 죽였다.

나는 게걸스럽게 먹고, 에바는 코를 훌쩍거리고, 우리는 모두 폴란드어로 속삭인다.

"우리가 왜 독일어로 말해야 해?" 야드비가 언니가 묻는다.

"**저 사람들**은 너무 멍청해서 폴란드어를 못 배우니까." 카트 언니가 말한다.

나는 카트 언니에게 미소를 보낸다. 그 언니는 정말 건방지다. 너무 용감하다. 나는 언니가 좋다.

에바가 빵 가장자리를 뜯어 먹으면서 중얼거린다. "바보 멍텅구리들."

"바보 멍텅구리들." 우리는 모두 따라 한다.

"우리가 여기 **있는** 이유가 그거야?" 야드비가 언니가 묻는다. "독일어를 배우라고?"

카트 언니가 얼굴을 찌푸린다. "그건 아닌 것 같아."

"그럼, 우리는 왜 여기 **있는 거야?**" 언니가 묻는다.

나는 먹는 걸 멈추고 그 언니를 쳐다본다. 훌륭한 질문이다. 제일 중요한 질문. 하지만 지금까지 나는 그걸 생각도 하지 못했다. 나는 너무 무서웠다. 너무 혼란스러웠다. 뺨을 맞거나 몽둥이로 매를 맞지 않으려고 규칙을 익히느라 너무 정신이 없었다.

"카트 언니, 우리가 왜 여기 **있는 걸까?**" 내가 묻는다.

간호사가 후다닥 들어오더니 내 귀를 잡아당긴다. "Kein Polnisch!(폴란드어 금지!)"

그녀는 귀를 놔주지만 우리 뒤를 계속 맴돈다. 그래서 이제 우리

코끼리한테 깔릴래, 곰한테 먹힐래?

는 말없이 밥을 먹는다.

"Deutsch sprechen!(독일어로 말해!)" 간호사가 쏘아붙인다.

폴란드어로 말하는 걸 중단하는 것만으로는 안 된다. 그녀는 우리에게 독일어로 말하라고 한다.

우리는 서로를 바라본다. 나. 카트 언니. 마리아 언니. 야드비가 언니. 에바. 무슨 말을 해야 할까?

"Deutsch sprechen!(독일어로 말해!)" 간호사는 또다시 소리를 지른다. "Schnell! Schnell!(빨리! 빨리!)"

나는 머릿속에 제일 먼저 떠오르는 독일어 단어를 내뱉는다. "내 머리는 예쁜 금발이야!"

내가 마리아 언니를 보고 얼굴을 찡그리자 그 언니는 자기 수프를 가리키며 부자연스러운 독일어로 말한다. "감자가 있어."

우리는 오늘 수업에서 배운 몇 개의 독일어 단어들을 사용해서 차례차례 돌아가며 계속 말을 한다.

"안녕," 카트 언니가 말한다. "나는 칫솔이 있어."

"안녕," 에바가 속삭인다. "나는 소녀예요."

"안녕," 야드비가 언니가 말하고는 자기 수프를 가리킨다. "나는… 감자가 하나… 둘… 셋… 넷… 다섯… 여섯… 일곱… 여덟… 아홉… 열 개 있어." 감자는 겨우 세 조각밖에 없지만 그 언니는 그릇을 계속 휘저으며 열까지 숫자를 셌다. 자기가 독일어 숫자를 얼마나 잘 외웠는지 보여주기 위해서다.

너무 바보 같다. 하지만 우리가 다른 무슨 말을 할 줄 알까? 딱 한 번 수업을 받고 나서 내 친구들이 할 수 있거나 알아들을 수 있는 독일어 단어들은 그리 많지 않다.

간호사는 고개를 끄덕이며 흡족해한다. 그녀는 걸어 나간다. 하지만 우리는 계속해서 독일어로 말한다. 간호사들은 귀가 청진기이고 잘 꼬집는 손가락과 찰싹 때리는 손이 있고 성질이 나쁘기 때문이다.

"안녕," 카트 언니가 말한다. "난 소년이야."

"안녕," 야드비가 언니가 매끌매끌한 자기 머리를 문지르면서 말한다. "난 감자야."

"잘 가," 마리아 언니가 말한다. "난 화장실에 가야 해."

우리는 이제 킥킥 웃으며 수프에 머리를 박고 키득거리고 있다. 어린 에바조차도. 아주 훌륭하다. 우리는 입으로는 규칙을 따르지만 가슴으로는 아니기 때문이다.

"안녕," 내가 말한다. "나는 예쁜 금발 머리가 달린 칫솔이 있어."

"안녕," 에바가 속삭인다. "나는 소시지야."

"미안해," 야드비가 언니가 말한다. "나는 엉덩이가 일곱 개 있어."

나는 너무 심하게 웃는 바람에 수프가 코로 나온다. 간호사가 후다닥 달려오더니 식탁 예절이 엉망이라고 내 뒤통수를 후려친다. 그녀는 계속 주변을 돈다. 우리가 독일어를 한 번 더 연습하기를 그녀가 기다리고 있다는 것을 알지만, 이제 나는 무서워서 입이 떨어지지 않는다.

나는 애원하는 눈으로 에바를 보다가 마리아 언니를, 야드비가 언니를, 카트 언니를 쳐다본다. '뭐라도 말해줘. 빨리. 저 여자가 나를 또다시 때리기 전에.'

마침내, 카트 언니가 목청을 가다듬더니 간호사를 바라보며 완벽한 독일어로 말한다. "우리 어머니와 아버지는 죽었어."

그런데 그 언니의 말속에는 그 말이 진짜라고 느껴지는 뭔가가 있다.

12

그날 밤, 불이 꺼지고 간호사가 복도로 나가자 우리는 소라게들처럼 옆으로 살금살금 움직여 침대를 바꾼다. 우리는 모두 스무 명이다. 우리는 무섭고 외롭고 누군가에게 안기고 싶은 마음이 간절하다.

카트 언니와 마리아 언니가 내 이불 속으로 살며시 들어온다. 또다시 정어리들이다. 에바는 내 침대 위 칸, 야드비가 언니의 이불 속으로 기어들어 간다. 우리는 이야기를 나눈다.

폴란드어로 말한다.

나는 카트 언니에게 언니의 엄마, 아빠 이야기를 묻고 싶다. 하지만 어떻게 해야 할지 모른다. 대신에 나는 "엉덩이 일곱 개, 아니면 대머리?"라고 한다.

"**뭐라고?**" 야드비가 언니가 위쪽에서 묻는다.

"이건 게임이야." 내가 말한다. "엉덩이가 일곱 개거나 대머리가 될 수 있는 거야. 하나를 골라!"

"난 둘 다 싫어." 마리아 언니가 말한다.

"하지만 하나를 골라야만 해." 내가 설명한다. "그게 규칙이야."

"엉덩이가 일곱 개면 불편하지 않을까?" 에바가 묻는다. "엉덩이들을 한 번에 다 의자에 잘 맞춰 앉으려면 진짜 힘들 거야."

우리는 낄낄거린다.

"입어야 할 속바지 좀 생각해 봐!" 카트 언니가 소리친다. 그러더니 웃음을 터트린다.

"그렇지만 대머리는 추워." 야드비가 언니가 말한다. "그리고 보기 흉해."

"그러면 엉덩이 일곱 개는 예뻐 보이겠어?" 카트 언니가 묻는다.

이제 우리는 모두 웃고 있다. 우리 옆 침대에 있는 애들까지도 웃고 있다.

"그러니까 하나를 골라!" 내가 다그친다.

"대머리." 카트 언니가 말한다. "엉덩이가 그렇게 많으면 어떻게 할지 모르겠는걸."

"대머리." 에바와 마리아 언니도 같은 생각이다.

"난 엉덩이 일곱 개를 고를래." 야드비가 언니가 중얼거린다. "난 내 머리가 돌아왔으면 좋겠어."

"대머리." 내가 말한다. "엉덩이 **하나를** 맞는 걸로도 끔찍해. 간호사가 화날 때마다 **일곱 개** 전부 매를 맞는다고 생각해 봐!"

우리는 입을 다문다. 너무 많은 나쁜 생각들로 가득 찬 불편한 침묵이다.

"새 양털 스카프, 아니면 동물원으로 소풍?" 카트 언니가 묻는다.

나는 팔로 언니를 끌어안고 뺨을 뽀뽀로 누른다. 언니는 그 게임을 이해하는 것이다. 똑똑하다. 상냥하고. 바로 실행할 정도로 용감하고.

"스카프." 야드비가 언니가 말한다. "끝에 술 장식이 달린 빨간색으로!"

"동물원."

"동물원."

"스카프. 전체에 꽃무늬가 수 놓인 하얀색으로!"

코끼리한테 깔릴래, 곰한테 먹힐래?

"스카프." 내가 말한다. "동물원 동물들로 전체를 수 놓은 노란색으로!"

"까불고 있어!" 카트 언니가 팔꿈치로 나를 찌른다.

우리는 게임을 하고 또 한다. 낄낄거리고, 끌어안고, 꿈을 꾸고, 이 끔찍한 장소를 떠나 멀리 날아가면서….

치즈 만두 세 개, 아니면 매콤한 꿀 케이크?

양귀비꽃이 가득한 정원, 아니면 책이 가득한 도서관?

엄청나게 큰 속바지, 아니면 너무 작은 부츠?

침실에 기린 한 마리, 아니면 응접실에 코끼리 한 마리?

우리는 코끼리와 기린을 두고 한참이나 아웅다웅한다. 기린은 침대를 같이 쓰자고 할 텐데? 침대 크기가 기린이 들어갈 정도가 되겠어? 그리고 자면서 발로 차면 어떡해? 코끼리를 밖에 있는 화장실에 가도록 훈련할 수 있을까? 그렇지 않으면 온 마룻바닥에 똥을 쌀 텐데? 코끼리 똥은 얼마나 커? 크지. 큰 정도가 아니야. 어마어마해! 똥이 빌딩으로 쌓이고, 쌓이고, 또 쌓이다가 무너져서 네가 키가 너무 큰 기린이랑 같이 자는 침실로 밀려 들어온다고 상상해 봐!

"아냐! 아냐! 아냐! 아냐!" 나는 웃음소리 때문에 소리를 지른다. "**둘 다** 한집에 있는 게 아니야. 코끼리와 기린 중에서 하나를 골라야 해. 그게 핵심이라고!"

불이 탁 켜지고 방은 침묵에 빠진다. 간호사 두 명이 우리 침대 끝으로 몰려온다. 가슴을 헐떡거리고 코를 벌름거리면서.

아이들이 제 침대에 있지 않다. 한 침대에는 너무 많은 애들이 있다. 다른 침대에는 아무도 없다. 금지된 폴란드어가 벽 사이로 울리고 있다.

간호사들은 고함을 지르고 우리를 침대에서 끌어내 뺨을 때리고 우리가 바닥에 쓰러지면 다시 고함을 지르고 뺨을 때린다. 우리는 줄을 선다. 각 침대 앞에 둘씩, 잠옷 차림에 맨발로, 말없이 덜덜 떨면서. 우리는 방에서 나와서 복도를 걸어 아이들이 가득 잠들어 있는 다른 방들을 지나 아래층으로 내려가서 건물 뒷마당으로 나간다. 그리고 우리는 거기서 다섯 명씩 네 줄로 서서 기다린다.

우리는 기다린다. 몸이 떨리고 숨을 내쉬면 앞쪽에 안개가 피어난다.

우리는 기다린다. 자갈돌 위에 선 맨발이 얼어붙고 눈꺼풀에는 얼음 결정이 맺힌다.

우리는 기다린다. 어떤 여자애가 기절하자 간호사가 차가운 물 한 바가지를 퍼부어서 정신이 들게 한다. 그리고 이제 그 애는 나머지 다른 아이들보다 훨씬 심하게 몸을 떨며 서 있다. 잠옷 위에서 물이 얼음이 되어가고 있기 때문이다.

우리는 기다린다. 내 몸이 휘청거리기 시작하고 막 기절하려고 할 때 야드비가 언니의 작은 손가락이 내 손가락을 꽉 잡는다. 그 온기가 내 팔을 타고 몸속으로, 그리고 다리로 내려와서 나는 휘청거림을 멈춘다.

"Kein Polnisch!(폴란드어 금지!)" 간호사들 중 한 명이 소리친다. 그리고 마침내 우리는 침대로 돌아간다.

나는 이불 밑에 누워 떨면서 운다.

많은 여자애들이 울고 있다.

나는 카트 언니와 마리아 언니, 에바, 야드비가 언니, 혹은 방 안에 있는 다른 여자애들 누구라도 껴안고 싶다. 그러나 그럴 수가 없다.

Kein Polnisch(폴란드어 금지). 폴란드어로는 말하면 안 된다. 폴란드어로 울어서도 안 된다. 따뜻한 폴란드 친구를 꼭 끌어안으면 안 된다.

폴란드어 금지.

하지만 나는 폴란드 **사람이다.**

그런데 내가 폴란드 사람일 수 없다면, 나는 어떤 사람이 되는 걸까?

13

매일같이 우리는 선생님과 독일어 수업을 한다. 폴란드어는 금지다. 오직 독일어만 쓴다. 왜냐하면 독일어는 왕과 시인의 언어이기 때문이다. 독일어는 지구상에서 가장 완벽한 언어이다. 어쨌든, 선생님이 그렇게 말하고 아무도 감히 이의를 제기하지 못한다.

우리는 색깔과 옷, 동물, 건물, 대양, 가위, 흔들의자, 때리기, 시계, 유모차, 그리고 수백 가지 다른 물건들을 뜻하는 독일어 단어들을 배운다.

우리는 독일어로 예의 바르게 말하는 법을 배운다.

'생일 파티에 참석하게 되어 기쁩니다. 정말 감사합니다!'

'개를 쓰다듬어 봐도 될까요?'

'차에 설탕을 넣으세요?'

'와, 배추가 정말 멋지게 자랐군요!'

우리는 독일어로 거짓말하는 법을 배운다.

'나는 훌륭한 독일 소녀입니다.'

'나는 훌륭한 독일 소년입니다.'

'우리 아버지는 독일 군인이었는데, 돌아가셨어요.'

'우리 어머니는 독일인이었어요. 어머니의 머리는 예쁜 금발이었지만, 지금은 돌아가셨어요.'

우리는 실수를 한다. 단어들을 쓰면서. 억양에서. 선생님은 회초리로 우리를 때리고 멍청한 폴란드 돼지들이라고 한다.

나는 **정말** 뭐가 뭔지 모르겠다. 어떻게 내가 훌륭한 독일 소녀이면서 멍청한 폴란드 돼지일 수 있는 거지?

매일같이 우리는 의사를 만난다. 매번 다른 의사다.

어느 날, 어떤 의사가 내 몸 몇 군데의 — 팔과 손, 손가락, 손톱, 다리, 발, 발가락, 발톱, 엉덩이, 허리, 가슴, 어깨, 목 — 크기를 잰다. 나중에 나는 남자아이들이 말하는 걸 듣는다. 그 아이들은 다른 부위를 쟀다는 것이다. 은밀한 부위를. 나는 얼굴이 빨개지고 여자아이여서 정말 다행이라고 느낀다.

또 다른 어느 날, 마르고 머리가 희끗희끗한 의사가 아침 내내 내 머리와 얼굴을 만지며 인상을 쓰고 법석을 떤다. 그 의사는 한참 동안 내 머리카락 속을 손으로 만지고 두개골을 찌르는 것으로 시작해서 뒤로 물러섰다가 쳐다보고 그림을 그리고, 또다시 찌르고 또 찌르기를 반복한다.

"훌륭한 머리야!" 그가 선언하듯 말한다.

친절한 말이다! 나는 놀라서 미소를 짓는다. 자랑스러워서 얼굴이 빨개진다. "감사합니다, 의사 선생님." 나는 내가 할 수 있는 최고의 독일어로 말한다.

"천만에." 그가 대답한다.

그러더니 쟁반에서 내가 여태껏 본 것 중에 제일 이상한 물건을 들어 올린다. 머리카락을 모아 놓은 것인데, 온갖 다양한 색깔의 머리카락들이 막대기에 장식 술처럼 달려 있다. 한쪽 끝에는 흰색에 가까운 금발이, 다른 쪽 끝에는 검은 머리가 있고 그 사이에는 온갖 색조가 있다.

나는 헉하고 숨을 몰아쉰다. 저건 누구의 머리카락이지? 인형 공장에서 나온 걸까? 개의 털일까? 진짜 사람 머리카락일까?

그 의사는 모아 놓은 머리카락들을 내 머리 꼭대기까지 들어 올려 대본다. 그는 무슨 소리를 중얼거리며 시간을 보내다가 마침내 소리친다. "아하!" 그리고 내게 내 머리카락과 일치하는 가닥을 보여 준다.

"네 머리는 예쁜 금발이야!" 그는 선언하고 내 진료 카드를 기록한다.

나는 또다시 얼굴이 발개진다. "감사합니다, 의사 선생님. 선생님 머리는 멋진 **백발**이에요."

그는 나를 빤히 보면서 눈을 껌벅거린다. 그러더니 하던 일을 계속한다.

다음으로, 그는 내게 유리로 만든 눈들이 붙어 있는 카드를 보여 준다. 회색, 탁한 파란색, 밝은 파란색, 초록색, 밤색, 짙은 연두색, 밝은 갈색, 짙은 갈색, 검은색이 있다. 그 눈들은 멍하니 나를 바라본다. 나도 바라본다.

의사는 내 양쪽 눈 옆에 각각 카드를 갖다 댄다. 그러더니 고개를 끄덕이고 뭔가를 중얼거리며 내 차트에 적어 넣는다. "파란색. 파란색. 아주 밝고 선명함. 좋음. 좋음. 훌륭함."

이제 그는 커다란 핀셋처럼 생긴 이상한 금속 도구를 꺼낸다. 그는 그걸로 내 머리의 앞에서 뒤까지, 꼭대기에서 맨 밑까지 재고 이마의 이쪽 끝에서 저쪽 끝, 양쪽 귀와 뺨, 턱 사이를 잰다. 그런 다음 슬라이딩 핀이 있는 자처럼 생긴, 좀 더 작은 도구를 가지고 내 귀와

코끼리한테 깔릴래, 곰한테 먹힐래?

귓구멍, 귓불, 입술 두께, 눈 사이의 거리, 코의 길이와 너비, 그리고 그 사이에 있는 다른 많은 부분을 잰다.

의사는 마지막으로 내 주위를 한 바퀴 돌고 나를 빤히 보더니 천명한다. "완벽한 머리야!"

나는 독일어를 할 줄 알고 완벽한 머리를 가진 멍청한 폴란드 돼지이다.

너무, **너무** 혼란스럽지만 그래도 어쨌든 내 머리만 놓고 보면 나는 행복해도 된다.

어떤 의사들은 내 몸, 또는 내 머리는 쳐다보지 않는다. 그들은 말을 걸고 질문하고 테스트를 한다. 한 사람은 자기가 보여준 그림을 가지고 내가 이야기를 만드는 걸 좋아한다. 한 사람은 내게 퀴즈와 숫자 문제를 낸다. 한 사람은 내게 잉크 방울을 보여주면서 뭐가 보이냐고 묻는 걸 좋아한다. 나는 그 사람이 진료 기록을 쓴 후 잉크 병 뚜껑을 제대로 돌려 닫지 못한 것 같다고 말한다. 왠지 모르지만 그 사람은 이 말을 듣고 굉장히 화를 낸다.

엥겔스 선생님은 제일 중요한 의사이다. 선생님은 키가 크고 어깨가 넓고 금발 머리에 파란 눈이 상냥해 보인다. 선생님은 흰 가운이 아니라 멋진 양복을 입고 있다. 우리를 진찰하거나 우리에게 질문하지 않는다. 그저 입에 파이프를 계속 물고서 관찰하고 들으면서 돌아다닐 뿐이다. 가끔은 우리의 자료들 중 하나를 읽어달라고 요구하기도 한다. 선생님은 뮌헨에서 와서 단 이틀간만 머물 뿐이다. 하지만 우리는 중요한 사람이라는 것을 알고 있다. 선생님이 실내에 들어

오면 다른 의사들이 모두 발뒤꿈치를 들었다 내리며 "하일 히틀러!"를 외치고 간호사들은 속눈썹을 휘날리며 커피잔을 가져다주고 등불 주위를 맴도는 나방들처럼 그 주변에 몰려들기 때문이다.

엥겔스 선생님이 여기 온 둘째 날 독일어 수업을 끝마치고 나오자 선생님이 복도에서 기다리고 있다. 선생님은 담배 파이프로 나를 가리키며 노래하듯 말한다. "넌 독일어를 아주 잘하는구나!"

"감사합니다, 선생님." 내가 대답한다. 나는 다른 의사들이 선생님 앞에서 하는 걸 본 대로 발뒤꿈치를 들었다 내린다. 하지만 '하일 히틀러'는 하지 않는다. 폴란드 사람들은 '하일 히틀러'라고 하는 게 금지돼 있다.

엥겔스 선생님이 웃는다. "이름이 뭐니, 꼬마야?"

꼬마. 부드럽고 친절한 말에 나는 깜짝 놀란다. 마치 엄마, 아빠가 하는 말 같았던 것이다. 내 가슴은 부풀어 오르고 눈물이 흐르기 시작한다. "조피아," 나는 나지막하게 말한다. "조피아 울린스키예요."

엥겔스 선생님은 주머니에서 손수건을 꺼내 내 눈물을 닦아준다. 나는 눈을 감고 아빠라고 상상한다.

매일같이 우리는 체육을 한다. 눈이 와도 한다. 우리는 높은 벽돌 담벼락 바로 안쪽에서 운동장 주위를 돈다. 겨울 공기는 차갑고 예리해서 우리의 스타킹과 원피스를 파고든다. 하지만 바깥에 있는 것이 좋다. 크라쿠프에, 그리고 엄마, 아빠, 바르바라 이모의 머리 위에 펼쳐진 하늘과 똑같은 하늘이 위에 있기 때문이다. 어린아이들이 마음대로 눈 뭉치와 눈사람을 만드는 눈과 똑같은 눈이 있기 때문이다. 봄이면 아프리카에서 따뜻한 공기와 황새를 실어 오는 산들바람과 똑같은 바람이 있기 때문이다.

그리고 황새는 행운을 가져온다.

"불어라, 바람아, 불어라." 나는 속삭인다. "우리에게 황새를 데려와 주렴."

때때로, 힘없는 겨울 햇살이 메마른 나무들 사이로 비치면 흰색 양털 카디건에 아기 모자를 쓰고 담요에 싸인 아기들이 그 커다란 흰색 유모차를 타고 밖으로 나온다. 그리고 나이가 좀 더 어린 아이들이 따라 나온다. 그 아이들은 서너 명씩 조를 이루고 있고, 각 조마다 흰색 옷을 입은 간호사가 한 명씩 있다.

나는 어린 그 아이들에게 가서 그 애들을 끌어안고 내 인형, 안나에게 하던 것처럼 이야기를 들려주고 싶은 마음이 간절하다. 그리고 황새들이 와서 유모차에 앉은 아기들을 모아 폴란드의 집으로 데려간다면 나도 따라갈 수 있도록 거기 있고 싶다.

그러나 우리는 멀리, 정원 가장자리 쪽에 떨어져 있다. 우리는 실내에서는 나이가 어린 그 아이들을 보지도 못한다. 그 애들은 우리 위층에서 지낸다. 나이 많은 아이들은 아래층에 있다. 나이가 어린 아이들과 아기들은 둥지 속에서 안전하게 보호받는 황새 새끼들처럼 높은 위쪽에 있다.

어느 날, 멀리서 얀이 다른 세 명의 남자아이들과 걸어가는 게 보인다! 그 애를 보게 돼서 너무 기쁘다. 네 명을 모두 보게 돼서. 이 귀여운 남자애들이 막대기와 돌멩이를 가지고 놀려고 멈춰 서지 않는 것을 알아차리기 전까지는 그렇다. 그 애들은 말을 하지 않는다. 그 애들은 낄낄거리지도, 심지어 웃음 짓지도 않는다. 그냥 걷기만 한다. 미사를 드리기 위해 가고 있는 네 명의 엄숙한 작은 신부님들 같다.

그런데 갑자기, 얀의 얼굴이 환해진다. 그 애는 자기 간호사에게서 벗어나서 쭉 달려가더니 어린 여자애 하나를 팔로 끌어안는다. 루시아다! 그 애들은 서로를 발견하고 끌어안고 웃으며 껑충껑충 뛴다. 아, 얼마나 사랑스러운지! 그 애들과 함께 내 심장도 널뛴다.

하지만 얀의 간호사가 후다닥 뛰어오더니 그 애의 다리를 후려치고 끌고 간다. 얀이 울부짖는다. 루시아는 반대 방향으로 끌려가면서 비명을 지른다.

나는 멈춰 서서 겁에 질려 바라보고 있다. 그리고 그때 나는 알게 된다. 아기들과 나이가 어린 아이들은 **모두** 슬프다. 그 애들은 깨끗하고 통통하고 하얗다. 그리고 지독하게 슬프다.

나는 그 애들을 끌어안고 싶은 마음이 더욱더 간절해진다.

저 애들은, 저 아기들과 어린아이들은 왜 여기 있는 걸까? 저 애들의 엄마, 아빠는 어디 있는 걸까? 저 애들이 원하는 사랑과 포옹은 어디 있는 걸까?

왜, 왜 여기 있는 거지?

우리는 왜 여기 있는 거지?

간호사가 내 귀를 붙잡고 나를 다시 한번 줄 속으로 끌어넣는다. "걸어!"

우리는 높은 벽돌 담벼락 옆을 걸어서 돌고 또 돈다. 나는 속삭인다. "불어라, 바람아, 불어라. 우리에게 황새를 불어 보내줘."

코끼리한테 깔릴래, 곰한테 먹힐래?

14

매일같이 우리는 세 끼를 먹는다. 죽, 빵, 수프, 감자, 양배추절임, 사과, 그리고 가끔은 우유가 있다. 매끼가 파티 같다. 참석하면 즐거울 것 같은 파티, 너무 고맙다!

밥을 먹으면서 우리는 독일어로 말한다. 그래야만 하기 때문이다. 처음에는 몇 마디 하지 못한다. 아는 단어가 너무 적기 때문이다. 선생님이 우리의 멍청한 폴란드 머리에 왕과 시인의 언어를 채워주면서 나중에는 좀 더 많이 말한다.

"나는 코가 있어." 에바가 소곤소곤 말한다.

"나는 큰 코가 있어." 마리아 언니가 말한다.

"나는 소시지같이 큰 코가 있어." 내가 말한다.

"비켜줘." 야드비가 언니가 말한다. "내 엉덩이 일곱개가 지나가는 중이야."

우리는 입을 똑바로 유지하려고 함께 입술을 누른다. 하지만 눈들은 반짝반짝 빛난다. 특히 카트 언니가 죽을 한입 가득 먹다가 바닥에 뱉어버리자 더욱 그렇다.

독일어 단어들.

까불거리는 폴란드어 생각들.

장난기 넘치는 폴란드식 행동.

우리가 저녁을 먹을 때 근처에는 간호사가 서 있다.

마리아 언니가 내 접시에 담긴 양배추절임을 가리키며 새로 배운 뻣뻣한 독일어로 말한다. "어머나, 양배추를 정말 멋지게 키웠네."

"진짜 고마워." 내가 대답한다. "네 생일 파티에 양배추를 좀 가져다줄게."

"네 강아지 좀 쓰다듬어도 돼?" 에바가 완벽한 독일 억양으로 소곤소곤 말한다. "금발 머리가 예뻐."

간호사가 잘하고 있다는 뜻으로 고개를 끄덕이며 걸어간다.

"아냐, 우리 강아지는 쓰다듬지 못할 거야." 카트 언니가 말한다. "독일 군인 옆에 앉아 있었는데 지금은 죽었어."

"우리 강아지는 머리가 예쁜 금발이고 엉덩이가 일곱 개, 그리고 소시지 같은 코가 있어." 내가 완벽한 독일어로 씩씩하게 말한다. "그렇지만 그 녀석은 생일 파티에 가는 길에 감자가 하나, 둘, 셋, 넷, 다섯, 여섯, 일곱, 여덟, 아홉, 열 개 실려 있는 유모차에 치였어. 그래서 지금은 죽었어. 진짜 고마워."

똑똑한 폴란드 아이들이 말하는 멍청한 독일어 단어들.

우리는 입으로 복종하지만 반짝이는 눈으로 반항한다.

매일같이 밤이면 우리는 규칙을 어긴다. 조용히, 그리고 조심스럽게. 언니 한 명이 문에서 망을 보고 나머지는 서로서로 다른 아이의 침대로 살며시 들어간다. 그리고 우리는 소곤거린다. 폴란드어로.

오늘 밤에도, 다른 여느 밤처럼 카트 언니, 마리아 언니, 야드비가 언니, 에바, 그리고 내가 모두 내 침대 위에서 이불을 덮고 서로 부대껴 안고 있다. 엄마와 아빠, 우리 집과 우리의 생활을 그리워하며.

아빠의 말이 기억난다. "우리는 강하고, 똑똑하고, 자랑스러운 폴란드 사람들이야."

나는 주먹을 불끈 쥐고 선언한다. "우리 엄마와 아빠는 죽지 **않았고**, 나는 착한 독일 소녀가 **아니야**. 그리고 멍청한 네 생일 파티에 가고 싶지 않아. 케이크가 있다고 해도 그래. 그건 독일 케이크일 거고, 나는 폴란드 케이크만 먹기 때문이야!"

에바와 야드비가 언니는 킥킥 웃고, 나는 대담하고 용감하며, 똑똑하고 자랑스러운 기분이 든다.

마리아 언니가 울기 시작할 때까지는 그렇다. "케이크." 그 언니가 말한다. "난 케이크는 **다** 싫어. 독일 케이크. 폴란드 케이크. 내가 여기 온 건 케이크 때문이야."

"그런 건 아닐 거야." 카트 언니가 말한다.

"그렇지만 우리 엄마가 감옥에 가지 않았다면," 마리아 언니가 말한다. "독일 사람들이 나를 잡아가지 않았을 거야. 나를 돌봐주는 엄마가 있었을 테니까."

"난 돌봐주는 엄마가 있었어." 내가 중얼거린다. "그리고 아빠와 이모도. 하지만 독일 사람들은 **그래도** 나를 잡아갔어."

"왜?" 마리아 언니가 묻는다.

나는 영화배우 같은 미소에 이솝 우화의 여우 같은 마음을 지닌 SS 군인을 생각한다. "길거리에서 내가 SS 군인들에게 소리를 질렀거든."

에바가 숨을 헉 들이켠다. "SS 대원에게 **소리를 질렀어?**"

"난 아무에게도 소리 지르지 않았는데." 야드비가 언니가 말한다. "못된 짓이나 대담한 짓 같은 건 전혀 안 했어. 난 한낮에 우리 마을에서 잡혀 왔어. 독일 사람들이 엄마들 모두에게 건강 검진을 한다고 아이들을 시청으로 데려오라고 했어. 우리에게 좋은 일이라고 하면서. 우리가 크고 튼튼하게 자라는 데 도움이 될 음식을 더 받을 거라고. 우리한테 벽을 따라 줄을 서라고 하고는 SS 장교들과 어떤 의사가 걸어와서 일곱 명의 아이들을 골라냈어. 남자애들 여섯 명과 나. 나는 우리에게 어떤 일을 맡길 거로 생각했어. 배급 카드를 나눠주거나 간호사를 기다리는 아이들과 놀아주는, 그런 일 말이야. 하지만 그들은 현관으로 우리를 데리고 나와서는 기다리던 엄마들을 그대로 지나쳐서 곧장 트럭 뒤에 태웠고 … 그리고….”

“그리고 여기로 온 거네.” 카트 언니가 말을 마친다.

“그 남자애들도 여기로 왔어?” 내가 묻는다.

“그래.” 야드비가 언니가 나지막하게 말한다. “그 사람들이 우리 머리를 재던 날 이후로 난 그 애들 중 누구도 보지 못했어.”

‘내 머리는 완벽해.’ 나는 생각한다.

“난 고아원에서 잡혀 왔어.” 우리 침대 밑에 숨어 있던 키 작은 다리아가 소곤거린다. 그 애는 바깥에 나가 있는 것을 싫어해서 가능한 한 좁은 공간에 몸을 숨긴다. 더 이상 끔찍한 일이 일어나는 걸 보지 않으려고 눈에 띄지 않으려는 것 같다.

“난 ‘브라운 시스터스’에게 납치당했어.” 에바가 소곤소곤 말한다. “길거리에서 그냥 붙잡혔어. 그 사람들은 나를 차로 끌고 가서 다른 장소로 태워 갔고, 거기서 우리를 여기 태워 온 트럭 뒤에 던져졌어.”

“‘브라운 시스터스’는 악마들이야.” 문에서 망을 보던 반다 언니가 말한다. “그들은 아기인 내 남동생을 엄마 품에서 떼어냈어. 그리고 우리는 다시는 그 애를 보지 못했어. 그러고는 3일 뒤에 SS 대원들과 함께 우리 집에 와서 나를 납치했어.”

“‘브라운 시스터스’가 누구야?” 내가 묻는다.

코끼리한테 깔릴래, 곰한테 먹힐래?　　　　　　　　　　103

"나쁜 여자들이야." 에바가 훌쩍인다.

"독일 사람들이야." 옆 침대에서 다른 여자애가 딱딱하게 말한다. "나치지. 그들은 흰색 칼라가 달린 갈색 원피스를 입어. 그들은 마을을 돌아다니며 납치할 아이들을 찾아. 때로는 과자나 빵을 준다고 하면서 어린아이들을 유인하고."

"동화 속에 나오는 사악한 마녀 같네!" 나는 숨을 헉 들이켠다.

"금발 머리에 파란 눈인 아이들만 원한다는 점을 제외한다면 그래." 카트 언니가 중얼거린다.

'그리고 완벽한 머리.' 나는 마음속으로 덧붙인다.

야드비가 언니의 학교에서 온 남자애들의 머리는 **결함이** 있었던 걸까?

그리고 좋은 머리와 나쁜 머리의 차이는 무엇일까?

"위험해!" 완다가 소리친다.

우리는 앞다투어 재빨리, 조용히, 각자의 침대로 달려간다. 부대껴 안는 건 더는 안 된다. 폴란드어는 더는 안 된다.

잘 시간이다.

하지만 잠이 오지 않는다.

간호사가 기숙사를 오르내리다가 다시 사라진 후에도 마찬가지다.

궁금하기 때문이다.

'결함이 있는 머리를 가진 아이들은 어떻게 되는 걸까?'

15

나는 막 사진을 찍히기 직전이다.

나는 세 살 이후로 사진을 찍어본 적이 없다. 엄마의 화장대 위 액자 속에는 세 살짜리 내가 앉아 있다. 매일 아침, 그리고 매일 밤, 엄마가 머리를 빗을 때마다 엄마를 보고 웃고 있다. 사진이라는 건 사랑하는 사람에게 소중한 무엇이다. 그렇다면 왜 지금 내 사진을 찍으려는 걸까?

"사진을 우리 어머니, 아버지한테 보내줄 거예요?" 나는 사진사에게 묻는다.

그 사람은 대답하지 않는다.

나는 내가 쓰는 독일어 단어가 완벽한 걸 확인하면서 다시 묻는다. 그래도 그 사람은 대답하지 않는다. 어쩌면 귀가 잘 안 들리는지도 모른다.

나는 카메라를 가리키며 손가락으로 버튼을 누르는 시늉을 한다. 진짜 사진사가 렌즈를 통해 보는 것처럼 한쪽 눈을 실눈을 뜨기도 한다. 그러다가 소리친다. "우리 어머니와 아버지를 위해!"

"앉아!" 사진사는 나무 의자를 가리킨다.

나는 앉아서 원피스를 바로 펴고 땋은 머리가 어깨 앞에 예쁘게 내려와 있는지 확인한다. 아침에 먹은 음식이 입에 묻어 있을지도 몰라서 입을 닦고는 미소 짓는다. 내가 지어본 제일 크고 밝은 미소다.

코끼리한테 깔릴래, 곰한테 먹힐래?

엄마와 아빠가 내 사진을 보고 사랑이 북받쳐서 온 세상을 다 뒤져서라도 나를 찾아 집으로 데려가기로 결심하도록 하고 싶다.

사진사는 인상을 쓴다. "웃지 마!"

나는 눈을 깜박이고 미소를 살짝 줄이지만 여전히 귀엽고 약간 건방진 모습이 되도록 한다. 엄마는 내가 건방진 걸 좋아한다.

"웃지 마!" 사진사가 소리친다. 그 사람은 앞으로 쿵쿵거리며 나와서 손가락으로 내 입꼬리를 찔러서 아래로 끌어내린다.

숨이 막히고 눈에 눈물이 고인다. 나는 사진이 망가지지 않도록 눈을 깜박여 눈물을 지운다.

찰칵.

사진사가 내 어깨를 거칠게 잡고 왼쪽으로 돌린다.

찰칵.

그 사람이 나를 오른쪽으로 돌린다.

찰칵.

카메라에서 고개를 들지 않고 그 사람은 손가락을 튕긴다. **나가!**

나는 거의 문밖으로 나가다가 다시 시도해 본다. "제발요, 사진사 아저씨, 우리 어머니와 아버지에게 사진을 보내주시겠어요?"

어떤 간호사가 앞으로 나와서 내 손을 잡고 복도로 나를 끌고 간다. "너희 어머니와 아버지는 네 사진을 원하지 **않아.**" 간호사가 쏘아붙인다. "**너를** 원하지도 않아!"

나는 그 여자의 손에 잡힌 채 뒤로 몸을 당긴다. 세차게, 그래서 우리는 멈추게 된다.

그 여자는 실눈을 뜨고 앞으로 몸을 기울이더니 천천히, 그리고 내가 잘못 알아듣는 일이 없도록 주의를 기울여 말한다. "얘야, 너는 네가 왜 여기 있다고 생각하니? 너희 어머니와 아버지는 너를 사랑하지 않는 거야. 그들은 네가 없어져서 행복해."

또 거짓말이다. 엄마, 아빠가 죽었다는 것보다 훨씬 더 나쁜 거짓말이다.

"그건 사실이 아니에요!" 나는 고함을 지른다. "당신은 사악한 거짓말쟁이예요! 엄마와 아빠는 나를 사랑해요! 그리고 바르바라 이모도 그래요!"

나는 그 간호사가 내 뺨을 때릴 거로 생각하지만, 대신 그 여자는 한 발짝 물러서서 팔짱을 낀다. "아니, 그렇지 않아. 그들은 나쁘고 이기적인 사람들이야. 더러운 주정뱅이들. 도둑놈들. 네가 우리에게 구조된 건 **행운**이야."

나는 틀렸다고 소리치고 싶다. 엄마, 아빠에게서 나를 떼어놓은 건 내게 일어난 최악의 일이다. 납치된다는 건 **어떤** 아이에게라도 일어날 수 있는 최악의 일이다. 무섭고, 정신이 혼미해지고, 가슴이 찢어지는 일이다. 팔이 바늘에 찔리는 것처럼 아픈 일이다. 아니, 더 심한 일이다. 바늘이 내 심장과 배, 영혼을 계속해서 깊이, 찌를 때마다 더욱더 깊이 찌르는 것 같은 일이다. 나는 엄마와 아빠, 그리고 집이 그리워서 가슴 아프지 않은 순간이 단 한 순간도 없다.

내가 숨을 들이켜며 막 달려 나가려고 할 때 또 다른 간호사가 한 무리의 여자아이들과 함께 나타난다. 그 애들은 모두 너덜너덜한 낡은 옷을 입고 있다. 처음에 나는 그 애들이 막 자기 집에서 납치되어 새로 들어온 애들일 거로 생각한다. 그런데 자세히 보니 한 아이의 얼굴이 익숙하다. 내 기숙사에 있는 겁 많은 어린 여자애, 좁은 곳에 몸을 숨기는 것을 좋아하는 다리아다. 그 애는 어떤 언니의 팔 밑에 몸을 웅크리고 있다. 그러다가 나는 그 언니가 야드비가라는 걸 깨닫는다.

두 간호사가 자리를 옮겨 서류철의 종이들을 넘기며 중얼거리고 고개를 끄덕인다.

나는 야드비가 언니에게 달려간다. "무슨 일이야? 왜 여기 왔어? 흰 원피스는 어딨어?" 아래를 내려다보니 언니의 발에 무거운 나무 나막신이 보인다. 나는 숨을 들이켠다. "스타킹과 예쁜 가죽 부츠는 어딨어?"

"몰라." 야드비가 언니가 말한다.

맨발의 다른 여자애가 말한다. "우리는 필요 없는 애들이야."

"그게 무슨 말이야?" 내가 묻는다.

"그 사람들이 우리에게 그렇게 말했어." 그 여자애는 소맷자락으로 코를 닦는다. "그 사람들은 우리를 아래층으로 데려갔어. 그리고 새 옷을 벗고 도착할 때 입고 있던 낡은 누더기로 갈아입으라고 명령했어. 내가 무슨 일이냐고 묻자 간호사가 우리는 필요 없는 애들이어서 멀리 보낼 거라고 했어. 우리는 탈락했어."

내가 얼굴을 찌푸린다. "어디서 탈락해?"

그 여자애는 어깨를 으쓱한다.

야드비가 언니가 내 손을 잡더니 내 손으로 자기 머리를 쓰다듬는다. 언니의 머리카락은 다시 자라나기 시작하는 중이다. 보이치크 씨가 양복으로 만든 초록색 줄무늬 벨벳같이 어여쁘고, 보드랍고, 보송보송한 느낌이다.

나는 미소 짓는다. "완벽해."

"아냐." 야드비가 언니가 말한다. "색이 너무 어두워. 내 머리는 금발이 아니라 도로 갈색으로 자라고 있어."

"아냐." 내가 속삭인다. "언니는 아름다워. 폴란드 공주님이야."

다리아 옆에 있는 언니가 고개를 흔든다. "독일 사람들이 제일 원하지 않는 게 그거야. 그들은 **독일** 공주를 찾고 있어. **아리아인** 공주들을."

"아리아인이 뭐야?" 내가 묻는다.

"히틀러의 완벽한 인종이야. 나쁜 건 하나도 섞이지 않은 순수한 피. 키 크고 날씬한 몸, 금발 머리, 파란 눈, 하얀 피부, 완벽한 머리와 코." 그 언니는 손을 내밀어 내 긴 금발의 땋은 머리를 매만진다. "너처럼."

"난 **폴란드 사람**이야." 내가 말한다.

"네가 폴란드 사람이 되고 싶을지 잘 모르겠네." 그 언니가 말한다. 그 언니는 올이 다 나간 자기 원피스를 잡아당긴다. "폴란드 사람들은 죄다 **이런 게** 어울리는 사람들이야. 누더기와 나막신, 그보다 더 못한 것. 여기 오기 전에 우리가 얼마나 배고팠는지 기억나?"

"그렇지만 어쩌면 우리를 집으로 보내줄지도 모르잖아." 줄의 더 아래쪽에서 또 다른 여자애가 말한다. "다시 우리 엄마, 아빠에게로." 그 애의 눈은 희망으로 가득 차 있다. 야드비가 언니가 미소 짓는다. "그래. 우리가 집에 돌아가게 됐다는 뜻이라면 독일 사람들에게 필요 없는 애가 되는 게 그렇게 나쁘지는 않아."

집으로!

나는 그리움이 파도처럼 밀려와서 가슴이 아프다.

"이리 와!" 간호사가 돌아와서 내 손을 잡는다. "점심 먹을 시간이야."

"싫어요!" 나는 소리친다. "난 여기 있고 싶어요." 나는 그 손을 뿌리치고 야드비가 언니를 팔로 끌어안는다. "난 내 친구와 여기 있고 싶어요. 이 아이들과 함께 가고 싶어요!"

간호사는 내 팔을 거칠게 잡고 나를 멀리 끌고 간다. 나는 뒤돌아서 야드비가 언니를 바라본다. 그러자 언니는 내게 키스를 보낸다.

필요 없는 아이들의 소리가 들리지 않을 정도로 우리가 충분히 멀리 오자 간호사는 걸음을 멈추고 내 어깨를 잡고는 내 눈을 들여다본다. "얘야, 내 말을 믿어." 그 여자가 낮은 소리로 무섭게 말한다. "저 애들이 가게 된 곳은 네가 가고 싶을 만한 곳이 **아니야**."

16

나는 또 한 번 팬티 차림으로 다른 여자아이들 네 명과 함께 서서 의사를 기다리고 있다.

무서워서 속이 울렁거린다. 나는 내 팔을 쳐다본다. 의사들이 처음 나를 검사했던 4주 전보다 털이 더 자라 있을까? 그런 것 같지는 않다. 그렇지만 야드비가 언니 역시 팔에 털이 많다는 말을 듣기 전까지는 그런 줄 몰랐었다.

야드비가 언니를 생각하자 눈물이 뺨을 타고 흘러내린다. 그 언니가 보고 싶다. 그 언니 때문에 무섭다. 언니를 폴란드에 있는 엄마 집으로 보내지 않았다면 언니는 어디로 갔을까?

나는 몸서리친다.

야드비가 언니.

다리아.

누더기를 입은 다른 여자아이들 모두.

결함 있는 머리의 남자아이들.

침대에 너무 자주 오줌을 싸는 아이들.

독일 사람들은 필요 없는 이런 폴란드 아이들을 어떻게 하는 걸까?

나는 헉하고 숨을 들이켠다. 방금 내 왼쪽 팔에 주근깨가 하나 있는 것이 눈에 들어왔던 것이다. 마리아 언니는 어떤 남자아이가 목에 반점이 있어서 도로 쫓겨났다는 말을 들었었다. 주근깨는 반점과 똑같은 걸까?

"자, 또 만났네, 꼬마 아가씨들!" 키가 작고 통통한, 나의 옛 친구 의사이다. 그 의사는 방을 왔다 갔다 하며 서류를 보며 읽는다. "소피아 울만!" 의사는 미소를 지으며 서류철을 볼펜으로 두드린다. 소피아 울만이 앞으로 나오기를 기다리는 것이다.

하지만 소피아 울만이라는 아이는 없다. 나와 에바, 아가타, 엘스베스, 그리고 이레나가 있을 뿐이다.

"소피아 울만!" 통통한 의사가 반복해서 부른다.

나는 에바를 힐끗 본다. 그 애는 작은 어깨를 으쓱한다.

간호사 중 한 명의 이름이 소피아 울만인지도 모르겠다.

통통한 의사가 내게로 걸어오며 활짝 웃는다. "소피아 울만. 간지럼 타는 기린아, 정신 차려. 이리 와."

"의사 선생님," 내가 말한다. "저는 조피아 울린스키예요. 기억하세요?"

"아니지." 의사가 껄껄 웃는다. "넌 **소피아 울만**이야. 여기 내 서류에 그렇게 적혀 있는걸. 네 사진도 있어. 아주 예쁜 사진이네. 그리고 네 이름은 소피아 울만이고. 보이지?" 의사가 서류철의 방향을 돌리자 내 눈에 제대로 보인다.

"네, 선생님." 내가 대답한다. "그건 제 사진이에요. 하지만 제 이름은 그게 아니에요. 전 조피아 울린스키예요."

"아니, 아니, 아니야." 통통한 의사는 아빠 같은 부드러운 손길로 내 코를 톡톡 친다. "우리는 서류를 만들 때 실수하지 않아. 넌 1933년 6월 21일에 드레스덴에서 태어난 소피아 울만이야."

"전 조피아 울린스키예요. 진짜로요! 제 생일은 6월 **22일**이고 전

112

크라쿠프에서 태어났어요."

나는 간호사 쪽을 보며 도움을 청한다. 간호사는 내 어깨에 손을 얹고는 선언한다. "조피아 울린스키는 이제 없어. 너는 소피아 울만이야. 좋은 독일 이름이지. 네가 자랑스러워해도 좋은 이름이야."

나는 입을 열어 '하지만 전 폴란드 사람이에요'라고 하려고 한다. 그러다가 야드비가 언니와 다른 필요 없는 여자아이들, 그 애들의 낡은 폴란드 옷을 다시 한번 떠올리고 그 애들이 가게 될 곳은 내가 가고 싶지 않을 곳이라고 간호사가 말했던 걸 떠올린다.

폴란드 사람, 아니면 독일 사람? 하나를 골라!

나는 독일 사람을 고른다.

훌륭한 독일 소녀가 되는 게 올바른 선택이다. **안전한** 선택이다.

"네, 간호사 선생님." 나는 대답한다. 나는 배의 통증과 가슴의 아픔을 무시하며 통통한 의사를 돌아보며 완벽한 독일어로 말한다. "안녕하세요, 선생님. 저는 선생님이 아끼시는 간지럼 타는 기린, 소피아 울만이에요. 그리고 지난번에 보셨을 때보다 좀 더 살이 찐 것 같아요. 아마 지금은 코끼리만큼 무거울 거예요."

통통한 의사는 고개를 뒤로 젖히고 볼살과 배가 흔들릴 정도로 웃는다. 의사는 내 손을 잡고 같이 걸어 나가면서 간호사에게 말한다. "이 애는 똑똑하고 재미있고 예쁘군요. 독일 공주님이에요!"

간호사가 미소 지으며 고개를 끄덕인다. 나는 자부심과 수치심이 뒤섞인 이상한 감정이 든다. 그러나 그 무엇보다도, 나는 안도한다. 아무도 털이 많은 내 팔이나 주근깨를 언급하지 않았기 때문이다. 그래서 지금으로서는 나는 안전한 것 같다.

그런데 무엇으로부터 안전한 걸까?

그 사람들은 야드비가 언니를 어디로 데려간 걸까?

코끼리한테 깔릴래, 곰한테 먹힐래?

마리아 언니가 카트 언니와 에바, 그리고 나를 바라본다. 언니는 점심에 손도 대지 않았다.

"그 사람들이 내 이름을 훔쳐 갔어!" 언니가 숨을 들이켠다. "나는 이제 마리아 폴란스키가 아니래. 마르그레트 폼머래. 생일도 달라졌어."

한 간호사가 실눈을 뜨고 가까이 다가온다. 양손을 허리춤에 딱 갖다 대고서.

마리아 언니는 움찔한다.

"안녕하세요, 마르그레트." 내가 최고로 정중한 독일어로 크게 말한다. "저는 소피아 울만이에요. 만나서 반갑습니다." 나는 식탁 맞은편으로 손을 가로질러 언니의 손을 잡아 악수한다.

간호사가 잘했다고 고개를 끄덕인다. "예의 바르구나, 소피아." 간호사는 그렇게 말하고 걸어간다.

마리아 언니는 안도하면서 몸을 축 늘어뜨린다.

"예의 바르구나, 소피아." 카트 언니가 흉내 낸다. "네 엉덩이가 일곱 개이고 머리는 감자처럼 생기고 너희 응접실에는 수박만 한 똥을 싸는 코끼리가 있다는 게 안타까울 뿐이야."

마리아 언니와 에바는 빵에 입을 대고 킥킥 웃지만 나는 카트 언니의 말에 상처를 입는다. 그 말속에는 못된 느낌이 있다.

나는 간호사가 듣고 싶어 하는 말을 하는 것뿐이다. 그런데도, 조금 전에 느꼈던 수치심이 또다시 내 속에서 부풀어 오른다.

마리아 언니, 아니 이제는 마르그레트 언니가 소곤거린다. "너도 새 이름이 생겼구나, 조피아. 참, 소피아."

"우리 모두 그래요." 에바가 말한다. "저는 더 이상 에바 바젝이 아니에요. 저는 에파 바이에르예요."

"그래." 내가 그 애의 땋은 머리를 쓰다듬으면서 말한다. "하지만 네 이름이 뭐든 넌 항상 우리가 제일 아끼는 강아지일 거야."

에파가 몸을 기울여 나를 껴안는다. "고마워요, 소피아 언니."

"카트 언니, 언니는?" 마르그레트 언니가 묻는다.

카트은 식탁 아래로 부스러기를 떨어뜨리며 빵을 뜯고 있다. "카타르지나 토폴은 이제 카타리나 타우베르트야."

"그러니까 언니는 여전히 카트일 수 있는 거네." 내가 말한다. "좋겠다."

카트 언니가 인상을 쓴다. "이런 일에 좋은 건 **아무것도 없어**." 언니는 큰 소리로, 그리고 금지된 폴란드어로 분명하게 말한다. "우리 엄마와 아빠는 돌아가셨어. 우리 마을은 불에 타서 없어졌어. 난 납치당했어. 난 강제로 독일어를 해야 해. 야드비가는 끌려갔어. 그리고 이제 내 이름이 바뀌었어. 중요한 모든 걸 ― 가족, 집, 말, 이름, 자유 ― 다 빼앗겼다고."

내 눈에 눈물이 차오른다. "미안해." 내가 속삭인다. 독일어가 아닌 폴란드어로. 왜냐하면 정말로, 진심이기 때문에. 왜냐하면 카트 언니가 옳으니까.

"그래도 우리는 야드비가처럼 도로 쫓겨나진 않았어." 마르그레트 언니가 중얼거린다. "분명 **그건** 행운이야."

나는 고개를 끄덕인다. 마르그레트 언니도 옳기 때문이다.

너무 불운하면 행운이라고 부를 만한, 조금이라도 덜 끔찍한 어떤 걸 찾기 시작한다.

코끼리한테 깔릴래, 곰한테 먹힐래?

지금 우리는 그러고 있는 것이다.

그날 오후, 우리가 모두 교실에 앉아 있을 때, 선생님이 나치의 만
자 깃발 옆에 걸린 아돌프 히틀러의 커다란 초상화를 가리킨다. 선
생님은 우리들의 책상 사이로 내려와서 그 초상화를 바라보며 오른
손을 치켜들고 외친다. "하일 히틀러!"

우리는 자리에 앉아 가만히 침묵하고 있다.

선생님은 그 인사를 반복하고는 우리 쪽으로 돌아서서 고개를 끄
덕인다. **우리가** 똑같이 하기를 기대하고 있다는 듯이!

우리는 하지 않는다. 이건 일종의 속임수가 분명하다. 폴란드 사
람들이 나치의 인사를 하는 것은 금지돼 있다. 처음으로 '하일 히틀
러'를 하는 아이는 분명 매를 맞을 것이다. 그게 아니어도, 우리는 모
두 히틀러를 **미워한다.** 히틀러는 전쟁을 일으켰다. 히틀러는 자기의
군인들을 폴란드로 보내 우리의 땅과 자유, 우리의 생명을 훔쳐 갔
다. 히틀러는 우리 한 사람 한 사람에게 일어난 모든 나쁜 일의 원
인이다.

철썩! 선생님의 회초리가 마르그레트 언니의 책상을 내려친다.

마르그레트 언니는 일어나서 떨리는 손을 반쯤 들고서 훌쩍이며
말한다. "하일 히틀러?"

선생님은 언니의 팔을 잡고 그 팔을 더 높이 들고는 소리를 내지
른다. "더 크게!"

"하일 히틀러!" 마르그레트 언니가 소리친다. 눈물이 언니의 뺨으
로 흘러내린다.

"이제 모두 다!" 선생님이 명령한다.

우리는 그대로 앉아 있다. 그러자 선생님은 마르그레트 언니의 종아리를 때린다. 방금 자기가 명령한 대로 했던 마르그레트 언니를!

우리는 모두 벌떡 일어선다. 오른손으로 허공을 찌르면서 외친다. "하일 히틀러!"

나는 속이 울렁거린다. 히틀러 같은 사람을 숭배하는 것은 사악한 짓이다. 나는 우리 나라와 엄마, 아빠, 바르바라 이모, 그리고 이 교실에 있는 모든 아이의 가족과 친구, 도로 쫓겨난 야드비가 언니와 다른 아이들을 모두 배신하고 있다. 하지만 내가 거역해서 마르그레트 언니를 고통받게 하는 것 역시 사악하기는 마찬가지다.

너의 전통과 유산에 침을 뱉기, 아니면 네 친구를 고문하기. 하나를 골라!

"다시!" 선생님이 소리 지른다. 그러자 우리는 한 번 더 히틀러에게 인사한다.

"하일 히틀러!"

"더 크게, 아돌프!" 선생님은 남자아이들 중 한 명에게 소리친다. 내 가슴은 이 불쌍한 남자애, 아론에 대한 동정으로 물든다. 그 애는 지금 괴물과 이름이 같아졌다.

"하일 히틀러!"

"매일매일," 선생님이 명령한다. "우리는 이렇게 총통님께 인사를 드릴 거야. 교실에 들어올 때. 수업이 끝날 때. 어느 때라도 선배들을 만나 인사할 때. 이게 훌륭한 독일 어린이들이 하는 일이야."

선생님은 우리를 말하는 것이다! 나는 선생님이 우리를 폴란드 돼지라고 부르지 않는다는 걸 깨닫는다.

예전에 나는 조피아 울린스키, 멍청한 폴란드 돼지였다. 지금 나는 소피아 울만, 완벽한 머리, 금발 머리, 파란 눈, 그리고 팔에 털이 없는 훌륭한 독일 소녀이고 공주이다.

나는 자랑스러워야 한다.

나는 행복해야 한다.

나는 그렇지 않다.

나는 혼란스럽다.

그리고 아프다.

그리고 부끄럽다.

우리는 아돌프 히틀러에 관해 배우면서 나머지 오후 시간을 보낸다. 그는 강력하지만 매력적이다. 우리는 그의 아이들이며 그가 우리의 삶을 위해 최고의 선택을 할 것으로 믿어야 한다. 신은 잊어라. 우리의 부모인 척했던 저 더러운 폴란드 농민들은 잊어라. 히틀러가 우리의 아버지이자 구세주이며, 우리가 매일 감사의 기도를 드려야 할 사람이다.

수업이 끝나고 우리는 일어서서 오른팔을 들고 외친다. "하일 히틀러!"

카트 언니만 빼고. 언니는 소리친다. "히틀러가 싫어!"

선생님이 실눈을 뜬다. 뭔가 잘못됐다는 것을 알아챈다.

"다시!" 선생님이 명령한다.

히틀러를 찬양한다, 아니면 히틀러를 증오한다. 하나를 골라.

우리는 다시 한번 히틀러를 찬양한다. 하지만 카트 언니는 아니다. 언니는 히틀러를 증오하고 두려워하지 않고 그렇게 말한다. 큰소리로.

선생님은 책상 사이를 서성이다가 카트 언니 앞에 멈춰 선다.

나는 목이 멘다.

마르그레트 언니가 흐느끼기 시작한다.

아돌프는 겁에 질린 채 입을 벌리고 쳐다본다.

선생님은 발뒤꿈치를 들었다가 내리고 회초리로 자기 다리 옆을 가볍게 두드리고 있다.

계속해서 그렇게 한다.

핀이 떨어지는 소리가 들린다.

속눈썹을 내리는 소리가 들린다.

마침내, 선생님이 차분하고 낮은 목소리로 말한다. "해산." 그러고는 회초리를 카트 언니의 어깨에 가볍게 얹으며 덧붙인다. "하지만 넌 아니야."

우리는 선생님의 말에 따라 조용히 교실에서 나간다.

카트 언니는 잘못 고른 것이다. 분명히 그렇다.

하지만 **나**도 역시 잘못 고른 것 같다.

나는 수치심에 속이 울렁거려서 복도에서 얼어붙은 듯 한자리에 서 있다.

마르그레트 언니가 내 손을 잡고 끌어당긴다. "소피아," 언니가 낮게 말한다. "이리 와!"

나는 그 자리에 그대로 있다.

마르그레트 언니가 나를 쳐다본다. "소피아, **제발**…."

"미안해." 나는 속삭인다.

나는 손을 풀고 교실로 다시 뛰어 들어가서 카트 언니 옆에 선다. 그리고 말한다. "나도 히틀러가 싫어요!"

코끼리한테 깔릴래, 곰한테 먹힐래?   119

17

나는 지하실에 혼자 있다. 쥐를 피해 숨으려고 애쓰면서 구석에 앉아 있다. 칠흑같이 깜깜해서 쥐를 볼 수는 없지만 쥐 소리가 들린다. 그리고 가끔은, 느껴진다 ― 쥐가 내 다리를 기어다니고 내 부츠를 갉아 먹는 게.

난 쥐가 싫다.

난 어둠도 싫다.

쥐가 보이지도 않고, 밤인지 낮인지 구분할 수가 없기 때문이다.

나는 여기 얼마나 있었던 걸까? 한 시간? 일주일?

몸이 떨린다. 춥다. 나는 얼음이 돼가고 있다.

난 추운 게 싫다.

나는 무릎을 가슴까지 끌어올려 팔로 다리를 감싸고 몸을 꽁꽁 말아서 따뜻하게 하고 싶다. 하지만 그럴 수가 없다. 지하실로 내려오면서 계단에서 굴러떨어져 갈비뼈가 아프기 때문이다. 계단 위에 있을 때 모든 게 어두워지면서 균형을 잃으면 어쩔 수가 없는 것이다. 딱딱한 한 계단에서 다른 계단으로, 모든 감각이 없어져서 어디에 있는 건지 알 수 없을 지경이 될 때까지 구르고 부딪히고 튕겨 나가고 나서야 쿵 하는 소리와 함께 바닥에 닿게 된다.

종아리도 역시 따갑다. 선생님의 회초리에 맞은 가늘고 긴 상처로 뒤덮여 있기 때문이다.

난 선생님이 싫다.

쥐 한 마리가 내 다리를 기어 다니고 나는 헉하고 숨을 들이켠다. 숨을 들이켜면 갈비뼈가 아프고 아프니까 울게 된다.

나는 눈물이 다 마를 정도로 너무 심하게, 너무 오래 울었지만, 그래도 계속 울고 있다.

나는 잠이 든다.

엄마와 아빠가 곰에게 잡아먹히는 꿈을 꾼다. 바르바라 이모가 코끼리에게 깔리는 꿈을 꾼다. 그리고 나는 운다. 내 인생에서 가장 중요한 세 사람을 잃었기 때문이다.

잠이 깬다. 입안이 말라서 모래 같다. 나는 갈비뼈에 통증을 느끼면서 기어 다닌 끝에 물통을 찾아낸다. 나는 물통 속에 얼굴을 박고 꿀꺽꿀꺽 물을 마신다.

쥐가 내 손가락을 깨물고 도망가는데도 나는 여전히 꿀꺽꿀꺽 물을 마시고 있다.

나는 울면서 기어서 구석으로 되돌아간다. 그리고 더 많이 운다.

나는 자면서 꿈에서 초록색 줄무늬 벨벳 양복을 입은 보이치크 씨를 본다. 그 할아버지는 선생님의 차 주위를 춤추듯 돌면서 타이어를 칼로 긋고 있다. 금발 머리에 파란 눈의 어떤 남자아이가 할아버지 뒤를 따라다니면서 호두를 먹고 낄낄거리고 있다. 토마슈다!

코끼리한테 깔릴래, 곰한테 먹힐래?   121

나는 토마슈에게 손을 흔든다. "안녕!" 나는 소리친다. "만나서 반가워!"

토마슈는 미소를 지으며 내게 손을 흔든다. 그 애의 손에서 호두가 날아가서 선생님의 차 앞 유리를 박살 낸다. 그 애는 더 많이 낄낄거린다.

나도 낄낄거리며 잠이 깬다.

낄낄거리던 웃음이 흐느낌으로 변한다.

나는 너무 외롭다.

토마슈가 여기 있으면 얼마나 좋을까.

나는 깜짝 놀라 잠이 깬다. 무릎에 뭔가가 있다.

쥐다!

쥐의 따뜻한 온기가 위안이 된다.

어쩌면 나는 쥐에 관해 잘못 생각했는지도 모른다.

"안녕." 내가 속삭인다.

나는 손을 뻗어 쥐의 등을 쓰다듬으려 하지만, 쥐는 황급히 도망친다.

나는 외로워서 또다시 흐느낀다.

쥐가 돌아온다. 내 무릎 위에 앉는다.

나는 움직이지 않는다. 쥐를 무섭게 하고 싶지 않다.

"귀여운 작은 쥐야," 나는 소곤거린다. "네가 여기 있어서 좋아."

꿈에서 야드비가 언니를 본다. "난 필요 없는 아이야." 언니가 말한다. "그래서 나는 도로 쫓겨나고 있어."

"어디로 쫓겨나?" 내가 묻는다.

언니는 어깨를 으쓱한다. "멀리, 멀리, 필요 없는 모든 물건들이 가는 곳으로."

"하지만 필요 없는 물건들은 쓰레기통으로 가잖아." 나는 운다.

"그래, 내가 가는 곳이 거기일 거야." 야드비가 언니가 말한다. 그리고 손을 흔들면서, 흔들고 또 흔들면서 멀리 걸어가 사라진다.

나는 울면서 잠이 깬다. 몸을 떨면서 너무 들썩이며 울어서 갈비뼈가 아프지만 나는 멈출 수가 없다.

나는 겁에 질려 있다. 나는 쫓겨날 것이다. 야드비가 언니처럼.

아니, 어쩌면 **이곳이** — 춥고 어두운 여기, 지하실이 — 그 먼 곳인지도 모른다.

"야드비가 언니?" 내가 소리쳐 부른다. "여기 있어?"

나는 손과 발로 엎드려 기어 다니며 내 친구를 찾는다. "야드비가 언니? 야드비가 언니?"

하지만 언니는 여기 없다.

쥐가 내 무릎으로 돌아온다.

코끼리한테 깔릴래, 곰한테 먹힐래?

"안녕." 나는 다정하게 말한다. "이름이 뭐야?"

"토마슈." 쥐가 말한다.

나는 헉하고 숨을 들이켠다. "쥐가 말을 할 수 있는 줄은 몰랐어."

"나도 그래." 토마슈가 대답한다.

나는 낄낄거린다.

나는 토마슈인 그 쥐를 쓰다듬는다.

이솝 우화의 여우와 황새 얘기를 해준다.

"난 여우가 싫어." 토마슈가 말한다.

"나도." 내가 말한다. "하지만 호두는 정말 좋아."

"나도." 토마슈가 말한다.

나는 토마슈에게 소녀가 말을 타는 노래를 불러준다.

토마슈는 내게 쥐가 말을 타는 노래를 불러준다.

"사랑해, 토마슈." 내가 속삭인다.

"나도 널 사랑해." 토마슈가 말한다.

그런 다음 나는 울기 시작한다. 그 사람들이 나를 쫓아내 버리면 다시는 토마슈를 보지 못할 것이기 때문이다.

나는 쥐를 내 얼굴까지 들어 올리고 흐느낀다. "네가 그리울 거야, 토마슈."

토마슈가 내 코를 깨물어서 나는 그 녀석을 떨어뜨리고, 녀석은 황급히 도망친다.

"토마슈?" 내가 부른다. "토마슈, 거기 있니?"

하지만 그 녀석은 돌아오지 않는다.

내가 아무리 크게 불러도.

내가 아무리 애원해도.

나는 울부짖는다. 너무 사무치게 외롭기 때문이다.

딸깍하는 소리가 들린다.

"토마슈?" 내가 부른다. "너야?"

계단 꼭대기에 있는 문이 열린다. 불빛이 쏟아져 들어온다. 나는 눈을 깜빡이며 찡그리고서 손으로 눈을 가린다. 불빛 속에 어떤 간호사가 서 있다.

이제 시작이다. 나는 쓰레기통으로 가게 될 것이다.

심장이 쿵쾅거린다.

나는 계단을 기어 올라간다.

나는 중간에서 멈추고서 어둠 속을 향해 속삭인다. "잘 있어, 토마슈. 사랑해. 절대로 너를 잊지 않을게."

나는 울면서 기어 올라간다.

간호사 앞에 다다르자 나는 팔로 그 여자의 다리를 끌어안고 소리친다. "죄송해요. 저를 쫓아내지 말아 주세요. 전 히틀러를 싫어하지 않아요. 전 히틀러를 사랑해요. 진심으로 **사랑해요**. 저를 여기 계속 있게 해주시면 다시는 못된 짓은 하지 않을 거예요. 약속해요! 약속해요! 하일 히틀러!"

18

간호사가 내게 우유 한 잔을 준다. 나는 벌컥벌컥 마신다. 나무 빨리 마셔서 우유가 입가로 새어 나와 목으로 흘러내린다. 간호사는 나를 욕실로 데려가서 옷을 벗기고 욕조 안에서 내 몸을 문질러 때를 민 다음 말려준다. 나는 운다. 때를 밀고 문지르는 게 아프기 때문이기도 하지만, 그 무엇보다도, 이제 나는 낡은 내 누더기를 입고 무거운 나무 나막신을 신고 쓰레기통으로 쫓겨날 것이기 때문이다.

"인제 그만!" 간호사가 쏘아붙인다. 그리고 내가 깨끗한 하얀 옷을 입고 새로 닦은 부츠를 신도록 돕는다. 간호사는 내 머리를 길게 두 가닥으로 땋아서 빳빳한 검정 리본으로 끝을 묶는다.

"됐다!" 그녀가 말한다. "넌 또다시 훌륭한 독일 소녀 같아 보인다."

"저는 훌륭한 독일 소녀**인걸요**." 눈을 크게 뜨고 내가 중얼거린다. "약속해요, 하일 히틀러!"

나는 식당으로 걸어 들어가서 마르그레트 언니와 에파 옆에 앉는다.

카트 언니는 어디에도 보이지 않는다.

"돌아왔네!" 에파가 소리친다. 눈에 눈물이 그렁그렁한 채 그 애는 작은 팔로 나를 감싸안는다.

간호사가 목청을 가다듬는다. 그 기침이 뜻하는 건 '소란 금지!'이다.

에파는 손을 풀고 코를 훌쩍이며 소매로 눈을 닦는다.

나는 게걸스럽게 수프를 먹는다. 속도를 늦춰보려고 하지만 그럴 수가 없다. 배가 고파 죽을 지경이다. "어디 갔다 온 거야?" 마르그레트 언니가 소곤거린다. "우리는 너무 걱정했어. 3일 됐잖아! 우리는 너를 다시는 못 볼 줄 알았어."

내 눈이 근처를 여전히 맴돌고 있는 간호사를 향한다.

마르그레트 언니는 이해한다. 언니는 자기가 할 수 있는 최고의 독일어로 말한다. "어머, 수프가 이렇게 맛있다니. 수프 속에 당근이 하나, 둘, 셋, 넷, 다섯, 여섯, 일곱 조각 둥둥 떠다니는 게 보여. 꼭 생일 파티에 와 있는 것처럼 좋아. 정말 고마워!"

나는 수프 그릇에서 눈을 떼지 않는다.

침묵이 점점 더 어색하고 불편해진다. 그러자 에파가 자기 수프를 가리키며 소리친다. "진짜 대단해! 우리는 여기서 왕자와 공주처럼 배불리 먹고 있어."

"맞아, 진짜로." 마르그레트 언니가 사탕발림하며 맞장구친다. "그리고 이건 모두 경애하는 히틀러 총통님 덕분이야!"

히틀러!

내 가슴에서 심장이 마구 뛴다. 나는 튀어 오르듯 일어선다.

나는 오른손으로 허공을 찌르며 외친다. "하일 히틀러!"

나는 흐느끼며 한밤중에 잠이 깬다. 이불 밑 공간은 너무 좁고, 너무 어둡다. 나는 침대에서 빠져나와 창문 쪽 침대 끝으로 기어간다. 창문턱에 오른손을 얹고 눈 덮인 정원을 물끄러미 내다본다.

마르그레트 언니가 침대에서 나와서 내 옆에 선다.

"봐," 나는 소곤거린다. "너무 환해!"

"보름달이 떴어." 언니가 말한다.

"나는 밝은 게 좋아." 내가 중얼거린다. "어둠은 싫어." 나는 몸서리를 친다.

마르그레트 언니가 내 팔을 잡고 나를 다시 침대로 데려간다. 언니는 내 옆으로 바싹 파고든다. 조심스럽게. 부드럽게. 평소보다 조금 덜 붙어 있는 정어리다. 언니는 우리가 오늘 저녁 잠옷으로 갈아입을 때 내 멍들과 부은 자국들을 봤기 때문이다. 모든 애들이 다 그랬다.

"난 지하실에 갇혀 있었어." 내가 나지막한 소리로 말한다. "춥고 어두운 그곳에 나를 혼자 내버려 뒀어. 먹을 것도 없고. 이불도 없어. 쥐들만 있어. 그래서 난 울었어. 너무 많이 울어서 눈물이 다 말라 버렸어. 마르그레트 언니, 눈물이 마를 수 있다는 걸 알았어?"

"아니." 언니가 나지막한 소리로 말한다.

"시간이 완전히…. 난 밤인지 낮인지 알지 못했어. 내가 나오고 나서 언니가 내게 3일이 지났다고 말했을 때야 내가 거기 얼마나 오래 있었던지 알게 된 거야." 나는 몸서리친다. "그리고 거기엔 말을 할 줄 아는 쥐가 한 마리 있었는데… 그래서… ." 나는 흐느끼기 시작한다.

"불쌍한 조피아." 마르그레트 언니가 입속으로 중얼거린다.

"소피아야." 나는 언니의 말을 바로잡는다.

"미안." 마르그레트 언니는 나지막이 말한다.

마침내, 나는 너무나 알고 싶었지만 아는 게 두려운 걸 묻는다.

"카트 언니는 어딨어?"

"갔어." 마르그레트 언니가 말한다. 목소리가 흐려진다. "바로 그날. 그 사람들이 언니에게 낡은 옷을 입히고 나막신을 신겼어. 그리고 선생님이 우리를 바깥에 세우고 언니가 길을 따라 트럭이 대기 중인 대문으로 가는 걸 지켜보게 했어. 언니는 너무 외롭고… 무서워 보였어."

"멀리 끌려가고 있으니까." 내가 중얼거린다.

"멀리." 마르그레트 언니가 따라 한다.

처음에는 야드비가 언니.

이제는 카트 언니.

"언니는 언니 침대로 가야 해." 내가 말한다. "벌 받게 되면 안 되잖아."

마르그레트 언니가 이불에서 빠져나간다. 언니가 갈 때 나는 뒤에서 언니를 부른다.

"마르그레트 언니?"

"응?" 언니가 대답한다.

"하일 히틀러!"

선생님과 간호사들은 똑똑하다. 그들이 카트 언니와 나에게 벌을 준 것은 대단히 성공적이었다. 우리는 모두 두려움에 사로잡혀 있다. 우리가 안전하다고 느끼게 되는 유일한 길은 순종하는 것이다. 간호사에게. 의사에게. 선생님에게. 히틀러에게.

하일 히틀러!

나는 이제 내가 드레스덴에서 훌륭한 독일인 부모님 밑에 태어난 소피아 울만의 역할을 해야 한다는 것을 안다. 그 부모님은 불행히도 돌아가셨다. 나는 사악한 폴란드 사람들에게 납치됐던 것이지만 이 이야기는 아무에게도 해서는 안 된다. 왜냐하면 그러면 사람들은 내가 그 더럽고 후진적인 나라의 땅에서 몇 년간 자라면서 오염됐다고 생각할지도 모르기 때문이다.

하일 히틀러!

그건 우리 모두에게 똑같다. 마르그레트 언니도. 에파도. 예전에는 반다였던 빌헬미나도. 아론이었던 아돌프도. 그리고 새 독일 이름과 생일을 받은 다른 여자아이들과 남자아이들도 모두.

우리는 다시는 양배추를 먹는 생일 파티에 참석해서 고맙고 좋다거나, 독일 군인들이 깔고 앉은 금발 머리 개들, 혹은 일곱 개의 엉덩이가 현관에 꽉 끼어 지나가기 어렵다는 말은 하지 않는다. 대신에, 밥을 먹으며 하는 이야기들은 전부 우리가 얼마나 운이 좋은지에 관한 것이다. 우리는 구조된 아이들이다! 나치의 SS 대원이, '브라운 시스터스'가, 우리의 친애하는 히틀러가 우리를 구조했다.

하일 히틀러!

그리고 취침 시간이면 우리는 자기 침대로 기어들어 가서, 눈을 감고, 착하고 어린 독일 소녀들같이 잠이 든다. 우리는 다른 아이들의 침대로 살며시 들어가서 우리가 살던 집에 관해 이야기를 나누거나, 제일 좋아하는 폴란드 케이크가 뭔지 아웅다웅하거나, 천주교식 기도를 드리지 않는다. 우리가 마음먹고 입을 연다면, 우리의 말은 독일어이고 오로지 친애하는 총통에게 앞다투어 감사하는 밤 인사일 뿐이다.

하일 히틀러!

매일매일 우리는 책상 옆에 서서 히틀러의 사진을 향해 오른손을 위로 뻗고 목청이 터지도록 큰 소리로 외친다. "하일 히틀러! 하일 히틀러! 하일 히틀러!"

얼마나 강하게 외치는지 부츠 밑의 바닥이 흔들린다.

선생님은 회초리를 책상에 비스듬히 걸쳐 놓는다. 그건 이제 더는 필요하지 않기 때문이다. 선생님은 고개를 끄덕이며 미소를, 이솝의 여우 같은 미소를 짓는다. 선생님이 이겼기 때문이다.

내 가슴 속에는 증오심이 차오른다. 총을 든 SS 대원과 히틀러, 그리고 그의 편인 모든 독일 사람은 어떻게 작고 겁에 질린, 아무것도 하지 못하는 어린이들을 정복하는 것을 자랑스러워할 수가 있는 걸까?

나는 심장이 쿵쾅거린다. 뺨은 분노로 달아오른다. 야드비가 언니와 카트 언니, 엄마와 아빠, 바르바라 이모, 심지어 만나보지도 못한 토마슈를 향한 그리움 때문에 가슴이 아프다. 그렇지만 나는 히틀러의 사진을 응시하며 팔을 들고 턱을 세우고 등을 똑바로 편 채 훌륭한 독일 소녀처럼 보이려고 최선을 다한다. 훌륭한 독일 소녀가 **되려고**! 그렇게 되지 않으면 아무 소용이 없기 때문이다.

폴란드 사람, 아니면 독일 사람? 하나를 골라.

나는 독일 사람을 고른다.

하일 히틀러!

하일 히틀러!

하일 히틀러!

진짜 인생,
아니면 동화 속 인생?

하나를 골라!

19

1942년 4월

우리는 독일의 심장부를 향해 깊숙이 달려가는 기차를 타고 있다. 뮌헨에서 온 중요한 의사인 엥겔스 선생님과 세 명의 간호사가 우리와 함께 가고 있다. 우리는 나와 마르그레트 언니, 에파, 그리고 금발 머리와 파란 눈, 완벽한 머리와 히틀러를 찬양하기 위한 털 없는 강한 팔을 가진 다른 훌륭한 여자아이들 모두이다. 우리는 기차의 객차 하나를 통째로 차지하고서 한 자리에 세 명씩 앉아 있다.

농장과 공장, 마을과 도시, 군사 기지와 기차역 등 눈에 보이는 모든 광경에 우리는 감탄한다. 모든 것이 깨끗하고, 단정하고, 반짝반짝 빛나고, 밝다. 나는 땋아 놓은 내 금발 머리를 매만지고 흰색 원피스를 가다듬고 검은색 부츠 속 발가락들로 톡톡 바닥을 쳐본다. 나는 깨끗하고, 단정하고, 반짝반짝 빛나고, 밝다. 나는 훌륭한 독일 소녀다.

객차가 좌우로 흔들리자 나도 함께 흔들린다. 나는 좋은 독일 기차를 타고 여행하고 있는 훌륭한 독일 소녀.

에파가 작은 손을 내 손안에 살며시 밀어 넣으며 내 손을 꽉 쥔다. "소피아 언니, 우린 괜찮을 거야, 그렇지?" 그 애가 속삭인다.

나는 알지 못한다.

코끼리한테 깔릴래, 곰한테 먹힐래?

"그래!" 나는 미소 짓는다. "당연히 그럴 거야." 나는 거짓말을 아주 잘하게 되었다.

마르그레트 언니가 우리를 향해 몸을 기울이며 속삭인다. "적어도 이번 여행은 돼지를 싣는 트럭 뒤에 실려 가는 게 아니라 사람들을 위해 만든 깨끗한 기차를 타고 하는 거잖아. 뭔가 좋은 의미인 게 틀림없어. 안 그래?"

나는 그 트럭을, 혹은 내가 잡혀 온 그날 밤을, 혹은 남겨진 가족을 기억하고 싶지 않다.

나는 기억하지 **않을 것이다**! 그건 너무 큰 상처를 준다.

나는 슬픈 폴란드 소녀가 **아니다**.

나는 훌륭하고 행복한 독일 소녀이다.

그렇다. 그렇고말고.

"소피아 언니," 에파가 내 옆구리를 찌른다. "중얼중얼하고 있네."

나는 내 입이 넓게 벌어지는지 확인하면서 그 애에게 미소 짓는다. 나는 행복한 독일 소녀란 말이야!

나는 창문을 가리키며 말한다. "넌 저 작은 나무 헛간에서 쾌활한 오소리와 함께 살거나, 저 크고 하얀 농가에서 악취를 풍기며 입을 벌리고 너를 물어뜯는 심술궂은 곰과 함께 살 수 있어. 하나를 골라."

에파의 눈이 반짝인다. "게임이구나." 그 애가 숨을 들이켠다. "**정말** 오랜만에 하는 게임이야."

마르그레트 언니가 말한다. "크고 하얀 농가. 아름다운 집이잖아. 4층이고 기와지붕에 빨간 문이 있어."

"난 작은 나무 헛간을 고를래." 에파가 코를 틀어막는다. "그런 곰과는 같이 살고 싶지 않아. 무섭고… 냄새가 너무 심해서 토할 것 같아."

"하지만 진짜로 곰과 함께 살 필요는 없는걸." 마르그레트 언니가 말한다. "농가는 엄청 커. 곰이 아래층 두 층을 차지하면 넌 계단을 막고 위의 두 층에서 안전하게 살 수 있어."

"곰은 올라가지." 내가 경고한다. "배수관을 타고 올라가서 창문으로 들어올지도 몰라."

마르그레트 언니가 얼굴을 찡그린다.

빌헬미나가 우리 뒷자리에서 몸을 앞으로 기울인다. "오소리는 사랑스러워. 우리 삼촌이 토미라는 오소리를 반려동물로 키웠는데―." 그 애는 자기가 금지된 폴란드 과거에 관해 말하고 있다는 것을 깨닫고는 말을 멈춘다. 그 애는 객차 앞쪽에 앉은 엥겔스 선생님을 바라본다. 눈에는 두려움이 가득하다. "내 말은, 오소리는 좋은 친구가 될 수도 있으니까 나무 헛간을 고른다는 거야. 그리고 뒤편에 있는 저 꽃나무들은 사과나무일 게 분명해. 그러면 가을에는 사과 타르트를 만들 수 있잖아."

"나도 나무 헛간을 고를래." 내가 말한다. "곰은 사람을 잡아먹어. 나는 입을 닫지도 않고 나를 씹어 삼킬 곰한테 먹히는 건 싫어." 나는 방금 내가 한 바보 같은 말에 웃음을 터트린다. 그러자 빌헬미나, 마르그레트 언니, 그리고 에파가 나를 따라 웃는다.

우리는 웃어본 지 오래다. 기분이 좋다.

어쩌면 우리는 정말로 다 **잘될 것이다**.

가는 동안 엥겔스 선생님은 대부분의 시간을 객차 앞자리에 앉아

서 담배 파이프를 물고 서류 가방에서 서류를 하나씩 꺼내 차례로 읽고 있다. 선생님은 한 번씩 읽기를 멈추고 서류 속 사진과 일치하는 얼굴을 찾으면서 우리를 바라본다. 그런 다음 고개를 끄덕이거나 미소를 짓거나 눈썹을 치켜올린다. 가끔은 통로를 왔다 갔다 하며 우리의 대화에 귀를 기울이고 우리의 독일어를 바로잡아 주기도 한다. 하지만 자상한 태도다. 선생님은 절대로 거칠게 굴지 않는다. 독일어 선생님처럼 조롱하는 법이 없다.

이제 선생님이 내 자리로 몸을 기울인다. "소피아, 이리 오겠니?" 선생님의 파란 눈은 부드럽고 친절하다. 뺨이 달아오르지만 나는 미소 짓는다. "네, 선생님. 좋아요."

우리는 통로를 따라 객차 뒤쪽으로 걸어간다. 우리는 창밖을 바라보며 나란히 서 있다.

엥겔스 선생님이 말한다. "네 얘기를 해봐라, 소피아."

나는 눈살을 찌푸린다. 이 질문은 속임수일까? 나는 폴란드 소녀인 내 인생에 관해 말할 수 없다. 그건 금지된 것이다. 하지만 독일 소녀로서의 내 인생은 정말 너무나 별것이 없다. 매일같이 먹고, 의사의 검진을 받고, 정원 끝에 있는 높은 벽돌 담 안을 걸어 다니고, 수업 시간에 독일어로 말하고, 잠을 자고, ─ 매일매일 똑같다. 나는 또 꾸중도 많이 듣고, 뺨도 많이 맞고, 울기도 많이 울었다. 하지만 그런 것들은 절대로 말해선 안 된다.

"자, 어서." 의사 선생님이 노래 부른다. "부끄러워하지 마."

나는 머릿속에 제일 먼저 떠오르는 말을 한다. "만약 제가 곰에게 잡아먹히게 된다면, 저를 씹는 동안 곰이 입을 다물고 있으면 좋겠어요." 엥겔스 선생님은 껄껄 웃는다. "현명한 소원이네. 무례한 곰보다는 예의 바른 곰에게 잡아먹히는 게 훨씬 낫겠지."

"그럼요!" 내가 맞장구친다. "나이프와 포크를 사용하고, 한 입 먹을 때마다 냅킨으로 입을 닦고, 다 먹고 나면 '맛있는 저녁밥이 돼줘서 정말 고마워!'라고 말하는 곰 말이에요. 곰의 뱃속에 있는 저는 그 말을 못 들을지도 모르지만 예절에 인색하면 절대 안 되죠."

선생님은 고개를 뒤로 젖히고 폭소를 터트린다.

"아!" 나는 창문을 통해 밖을 살짝 내다보며 숨을 들이켠다. "여긴 정말 아름다운 곳이네요! 들판에 초록색 풀이 무성해요. 냇물은 수정처럼 맑아요. 그리고 보세요! 저 멀리 언덕 위에 성이 우뚝 솟아올라 있어요. 음, 솟아오른다기보다는 무너져 내리는 쪽에 가까워 ㅡ."

나는 말을 멈춘다. 입술을 깨문다. 나는 정신 없이 몰두해 있었던 것이다. 마구 수다를 떨면서.

엥겔스 선생님은 신경 쓰지 않는 것 같다. 선생님은 미소를 짓고 있다. 아니, 나를 보고 **활짝 웃고** 있다. "우리는 지금 바이에른에 와 있어. 독일에서 가장 아름다운 지역이지. 난 여기, 오버라머가우라는 마을에서 태어났어."

"오버라머가우," 나는 따라 한다. "정말 예쁜 이름이에요."

"우리 아버지는 의사였고, 어머니는 독일을 통틀어서 제일 맛있는, 집 모양 생강 쿠키를 만드셨어. 너무 예뻐서 먹기가 아까울 정도였지." 엥겔스 선생님의 파란 눈이 반짝거린다. "**진짜 먹기가**⋯. 하지만 언제나 어찌어찌 한 입을 베고 나면⋯" 선생님은 양손을 활짝 편다. "⋯ 그다음은 아주 쉽게 계속 베어먹게 됐지."

나는 한숨을 쉰다. "집 모양 생강 쿠키."

"자!" 선생님이 말한다. "내가 우리 가족 얘기를 했잖아. 이제 **네 가족** 얘기를 해보렴."

선생님은 갑자기 진지해져서 앞으로 몸을 기울이고, 나는 이게 테스트라는 것을 이해한다. 머리 치수 재기, 잉크 방울, 그리고 '**하일 히틀러**' 같은 것이다. 마침내 나는 이해를 한다. 독일어 선생님이 이 몇 달 내내 우리에게 가르쳤던 말들은 바로 이런 때를 위해서였던 것이다!

"우리 아버지는 독일 군인이었어요." 나는 속삭인다. "하지만 안타깝게도 돌아가셨어요."

엥겔스 선생님은 이게 거짓말이라는 걸 안다. 선생님은 내 서류를 읽었다. 선생님은 나에 관한 **모든 걸** 알고 있다. 그런데도 선생님은 말한다. "소피아, 아버지가 돌아가셨다니 **정말 안타깝구나.** 하지만 너희 아버지는 영예로운 총통님을 위해 복무하다가 돌아가셨으니 자랑스러워해도 된단다."

"감사합니다." 내가 말한다. "**저는** 자랑스러워요." 내 뺨이 다시 한 번 달아오른다. 이번에는 더 뜨겁게.

"그러면 어머니는?" 선생님이 묻는다.

"어머니는 독일 사람이었지만 어머니도 역시 돌아가셨어요." 이제 내 입에서 거짓말이 자유롭게 술술 나오기 시작한다. "금발 머리와 파란 눈의 엄마는 아름다웠고, 장미 향이 나는 향수를 뿌렸어요. 그리고…"

엥겔스 선생님은 고개를 끄덕이며 계속하라고 격려한다.

"엄마는 훌륭한 요리사였어요!" 나는 소리친다. "**선생님** 어머니처럼요. 그런데 엄마는 집 모양 생강 쿠키는 만들지 않았어요. **사람 모양** 생강 쿠키를 만들었죠! 누가 보더라도 최고의 쿠키였어요. 배에 건포도로 만든 작은 단추가 달린 생강 쿠키 사람은 정말 귀여웠어요. 저는 그 쿠키들을 너무 좋아해서 계속 가지고 놀다가 결국은 배가 너무 고파서 눈 깜짝할 사이에 먹어 치우고 말았죠. 하지만 그러고 나면 그 녀석들을 먹은 죄책감이 너무 크게 들어서 눈물을 흘리고 말곤 했어요! 그러면 엄마는, **사랑하는** 엄마는 제게 새로운 생강 쿠키 가족을 구워줬어요.”

그리고 이제 내 눈에는 정말로 눈물이 **그득** 고인다. 어머니 얘기를 하면, 어떤 어머니라도, 심지어 지어낸 어머니라도 너무너무 슬프고 외로워지기 때문이다.

엥겔스 선생님이 내 어깨에 부드럽게 손을 얹는다. “하지만 그건 **멋진** 추억이야, 소피아. 너무 달콤하고 재미있고 사랑으로 가득 차 있어. 그리고 생강 쿠키로도 가득 차 있고! 넌 그런 훌륭한 독일 부모의 아이인 걸 기쁘게 생각해야 해.”

“저는 그래요.” 나는 용감하지만 눈물 어린 미소로 거짓말을 마감한다.

의사 선생님은 양손을 비비며 들릴 듯 말 듯 말한다. “잘했어. 완벽해.”

20

우리의 기차는 이틀 동안 이동하고 정차하고 다시 출발하기를 계속하고, 우리는 앉은 채로, 혹은 서로의 무릎에 엎드려서 잠을 자고 나서야 어떤 역에 도착해서 내릴 수 있게 된다. 우리는 공장의 인형들처럼 네 줄로 맞춰 선다. 금발 머리에 파란 눈, 흰색 원피스와 검은색 부츠 차림으로. 우리는 승강장을 따라 걸어가서 정문으로 나와 조용한 골목으로 들어간다.

새로운 어떤 여자가 나타난다. 키가 작고 어깨가 넓고 감색 유니폼에 무거운 검정 신발을 신고 있다. 그 여자는 가슴을 내밀고 손을 등 뒤로 깍지 낀 채 우리 앞에서 왔다 갔다 걸으며 매서운 갈색 눈초리로 우리를 뚫어져라 보고 있다.

"너희들은 운 좋은 아이들이야!" 그 여자가 으르렁거린다. "오늘 너희들은 좋은 기숙학교에 가게 될 거야. 거기서 훌륭한 독일 소녀가 되는 법을 배울 거야."

나는 이맛살을 찌푸린다. 지난 몇 달 동안 우리가 배운 게 그런 것 아닌가? 우리는 **아직도** 훌륭하지 않다는 건가? 건강 진단을 받고, 수업을 하고, 뺨을 맞고, 혼이 난 그 모든 일을 겪고 난 뒤인데도? 똑같은 일이 앞으로도 더 있는 걸까?

아, 안 돼! **더 나쁜** 무슨 일이 생기는 걸까?

배가 아프다. 가슴이 조여온다. 머리가 두근거린다.

마르그레트 언니가 내 옆에서 코를 훌쩍이기 시작한다.

"그래! 그래!" 매서운 눈초리의 여자가 소리친다. "너희들은 훌륭한 독일 소녀로 자라나서 훌륭한 독일 어머니가 될 거야. 어머니들은 훌륭한 독일 어린이들을 낳을 거고, 그 어린이들도 자라서 히틀러 총통을 섬기게 될 거야. 하일 히틀러!"

"하일 히틀러!" 우리는 팔을 허공으로 쳐들며 대답한다.

"다시!"

"하일 히틀러!"

"하지만 난 어머니가 되고 싶지 않은걸." 에파가 나지막하게 말한다. "난 **내** 어머니가 돼줄 사람이 필요해."

"우리가 타고 갈 차가 왔어!" 화난 여자가 미소를 짓는다. 눈빛을 더 강하게 보이게 하는 잔인한 미소다.

트럭 두 대가 근처에 멈춘다. 군용 트럭이다. 한밤중에 사람들을 잡아서 다시는 돌려보내지 않는, 그런 트럭이다. 한밤중에 **나를** 잡아갔던, 다른 여자아이들을 모두 잡아갔던 그런 트럭이다.

우리 사이에 공포로 웅성거리는 소리가 퍼진다. 발들이 이리저리 움직인다. 몇몇 여자애들은 울기 시작한다. 트럭으로 학생들을 데려가는 기숙학교는 우리가 다니고 싶은, 그런 종류의 학교가 **아니라는 것을** 알기 때문이다.

간호사들은 네 명의 군인들에게 간다. 군인들이 아직 훌륭하지 않은 독일 소녀들을 트럭 뒤편으로 끌어 올리기 시작한다.

에파와 마르그레트 언니, 그리고 나는 손을 잡고 발을 질질 끌며 점점 더 가까이 간다.

"우린 괜찮을 거야." 나는 목소리를 높여 꽥꽥거리며 거짓말을 한다. "우리는 좋은 기숙학교로 갈 거야. 그리고 우리는 **언제나** 함께 있을 거야.”

너무나 끔찍하고 엄청난 거짓말이다. 왜냐하면 그 순간, 엥겔스 선생님이 내 이름을 부르기 때문이다. “소피아! 이리 와!”

나는 망설인다.

“소피아!” 선생님은 이제 노래 부르듯 내 이름을 부르며 금발 머리들의 바다 너머로 내게 손짓한다.

나는 에파와 마르그레트 언니의 매달리는 손가락을 풀고 겁에 질린 여자아이들 사이를 비집고 선생님의 곁으로 달려간다.

“자, 나와 함께 가자. 내 운전기사인 볼프강이 기다리고 있단다.”

선생님은 근처에 주차된 자동차를 가리킨다. 다이아몬드처럼 빛나는 은색 좌석이 있는, 번쩍번쩍한 검은색 큰 차다. 차는 지붕이 열려 있고, 운전석에는 검은색 제복을 입고 제모를 쓴, 마르고 나이 많은 아저씨가 앉아 있다. 머리에 바람을 맞으며, 어깨에는 햇빛을 받으면서 바이에른 계곡을 달리는 건 얼마나 멋진 일인가!

나는 보기 흉하고 어두운, 트럭 뒤쪽 입구에 점점 더 가까이 가고 있는 에파와 마르그레트 언니를 돌아본다.

나는 엥겔스 선생님을 바라본다. “하지만 제 친구들은….”

선생님은 상냥하게 웃는다. “걱정하지 마, 소피아. 네 친구들은 잘 돌봐줄 거야. 내가 약속해. 하지만 기숙학교는 네게는 맞지 않아. 넌 특별해. 예쁘고 재미있고, 말을 잘 듣고, 아주 똑똑한, 순수한 아리안이지. 넌 독일 공주야.”

나는 그냥 훌륭한 독일 소녀가 아니다. 나는 독일 공주다!

제복을 입은 운전기사가 시동을 건다. 나의 마차가 기다리고 있는 것이다!

뒤를 돌아보니 에파가 트럭 뒤로 실리고 있는 게 보인다.

"소피아 언니!" 그 애가 소리를 지른다. "이리 와! 빨리!"

트럭이야, 아니면 자동차야?

친구들이야, 아니면 의사 선생님이야?

꾀죄죄한 여자애야, 아니면 귀한 공주야?

하나를 골라! 골라! 하나를!

나는 고른다.

"선생님, 친구들에게 작별 인사 하고 와도 돼요? 부탁이에요."

선생님은 고개를 한쪽으로 기울인다. 입술을 꾹 닫는다. 고개를 끄덕인다.

나는 뒤로 달려가서 마르그레트 언니를 껴안는다.

에파가 트럭에서 몸을 밖으로 굽히자 나는 그 애의 뺨에 뽀뽀한다.

"소피아 언니!" 그 애가 내 소매를 움켜쥐고 애원한다. "나랑 같이 있게 여기로 올라와! 우린 함께 있어야 하잖아! 언제나 함께. 제발, 제발, **제발!**"

나는 그 애의 손에서 풀려나 뒤로 물러선다. "미안해. 사랑해, 에파. 넌 언제나 내가 제일 좋아하는 강아지일 거야. 그리고 마르그레트 언니, 언니도 사랑해. 언니는 언제나 내가 제일 좋아하는 정어리일 거야."

그리고 부끄러움을 느끼며 나는 그들에게서 등을 돌려 달려간다.

나는 아름다운 바이에른의 시골길을 지나간다. 머리에는 바람을, 어깨에는 햇빛을 받으며, 눈에서는 눈물이 흘러내리고 있다.

나는 마차를 타고 자기 왕국을 둘러보는 공주다. 가슴이 아프고 콧물이 흐르고 보기 흉하게 꺽꺽 우느라 숨이 헐떡인다.

나는 공주이자 지독한 겁쟁이다. 그 둘을 어떻게 함께 엮을 수 있을지 모르겠다. 그래서 나는 운다.

목에 방울을 달고서 초록이 무성한 들판을 한가로이 거닐고 있는 살지고 행복한 소 떼가 내 눈에 들어온다. 소들이 음악 소리를 내고 있다니! 흐느낌 사이로 미소가 살며시 스친다.

엥겔스 선생님이 운전기사인 볼프강 아저씨의 어깨를 두드리자 차가 길가에 멈춘다. 선생님과 나는 나무 울타리를 넘어가서 무릎만큼 키가 큰 하얀 데이지꽃들과 풀들 속에 선다. 소 한 마리가 우리를 향해 느릿느릿 다가온다. 길고 날카로운 뿔이 달린 살진 갈색 황소다. 나는 몸을 돌려 도망치려고 한다. 하지만 엥겔스 선생님이 내 손을 잡더니 말한다. "괜찮아, 소피아. 바이에른의 소들은 세상에서 제일 온순한 소들이란다. 나를 믿으렴."

선생님의 금발 머리가 햇빛 아래 있는 천사의 머리처럼 반짝거린다. 파란 눈은 부드럽고 다정하다. 손은 크고 힘이 세고 따뜻하다.

그래서 나는 선생님을 믿는다.

소는 가까이 다가오며 발걸음을 옮길 때마다 종소리를 내더니 멈춘다. 소가 나를 쳐다본다. 소는 코를 킁킁거리며 따뜻하고 달콤한 입김을 내 쪽으로 보낸다. 자기 혀를 한쪽 콧구멍에 깊숙이 넣었다가 또 다른 쪽에 넣고 하면서 소는 코를 핥는다.

나는 웃는다.

소가 눈을 껌벅거린다.

엥겔스 선생님은 하얀 데이지꽃 한 송이를 꺾어 소의 귀와 뿔 사이에 끼워 넣는다.

나는 킥킥 웃는다.

엥겔스 선생님이 두 번째 데이지꽃을 꺾어 소의 다른 쪽 귀와 뿔 사이에 끼워 넣는다. 소는 코를 킁킁거리며 다시 콧구멍을 핥고 어슬렁어슬렁 걸어간다.

나는 웃는다.

엥겔스 선생님은 이제 세 번째 데이지꽃을 따서 내 귀 뒤에 꽂으며 흥얼거린다. "소피아, 데이지의 공주님."

내 눈에 또다시 눈물이 가득 고인다.

나는 소들 뒤쪽 들판 너머를 내다본다. 교회 하나가 나 홀로 서 있다. 교회는 너무나 하얗고 환해서 분명 매일매일 새롭게 칠을 하는 것만 같다. 그 너머에는 사파이어처럼 반짝이는 넓고 푸른 호수가 있다. 그리고 그 주위는 온통 숲으로 덮인 언덕과 눈 덮인 산들이 높고 웅장한 성벽을 이루어 소와 꽃, 그리고 사랑스러운 풍경을 안전하게 지켜주고 있다.

나는 데이지꽃 한 송이를 꺾어서 엥겔스 선생님에게 건넨다. 선생님은 코트 단추 구멍에 그 꽃을 집어넣는다.

우리는 차로 돌아오고 차는 계속해서 달린다. 그리고 내 눈에는 여전히 눈물이 그렁그렁하지만 내 가슴에는 새로운 무언가가 쿵쿵 뛰고 있다.

그건 희망인 것 같다.

21

나는 화들짝 놀라며 잠이 깬다. 나는 엥겔스 선생님에게 몸을 기대고 축 늘어져 있다. 선생님의 소매에 침을 흘렸다.

"죄송해요!" 나는 숨을 들이켠다.

선생님이 미소 짓는다. "아무 일도 아닌걸!"

"차가 멈췄어요." 내가 말한다.

"도착했단다." 선생님은 그렇게 설명하고 내가 차에서 내리는 걸 도와준다. "여기가 너의 새집이야."

나의 새집은 농장이다. 너무나 근사한 집이다. 무거운 나무 지붕이 덮인, 커다랗고 하얀 삼층집이다. 창문마다 초록색 덧문이 달려있고 보라색, 흰색, 파란색 봄꽃들이 가득한 화분 상자가 걸려 있다. 꼭대기 층에는 나무로 만든 긴 발코니가 있는데 하트 모양이 난간에 새겨져 있다.

바로 옆에는 집보다 더 크고 집만큼이나 멋있는 거대한 흰색 외양간이 있다. 외양간의 넓은 문들은 집의 덧문과 비슷한 초록색으로 칠해져 있고 몇몇 창문에는 꽃 화분이 매달려 있다.

들꽃들이 점점이 박힌 초록색 풀밭과 활짝 핀 꽃으로 덮인 사과나무 과수원, 산비탈을 에워싼 포도밭이 집과 외양간을 둘러싸고 있다. 풀밭에는 밤색 말이 풀을 뜯고, 과수원에는 살찐 흰 기러기들이 뒤뚱뒤뚱 거닐고, 대문 기둥에서는 수탉이 울고 있다.

148

"저 수탉은 새 시계가 필요한걸요." 내가 말한다.

"저 녀석은 롤프란다." 엥겔스 선생님이 말한다. "내가 저 녀석을 태어날 때부터 키웠지. 정말 바보 같은 녀석이라 새벽뿐만 아니라 낮에도 종일토록 운단다. 하지만 나를 아주 좋아하고 나도 저 녀석을 좋아해."

"여기가 **선생님** 농장이에요?" 내가 묻는다.

"그래. 히틀러 총통님이 주신 선물이란다. 총통님은 내가 하는 일의 중요한 가치를 아시지."

히틀러라는 말에 목에 가시가 돋는다. 그리고 혼란스럽다. 이곳이 엥겔스 선생님의 농장이라면 어떻게 또 내 새 집일 수가 있는 거지?

선생님은 내 손을 잡고 자갈길을 가로질러 집 안으로 나를 데리고 들어간다. 우리는 넓은 복도를 따라 걸어가며 출입구가 나올 때마다 고개를 빼꼼히 들이밀어 본다. 방을 하나씩 지날 때마다 각각의 방은 지나온 방보다 더 웅장해 보인다. 나무 천장에 호화로운 카펫, 돌로 만든 벽난로와 왕에게 걸맞은 가구들이 있다. 선생님은 지나가면서 부른다. "엘자? 엘자, 여보?"

마지막으로 우리는 크고 밝은 주방으로 들어선다. 내가 여태껏 본 것 중에서 제일 경쾌한 방이다. 짙은 파란색 나무 찬장에는 문마다 중앙에 작은 꽃들이 잔잔하게 그려져 있다. 넓은 창문들에는 꽃무늬 커튼이 드리워져 있다. 한가운데는 단단한 나무 식탁이 있는데 식탁 위에는 사과꽃을 풍성하게 꽂아 놓은 꽃병과 사람 모양 생강 쿠키들이 — 나는 숨이 멎는다 — 담긴 접시가 놓여 있다.

"엘자!" 엥겔스 선생님이 부른다. 그러자 드디어 엘자가 나타난다.

"아아아!" 선생님이 한숨을 내쉰다. 선생님은 내 손을 놓고 양팔로 엘자를 감싸안는다. 선생님은 엘자를 얼싸안고 둥실둥실 흔들더니 엘자가 웃으며 선생님을 밀어낼 때까지 숨이 막히도록 뺨에 키스를 퍼붓는다.

"소피아, 내 아내 엘자를 만나보렴."

나는 한 걸음 앞으로 발을 내디딘다. '하일 히틀러'를 외쳐야 할지, 아니면 공손하게 인사를 해야 할지 알 수가 없다. 결국 나는 간단하게 말한다. "안녕하세요, 엥겔스 아주머니. 만나서 반가워요."

나는 그 아주머니를 만나게 돼서 **정말** 기쁘다. 아주머니는 눈부시게 아름답고, 키가 크고 날씬하다. 파란색 밝은 눈과 화장을 한 듯 하얀 피부에 옅은 금발 머리다. 땋은 머리가 얼굴 위로 왕관처럼 둥글게 말아 올려져 있다. 아주머니는 부엌 찬장 색과 짝을 맞춘 듯 짙은 파란색 원피스를 입고 있다. 그리고 **장미 향**이 난다! 꼭 내 거짓말 속에 나온 독일 어머니 같다. 다른 점은 돌아가신 게 아니라 살아 있는 것이다.

엥겔스 아주머니는 손을 가슴에 갖다 댄다. "세상에, 프레드리크! 완벽한 아이야!"

"감사합니다, 엥겔스 아주머니." 나는 소곤거리듯 말한다. "**아주머니**도 완벽한 것 같아요."

정말이다. 나는 정말 그렇게 생각한다.

"소피아는 공주님이야." 엥겔스 선생님이 말한다. "군계일학이지. 내가 쭉 조사를 해봤는데, 이 애가 딱 맞는 아이야."

뭐가 딱 맞는다는 거지?

엥겔스 아주머니는 남편에게 고개를 끄덕이더니 묻는다. "소피아, 몇 살이니?"

"여덟 살이에요. 거의 아홉 살이죠."

"여덟 살," 아주머니가 따라 한다. "정말 **사랑스러운** 나이구나!" 아주머니는 무릎을 꿇더니 미소 짓는다. 어머니가 자기 아이에게 지을 법한 부드럽고 다정한 미소다. 그러자 나는 다리가 덜덜 떨린다. "소피아, 네가 여기 와서 난 정말 기쁘단다. 뺨에 뽀뽀해도 될까?"

나는 숨을 들이켠다. 어른이 내게 뽀뽀해 주거나 껴안아 준 지 너무 오래됐던 것이다.

"그래도 될까?" 엥겔스 아주머니가 반복해서 묻는다.

나는 고개를 끄덕인다. 그러자 아주머니는 앞으로 몸을 기울이고는 입술로 내 뺨을 누른다.

뽀뽀다! 엄마의 손길이다!

엥겔스 아주머니는 이제 내 두 손을 자기 손으로 감싼다. 사랑과 놀라움이 가득 찬 눈길로 나를 바라본다. 나처럼 눈부신 아이는 본 적이 없는 것처럼 말이다.

"소피아," 아주머니가 말한다. "우리는 아이를 갖기를 너무나 바랐지만 아이가 생기는 축복을 받지 못했단다. 하지만 내가 네 어머니가 된다면 너무도 좋을 것 같아. 그리고 엥겔스 선생님은 너의 아버지가 되고 싶어 하셔. 그러니까 우리가 궁금한 건… 넌 어떻게 —"

나는 양팔을 아주머니의 목에 두른다.

이건 딱 동화책에 나오는 장면이다. 자기가 고아라고 생각하는 어떤 소녀가 오랜 고생 끝에 어머니와 아버지를 찾는 그런 이야기 말이다. 그리고 그 부모님은 친절하고 사랑이 넘칠 뿐만 아니라 엄청나게 큰 어떤 왕국의 왕과 왕비인 것이다.

물론, 이건 동화가 **아니다**. 이건 거짓말이다. 그 소녀는 나인데 나는 고아나 오래전에 잃어버린 공주가 아니라 **이미** 어머니와 아버지가 있는 폴란드 여자아이이다. 그러나 이 거짓말이 내가 가진 전부이다. 내가 계속 안전하게 지낼 유일한 길이다. 내가 또 다른 트럭의 뒤에 실리지 않을 유일한 길이다.

고아, 아니면 사랑받는 딸? 하나를 골라.

나는 겨우 여덟 살이고, 외롭고, 절실하게 사랑받고 싶다.

나는 양팔로 엥겔스 아주머니의 목을 더욱더 꽉 껴안고, 아주머니의 뺨에 뽀뽀하며 속삭인다. "네, 그럴게요!"

22

오늘 아침에 나는 독일 고아였다. 오늘 밤에 나는 그렇지 않다. 내게는 어머니와 아버지가 있다. 엄마와 아빠다.

우리는 식당 방에서 함께 조용히 저녁을 먹는다. 클라라라는 할머니 하녀가 우리를 시중든다. 머리가 희끗희끗하고 통통한 그 할머니는 우리가 식사하는 동안 보이지 않는 곳에서 대기한다. 식사 시간이면 주위를 맴돌며 내 등에 진땀을 흐르게 하던 못된 간호사들이 생각난다.

나는 입을 벌리고 감자와 양배추절임, 그리고 그 옆에 소시지가 놓인 내 접시를 뚫어져라 바라본다. 소시지 한 개가 통째로, 나만을 위해 있다니!

아빠가 웃는다. "우리 농장에서는 독일 제국의 국민 모두를 먹여 살리는 중요한 식량을 생산하고 있단다. 대부분은 멀리 공급되지만 그래도 우리는 특별한 몇 가지를 남겨둘 수가 있어." 아빠는 장난기 어린 미소를 짓는다. "그리고 나는 부자이고 우리 총통님의 친구란다. 전쟁 중이라도 돈과 권력이 있으면 좋은 물건들을 살 수가 있어."

이 말은 사기를 치거나 도둑질을 하는 것으로 들린다. 하지만 소시지에는 기름기가 반지르르 흐르고 있고 내 입에는 침이 고이고 배가 꿀렁거린다. 그래서 나는 먹기 시작한다. 내가 음식을 다 먹어가려고 할 때 클라라 할머니가 획 들어와서 손을 뻗는다. 나는 몸을 움츠리고 맞을 준비를 한다. 내가 무슨 짓을 했는지 모르겠다. 어쩌면 나는 너무 조용히 있었는지도 모른다. 저렇게 사랑스러운 통통한 소시지를 주신 것에 대해 먹기 전에 히틀러에게 감사 인사를 해야 했는지 모르겠다. 어쩌면 나는 예의 없는 곰처럼 입을 크게 벌리고 꿀꺽꿀꺽 쩝쩝 음식을 씹어대는 예의 없는 여자아이였는지도 모르겠다. 나는 너무 배가 고팠던 것이다!

나는 어깨를 움츠리고 움찔하며 주먹이 날아오기를 기다린다. 그러나 클라라 할머니의 손은 나를 지나쳐서 내 접시를 들고는 사라진다.

엄마는 내가 두려워하는 걸 봤다. 엄마는 내 땋은 머리끝을 쓰다듬으며 미소를 짓는다. "소피아, 여기는 안전해." 엄마가 달콤하게 속삭인다. "이곳은 친절한 집이고 클라라는 너의 친구야."

이건 너무 과하다. 가슴이 부풀어 오르고 눈에는 눈물이 고인다.

그러나 눈물이 떨어지기도 전에 아빠가 사람 모양의 생강 쿠키로 내 앞쪽 식탁 위에서 춤을 춘다. 그 맛있는 작은 친구는 점프를 하고 한 바퀴 돌면서 건포도로 만든 단추에 관한 우스꽝스러운 노래를 부르더니 마침내 내 접시 위로 툭 올라와서 외친다. "나를 먹어! 나를 먹어!"

동시에 클라라 할머니가 내 접시 옆에 우유 한 컵을 놓는다.

나는 사람 모양의 생강 쿠키를 바라보며 우는 걸 잊어버린다. 정말 대단하다! 커다란 눈과 입, 건포도로 만든 단추 다섯 개가 달려 있다. 그걸 만드느라 얼마나 많은 버터와 설탕, 밀가루를 썼을지 상상해 본다. 너무 아까워서 거의 먹을 수가 없을 정도다.

거의 말이다.

나는 쿠키 사람을 집어 들고 엄마에게, 그리고 아빠에게 미소를 짓는다. 그러고는 머리 전체를 베어 먹는다.

"아야!" 생강 쿠키가 소리치는 것처럼 아빠가 비명을 지른다.

나는 코를 드르릉 하며 웃음이 터트리고, 새하얀 식탁보 위로 생
강 쿠키 부스러기가 날아간다. 나는 숨을 들이쉬고 그 바람에 부스
러기들이 빨려 들어온다. 그러자 기침이 나기 시작하고 더 많은 부스
러기가 내 입에서 날아가서 사방에 흩어진다. 나는 몹시 당황하지만,
엄마는 내게 우유 한 컵을 건네고, 나는 그 우유를 꿀꺽 삼킨다. 그
러자 모든 것이 괜찮아진다.

생강 쿠키를 다 먹으면 또 다른 생강 쿠키가 내 접시 위에 올라오
기 때문에 **더 좋기만** 하다.

나는 귀 옆에 비누 거품이 보글보글 올라오는 따뜻한 욕조에 앉아
있다. 나는 거품 목욕을 해본 적이 없다. 정말 놀랍다. 황새가 구름 위
에서 일광욕을 하면 이런 기분이 아닐까 하고 생각한다.

엄마가 내 옆쪽 바닥에 앉아서 비누 거품을 한 줌 떠서 공중으로
불어 날린다. 거품은 타일과 수도꼭지, 그리고 거울에 달라붙는다.
나도 비누 거품을 한 줌 떠서 공중으로 불어본다. 거품이 엄마의 코
와 턱에 달라붙는다. 엄마는 거품을 보려고 사팔뜨기 눈을 한다. 그
리고 웃음을 터트린다. 그 웃음소리는 데이지꽃이 가득한 풀밭에서
들려오는 섬세한 소 방울 소리 같다.

거품이 사라지기 시작하자 엄마가 내 머리를 감겨준다. 손길은 부
드럽고 샴푸에서는 장미 향이 난다. 아름다운 장미. 어머니와 사랑
의 향기.

나는 포근한 수건으로 몸을 감싸고 새 침실에 서 있다. 크고 밝은 방이다. 노란색과 흰색 줄무늬 벽지에, 분홍색 꽃무늬 이불이 깔린 널찍한 침대, 책이 가득한 책장, 초록색 쿠션이 놓인 안락의자, 둥근 거울이 있는 흰색 화장대, 그리고 알람 시계가 놓인 침대 옆 탁자가 있다. 시계 맨 위에는 째깍거리는 소리에 맞춰 모이를 쪼는 닭 모양 기계가 붙어 있다.

나는 천천히 주위를 둘러보며 모든 것을 눈에 담는다. 하나하나가 다 너무 아름답다. 시계 위의 닭이 쪼아대는 모습이 특히 더 그렇다.

"파자마 타임이야!" 엄마가 노래 부른다. 엄마는 침대 옆 작은 탁자의 서랍 하나를 열고 반소매 셔츠와 긴 바지로 된 파자마 한 벌을 들어 올린다.

나는 넋을 잃고 쳐다본다. 나는 파자마를 입어본 적이 없다. 파자마는 남자아이들이 입는 건 줄 알았다. 하지만 이 파자마는 아니다. 흰색에 노란색 꽃들이 있다.

공주의 잠옷이다.

침대에 올라가니 엄마가 푹신한 솜이 든 분홍색 꽃무늬 이불을 내 귀까지 덮어준다. 엄마는 내 옆 침대 위에 앉아서 내 이마 한가운데에 아주 보드랍게 뽀뽀를 해준다. 이런 뽀뽀가 다 있다니! 장미 향과 사랑이 가득 넘친다.

진짜 사랑이다. 나는 그걸 느낀다. 내 피부에서. 내 머릿속에서. 내 가슴속에서.

"고마워요." 나는 속삭인다. "저를 선택해 주셔서 고마워요."

엄마는 미소를 짓고 또다시 내게 뽀뽀해 준다.

엥겔스 선생님이 나타난다. 선생님은 코트를 벗고 양털 같은 크림색 모직 카디건으로 갈아입고 있다. 입에 물린 담배 파이프 끝에서 아늑한 연기가 피어오른다.

'엥겔스 선생님이 아니야.' 나는 속으로 말한다. '아빠야.'

아빠는 책장에서 책을 한 권 꺼내고 안락의자를 내 침대 옆으로 끌고 와서는 거기 털썩 앉아서 책을 읽어주기 시작한다.

<헨젤과 그레텔>을 나는 전에 한 번도 들어본 적이 없다. 나는 똑바로 누워서 통나무처럼 가만히, 쥐 죽은 듯이 조용히 듣고 있다. 그러다가 어린 남매가 겁에 질린 모습으로 어두운 숲속 깊숙이 들어가는 모습이 담긴 그림을 아빠가 보여주자 나는 일어나 앉는다. 온통 파란색과 쓸쓸한 초록색으로 그려진 그림이다.

아빠는 담배 파이프를 빨면서 계속 책을 읽는다. 읽어주는 말 사이로 연기가 새어 나온다. 방에는 숨처럼 안개가 자욱해진다. 나는 책을 향해 몸을 기울이며 심호흡을 하면서 이야기에 완전히 빠져들고 있다. 잠자리에서 이야기를 읽은 지가 언제였던지 모르겠다. 아무리 들어도 질리지 않는다. 놀라운 사건! 마법 같은 이야기!

아빠가 내게 설탕 가루와 과자들로 덮인 멋진 생강 쿠키 집을 보여주자 나는 숨이 막힐 정도로 기쁘다. 나는 침대에서 기어 나와 아빠의 무릎으로 들어가서 책 읽어주는 소리를 듣는 건 물론이고 내가 그 글자들을 **읽을** 수 있도록 책 위로 바짝 몸을 기울인다.

사악한 마녀가 헨젤을 우리에 가두고 살을 찌울 때 나는 손으로 얼

코끼리한테 깔릴래, 곰한테 먹힐래?　　　　　　　　　　157

굴을 가리고 흐느끼기 시작한다. "안 돼! 안 돼! 안 돼! 안 돼!" 그레텔
이 헨젤을 마녀에게 잡아먹히게 남겨 두고 도망칠 거라고 나는 생각
한다. 그 애는 살아남으려고 애쓰는 겁먹은 어린 소녀일 뿐이기 때문
이다. 그리고 **나라면** 정확히 그렇게 했을 것이다. 그게 바로 내가 **했던**
일이다 ― 에파와 마르그레트 언니에게 말이다.

나는 울면서 숨을 헐떡인다. 이 끔찍한 이야기의 책장을 만지는 내
손가락 사이로 눈물방울이 떨어진다.

아빠가 나를 안아 앞뒤로 흔들어 준다.

엄마는 내 등을 어루만지며 말한다. "그래, 그래, 사랑하는 우리
딸. 이건 해피 엔딩으로 끝날 거야. 엄마가 약속할게. 조금만 기다리
면 알게 될 거야!"

아빠는 계속 읽어가고 나는 그레텔이 용감하고 영리하다는 걸 알
게 된다. 그 애는 마녀를 이겨서 헨젤을 풀어주고 둘은 손을 잡고 함
께 아버지의 집으로 돌아가서 영원히 행복하게 산다.

아빠가 책을 덮자 나는 다시 한번 울기 시작한다.

"전 너무 부끄러워요." 내가 중얼거린다. "전 절대로 그레텔처럼
용감하지 못할 거예요."

"소피아, 얘야." 엄마가 달콤하게 속삭인다. "이건 이야기야. 동화
란다. **어느 것도** 진짜가 아니야. 그레텔도, 그 애의 오빠도, 아빠, 혹
은 마녀도 모두 말이야."

나는 숨을 고르고 엄마를 바라본다. "어느 것도 진짜가 아니에
요." 나는 따라 한다.

엄마가 고개를 끄덕인다. "마음 한구석에서 우리는 그 모든 게 꾸
며낸 거라는 걸 알지만 이야기가 계속되는 한 그 안에 살면서 진짜
라고 믿는 거지. 생강 쿠키로 집을 만들 수 있잖아. 어린 소녀들이 크

고 나쁜 마녀들을 이길 수 있잖아. 착한 사람들은 모두 결국은 행복하게 살게 되잖아. 그래서 우리는 이야기들을 즐길 수 있는 거야." 엄마는 나를 다시 침대로 데려가서 이불을 덮어준다. "알겠지?"

나는 고개를 끄덕인다. 나는 이해한다.

엄마는 내 이마에 다시 한번 입을 맞춘다. 그다음에는 아빠도 그렇게 한다. 두 사람은 불을 끄고 살며시 방에서 나간다. 공기 중에 떠도는 장미 향과 담배 연기, 그리고 다정함을 남겨두고.

나는 이해한다.

마침내, 나는 이해한다.

나는 이불 밑으로 파고든다. 나는 너무나 운이 좋다. 나를 사랑하는 멋진 엄마, 아빠와 함께 아름다운 집에서 영원히 행복하게 사는 독일 공주이기 때문이다. 나는 이게 동화라는 걸 알고, 그 어느 것도 진짜가 아니라는 걸 안다. 그렇지만 이야기가 계속되는 한 나는 그 안에 살면서 그게 진짜라고 믿을 것이다.

믿는 것으로 내가 행복해질지도 모르니까.

23

나는 기겁하며 잠이 깬다. 해는 언덕 너머에서 아직 고개만 살짝 내비치고 있을 뿐이다.

"꼬끼오 꼬꼬!"

수탉 롤프가 내 침실 밖 창가 화단에 서서 꽃들 사이에서 울어대고 있다.

"꼬끼오 꼬꼬!"

그리고 이제 그 녀석은 유리를 쪼아댄다. 탁! 탁! 탁!

나는 침대 밖으로 빠져나와 창문을 연다. "안녕, 롤프!"

롤프는 창문턱으로 뛰어오른다. 깃털을 푸드덕거린다. 녀석은 고개를 한쪽으로 기울인다. 날개를 퍼덕이며 바닥으로 날아오더니 달린다. 내 침대를 지나 열린 입구를 통해 복도를 따라 달린다. 후두두-후두두, 녀석이 발톱으로 마룻바닥을 훑고 간다.

아, 안 돼! 나는 방금 수탉을 집 안에 풀어놓은 것이다.

"롤프!" 내가 숨을 들이켠다. "돌아와!"

나는 녀석을 쫓아간다. 욕실을 지나 모퉁이를 돌고 곧바로 어떤 커다란 방으로 들어간다. 네 개의 기둥에 캐노피가 덮인 침대가 있는 방이다. 엄마, 아빠의 방이다!

롤프는 바닥을 이리저리 돌아다니며 달린다. 머리 위의 빨간 볏을 흔들며 멋진 초록색 꼬리 깃털을 뒤로 날리면서.

후두두-후두두-후두두.

"롤프!" 내가 낮은 소리로 외친다. "넌 여기 있으면 안 돼."

후두두-후두두-후두두.

"롤프," 나는 살살 구슬린다. "넌 밖으로 나가야 해."

롤프가 멈춘다. 고개를 왼쪽으로 기울인다. 녀석은 구슬 같은 눈으로 나를 빤히 본다. 그러고는 다시 날아오른다.

후두두-후두두-후두두.

침대에서 끙끙거리는 소리가 들린다. 이불이 움직인다. 엄마와 아빠가 잠이 깨고 있다.

속이 울렁거리기 시작한다. 나는 크게 혼이 날 것이다.

후두두-후두두-후두두.

"제-에-에-발," 나는 부드럽게 빌어본다.

롤프는 발톱 하나를 허공에 세우고 얼어붙는다.

"착하지." 나는 녀석을 향해 기어간다.

롤프가 소리를 지른다. "꼬꼬댁."

"착한 꼬마 수탉아." 나는 양손을 쭉 뻗는다.

롤프는 날개를 펄럭이며 침대 끝으로 날아가 가슴을 부풀리며 울어댄다. "꼬꼬댁꼬꼬댁!"

나는 달려간다. 문밖으로 나가서 복도를 달려가다가 모퉁이를 돌고 욕실을 지나 내 침실로 돌아간다. 나는 이불 속으로 뛰어든다. 하지만 막 누우려고 할 때, 아침마다 동 틀 무렵이면 간호사들이 우리를 깨우고 — "Schnell! Schnell!(빨리! 빨리!)" —, 우리에게 이부자리를 개라고 하고 — "Schnell! Schnell!(빨리! 빨리!)" —, 우리가 제대로 빨리 하지 못하면 우리를 때리던 — "Schnell! Schnell!(빨리! 빨리!)" — 기억이 떠오른다. 찰싹! 찰싹! 어쩌면 그게 **모든** 홀

코끼리한테 깔릴래, 곰한테 먹힐래?　　　　　　　　　　161

륭한 독일 소녀들이 하게 되어 있는 일인지도 모른다. 그래서 나는 침대에서 도로 펄쩍 뛰어나와서 베개를 부풀리고, 깔개와 이불을 끌어당긴 다음 매끈하게 펴고, 가장자리를 집어넣고, 모든 걸 다시 매끈하게 펴놓고는 침대 발치에 서서 턱을 들고, 어깨를 뒤로 젖히고, 검사를 받은 준비를 한다.

나는 기다린다.

그리고 기다린다.

조금 더 기다린다.

그러자 엄마가 분홍색 실크 가운을 입고 들어온다.

"하일 히틀러!" 나는 오른팔로 허공을 찌르며 외친다.

다음으로 아빠가 구깃구깃한 파란색 면 가운을 입고 들어온다.

"하일 히틀러!" 나는 다시 외친다.

그다음 롤프가 들어온다, 휘황찬란한 꼬리 깃털을 뒤로 날리며. 녀석은 방으로 총총 들어오더니 이리저리 뛰어다니다가 침대 밑으로 사라졌다가 반대편으로 튀어나오고, 또 계속 이리저리 사방으로 돌아다닌다.

후두두-후두두-후두두-후두두-후두두.

녀석은 세 바퀴를 돌고 나서 멈춘다. 내 발 바로 앞에서. 녀석은 가슴을 부풀리고 날개를 푸드덕거리더니 소리를 지른다. "꼬꼬댁 꼬꼬"

나는 입술을 깨물고 오른손을 내려 녀석을 가리키며 꽥 소리를 지른다. "하일 히틀러?"

엄마와 아빠가 웃음을 터트린다.

아침을 먹고 나서 아빠와 롤프는 내게 농장을 구경시켜 준다.

"이 시간이 하루 중 내가 제일 좋아하는 시간이야." 아빠가 말한다.

"롤프도요." 수탉이 내 발 주위를 빙빙 돌자 내가 대답한다.

아빠는 웃는다. "소피아, 이 녀석은 너를 좋아해. 녀석은 보통 아침에 내 창문을 쪼아대거든. 하인이나 손님의 창문을 쪼아댄 적은 한 번도 없어. 그런데 오늘…. 글쎄, 내 생각에 녀석은 네가 가족이라는 걸 아는 거야."

"가족." 나는 중얼거린다. 그리고는 킥킥 웃는다. "그 말은 롤프가 제 동생이라는 거예요?"

"너만 좋다면!" 아빠가 껄껄 웃는다.

우리는 과수원을 거닌다. 과수원의 공기는 꽃향기와 꿀벌의 윙윙거리는 소리로 생기가 넘친다. 아빠는 나뭇가지를 하나하나 들여다본다. "곧 이 나무들은 총통님과 독일 국민이 먹을 탐스러운 빨간 사과로 뒤덮일 거야." 아빠가 자랑스럽게 말한다. "물론, 우리가 먹을 건 남겨두지."

산들바람이 나무 사이로 춤을 추자 꽃잎들이 바람에 꺾여 우리 위로 쏟아져 내린다.

"분홍색 눈이 와요!" 내가 숨을 들이켠다.

"축하해 주는 조각 색종이들이야!" 아빠가 노래를 부른다.

거기서 우리는 나무 울타리를 넘어서 밤색 말, 대시가 풀을 뜯는 풀밭으로 들어간다. 대시는 몸집이 엄청나게 커서 나는 조금 무섭다. 아빠가 주머니에서 당근을 꺼내 내게 건네준다. "이걸 먹여봐. 그러면 이 녀석은 영원히 널 사랑할 거야."

대시는 당근을 순식간에 씹어 삼킨다. 녀석은 부드러운 벨벳 같은 입술로 내 어깨를 깨물며 고마움을 표시한다.

"말이 뽀뽀해." 나는 속삭인다. 나는 아빠를 돌아보며 활짝 웃는다. "말에게 뽀뽀를 받아본 건 처음이에요!"

롤프가 대시의 엉덩이 위로 날아올라 날개를 퍼덕이며 울어댄다. "꼬꼬댁 꼬꼬"

"질투하는구나!" 아빠가 소리친다. "웃기는 수탉 녀석!" 아빠는 롤프를 품에 안고 아기처럼 흔들어 주며 자장가를 불러준다. 롤프는 눈을 감고 우스꽝스러운 닭 소리를 낸다. 사랑과 관심을 충분히 받았다고 느끼자 녀석은 품에서 벗어나 푸드덕 날아가더니 울타리 기둥 위에서 우리를 기다린다.

다음으로, 우리는 포도밭을 지나 언덕 꼭대기까지 걸어 올라간다. 거기서 우리는 농장을 내려다본다. 정말 아름답다. 잘 정돈된 진입로, 튼튼한 나무 울타리, 풀이 무성한 초록색 풀밭, 물결치는 분홍빛 사과 과수원, 눈처럼 하얀 벽들과 따뜻한 널빤지 지붕이 있는 큰 건물들, 그리고 소들!

나는 아빠를 돌아보며 미소 짓는다. "소들도 있네요!"

"우리가 키우는 소란다, 소피아. 여기가 이제 **네** 집이야, 기억하렴."

내 집! 이 굉장한 농장이! 나는 신선한 아침 공기를 마신다. 그러고는 언덕을 달려 내려간다, 양팔을 활짝 벌리고 손가락으로는 갓 돋아난 포도나무잎들을 간질이면서. 뒤돌아보니 롤프와 아빠가 내 뒤를 쫓아 달리고 있다. 우리는 웃고 소리 지르고 풀잎에 맺힌 이른 아침 이슬을 공중으로 걷어찬다. 그리고 나는 생각한다, **행복하다고.**

나는 정말로 행복하다.

나는 여전히 숨을 헐떡이며 소리 내어 웃으면서 소들을 만난다. 스무 마리다. 살이 찌고 갈색이다. "안녕, 안녕!" 소들이 축사 밖으로 걸어 나오자 나는 환호성을 지른다.

"안녕, 너도 안녕!" 소들이 대답한다.

소가 말을 하는 게 별로 놀랍지도 않다. 어쨌든, 나는 동화 속에 살고 있으니까.

하지만 그때 젊은 여자 넷이 소들 뒤에서 걸어 나오자 나는 그 인사가 그 사람들이 한 인사라는 걸 깨닫는다.

"안녕하세요, 안녕하세요." 나는 다시 말한다. 그러다가 이게 독일을 배경으로 한 동화라는 것을 떠올리며 경례하며 외친다. "하일 히틀러!"

"하일 히틀러!" 그들이 한목소리로 대답한다. 큰 소리다. 무섭다. 하지만 그때 그들이 미소를 지으며 덧붙여 말한다. "안녕, 아가야. 새로 왔구나!"

"얘는 입양한 내 딸 소피아야." 마침내 나를 따라잡은 아빠가 말한다.

"꼬꼬댁" 롤프가 한마디 덧붙인다.

"제 동생이에요." 내가 롤프를 가리키며 말한다.

그 젊은 여자들은 웃으며 모여들더니 '구구구', '꼬꼬댁' 소리를 내며 내 머리카락과 원피스를 잡아당긴다.

"예쁘네."

"정말 보물이야!"

"엥겔스 박사님, 박사님을 생각하니 우리도 기뻐요."

"부인께서도 기쁘시겠어요."

나를 좋아한다!

롤프도, 대시도 나를 좋아한다.

사과나무들까지도 내가 온 걸 축하한다!

코끼리한테 깔릴래, 곰한테 먹힐래?　　　　　　　　　　　　165

이 동화 속에 사는 건 정말, 정말 좋은 일이다.

그 젊은 여자들이 자기소개를 한다. 베라, 브리기테, 에디트, 그리고 로테 언니들이다. 그 언니들은 모두 학교를 졸업하고 농장에서 일하고 있다.

"히틀러 총통님과 독일 제국을 위하여!" 베라 언니가 소리 높여 외친다.

"남자들이 하는 일을 하는 건," 브리기테 언니가 설명한다. "힘들어. 하지만 누구나 다 각자의 역할을 해야 하고, 이건 전쟁이 끝나고 군인들이 돌아올 때까지만이야."

"그러면, 우리는 근사한 다음 일로 넘어갈 수 있을 거야." 에디트 언니가 말한다.

"무슨 일요?" 내가 묻는다.

"난 옷 가게에서 일하고 싶어." 베라 언니가 말한다. 그 언니는 무거운 치마와 진흙투성이 장화를 보며 얼굴을 찡그린다.

"난 사무직." 갈색 머리카락 한 가닥을 머릿수건 속으로 집어넣으며 브리기테 언니가 말한다. "비서가 될 거야."

"결혼이지." 에디트 언니가 말한다.

"나도." 로테 언니가 말한다. "난 총통님을 위해 아기를 많이 낳고 싶어!"

다른 언니들이 웃는다.

"우리는 **모두** 결혼해서 아기를 많이 낳을 거야." 베라 언니가 말한다. "우리 몇은 아직 남편감이 없으니까 직업을 먼저 구해야 하겠지."

"엄마가 되는 게 직업**인걸**." 로테 언니가 삐친다. "군인이 되는 것만큼이나 중요한 일이라고. 아이를 많이 낳은 여자들은 메달을 받잖아. '어머니의 십자가' 메달."

에디트 언니가 고개를 끄덕인다. "여덟 명 이상을 낳으면 금메달, 여섯 명이나 일곱 명은 은메달, 그리고 네 명이나 다섯 명은 동메달을 받지."

"올림픽같이!" 브리기테 언니가 소리친다.

"우리 엄마는 저만 있는걸요." 내가 말한다.

"그래." 로테 언니가 인정한다. "하지만 너를 봐! 금발 머리. 파란 눈. 하얀 피부. 넌 순수한 아리아인이고 완벽한 독일 소녀야. 금메달 천 개보다 네가 더 훌륭해!"

"어머나!" 브리기테 언니가 소리친다. "소들이 포도밭에 들어갔어!"

언니들은 뛰어나간다. 웃으며 어깨 너머로 손을 흔들면서, 내게 나중에 다시 와서 인사하라고 하면서.

아빠와 나는 천천히 외양간 안으로 들어간다. 엄청나게 크다. 머리 위에는 무거운 나무 대들보가 가로질러 놓여 있고, 아래쪽에는 양쪽에 마구간이, 위에는 건초 더미가 가득한 다락이, 그리고 뒤쪽에는 좀 더 작은 방들이 있다.

"겨울에는 모든 동물들이 여기서 생활한단다." 아빠가 설명한다. "하지만 봄인 지금은, 동물들과 사람들이 기차역처럼 이곳을 온종일 들락거리지. 소들은 아침과 밤에 젖을 짜. 농장 처녀들은 뒤쪽에 있는 제조소에서 버터와 치즈를 만들어. 닭들은 여기서 달걀을 낳고 밤에는 잠을 자고."

아빠는 내게 바구니 하나를 건네준다. 우리는 사다리를 타고 다락으로 올라가서 달걀을 모은다. 커다란 붉은 닭이 품고 앉아 있는 것들은 빼고.

"여기," 아빠가 내 손을 잡고 말한다. "암탉이 이 달걀들을 얼마나

코끼리한테 깔릴래, 곰한테 먹힐래?   167

따뜻하게 품고 있는지 한번 느껴보렴."

아빠가 내 손을 암탉 밑으로 밀어 넣자 나는 숨이 턱 막힌다. "달걀들이 클라라 할머니가 아침에 구워준 빵처럼 따뜻해요!" 나는 손으로 더듬으며 세어본다. "하나, 둘, 셋, 넷, 다섯, 여섯, 일곱, 여덟, 아홉, 열. 따뜻한 달걀이 열 개예요! 엄마가 한꺼번에 돌봐야 할 수많은 병아리가 생기겠네요. **이 암탉**은 금메달감이에요!"

"그거 아니?" 아빠가 말한다. "병아리는 부화해서 처음 보는 생명체를 자기 엄마로 믿는다는 거 말이야. 그게 암탉이든, 오리든, 개, 혹은 심지어 사람이라고 해도 상관없어. 그런 걸 각인이라고 한단다. 롤프가 나를 사랑하는 이유가 바로 그거야. 내가 그 녀석 달걀을 밤낮으로 내 코트 주머니에 넣고 다니면서 따뜻하게 품고 있다가 녀석이 부화됐을 때 처음 본 사람이 내가 되도록 했거든. 하나의 실험이었지."

"각인." 나는 중얼거린다.

"대단히 흥미롭지. 그렇지? 사람을 자기 엄마라고 생각하도록 병아리를 속일 수 있다는 발상 말이야! 그리고 꼭 병아리만 그런 게 아니야." 아빠가 설명한다. "다른 동물들에게도 통하지. 어떤 동물들은 병아리보다는 좀 더 많이 노력해야 설득되지만, 올바른 전략을 세우면 결국은…."

"신기해요." 내가 중얼거린다.

24

점심을 먹고 나서 아빠는 식탁에서 의자를 뒤로 밀고 한숨을 쉰다. "미안하지만, 오늘 저녁에 출발하기 전에 내가 처리해야 할 농장 일이 아주 많구나."

"나가신다고요?" 내가 묻는다.

아빠는 고개를 끄덕인다. "이제 엄마에게 네가 있으니 정말 좋다, 소피아. 일 때문에 나는 아주 많은 시간 집을 비워야 하거든. 나는 아주 중요한 의사야. 독일 전역에, 그리고 그 외 지역에도 내 상담소 들이 있단다."

상담소. 아빠와 내가 만난 그런 곳일까?

차가운 전율이 내 등을 타고 흐른다.

"소피아와 난 사야 할 중요한 것들이 있어요." 엄마가 말한다. 엄마는 내 손을 꼭 쥔다. "네 원피스와 부츠는 고아들 거야. 넌 이제 우리의 작은 공주님이니까 진짜 예쁜 걸 입어도 돼."

나는 엄마를 향해 그 원피스와 부츠는 진짜로 **예쁘다고**, 내가 가져본 적이 없는 최고로 멋진 옷들이라는 말을 하려고 한다. 그게 아니어도, 이것들은 고아들이 입는 게 아니라 납치된 아이들이 입는 것이고 나는 **이것들이** 생기기 전에는 너무 가난해서 천을 덧대고 색이 바래고 너무 작아진 것들만 입고 신었다. 그래도 한 번도 그것들이 몸에 낀 적은 없었다. 나는 못 먹어서 말라비틀어졌기 때문이다.

코끼리한테 깔릴래, 곰한테 먹힐래?

하지만 마침맞게도, 입이 열리기 직전에 그런 과거는 지워지고 없다는 것이 떠오른다. 조피아 울린스키는 이제 존재하지 않는다. 내게는 새로운 이야기가 있다. 예전에 나는 독일 고아인 소피아 울만이었다. 지금 나는 사랑받는 딸인 소피아 엥겔스다. 나는 동화 속에 살고 있다.

나는 일어서서 식탁을 빙 돌아가서 양팔로 엄마의 목을 감싼다. "새 옷이 생기면 기쁠 거예요. 정말 고마워요."

운전기사인 볼프강 아저씨가 현관문 앞에서 우리에게 인사한다. "하일 히틀러!"

"하일 히틀러!" 나는 소리 높여 인사해 준다. 어찌나 소리가 컸던지 엄마가 깜짝 놀라 펄쩍 뛸 정도다. 그러고 나서 엄마는 웃는다.

볼프강 아저씨는 엄마와 나를 태우고 근처의 비스텔베르크로 간다. 그곳은 뾰족한 탑들이 있는 거대한 돌벽으로 둘러싸인 언덕 위의 아름다운 마을이다.

"비스텔베르크는 아주 특별하단다." 엄마가 말한다. "독일인들에게 모범이 되는 마을이지. 훌륭한 나치들이 넘쳐나는 곳이야."

나는 훌륭한 나치는 어떤 모습일지 궁금하다. 나는 여태껏 나쁜 나치들만 만났던 것이다.

우리는 내가 여태껏 본 적이 없는 제일 예쁜 자갈길을 따라 걷는다. 분홍색, 파란색, 옅은 갈색, 밝은 노란색 등등의 집들은 3, 4층 높이에 그림책에 나오는 것처럼 예쁘다. 어떤 집들은 나무를 얼기설기 엮은 담벼락이 있다. 다른 집들은 튼튼한 돌로 지어졌다. 모든 집들은 비스킷처럼 생긴 타일을 겹겹이 쌓아 놓은 뾰족한 지붕이 있다.

"마을 전체가 생강 쿠키 집들이에요!" 나는 숨이 멎는다.

엄마가 웃는다. "어쩜 그렇게 맞는 말을! 난 전에는 한 번도 알아채지 못했어." 엄마는 내 손을 잡고 꽉 쥔다. "하지만 마녀는 물론 없어. 여기엔 친절하고 착한 사람들만 있단다."

"훌륭한 나치요?" 내가 묻는다.

"그럼!" 엄마가 노래한다. "아빠와 나처럼. 그리고 이젠 너처럼!"

나는 엄마를 빤히 본다. **엄마는 훌륭한 나치다.** 훌륭한 나치는 친절하고 아름답다는 뜻이다. 난 왜 전에는 **이런** 나치를 만나본 적이 없는지 의아하다.

엄마는 반짝이는 유리 카운터와 윤기 흐르는 나무 선반들이 있는 작은 가게로 나를 데리고 간다. 선반에는 빈 공간이 많았지만 전쟁이 시작된 이후 그 어떤 상점에서 내가 본 것보다 더 많은 보물이 들어 있다. 양말, 러닝셔츠, 치마, 셔츠, 바지, 넥타이, 손수건, 모자 등은 새 물건들이다. 여러 가지 단추가 담긴 병, 고무줄, '바늘'이라는 라벨이 붙은 나무 상자, 낡은 점퍼를 풀어서 만든 구겨진 양모 실뭉치, 그리고 예전에 식탁보, 침대보, 커튼으로 쓰였던 천들 등은 중고 물건이지만 여전히 멋진 것들도 있다.

커튼!

어떤 기억이 내 눈앞을 가득 채운다. '요세프 울린스키, 재단사.'

나는 눈을 깜박여 그 기억을 털어낸다. 그건 이곳에 속한 기억이 아니다. 이 독일 가게에 있지 않다. 내 독일 생활에도 있지 않다.

머리가 허옇게 센 키 작은 여성이 경례를 하며 우리를 맞는다. "하일 히틀러!" 그리고 그분은 미소를 짓는다, 갈색 눈을 반짝이면서.

또 한 명의 훌륭한 나치다!

"하일 히틀러, 피셔 씨 부인!" 엄마가 답하는 경례를 한다.

"하일 히틀러!" 나는 따라 한다. 이번에는 조금 더 부드럽게 한다. 여기는 실내이고, 어쨌든 난 이 다정한 분을 겁먹게 하고 싶지 않다.

피셔 씨 부인은 고개를 끄덕이며 두 손을 몸 앞쪽에 모은다. "만나서 반가워요, 엥겔스 씨 부인. 그리고 여긴 누구죠?"

엄마가 활짝 웃는다. "제 딸 소피아예요. 엥겔스 박사와 제가 입양했어요."

나는 눈을 크게 뜨고 진지하게, 내가 제일 잘 할 수 있는 독일어로 말한다. "안녕하세요, 피셔 아주머니. 만나 뵙게 되어 반갑습니다. 제 아버지는 독일 군인이었지만 안타깝게도 돌아가셨어요. 제 어머니는 독일 사람이고 예쁜 금발 머리셨지만 안타깝게도 역시 돌아가셨어요."

피셔 씨 부인은 양손으로 가슴을 누르며 한숨을 쉰다. "가엽고 **가여워라.** 네가 그런 힘든 일을 겪었다니 정말 안타깝다. 하지만 넌 네 부모님이 충성스러운 독일 국민임을 아는 걸 위안으로 삼아야 해. 그리고 친절한 의사 선생님과 그 부인에게 입양되었으니 넌 정말 운이 좋아!"

"네." 내가 대답한다. "이분들은 훌륭한 나치이고 저는 세상에서 제일 운이 좋은 아이예요."

피셔 씨 부인과 엄마 사이에 떨리는 듯한 미소가 지나간다. 그리고 나는 내가 옳은 말을 했다는 것을 안다. 나는 갑자기 독일어 선생님에게 감사하는 마음이 솟아난다. 결국 그는 어쩌면 그렇게 사악하지 않았는지도 모른다.

"소피아에게 새 옷이 필요해서요." 엄마가 말한다. "여기 제 배급카드가 있어요." 엄마는 머뭇거린다. "하지만 엥겔스 박사의 딸은 훨

썬 특별한 걸 받을 자격이 있잖아요."

피셔 씨 부인은 엄마에게 무슨 말인지 알겠다는 미소를 짓고는 우리를 가게 뒤쪽의 방으로 데리고 간다. 부인은 나를 위아래로 훑어보고는 미소를 짓는다. "정말 예쁜 아이구나. 황금빛 금발 머리에 새옷과 밝은 리본을 달면 넌 바이에른의 공주처럼 보일 거야!"

피셔 씨 부인은 옷장을 열고 섬세한 흰색 면 블라우스와 짙은 파란색 리넨 치마, 그리고 앞쪽에 은색 단추가 달리고 꽃이 수 놓인 검은색 벨벳 조끼를 꺼낸다. 모든 것이 새 천으로 만들어졌다. 닳은 소매나 구멍, 헤져서 얇아진 팔꿈치 같은 건 보이지 않는다. 덧댄 천도, 짝짝이인 칼라조차도 없다. 모든 게 완벽하다.

"어떤 것 같아?" 엄마가 묻는다.

"제 생각엔… 제 생각엔…." 나는 살면서 이렇게 멋진 것을 본 적이 없다고 생각한다. 하지만 그 말들은 혀끝을 맴돌면서 나오지 않는다. 대신에 눈꺼풀을 적시며 내 눈으로 새어 나오려고 한다.

"어디 한번 입어보자." 피셔 씨 부인이 상냥하게 말한다. 그분은 내 원피스를 벗기고 아름다운 블라우스와 치마, 조끼를 입도록 도와준다. 레이스 손수건으로 은색 조끼 단추를 닦고는 뒤로 물러서서 이맛살을 찌푸린다. "좀 낫구나. 하지만 이 부츠와 스타킹은 벗어야겠다."

그 부츠는 내가 여태껏 신어본 것 중에서 제일 멋진 신발이라고 막 소리치려고 할 때 내 앞에 검은색 구두 한 켤레가 놓인다. 양쪽 발목에 각각 은색 버클이 달린 반짝반짝 빛나는 구두다. 그리고 그 구두와 함께 하얀 양말이 있다. 갑자기 부츠가 낡고 못생겨 보인다.

엄마가 내 발에 신발을 신기고 피셔 씨 부인이 내 땋은 머리끝에 파란 리본을 묶어주는 동안 나는 적갈색 벨벳 의자에 앉아 있다.

코끼리한테 깔릴래, 곰한테 먹힐래?

이제, 피셔 씨 부인이 나를 기다란 거울로 데리고 간다. 거울 속에서 어떤 바이에른 공주가 나를 보고 있는 게 보인다. 완벽한 옷. 완벽한 구두. 완벽한 머리. 완벽한 얼굴. 경이로움으로… 그리고 기쁨을 주고 싶은 열망과… 행복으로 가득한 완벽한 미소.

동화는 가짜일지 모르지만 행복은 진짜다.

25

그 가게를 나올 때 우리에게는 갈색 종이 꾸러미 세 개가 생겼다. 두 개의 꾸러미에는 내 옛날 부츠와 옷들이, 그리고 한 개에는 피셔 씨 부인의 손녀 것이었지만 이제는 작아서 못 입게 된 파란색 예쁜 원피스가 들어 있다. 엄마는 두툼한 돈다발을 건네며 꾸러미들을 차에 싣도록 볼프강 아저씨를 보내겠다고 말한다.

"자 이제!" 엄마가 노래 부른다. "맛있는 음식을 먹지 않고는 오후 내내 기운을 잃지 않고 쇼핑을 할 수가 없잖아!"

딸랑딸랑 울리는 종이 달린 반짝이는 유리문을 지나 레스토랑으로 들어가니 완전히 새로운 놀라운 세계가 열린다. 벽은 생강 쿠키 집들처럼 나무와 석고보드로 만들어졌지만, 들판에서 춤추며 일하는 사람들, 토끼와 곰, 거위와 사슴, 포도덩굴과 꽃나무, 꽃이 가득 담긴 화병, 그리고 새들이 잔뜩 들어 있는 새장을 그린 그림들이 석고보드를 장식하고 있다.

작은 사각 테이블마다 이야기를 나누고, 떠들며 커피를 마시고, 케이크를 먹고, 신문을 읽고, 웃음을 터트리고, 담배를 피우는 남자와 여자들로 가득하다.

검은색 양복 차림의 웨이터가 우리를 맞아준다. "하일 히틀러!"

"하일 히틀러!" 엄마가 대답한다.

"하일 히틀러!" 내가 따라 한다.

웨이터는 발뒤꿈치를 들었다 내리고는 고개 숙여 경례를 하고 내게 따뜻하고 환한 미소를 보낸다.

나는 이 모든 '하일 히틀러'라는 소리가 좋아지기 시작한다. 그 소리는 꼭 가고 싶은 온갖 행사장의 입장권 같다. 어디에 있든, 누구를 만나든 상관없이 어떻게 인사해야 할지 정확히 알 수 있는 것이다. '하일 히틀러'는 모든 문을 열어주고, 모두가 미소 짓게 만든다.

웨이터가 엄마를 위해 의자를 빼준다. 내게도 똑같이 해주고, 메모장과 연필을 들고 대기한다.

엄마가 묻는다. "어떤 케이크가 있어요?"

"오늘 갓 구운 건 시나몬 케이크가 있습니다." 웨이터는 이맛살을 찌푸린다. "하지만 약간 말라 있고 달지 않고 계피가 너무 조금 들었어요. 아시다시피, 배급 때문에 어려운 상황이죠." 그는 한쪽 눈썹을 치켜올리더니 목소리를 낮춘다. "하지만 돈을 **조금 더** 내시면 맛있는 체리 케이크를 제공할 수 있습니다, 엥겔스 씨 부인. 진짜 달걀로 만든, 버터가 듬뿍 든 달콤한 케이크죠."

엄마가 고개를 끄덕인다. "체리 케이크와 커피 두 잔 주세요."

이제 웨이터는 뭔가를 묻는 듯 양쪽 눈썹을 **다** 올린다.

엄마가 웃는다. "그래요, **진짜** 커피값을 내게 되는 게 좋겠죠."

독일 체리 케이크는 내가 맛본 그 어떤 디저트보다 더 맛있고 내 마음에 쏙 든다. 금빛이 도는 갈색 케이크에 체리들이 통째로 쏙쏙 박혀 있고 설탕이 가득해 절로 웃음이 난다. 한 입씩 베어 물 때마다 나는 기분이 좋아지고 금방 킥킥 웃음이 터져 나와서 멈출 수가 없게 된다. 그러자 엄마가 눈동자를 굴린다. 심술궂게 그러는 게 아니라 '은혜로운 하나님, 제 딸이 하는 웃기는 행동을 한번 봐주시겠어요?'라고 하는 것처럼 말이다. 재미있으면서 동시에 뿌듯한 모습이다.

나는 킥킥 웃고 또 웃는다.

그러다가 멈춘다.

우리 자리 옆에 어떤 SS 장교가 서 있기 때문이다.

"하일 히틀러!" 그 사람이 호령하듯 말한다.

나는 케이크 포크를 떨어뜨린다. 포크는 내 접시에서 미끄러져서 바닥으로 떨어진다. 나는 포크를 찾아 바닥으로 내려가서는 테이블 밑으로 기어들어 가서 숨는다. 나는 공처럼 몸을 말고 몸을 떤다.

어쩌면 그 SS 장교는 엄마에게 내가 여기 있을 아이가 아니라고 말하러 온 건지 모른다. 멋진 새 옷과 버클 장식 구두를 신은 나는 그럴 듯해 보이지만, 훌륭한 독일 소녀가 아니다. 동화는 끝났다. 나는 나쁜 폴란드 돼지이며 길거리로 끌고 가서 트럭 뒤에 던져 싣고 최대한 빨리 쓰레기통에 내다 버려야 하는 존재이다.

멀리. 멀리. 멀리.

나는 덜덜 떨면서 귀를 기울인다. 하지만 아무도 고함을 지르거나 비웃거나 으르렁거리지 않는다. 내 귀에 들리는 소리는 가볍고 행복한 재잘거림, 깔깔거림, 껄껄거리는 웃음, 그리고 섬세한 방울 소리 같은 엄마의 웃음이다.

잠시 후, SS 군화가 걸어가는 것이 보인다.

식탁보가 들리더니 엄마의 머리가 나타난다. "안-녕?" 엄마가 묻는다. "포크는 찾았어?"

"아뇨." 나는 포크가 분명히 내 손안에 있는데도 그렇게 중얼거린다.

엄마가 나를 꾸짖지 않자 나는 마음이 놓인다. 엄마는 그저 머리를 다시 들고 의자에 등을 기대며 커피를 한 잔 더 주문한다. 엄마는 커피를 한 모금 마시고 내가 용기를 내어 그곳에서 기어 나와 내 자리로 돌아오기를 기다린다.

천천히, 조용히, 나는 다시 케이크를 먹기 시작한다.

"잘했어." 엄마가 속삭인다.

나는 안도감으로 거의 녹아내릴 뻔한다. 나는 **여전히** 훌륭한 독일 소녀인 것이다.

"근데," 엄마가 말한다. "베버 대령님이 한 말 들었니?"

나는 고개를 젓는다.

"그분의 딸인 하이디가 저쪽에 앉아 있어. 그 애가 너를 굉장히 만나고 싶대."

나는 고개를 돌려서 본다. 한 여자아이가 내게 손을 흔들며 미소를 짓는다. 그 애는 나와 비슷한 체격에 밝은 갈색 머리를 땋았고 머리에는 핀을 꽂고 있다. 눈은 갈색이고 볼에는 깊은 보조개가 있다.

나는 미소 지으며 손을 약간 흔들어 화답한다. 그러자 무슨 일이 일어나는지 미처 알 새도 없이 그 애가 자기 의자에서 뛰어 내리더니 우리 자리로 달려온다.

"안녕, 나는 하이디야. 참, 하일 하이디, 난 히틀러야. 아니, 하일 히틀러, 난 하이디야. 아, 어떡해! 경례하는 걸 까먹었지 뭐야. 아빠가 말하기를, 난 항상 너무 서둘러서 일을 똑바로 못 한대." 그 애는 한 걸음 물러서더니 깊은숨을 쉬고는 경례를 한다. "하일 히틀러!" 하지만 손을 올리다가 내 접시에 있던 포크를 건드려서 포크와 체리가 모두 공중으로 날아간다. 포크가 쟁그랑거리며 바닥으로 떨어지고 지나가던 웨이터가 체리를 밟고 미끄러진다. 그는 음식이 담긴 쟁반을 떨어뜨리고, 부딪히고 깨지는 소리가 벽을 울리다 멈췄을 때 하이디는 사라지고 없다.

"걔는 어디 갔어요?" 내가 묻는다.

엄마가 테이블 밑을 가리킨다. "이게 요즘 아주 유행인가 봐."

나는 의자에서 미끄러져 내려와 두 번째로 식탁보 아래로 들어간다. 그리고 거기서, 하이디의 얼굴을 정면으로 마주친다.

"밖은 **아주** 엉망이야?" 그 애가 묻는다.

나는 살짝 내다본다. 정말 그렇다! 바닥에는 깨진 유리와 그릇, 물과 커피의 웅덩이, 부서진 케이크가 어지럽게 널려 있다. 성난 어떤 여자가 커피가 튄 다리를 냅킨으로 닦고 있다. 그리고 그 불쌍한 웨이터는 비틀거리며 일어나 엉덩이를 문지르고 있다.

나는 하이디 쪽으로 고개를 돌린다. "그렇게 엉망은 아니야." 나는 거짓말을 한다.

그 애는 확신하지 못한 채 엄지손톱을 씹는다.

"사실," 내가 계속 말한다. "훨씬 더 엉망이 될 수도 있었어. 웨이터가 쟁반을 두 개 들고 있었다면 어땠을지… 아니면 쟁반을 **두 개** 들고 있는데 쟁반마다 체리 케이크가 통째로 얹혀 있었다고… 아니면 쟁반을 두 개 들고 있는데 쟁반마다 **코끼리** 한 마리가 위에서 균형을 잡고 있었다고 상상해 봐. 코끼리는 가볍게 쓰러지지 않는다는 거 알겠지. 코끼리들은 적어도 손님을 두 명, 어쩌면 세 명이나 네 명은 깔아뭉갰을 거고, 그러면 신장과 폐, 배꼽들이 으스러져서 끔찍한 난장판이 됐을 건데 ―."

나는 말을 멈춘다. 하이디가 웃고 있다, 엄지손가락을 여전히 입에 물고서.

"너 진짜 웃긴다!" 그 애가 숨을 들이켠다.

"그럴 생각은 없는데." 내가 말한다.

그러자 그 애는 다시 웃기 시작한다, 이번에는 돼지처럼 코를 콩

코끼리한테 깔릴래, 곰한테 먹힐래?

킁거리면서. 나는 그 애가 엄지손가락을 삼키지는 않기를 바란다.

마침내 그 애가 웃음을 멈추고 무릎에 손을 얹는다. 보조개가 쏙 들어간 한껏 친절한 미소를 내게 보낸다. 그리고 어떤 말을 해서 나를 정말 깜짝 놀라게 한다. "난 다음 주에 아홉 살이 돼. 내 생일 파티에 올래?"

행복이 목욕 거품처럼 피어올라 내 가슴을 부풀게 한다. 나는 하이디에게 내가 지을 수 있는 제일 반짝거리는 공주 미소를 지으며 말한다. "네 생일 파티에 참석한다면 아주 기쁠 거야. 정말 고마워."

하이디는 놀란 눈으로 나를 쳐다보다가 다시 한번 웃음을 터트린다.

그리고 이번에는 나도 함께한다.

26

농장으로 돌아오자 롤프가 나를 반긴다. 차에서 겨우 발을 내디려 내리는데 롤프가 근처 울타리 기둥에서 푸드덕거리며 내 발 앞으로 내려앉는다.

"안녕, 롤프." 나는 허리를 굽혀 녀석의 윤기 흐르는 주황색 목 깃털을 쓰다듬는다. "나 보고 싶었어?"

"꼬꼬댁!" 롤프는 내 머리끝에 달린 파란 리본을 뽑아 물고는 도망간다.

"도둑이야!" 나는 소리 지르며 녀석의 뒤를 쫓아간다.

롤프는 집 옆을 돌아서 외양간으로 뛰어 들어간다, 파란 리본과 초록색 꼬리 깃털을 번뜩거리면서. 나는 녀석을 따라잡아 건초 더미 주위를 돌며 녀석을 쫓는다. 빙글빙글, 우리는 돌고 또 돈다.

베라 언니와 브리기테 언니가 다락 난간에 기대어 웃는다.

"돌아서 반대쪽으로 뛰어가!" 베라 언니가 나를 향해 고함친다.

내가 그렇게 하자 롤프는 깜짝 놀라 내 얼굴을 보자마자 리본을 떨어뜨린다.

"속았지!" 나는 환호성을 지른다. 하지만 내가 리본을 줍기도 전에 마구간에서 검정 솜털 뭉치가 달려 나오더니 리본을 낚아채고는 서둘러 다시 숨어버린다.

"꼬끼오 꼬꼬!" 롤프가 울어댄다.

코끼리한테 깔릴래, 곰한테 먹힐래?

"꼬끼오 꼬꼬!" 나도 맞장구친다.

나는 마구간으로 다가가서 안을 들여다본다. 거기, 솜털이 보송보송한 세 마리 새끼 고양이들이 내 리본을 씹으면서 뒹굴고 구르고 있다. 한 마리는 완전히 검은 고양이이고, 한 마리는 검은 고양이인데 흰 턱받이를 하고 흰 양말을 신었다. 그리고 한 마리는 얼룩 고양이이다. 근처에는 윤기 흐르는 살찐 어미 고양이 한 마리가 짚 더미 위에 누워서 발을 핥고 있다.

나는 무릎을 꿇고, 까부는 검은 새끼 고양이를 재빨리 들어 올려 내 무릎 안에 넣는다. 고양이가 부드러운 작은 발로 내 손가락을 톡톡 친다. '나랑 놀아줘!' '나랑 놀아줘!'

"사랑스러워." 내가 속삭인다.

"갖고 싶으면 하나 가져도 돼." 엄마다. 엄마는 마구간 입구에 서 있다. "어미 고양이는 미시야. 뛰어난 쥐잡이란다. 그리고 이 새끼 고양이들도 자라면 사냥꾼이 될 거야. 하지만 한 마리는 네가 골라서 가져도 돼. 여자아이들은 모두 반려동물을 키워야지."

새끼 고양이. 내 고양이라니!

"네가 강아지를 더 좋아하지 않는다면 말이야?" 엄마가 덧붙인다.

새끼 고양이, 아니면 강아지? 하나를 골라!

"새끼 고양이!" 나는 소리친다. "제 말은, 고맙다는 거예요!"

검은 새끼 고양이가 땋은 내 머리끝에 달려들더니 머리카락에 발방망이질을 한다.

나는 웃는다. "이 새끼 고양이로요. 검댕이."

그날 밤, 저녁을 먹고 나서 아빠는 나를 두 팔로 안아 올려 힘껏 껴안는다. "자, 이제 착한 공주가 되어 내가 없는 동안 엄마를 잘 돌봐주렴."

나는 고개를 끄덕이고 아빠의 뺨에 뽀뽀한다.

엄마는 몸을 기울여 아빠의 다른 쪽 뺨에 입을 맞추고, 나는 행복에 젖어 가슴이 두근거린다.

조금 이따가, 엄마가 나를 침대에 눕히면서 말한다. "우리는 여기서 아주 재미있게 지내게 될 거야, 우리 둘이서 말이야."

"우리 셋이죠." 검댕이를 얼굴 가까이 끌어당겨 포근하게 껴안으며 내가 말한다.

검댕이는 가르랑가르랑 행복해하며 반쯤 눈을 감는다. 그렇지만 내가 녀석을 침대 위에 내려놓자마자 야옹거리며 주위를 뱅뱅 돈다.

"아마 화장실에 가야 하나 보다." 엄마가 추측한다.

"하지만 방금 데리고 들어온걸요!" 내가 소리친다.

"아직 아기잖아." 엄마가 말한다. "아기들은 어릴 때는 내내 보챈단다."

나는 녀석을 안고 아래층으로 내려가 부엌문을 통해 밖으로 나간다. 바닥에 내려놓자 녀석은 장난을 치는 대신 농장을 가로질러 외양간으로 달려간다. 엄마가 손전등을 들고 우리는 이름을 부르며 녀석을 찾아다닌다. 마침내, 우리는 미시, 그리고 다른 두 마리의 새끼 고양이와 함께 짚 더미에 웅크리고 있는 녀석을 발견한다.

"아," 나는 한숨이 나온다. "엄마가 그리운 거예요."

엄마는 검댕이를 재빨리 들어 올려 내게 다시 넘겨준다. "걱정 마. 이 녀석은 너와 함께 집에서 사는 데 익숙해질 거야. 금세 너를 진짜 엄마만큼이나 사랑하게 될 거야. 어쩌면 더 많이 사랑할지도 몰라.

코끼리한테 깔릴래, 곰한테 먹힐래?　　　　　　　　　　　　183

두고 보면 알 거야."

나는 엄마가 옳다는 걸 안다. 난 이미 검댕이를 진심으로 사랑한다. 검댕이를 내 작은 고양이로 키우게 돼서 정말 기쁘고 녀석은 분명 나와 함께 행복하고 안전하게 지낼 것이다.

그러나, 왠지 모르지만, 녀석을 엄마와 자매들, 그리고 외양간의 자기 집에서 떼어내어 데려갈 때 눈물이 내 뺨에 흘러내리기 시작한다.

27

5월 1일, 오늘은 하이디의 생일 파티 날이다. 나는 독일의 생일 파티에 한 번도 가본 적이 없다. 다른 아이들과 함께하는 **어떤** 생일 파티에도 가본 적이 없다. 나는 설레기도 하고 무섭기도 하다. 내 가슴은 춤을 추지만 뱃속이 꾸르륵거린다. 예쁜 파란색 원피스에 토하게 될까 봐 걱정된다.

엄마가 작은 초록색 자기 차로 나를 파티장으로 태워준다. 나는 남자만 운전할 수 있는 줄 알았다. 나는 커다란 분홍 리본을 맨 흰색 상자를 무릎 위에 놓고 앞좌석에 앉아서 엄마를 바라본다. 엄마는 놀라운 사람이다. 아름답고, 다정하고, 재치 있고, 차를 운전할 정도로 대담하다!

하이디는 비스텔베르크 성벽 바로 안쪽에 산다. 그 애의 집은 거대한 생강 쿠키 집이다. 노르스름한 색깔의 5층 집에는 창문마다 상자 모양 화분이 달려 있다. 넓은 계단 세 개를 오르면 아치형 출입구가 나온다.

우리가 첫 번째 계단에 막 도착하려고 할 때 문이 활짝 열리더니 하이디가 꺅 소리를 지른다. "너 왔구나! 네가 왔어!"

"생일 축하해, 하이디." 내가 상자를 건네며 말한다. "조심해, 연약한 거야."

하이디는 거기 계단에 그대로 앉아서 뚜껑을 연다.

코끼리한테 깔릴래, 곰한테 먹힐래?

그 애가 꺅 소리를 지른다. "어머나! 소피아!"(실제로 한 말은 '소-피-이-이-야아아!'다) 그 애는 상자 안으로 손을 뻗어 흰 턱받이에 흰 양말을 신은, 솜털이 보송보송한 검은 새끼 고양이를 꺼낸다. 그리고 목 밑에 꼭 껴안는다. "이 넓은 세상 전체에서, **그리고** 내 인생을 통틀어 최고의 선물이야."

"여자 고양이야." 내가 말한다.

"난 얘를 양말이라고 부를래!" 하이디가 외친다. "아니, 장갑! 아니, 턱받이! 아, 어떡해, **뭐라고** 불러야 할지 모르겠어!"

"세 개를 섞으면 어때?" 내가 제안한다.

하이디가 얼굴을 찡그린다. "양말장갑?"

나는 킥킥 웃는다. "양장턱?"

"양장턱!" 하이디가 소리친다. "와, 완벽해. 너 똑똑하다, 소피아." 하이디는 양장턱의 코에 뽀뽀를 하고 벌떡 일어나서 소리친다. "들어가서 애들을 다 만나자!" 그 애는 한 걸음 내딛다가 얼어붙는다. "아, 깜빡했네. 죄송해요, 엥겔스 아주머니. 미안, 소피아." 그 애는 똑바로 일어나서 양장턱을 하늘로 치켜올리고는 소리친다. "하일 히틀러!"

엄마가 웃음을 터트린다. 나도 그런다.

"아, 제발 아빠에게 말하지 마세요!" 하이디가 소리친다. "어라, 어차피 그럴 수가 없네. 아빠는 안 계셔. 다시 전쟁터로 나가셨거든." 그 애는 킥킥 웃으며 어깨를 으쓱하고는 우리를 복도로 안내한다. 그곳에서 하이디의 어머니가 우리를 맞이한다.

베버 씨 부인은 갈색 머리에, 땋은 머리를 엄마처럼 머리 위로 둥글게 말아 올리고 있는, 키가 작고 예쁜 여자분이다. 미소를 짓자 하이디처럼 볼에 보조개가 파인다.

"만나서 반가워요, 엘자." 그 아주머니가 노래하듯 말한다. "그리고 이 아이가 소피아겠죠! 특별히 더 환영해."

"정말 감사합니다." 내가 말한다. "여기 오게 돼서 기뻐요."

하이디는 나를 커다란 응접실로 끌고 들어간다. 꽃들과 종이띠로 장식된 응접실에는 '아홉 번째 생일을 축하해, 하이디'라는 글자가 쓰인 밝은색 그림 포스터가 있다. 소파에는 어머니들 셋이 앉아서 수다를 떨며 커피를 마시고 있고 테이블 옆에는 여자아이들 여섯 명이 개봉하지 않은 선물 더미를 들여다보고 있다.

"소피아가 왔어!" 하이디가 외친다. "그리고 얘가 내게 뭘 줬는지 봐!"

여자아이들은 꺅 소리를 지르며 응접실을 가로질러 달려온다.

나는 어쩔 줄 모른다. 뱃속의 꾸르륵거림이 소용돌이가 된다. 이렇게 많은 흥분한 독일 여자애들에게 한꺼번에 어떻게 인사를 해야 할지 모르겠다. '하일 히틀러'를 한 번 할까, 아니면 각각의 아이들에게 한 번씩 여섯 번 할까? 아이들에게 내 이름을 말할까? 아이들의 이름을 물어볼까? 고개를 숙여 인사를 할까, 아니면 미소만 지을까, 아니면 내게 말을 걸 때만 말을 할까?

"새끼 고양이야!"

"어머, 귀여워."

"이름이 뭐야?"

"내가 안아볼래."

"너무 보드랍고 폭신해."

"안녕, 소피아. 난 아바야."

"고양이 이름은 지었어?"

"양장턱!" 하이디가 소리친다. "소피아가 생각해 낸 거야. 정말 완벽하지 않아?"

"양장턱?"

"양장턱?"

"양장턱! 너무 간단하고 멋져!"

"**내** 선물을 열어봐, 하이디. 새끼 고양이만큼 신나는 건 아니지만…."

나는 킬킬거리며 떠드는 아이들 속으로 빨려 들어가고, 곧 바닥에 양반다리를 하고 앉아서, 하이디가 선물 포장을 벗기는 모습을 지켜보는 즐거운 둥근 집합체의 일부가 된다. 책이 두 권, 작은 붓, 하얀 머리 리본, 양털 모자, 그리고 파란 구슬 눈의 은색 고양이 브로치가 하나 있다.

"우와아아아!" 하이디가 꺅 외친다. "양장턱 핀이야!"

모두가 비명을 지르며 웃고 아바와 소피아가 맞춤 선물을 한 것이 얼마나 놀라운지 말한다. 아바는 내 손을 잡고 꽉 쥐며 웃는다. 안도감, 그리고 그 이상의 감정이 넘쳐흐른다. 편안함. 소속감. 행복.

또다시, 행복!

하이디의 언니 마르고트가 등장한다. 마르고트 언니는 열다섯 살이고 친절하지만 대장 같다. 마르고트 언니가 파티의 게임을 지휘하자 설렘과 두려움으로 내 뱃속이 다시 한번 소용돌이친다. 나는 파티에서 하는 게임을 한 번도 해본 적이 없다. 파티에 가본 적이 없기 때문이다.

첫 번째 게임은 '뮤지컬 체어'다. 우리는 각자 식탁에서 의자를 하나씩 가져와서 네 개씩 두 줄을 만든다. 우리가 앉자 마르고트 언니가 축음기로 행진곡을 튼다. 모두가 다 일어서서 의자 주위를 쿵쿵거리며 돈다. 팔을 흔들고 킥킥거리며 서로서로 부딪히면서.

'이건 할 수 있어.'

하지만 우리가 행진할 때 마르고트 언니가 앞으로 쑥 나오더니 의자 하나를 훔친다. 내 의자는 아니다. 그런데 음악이 멈추고 모두가 의자로 달려간다. 나는 선 채로 남아 있다. 나 혼자.

"불쌍한 소피아!" 하이디가 소리친다. "넌 아웃이야!"

'아웃?' 내가 이 파티에서 나가야 한다는 말일까? 하지만 난 하이디가 나를 좋아하는 줄 알았다. 그 애들이 다 그런 줄 알았다.

나는 부끄러워서 뺨이 달아오르고 아랫입술이 떨린다. 하지만 엄마의 손이 내 손을 살며시 잡더니 나를 자기 옆 소파 쪽으로 부드럽게 끌어당긴다. 그리고 나는 이게 전부 게임의 일부라는 걸 이해한다. 의자가 하나씩 사라지고 행진 음악이 멈출 때마다 아이가 하나 선 채 남아 있고, 그러면 그게 '아웃'이다.

마지막으로 양장턱을 가슴에 껴안고 있는 하이디와 도라라는 아이만 남아서 의자 한 개의 주위를 빙빙 돌며 행진한다. 아주 우스꽝스럽고 정말 재미있다. 마침내 음악이 멈추자 도라가 의자로 다이빙을 하고 하이디가 그 애 위에 앉는다! 모두가 꺅 소리를 지르고 손뼉을 치며 한 번 더 하자고 조른다.

이번에는, 규칙을 알고 있다. 나는 간신히 끝까지 의자를 지켜내는 데 성공해서 이제 나와 아바, 둘만 남는다. 음악이 멈추자 나는 뒤로 물러나서 말한다. "네가 먼저 앉아."

아바는 앉기는 하지만 의자의 반쪽에 걸터앉을 뿐이다. 그 애는 나머지 반쪽을 두드리며 내게 자기 옆에 앉으라고 한다. 그래서 나는 그렇게 하고, 우리는 서로 껴안고 킥킥 웃는다.

어머니들 중 한 명이 엄마에게 말하는 소리가 들린다. "와, 엘자, 대단한 어린 공주님을 찾았군요!"

엄마가 대답한다. "맞아요, 저 애는 완벽해요." 그리고 나는 엄마를 전보다 더욱더 사랑한다.

우리는 다른 게임을 한다. 시끄럽고 재미있는 '고양이와 쥐' 게임

이다. 실내에서 하기에는 너무 많이 뛰어다녀야 하지만 아무도 신경
쓰지 않는 것 같다.

다음으로 베버 아주머니가 우리에게 생일 케이크를 자를 시간이
라고 한다. 우리, 여덟 명의 어린 공주가 식탁에 빙 둘러앉고 하녀 두
명이 접시와 은 포크, 그리고 ─ 나는 숨을 들이켠다 ─ 아홉 개의
초를 꽂은 분홍색 케이크를 내온다. 베버 아주머니는 **우리** 엄마처럼
가게 주인이 자기 찬장에 숨겨둔 특별한 물건을 찾도록 해주는 많은
돈이 있는 게 틀림없다.

"하이디, 그 새끼 고양이를 식탁에서 내려." 베버 아주머니가 야단
친다. "케이크를 핥고 있잖아!"

하이디는 양장턱을 재빨리 품에 안고 킥킥 웃는다.

나도 킥킥 웃는다. 그리고 말한다. "고양이가 여기저기 온통 핥아
버린 케이크, 아니면 쥐가 발을 한 입 뜯어 먹은 사람 모양 생강 쿠
키? 하나를 골라!"

"뭐라고?" 도라가 자기 코를 긁는다.

다른 두 아이, 루스와 카린은 내가 좀 정신이 이상한 것처럼 나
를 쳐다본다.

나는 얼굴이 빨개진다. "이건 게임이야." 내가 작은 소리로 말한다.
"항상 두 가지가 있고, 그중 하나를 선택**해야 하는** 거야."

"새로운 게임이야!" 아바가 손뼉 치며 소리친다.

하이디가 미소 짓는다. "다시 말해봐, 소피아."

"너희들은 고양이가 여기저기 온통 핥아버린 케이크를 먹어야
해." 내가 한 아이를 보다가 그 옆의 다른 아이를 보며 말한다. "아
니면 쥐가 발을 한 입 뜯어 먹은 사람 모양 생강 쿠키를 먹어야 해.
하나를 골라!"

"케이크!" 도라가 외친다. "난 케이크가 좋아!"

"하지만 고양이가 여기저기 다 핥은 건데." 아바가 말한다.

"온통 다!" 루스가 소리치고 혀를 쏙 내민다.

도라가 어깨를 으쓱한다. "난 고양이를 좋아해. 그리고 케이크가 **좋아.**"

모두 다 웃기 시작한다.

"난 생강 쿠키 먹을래." 아바가 말한다.

"하지만 그건 쥐가 갉아 먹었어."

"발만."

"그래도 역겨워."

"그래, 쥐는 병균 덩어리야."

"난 케이크를 먹을 거야."

"케이크!"

"생강 쿠키!"

곧 모두 다 자기 말이 맞는다고 우기고, 소리치고, 쥐의 세균과 고양이의 침 얘기를 하며 얼굴이 빨개질 정도로 웃는다.

"훌륭한 게임이었어." 하이디가 속삭인다.

"훌륭한 파티였어." 내가 대답한다.

우리가 각자 큼직한 케이크 한 조각씩을 먹고 양장턱이 우리 접시에서 떨어진 부스러기들을 다 핥아먹었을 때 하이디가 소리친다. "숨바꼭질하자!"

아바가 커튼에 머리를 파묻고 100까지 세기 시작한다. 나머지 우리는 흩어진다.

하이디가 양장턱을 소파에 툭 내려놓고 내 손을 잡고 속삭인다. "나 따라와!"

우리는 복도를 달려 아래층으로 내려가서 지하실로 들어간다. 거기서 하이디는 나를 식품 저장실 같은 작은 창고로 데려간다. 선반에 병조림 과일과 피클, 양배추절임, 와인, 통조림들이 있는 게 눈에 들어온다. 나는 이 식품들이 모두 어디서 온 건지 막 물어보려다가 하이디의 아버지가 SS 대령이라는 사실을 떠올린다. SS가 아이들을 훔쳐도 된다면 식품도 훔쳐도 될 게 분명하다.

하이디는 오이 피클 병 옆에 놓인 손전등을 집어 든다. 손전등을 켜고 그 애는 선반들 중 하나의 밑으로 기어들어 가더니 사라진다.

나는 뒤따라간다. 그러자 돌로 된 벽과 천장, 바닥이 있는 통로가 나온다. 좁지만 상당히 높아서 입구를 통해 기어들어 간 다음에는 정상적으로 서서 걸을 수가 있다.

하이디가 앞을 손전등으로 비추면서 우리는 완만한 경사면을 따라 긴 돌계단을 내려간다. 마침내 우리는 키 작은 나무들 틈을 비집고 바깥의 신선한 공기와 햇살 속으로 나온다. 우리가 있는 곳은 포도밭이다!

뒤돌아보니 우리는 지금 마을 성벽 **밖에** 있다.

"비밀 통로네!" 내가 숨을 들이켠다.

하이디는 킥킥 웃는다. "아빠, 엄마, 마르고트 언니, 쿠르트 오빠 — 오빠는 군인이야 —, 그리고 나를 제외하고는 아무도 이런 곳이 있다는 걸 몰라."

"그리고 이제는 나도." 내가 덧붙인다. 나는 하이디의 친구들 중에서 혼자 뽑힌 것이 너무 기뻐서 그 애를 보고 환하게 웃는다.

하이디가 활짝 웃는다. "아무한테도 말 안 할 거지?"

나는 고개를 끄덕인다.

나는 하이디를 따라 언덕을 내려간다. 포도덩굴 사이를 지나 나무가 우거진 숲으로 들어간다. 그곳에 나무로 만든 창고가 숨어 있다. 하이디가 문을 열자 안에 아빠 차처럼 크고 반짝이는 검은색 차가 있다.

"차가 왜 여기 나무들 사이에 숨겨져 있는 거야?" 내가 묻는다.

하이디는 어깨를 으쓱한다. "빨리 도망가려고 그런 것 같아."

나는 킥킥 웃는다. "숨바꼭질에서 술래가 너무 가까이 다가올 때 딱이네."

하이디가 손으로 자기 입을 막는다. "게임! 내 파티!" 그 애가 숨을 들이켠다. "전부 깜빡했어!"

우리는 함께 나무들 틈에서 나와 달려간다. 포도밭을 지나 비밀 통로로 다시 돌아가면서 우리는 내내 헉헉거리고 헐떡거리며 낄낄댄다.

응접실 문밖에서 하이디는 내 두 손을 잡고 소곤거린다. "매일매일 생일 파티하기, 아니면 1년에 하루만 원하는 **것 뭐든지** 하기. 하나를 골라."

"그건 쉬워." 내가 대답한다. "매일매일 생일 파티. 내가 원하는 걸 뭐든 고를 수 있다면 그건 딱 네 생일 파티 같은 생일 파티니까 말이야! 그러니까 1년에 한 번보다는 매일 한 번이 더 낫잖아!"

하이디는 내 손을 놓고 양팔로 나를 껴안는다. "넌 내 제일 친한 친구야!"

트럭 뒤에 탄 에파와 마르그레트 언니의 모습이 내 눈을 스쳐 가지만 나는 눈을 깜박여 그 모습을 털어낸다.

나는 하이디를 꼭 껴안고 대답한다. "아니야. **네가** 내 제일 친한 친구지."

28

어제는 내 인생의 첫 생일 파티였다. 오늘은 학교에 처음 가는 날이다.

긴장돼야 하는데 나는 설렌다. 나는 배우는 걸 좋아한다. 그리고 이제, 내 인생에서 처음으로, 다른 여자아이들과 함께 진짜 교실에 있는 것이다. 남자아이들 교실은 따로 있다. 나는 하이디와 아바 사이에 끼여서 책상에 앉아 있다. 끼여 있는 것조차 신이 난다. 우리는 순무만큼 큰 코를 가질지 접시만큼 커다란 귀를 가질지 고르면서 낄낄거리고 떠들고 있기 때문이다.

슈미트 선생님이 교실로 들어올 때도 우리는 아직 고르지 못하고 있다. 우리는 모두 벌떡 일어선다.

슈미트 선생님은 키가 작고 뚱뚱한데 갈색 머리를 둥글게 틀어 올리고 있다. 선생님은 팔을 앞뒤로 힘차게 흔들며 무거운 갈색 구두로 바닥을 쾅쾅 울리면서 교실 앞으로 걸어간다. 선생님은 단상으로 올라가 우리를 향해 돌아서서 경례를 한다. "하일 히틀러!"

"하일 히틀러!" 서른다섯 명의 소녀들이 한목소리로 답례한다.

슈미트 선생님은 히틀러와 독일 제국에 관해 큰 소리로 긴 연설을 시작한다. 선생님의 거짓말은 계속 이어진다. 히틀러는 탁월한 지도자이다. 천재의 정신과 전사의 용맹함, 천사의 심장을 가진 너무나 훌륭한 남자이다! 독일인은 유럽의 모든 지역, 그리고 그 너머의 수

많은 지역을 통치할 운명을 지닌 강력한 사람들이다. 선생님은 독일의 문화와 지적 우수성, 군사력에 관해 계속 말을 한다. 나는 그 모든 게 너무 끔찍해서, 그리고 토할 것 같고 화가 나서 제발 그만하기를 빈다. 나는 제대로 된 수업을 받은 지 너무 오래됐기 때문에 읽기, 쓰기, 수학, 과학 등의 적절한 학교 공부를 시작하고 싶은 마음이 절실하기에 그건 또 엄청난 시간 낭비이기도 하다. 내 마음은 정처 없이 떠돌기 시작한다. 그리고 심지어 꿈을 꾸기 시작하고 꿈에 음악이 나온다. 들으면 항상 잠이 오는 아름다운 쇼팽의 선율을 떠올리게 하는 그랜드 피아노가 학교에 있는지 궁금해진다. 내가 실제로 잠이 들었는지 아닌지 잘 모르는 상태일 때 슈미트 선생님이 손뼉을 짝짝 치면서 말을 끝낸다.

나는 벌떡 일어나 소리친다. "하일 히틀러!" 그건 사고다. 그냥 절로 튀어나온 어떤 것이다. 나는 계속해서 억지로 그 말을 해야 했기 때문에 이제는 아무 생각 없이 그냥 그렇게 하게 되는 것이다. 나는 내 실수에 움찔하다가 어찌해야 할지를 몰라 경례를 반복한다. "하일 히틀러!"

하이디가 곁눈질로 내게 긴장된 눈길을 던진다. 몇몇 여자애들이 키득거린다.

슈미트 선생님은 눈을 깜빡이다가 미소를 짓는다. "환영한다, 소피아." 선생님은 지금 부드럽고 따뜻한 목소리로 말한다. "총통님에 대한 너의 사랑은 감탄할 만하구나. 네가 있게 돼서 우리 반은 수준이 더 높아지겠다."

"감사합니다, 슈미트 선생님." 내가 대답한다. "이 반에 있게 돼서 기뻐요."

내 앞에 있던 덩치 큰 여자애가 뒤를 돌아본다. 그 애는 녹갈색 눈으로 실눈을 뜨고 으르렁대더니 고개를 돌린다.

"구드룬이야." 아바가 작은 소리로 말한다. "우리 반에서 제일 똑똑한 애고, 슈미트 선생님의 애완동물이야."

"애완 늑대?" 내가 묻는다.

하이디와 아바가 손으로 입을 가리고 킥킥 웃는다.

수업이 좀 너무 쉽기는 하지만, 아침 시간은 빠르게 흘러간다. 나는 많은 다른 아이들보다 앞서 있다. 심지어 독일어 학습에서도 그렇다. 문법과 작문에서도 나는 너무 빨라서 슈미트 선생님이 옆 반에 가서 저학년 여자아이들을 가르치는 멘도르프 선생님을 도와주면 어떻겠냐고 물을 정도다.

또다시, 커다란 녹갈색 눈의 구드룬이 나를 보고 얼굴을 찡그린다.

멘도르프 선생님은 젊고, 키가 크고, 금발 머리에 예쁘다. 선생님은 여섯, 일곱 살짜리 어린 여자아이들 마흔 명을 가르친다. 끊임없이 앞뒤로 뛰어다니고 있어서 지칠 법도 한데 선생님의 말은 상냥하고, 입술에서는 미소가 한 번도 떠나지 않는다.

내가 선생님을 돕는 일은 제일 어린 아이들에게 그림책을 읽어주는 것이다.

뮌헨의 축제에 가서 히틀러를 만나는 어떤 가족에 관한 이야기이다. 읽은 다음 각각의 어린이는 '나는 … 때문에 히틀러를 사랑한다'라는 문장을 써야 한다.

다 쓰고 나면 아이들은 각자 학급 앞에서 자기가 쓴 걸 큰 소리로 읽는다.

"나는 콧수염 때문에 히틀러를 사랑한다."

"나는 히틀러가 소리를 지르기 때문에 히틀러를 사랑한다."

"나는 히틀러가 큰 퍼레이드를 하기 때문에 히틀러를 사랑한다."

"나는 아빠가 그렇게 하라고 하기 때문에 히틀러를 사랑한다."

"나는 히틀러가 우리에게 초콜릿을 주기 때문에 히틀러를 사랑한다."

"나는 히틀러에게 아돌프라는 금붕어가 있기 때문에 히틀러를 사랑한다."

내가 웃음이 터지려고 하기 직전에 종이 울린다. 점심시간이다.

"하일 히틀러!"

운동장에는 남자아이들과 여자아이들이 많이 모여 있다. 두 번째 종이 울릴 때까지는 한 사람도 빠짐없이 조용히 앉아서 점심을 먹어야 한다. 그다음엔 놀아도 되기 때문에 재미있는 시간이 시작된다. 그리고 소리 지르는 것도 괜찮다!

이렇게 많은 행복한 아이들이 왁자지껄 함께 모여서 다들 자기 하고 싶은 것을 하고 놀다니! 이건 마치 하나의 거대한 생일 파티 같다. 그리고 나는 기쁘게 참석하고 싶다. 정말 감사하다.

남자아이들은 뛰어다니고 레슬링을 하고 병정놀이, 조종사 놀이, 혹은 야생 동물 놀이를 하며 무리를 이루어 행진한다. 나는 도라, 카린, 루스, 아바, 하이디와 함께 줄넘기를 한다.

나는 줄넘기를 해본 적이 없다. 그래서 어떻게 하는 놀이인지 지켜보면서 줄의 한쪽 끝을 잡겠다고 한다. 여자아이들이 줄로 뛰어들

코끼리한테 깔릴래, 곰한테 먹힐래?　　　　　　　　　197

어 줄을 건너뛰다가 다시 뛰어나온다. 몇 차례 그러고 나서 아이들은 노래를 — 보트와 사다리, 정원에 핀 꽃들에 관한 기발한 노래들이다 — 부르며 줄을 넘기 시작한다. 때로는 몸을 획획 돌리고, 높이 뛰어오르고, 발을 꽈배기처럼 돌리기도 한다. 멋지다.

드디어 내가 한번 해본다. 처음에는 발을 헛디뎌서 아바를 덮치며 넘어진다. 두 번째는 줄을 세 번 넘고 나서 줄에 걸린다. 세 번째에 나는 성공한다. 나는 줄을 넘고 또 넘는다. 그게 너무 좋아서 다시 뛰어나오는 것을 잊어버린다. 아바와 도라는 "매운맛!"이라고 소리치며 줄을 더 빨리, 더 빨리 돌린다. 그래서 나는 다리가 떨어질 정도로 너무 빨리 넘다가 마침내 옆으로 튕겨 나온다. 친구들이 환호한다.

구드룬이 지나가다가 어깨로 나를 밀친다. "미안." 그 애가 피식 웃는다.

그 애는 미안하지 않다.

"구드룬 때문에 걱정하지 마." 하이디가 말한다. "그냥 질투하는 거야."

질투한다고? **나를?**

오후 시간은 가물가물한 행복 속에서 날아간다. 슈미트 선생님이 피아노를 치고 우리는 노래를 부르며 학교 강당을 한 바퀴 행진한다. 우리는 독일 포크 댄스를 춘다. 가볍고 경쾌한 음악에 맞춰 추는 예쁜 춤이다. 나는 빠르게 익힌다. 흔들고 숙이고 점프하고 뛰고 팔을 끼고 도는 모든 동작이 너무 좋다.

마지막 시간에는 슈미트 선생님이 어린 여학생들의 노래 수업을 하러 가고 멘도르프 선생님이 우리의 체육 수업을 맡는다. 우리는 강당의 끝에서 끝까지 달리기를 한다. 말뚝박기랑 술래잡기도 한다. 구드룬이 나를 밀치지만 나는 다시 일어나서 계속 달리고, 웃는다. 우리는 축음기에서 흘러나오는 음악에 맞춰 토 터치, 옆구리 스트레칭, 다리 늘리기, 스타 점프, 팔 돌리기를 하고 천천히 심호흡을 하는 것으로 체육 시간을 마무리한다.

종이 울린다.

나의 학교 첫날이 끝났다.

"하일 히틀러!"

집에서는, 엄마와 클라라 할머니가 내게 빵과 잼, 우유를 먹이면서 안절부절못하고 내 주위를 맴돈다.

마침내, 클라라 할머니가 더 이상 참지 못한다. "어땠어?" 할머니는 단도직입적으로 묻는다. "어떤 것 같아?"

"굉장해요!" 나는 노래한다.

그들의 얼굴이 흔들리는 미소로 무너진다.

"전 학교가 좋아요." 내가 말한다. "다만… 친구들은 모두 이 줄넘기 놀이를 아는데… 기발한 노래들, 그리고 멋진 발동작들을….” 나는 몸을 움츠린다. 줄넘기 노래는 독일 여자아이들이면 누구나 알아야 하는 걸까? 내 정체가 드러나게 되는 걸까? 지금, 드디어, 이렇게 행복할 때?

"아, 저런." 엄마가 말한다. "고아원에서는 네게 그런 걸 가르칠 시간이 없었겠구나."

코끼리한테 깔릴래, 곰한테 먹힐래?　　　　　　　　　　　　199

나는 엄마가 아무런 의심도 하지 않는다는 사실에 안도하며 의자에 몸을 푹 맡긴다. 엄마는 **진짜로** 내가 독일 고아라고 믿고 있는 것이다!

"농장에서 일하는 저 애들은 이제 막 학교를 졸업했잖아." 클라라 할머니가 말한다. "줄넘기 놀이 한두 개는 분명 기억할 거야."

"좋은 생각이에요!" 나는 의자에서 뛰어내려 양팔로 클라라 할머니의 배를 감는다. 배를 감싸안다가 나는 중간에 얼어붙는다. 클라라 할머니는 엄격하고, 경우에 어긋나는 행동은 하지 않는 분이다. 그러나 내가 고개를 들었을 때 할머니는 웃고 있다. 뺨을 발그레 붉히고서.

"그럼, 가봐." 엄마가 말한다. "그 언니들은 외양간에 있단다."

농장의 언니들은 손을 흔들고 미소를 지으며 '하일 히틀러'로 나를 맞아준다.

"학교 첫날이구나." 베라 언니가 쇠스랑을 벽에 기대 놓으며 말한다.

"너희 선생님은 누구야?" 로테 언니가 묻는다.

"슈미트 선생님요." 내가 말한다.

"그 할망구!" 에디트 언니가 꽥 소리친다. "최소한 백 살은 됐을걸!"

나는 킥킥 웃는다. "전 그 선생님이 좋아요."

"당연히 그렇겠지." 브리기테 언니가 내 머리를 톡톡 두드리며 달콤하게 말한다. "넌 귀여운 공주님이잖아."

"재미있었어?" 베라 언니가 묻는다.

"네." 내가 대답한다. "그런데 제가 모르는 좀 중요한 게 있었어요."

"두 자릿수 이상 나눗셈?" 브리기테가 묻는다. "아니면 한 발로 두 번 뛰고 반 바퀴 돈 다음 또 한 발로 세 번 뛰는 이상한 포크 댄스? 난 항상 두 번째 뛸 때 셋째 한 발 뛰기를 잊어버렸어. 아니, 세 번째 뛸 때 둘째 한 발 뛰기였나?"

언니들은 모두 키득거리며 브리기테 언니 주위를 뛰어다닌다.

"줄넘기 놀이요." 내가 말한다. "거기 노래들이랑 외치는 구호 같은 것들… 그리고 진짜 멋있는 발동작들이 있었어요. 제가 할 수 있는 건 그냥 위아래로 뛰는 것뿐이었어요."

"줄넘기!" 언니들이 모두 동시에 소리를 지른다. 그리고 내가 더 설명도 하기 전에 벽에 걸린 고리에서 긴 밧줄을 가져와서 외양간 한가운데에서 그걸 빙글빙글 돌린다. 흙과 짚, 밀알을 획획 날리면서.

베라 언니가 뛰어들며 노래를 부른다.

> 시장 광장에 하녀 소피아,
> 밝고 파란 눈과 고운 피부
> 헤르베르트가 다가와 무릎을 꿇어요.
> 예쁜 소피아에게 빈다네. "제발 키스해 줘요!"
> 헤르베르트는 키스를 몇 번 받았을까요?
> 하나, 둘, 셋, 넷, 다섯….

베라 언니는 줄이 점점 빠르게 돌아가는 동안 계속 숫자를 센다. 서른넷에 마침내 발이 줄에 걸릴 때까지!

"소피아가 서른네 번 키스했어!" 언니들이 모두 소리를 지른다.

"헤르베르트가 누구예요?" 내가 묻는다.

"그건 네가 알아야지!" 에디트 언니가 외친다. "네가 **서른네 번** 키스한 사람인데!"

언니들은 자지러지게 웃는다.

혼자 따돌림당해 심술이 난 롤프가 건초 더미 꼭대기로 푸드덕 날아오른다. "꼬꼬댁 꼬꼬!"

농장의 언니들은 더 크게 웃는다. 그래서 나도 같이 웃지 않을 수가 없다.

29

"히틀러는 위대하다!" 슈미트 선생님이 선언한다. "독일 제국은 위대하다!"

"하일 히틀러!" 우리는 하나가 되어 소리친다.

슈미트 선생님은 커다란 유럽 지도를 끌어당겨 내린다. 지난 3주 간 매주 월요일이면 하던 것 그대로다. 먼저, 선생님은 전쟁 전 독일 제국의 옛 국경선을 가리킨다. 그런 다음, 지금의 국경선을 짚어가며 원래 국경선에서 얼마나 멀리 뻗어 나가고 있는지 강조한다. "이렇게 확장한 거야. 이렇게 진격한 거야! 우리의 군인들은, 항상 그렇듯이, 선량하고 정직하며 성실한 독일 가족들을 위해 더 많은 땅을 차지하기 위해 싸우고 있어."

점령당한 나라의 선량하고 정직하며 성실한 가족들은? 그들은 땅을 도둑맞았다. 그러면 독일 가족들은 도둑이 되는 것 아닐까?

나는 침략당해 갈라져서 독일의 일부인 총독령이 된 폴란드를 응시한다. 자유로운 폴란드 사람들을 위한 폴란드는 하나도 남지 않았다.

내 눈이 크라쿠프에 내려앉는다. 내 고향. 아니, 더는 고향이 아니다. 이제 더는.

눈이 따끔거리고 눈물이 고인다. 하지만 나는 눈을 깜박여 눈물을 털어낸다.

코끼리한테 깔릴래, 곰한테 먹힐래?

슈미트 선생님은 두 손을 가슴에 꼭 모으고 노래하듯 말한다. "선량한 독일 가족 얘기를 하자면… 구드룬이 우리에게 전할 아주 신나는 소식이 있단다."

구드룬이 일어나서 교실 앞으로 걸어간다. 그 애는 턱을 들어 올리고 발표한다. "우리 어머니가 어제 남자 아기를 낳았습니다."

"그리고…?" 슈미트 선생님이 묻는다.

"이름은 할아버지 이름을 따서 디터예요."

"그리고…?"

구드룬은 히죽히죽 웃는다. 그 애는 관심받는 걸 좋아한다. 그 애는 자기가 스포트라이트를 받는 순간이 최대한 오래 지속될 수 있도록 세세한 부분까지 질질 끌며 말하고 있다. "디터는 우리 집 넷째 아들이고 여덟째예요."

"그 말이 뜻하는 건…?" 슈미트 선생님의 눈이 흥분하며 반짝인다.

하이디가 귓속말을 한다. "그 말은 구드룬의 엄마가 너무 바빠서 저 애한테 아침 인사를 할 시간도 없을 거라는 뜻이지."

구드룬은 그 말을 들었는지 하이디에게 성난 눈길을 보내다가 거의 소리치다시피 말한다. "**우리** 엄마가 일등 십자가, **금메달**을 받을 거라는 뜻이죠. 엄마는 전쟁에 나가는 용감한 군인들과 똑같이 영예로울 것이고, 길거리에서 경례를 받고 빵집과 정육점, 그리고 식료품 가게에서 맨 앞줄에 설 수 있을 것이고, 어쩌면 가사 일을 도와줄 두 번째 가사 도우미도 배정받을 거예요"

"금메달 어머니야!" 슈미트 선생님이 노래한다.

"히틀러를 위한 여덟 명의 아이들이지!"

히틀러를 위한 여덟 명의 아이들!

나는 코를 찡그린다. 히틀러는 그 모든 아이들로 뭘 하려는 걸까?

204

독일 가정의 아이들. 폴란드 가정에서 훔친 아이들. 히틀러가 이렇게 많은 아이들을 요구하는 걸 그만둔다면 그가 사랑하는 독일에 그토록 사람들이 미어터지지 않을 것이고, 그러면 더 많은 공간을 차지하려고 다른 나라의 땅을 훔치는 전쟁을 할 필요도 없을 것이다.

그때 내 머릿속에 또 다른 생각이 떠오른다. 어쩌면 히틀러에게 이 많은 여분의 아이들이 필요한 것은 전사한 수백만 명의 독일 군인들을 대체해야 하기 때문일지도 모른다. 그리고 전쟁이 계속된다면 또 수백만 명의 더 많은 사람이 죽을 것이다. 그런데 달리 보면, 그건 또 말이 안 된다. 군인들이 전쟁에 나가서 죽지 않았다면 독일 사람들의 가슴과 가정에 그렇게 많은 구멍이 생기지 않았을 것이다. 메워야 할 구멍들 말이다.

'히틀러 바보.' 나는 생각한다.

"소피아" 슈미트 선생님이 말한다. "하고 싶은 말이 있니?"

"넌 중얼중얼하고 있었어." 하이디가 귓속말을 한다.

나는 벌떡 일어선다. "네, 선생님!" 나는 소리친다. "맞아요!"

나는 구드룬 쪽으로 몸을 돌려 소리친다. "너의 훌륭한 독일 어머니에게 축하를!" 그런 다음 나는 손으로 허공을 찌르며 노래한다. "하일 히틀러!"

교실의 모든 여자아이들이 튈 듯이 자리에서 일어나 경례를 따라 한다. "하일 히틀러!"

슈미트 선생님은 잘했다는 듯 내게 고개를 끄덕인다.

나는 구드룬을 보며 활짝 웃는다.

구드룬은 나를 노려본다.

시장 광장에 하녀 하이디,
밝고 파란 눈과 고운 피부
헤르베르트가 다가와 무릎을 꿇어요.
예쁜 하이디에게 빈다네. "제발 키스해 줘요!"
헤르베르트는 키스를 몇 번 받았을까요?
하나, 둘, 셋, 넷, 다섯….

우리는 이제 몇 주 동안 줄넘기 놀이를 하고 있다. 줄넘기는 이제 운동장의 화젯거리다. 헤르베르트가 누구인지, 어떻게 생겼는지, 어디 사는지, 심지어 입술이 얼마나 부드러운지, 저마다 자기들만의 생각이 있다. 매일같이 더 많은 여자애들이 끼워달라고 부탁한다. 애들은 누구나 사랑에 빠져서 키스를 하고 싶다.

구드룬만 아니다. 그 애는 못되게 굴고 싶어 하기만 한다. 나한테. 그 애는 자기 줄넘기 줄을 학교로 가져와서 선생님들이 없을 때 자기 친구들과 새로운 노래를 지어내기 시작한다.

오늘 노래는 그중 최악이다.

변기에 앉아 있는 청소부 소피아,
똥을 밀어내느라 끙끙, 얼굴이 파랗게 질리네.
소피아는 똥을 몇 번이나 쌌을까요?
하나, 둘, 셋, 넷….

구드룬은 똥을 스물아홉 번까지 세고 줄에 걸린다. 똥이 너무 많다. 너무 더럽기도 하다.

"질투하는 거야." 하이디가 중얼거린다. "금발 머리에 파란 눈인 네가 너무 똑똑하고 예쁘고 완벽한 아리아인이기 때문이야."

"그리고 인기가 많고." 아바가 미소 짓는다. "너는 너무 상냥하니까."

"그리고 너희 아빠는 다른 어떤 애의 아빠보다 훨씬 중요한 사람이잖아." 루스가 말한다.

"게다가 너희 엄마는 너무 아름답고." 도라가 덧붙인다.

그래도 구드룬의 노래는 끔찍하다. 그런데 바로 지금, 남자아이들이 와서 우리에게 같이 줄넘기를 하자고 하지만 않았다면 나는 그스물아홉 번의 똥 때문에 더 곤혹스러웠을 것이다. 그 남자아이들은 무릎까지 오는 가죽바지 차림으로 엄지손가락을 멜빵에 꽂은 채 웃는 얼굴로 우리 앞에 서 있다. 건방지지만 웃기다.

우리도 웃어주며 고개를 끄덕인다.

"키스 송은 안 돼." 하이디가 소곤거린다. "남자애들이랑은 안 돼."

그 애 말이 맞다. 그건 너무 창피할 것이다.

"매운맛 도전?" 도라가 제안한다.

모두 고개를 끄덕인다.

남자애들은 빨리 돌리기에 정말 강하지만 나만큼은 아니다. 그래서 그 애들은 도는 줄을 재주넘기를 하며 통과하는 것으로 자기들을 과시하기 시작한다. 심지어 줄에 엉키지도 않는다!

그러고는, 그 애들이 예고도 없이 키스 송을 부른다, 한 번에 한 아이씩 건방진 태도로. 그 애들은 줄을 넘으면서 저마다 자기들의 이름과 좋아하는 여자아이들의 이름을 함께 노래에 넣어 부른다. 휴고는 하이디와 키스한다. 에리히는 도라와 키스한다. 로타는 아바와 키스한다.

그리고 프리츠가 나와 키스한다.

프리츠는 키 크고 잘생긴, 왕자 같은 아이다. 그 애가 금발 머리를 이마 아래위로 펄럭이며 빨리, 더 빨리 줄을 뛰어 넘자 줄은 '매운 맛' 속도에 도달한다.

내 친구들이 쉿소리 나게 비명을 질러댄다. "소피아와 쉰아홉 번 키스를!"

나는 얼굴이 빨개진다.

프리츠는 부끄러워하지 않고 웃는다. 그 애는 주위를 둘러보며 선생님들이 없는지 확인하더니 내게 키스한다.

진짜로.

뺨에다가!

나의 첫 키스다.

나는 농장의 언니들에게 빨리 말하고 싶어 **어쩔 줄 모른다.**

"소피아!" 언니들이 모두 동시에 꺅 소리를 지른다.

언니들은 건초 더미 꼭대기로 나를 올리고는 주위에 모인다.

"대단한 놀이야!" 로테 언니가 환호성을 지른다.

"**난** 한 번도 키스 못 받았는데!" 베라 언니가 소리친다.

"프리츠는 건방진 것 같은걸." 에디트 언니가 말한다.

"어떻게 생긴 애야?" 브리기테 언니가 묻는다. "우리 공주님한테 어울릴 정도로 괜찮아?"

"잘생겼어요." 내가 소곤거린다.

언니들은 다시 꺅 소리를 지르고 베라 언니가 벽에서 밧줄을 휙 내린다. 우리는 모두 줄넘기를 하며 노래 부른다.

시장 광장에 하녀 소피아,
밝고 파란 눈과 고운 피부
프리츠가 다가와 무릎을 꿇어요.
예쁜 소피아에게 빈다네. "제발 키스해 줘요!"
프리츠는 키스를 몇 번 받았을까요?
하나, 둘, 셋, 넷, 다섯….

오후가 다 갈 무렵, 나는 397번 키스를 했다. 그러고도 나는 아무렇지도 않다.

그날 밤, 아빠가 집에 온다. 선물과 포옹이 함께 온다.

아빠는 엄마에게 뚜껑에 빨간 리본을 단 하트 모양의 상자를 건넨다. "사랑하는 엘자, 당신 거예요."

엄마는 뚜껑을 연다. 안에는 다이아몬드가 박힌 팔찌가 있다. "어머, 프레드리크! 여왕에게 어울리는 보석인걸요!"

그건 정말 동화 속에서 여왕이 궁전 파티에 하고 갈 만한 보석 같다.

아빠는 그 팔찌를 엄마의 가느다란 팔목에 채워주고 엄마의 뺨에 키스한다.

나는 킥킥 웃으며 노래한다.

시장 광장에 엄마, 엄마,
밝고 파란 눈과 고운 피부

아빠가 다가와 무릎을 꿇어요.

예쁜 엄마에게 빈다네. "제발 키스해 줘요!"

아빠는 키스를 몇 번 받았을까요?

하나, 둘, 셋, 넷, 다섯….

엄마가 웃는다.

아빠는 이맛살을 찌푸리며 턱을 문지른다. "흠. 내가 없는 동안 다 커서 건방져졌구나, 소피아. 내가 고른 선물을 받을 자격이 있을지 모르겠는걸."

"아, 안 돼요!" 나는 소리친다. "죄송해요, 아빠. 건방지게 굴 생각은 아니었어요. 용서해 주세요! 선물 받아도 돼요?"

"어쩌면," 아빠가 으르렁거린다. "하지만 우선 **내** 뺨에 뽀뽀해 줘야 할걸."

인제 보니 찌푸린 이맛살 아래서 아빠의 눈이 반짝인다. 아빠는 놀리며 게임을 하고 있는 것이다! 꼭 나처럼.

이번에는 내가 이맛살을 찌푸리며 턱을 문지른다. "흠," 내가 말한다. "아빠는 안 계신 동안 건방져지셨군요. 선물을 먼저 주고 그게 괜찮으면 제가 아빠 뺨에 뽀뽀해 주죠."

아빠가 고개를 뒤로 젖히고 웃음을 크게 터트리더니 무슨 일이 일어나는지 내가 알 틈도 없이 나를 팔로 휘감으며 내 뺨에 숨이 막힐 정도로 뽀뽀를 하고 또 웃는다. 엄마도 웃는다. 그리고 내 다른 쪽 뺨에 뽀뽀하기 시작한다. 그러자 나는 너무 행복하고 특별하고 사랑받는 느낌이 들면서 '동화 속 내 인생은 더할 나위 없이 최고'라고 생각한다.

하지만 더할 수가 있다. 왜냐하면 지금 아빠가 내게 갈색 종이와 끈으로 포장한 선물을 주는데 그걸 뜯어서 열어보니 아름다운 가죽 제본의 이야기책이, 공주들 이야기로 가득한 책이 한 권 있기 때문이다.

"특별한 우리 공주님을 위한 공주 이야기란다!" 아빠가 소리친다.

"감사합니다." 나는 숨을 들이켜고는 아빠에게 약속한 뽀뽀를 해준다. "이건 진짜 너무 소중한걸요. 전 이걸 항상 보물처럼 간직할 거예요."

"뽀뽀 좋았어." 아빠가 선언한다. "두 번째 선물도 있단다." 아빠는 코트 주머니에서 빨간 리본이 위에 달린 하트 모양 상자를 꺼낸다. 엄마에게 준 것과 똑같은 것이다.

나는 상자를 한 번 보고 엄마의 팔목에 있는 다이아몬드를 한 번 본다. "이건…?"

아빠는 어깨를 으쓱한다.

나는 뚜껑을 연다. 안에는 빨간색 작은 가죽 벨트가 있다. 나는 어리둥절해서 바라보고 있다. "팔목에 하는 거예요?" 내가 묻는다.

"이리 와봐. 그게 뭔지 보여줄게."

아빠는 내 손을 잡고 복도를 거쳐 나를 바깥에 있는 아빠의 차로 데려간다. 아빠가 문을 여니까 거기, 뒷좌석에 놓인 종이 상자 안에 소시지처럼 생긴 조그마한 어린 강아지가 꼬리를 흔들고 있다.

나는 그 작은 소시지를 들어 올려 품에 안는다. 그러자 녀석은 꼼지락거리며 꿈틀대면서 내 얼굴을 핥는다. 나는 낄낄거리며 꺄악 비명을 지른다. "내 강아지라니! 어쩜, 너무 예쁘고 꼭 소시지 같아요! 난 얘를 프랭크 소시지라고 부를래요. 줄여서 프랭크!"

나는 녀석을 안고서 엄마에게 간다. "보세요! 강아지예요! 이제 전 고양이도 있고 **또** 강아지도 있다고요!"

코끼리한테 깔릴래, 곰한테 먹힐래?

"고양이도 있어?" 아빠가 묻는다.

엄마가 웃으며 고개를 끄덕인다.

고양이, 아니면 강아지? 하나를 골라.

아니다. 나는 고를 필요가 없다. 난 둘 다 가질 수 있다.

왜냐하면 나는 독일 공주이고, 이건 내 동화 같은 인생이니까.

아기 모자를 쓴 강아지,
아니면 카디건을 입은 고양이?

하나를 골라!

30

2년 뒤 ― 1944년 여름 방학

나는 깊고 어두운 호수 위, 어떤 높은 타워 꼭대기에 서 있다. 하이디가 내 옆에 있다. 우리 뒤에는 아바와 루스가 있다. 우리는 모두 벌벌 떨고 있다. 아침에 먹은 밥이 뱃속에서 꾸르륵거린다.

"뛰어내려! 뛰어내려! 뛰어내려!" 호숫가에 줄을 선 여자아이들이 고함친다. 작년에 뛰어내렸던 고학년 언니들이다. 우리처럼 열 살, 열한 살 아이들 중 방금 뛰어내려 위기를 넘긴, 물에 젖은 아이들도 있다.

"우리 죽지 않을까?" 하이디가 울먹인다.

나는 다이빙 타워의 끝에서 발을 이리저리 움직이며 발가락을 안으로 구부린다. 훌쩍 뛰어내려 강한 물보라를 일으키며 물에 부딪히고, 그런 다음 차갑고 시커먼 저 깊은 곳으로 가라앉고, 또 가라앉는 모습을 상상한다.

"응?" 하이디가 다시 묻는다.

"아니." 내가 대답한다. 하지만 그 말은 너무 부드럽게 나와서 거짓말 같다.

"당연히 아니지." 아바가 말한다, 높고 떨리는 목소리로. "이건 그냥 테스트라는 걸 명심해야 해. 우리가 얼마나 용감한지 보기 위한 테스트지. 그리고 우리가 물속에 들어가자마자 언니들이 헤엄쳐 와서 우리를 붙잡고 호숫가로 끌고 갈 거야."

"맞아." 내가 동조한다. "그러면 얼마나 기분이 좋을지 상상해 봐."

나는 히틀러의 생일인 지난 4월 20일을 떠올린다. 하이디, 아바, 루스, 도라, 카린과 내가 — 그리고 작년에 열 살이 된 모든 다른 여자아이들이 — 히틀러 청소년단 소녀 동맹에 가입한 날이었다. 우리는 교회 강당에 줄을 서서 만자 문양과 히틀러의 대형 초상화를 정면에 두고 선서를 했다.

"나는 총통에 대한 사랑과 충성심으로 히틀러 청소년단에서 언제나 나의 의무를 다할 것을 맹세합니다."

나는 그 말이 거침없이 나올 수 있도록 몇 주 동안 연습했다. 엄마가 내 머리를 손질해 줄 때 거울 앞에서 선서를 했다. 클라라 할머니가 저녁을 만들 때도 그 문장을 말했다. 농장의 언니들이 소들의 젖을 짤 때도 연습했다. 아빠가 대시를 데리고 내게 말 타는 법을 가르칠 때 아빠에게 그 문장을 노래 불렀다. 그리고 밤에 내 침대에서 프랭크와 검댕이를 껴안고 잠이 들 때 그 녀석들에게도 속삭여 줬다.

"나는 총통에 대한 사랑과 충성심으로 히틀러 청소년단에서 언제나 나의 의무를 다할 것을 맹세합니다." 선서를 하고, 우리는 이미 히틀러 청소년단에 소속된 언니들과 함께 활짝 웃으며 강당을 돌고 또 돌며 행진한다. 드디어, 우리는 그 **언니들의** 일원이 된 것이다! 우리는 심지어 유니폼도 생겼다. 짙은 파란색 치마, 흰 블라우스, 검은색 넥타이에 밤색 재킷이다.

하일 히틀러!

나는 이렇게 자랑스러웠던 적이 없다! 나는 히틀러를 사랑하고 그에게 봉사하고 싶은 마음이 간절하기 때문이다. 나의 첫 번째 아빠는 히틀러와 독일 제국을 위해 목숨을 바친 독일 군인이었다. 나는 아빠를 기억하지 못하지만 그래도 아빠처럼 되려고 노력할 수 있다. 영광스러운 우리 총통의 충성스러운 추종자 말이다.

하일 히틀러!

모임은 너무나 재미있다. 행진과 노래, 공놀이, 달리기, 춤추기, 뜨개질, 신문지 꾸러미 만들기, 전방에 있는 군인들에게 보낼 카드 만들기 등으로 꽉 찬 일정이다. 그러나 그 모든 것 중에서 내가 제일 좋아하는 건 주말마다 하는 장거리 하이킹이다. 우리는 언덕과 풀밭을 통과하며 행진하면서 소리 높여 노래를 부른다. 그러면 농장에서 일하는 언니들이 외양간 밖으로 나와서 경례를 하며 손을 흔들고 우리에게 즐거운 오후를 보내라고 인사한다. 아, 우리가 얼마나 중요한 사람인지 느껴진다!

그리고 우리는 독일 고학년 소녀 동맹에서 나온 열네 살에서 열여덟 살 사이의 언니들인 우리의 지도부를 **열광적으로 좋아한다.** 특히 지금 열일곱 살인 하이디의 언니인 마르고트를. 우리는 모두 언젠가는 키 크고 강하고 아름다운 마르고트가 되고 싶다. 그래서 히틀러와 그가 독일을 위해 한 모든 일에 대해 강의를 하고, 우리 군인들을 위해 뜨개질해야 할 양말의 목표 개수를 정하고, 모금과 게임, 농장일, 부상당한 군인들에게 위문 공연을 하기 위한 병원 방문 등을 담당할 팀을 만드는 일을 하고 싶다.

하지만 언젠가 히틀러 청소년단의 리더가 되려면 용감해져야 한다. 용감한 사람 중에서 제일 용감한 사람이 돼야 한다. 그래서 지금 바로 높은 꼭대기에서 호수로 뛰어내려 다른 히틀러 청소년단 소녀들 모두에게 그걸 증명해야 하는 것이다.

"뛰어내려! 뛰어내려! 뛰어내려!"

"소피아," 하이디가 작은 소리로 말한다. "난 하기 싫어. 뭐든지 수

영할 줄 아는 여자애들이 하는 다른 걸 하는 게 낫겠어." 그 애는 몸을 떤다. "그건 어떤 걸까?"

"곰과 레슬링하기?" 내가 추측한다. "달리는 기차에서 뛰어내리기? 모르겠어, 하이디. 하지만 분명 무섭긴 마찬가지일 거야. 더 무서울지도 몰라."

하이디는 훌쩍인다.

나는 그 애의 손을 잡는다. "우리 같이해." 내가 말한다. 그 애만큼이나 나를 위한 것이기도 하다.

하이디가 쉿소리를 낸다. "좋아. 하지만 카운트다운은 내가 할게. 열… 아홉… 여덟 —."

"하이디!" 내가 우는소리를 한다.

"일곱… 여섯 반… 여섯… 다섯 반 —."

나는 하이디를 끌어당기며 타워에서 몸을 날린다. 공중 어디쯤에선가 우리의 손이 서로 떨어진다. 나는 발이 먼저 물에 부딪히며 가라앉는다. 밑으로, 밑으로, 밑으로 가라앉는다. 그리고 거기는 내가 생각했던 것보다 훨씬 더 차갑고, 어둡고, 무섭다. 수초가 자라나 있는 호수 바닥으로 곧장 떨어져서 수초들이 내 다리를 휘감고 엉겨 영원히 거기 갇히게 되면 어떡하지? 나는 공포에 질려 발길질하며 발버둥 치기 시작하고, 이제 호수 표면을 가르고 햇빛 속으로 — 눈 부신 햇살 속으로! — 솟아 나온다. 하이디가 내 옆에서 수면으로 올라와 비명을 지른다.

나는 수영을 할 줄 모르지만 계속 허우적거리며 물 위로 고개를 내민다. 그리고 다시 가라앉기 시작한 하이디를 잡고 끌어올린다. 그러자 곧 두 명의 언니들이 헤엄쳐 와서 한 명이 내 어깨를 잡고 등이 물 위에 오도록 내 몸을 뒤집고는 호숫가로 나를 끌고 간다. 더 많은 여자아이들이 내 주위로 모여들어 나를 풀밭으로 끌어올린다. 나는 일어나 앉아서 기침을 하고 오른팔로 허공을 찌르며 소리친다.

"하일 히틀러!"

"하일 히틀러!" 그 아이들이 경례로 답하고, 환호성을 지르며 내 등을 두드린다. 그리고 내게 정말 용감하다고, 자기들은 내가 자랑스럽고 이제 나는 자기들의 일원이라고 말한다.

그때 하이디가 내 옆에서 기침하고 침을 뱉고 킥킥거린다. 이 모든 걸 한꺼번에 한다.

"우리는 해냈어!" 그 애가 외친다. "우리가 정말로 해냈어! 하이디 히틀러! 아니, 내 말은, 하일 히틀러!"

"하일 히틀러!" 우리는 모두 대답하며 환호한다. 나는 하이디를 껴안는다. 그리고 나는 독일 소녀라는 게 너무나도 자랑스럽다.

나는 조용히 히틀러에게 기도한다. "독일인으로 태어나게 되어 감사합니다."

하일 히틀러!

나는 히틀러를 **사랑한다!**

캠프는 3일 더 진행된다. 내 인생에서 제일 재미있는 시간이다 — 비록 구드룬이 결국 나와 하이디랑 같은 활동 그룹에 들어오게 되기는 했지만 말이다. 우리는 텐트에서 자고 야외에서 하루를 보내면서 우리를 강하고 건강하게 해주는 활동, 그래서 우리가 어떤 방식이든 독일 제국에 필요한 방식으로 봉사할 수 있도록 해주는 활동을 한다. 우리는 게임을 하고, 장거리 하이킹을 하고, 인근 농장에서 건초를 뭉치고, 개울에서 카누를 타고 자전거를 탄다. 나는 전에 자전거를 타본 적이 없고, 그래서 매일 다른 그룹의 여자아이들이 개울 옆 길을 따라 출발하는 모습을 부러운 눈으로 바라본다.

오늘은, 드디어, 내 차례다. 우리 그룹에서는 나만 빼고 모두 자전 거를 탈 줄 안다. 마르고트 언니가 내게 속성으로 레슨을 해준다. 내 자전거 뒤에서 안장을 잡고 달리면서 소리친다. "잘했다! 페달을 좀 더 빨리 밟아! 앞을 잘 봐, 소피아!"

정말 간단하다. 나는 균형을 잡게 되기까지 딱 한 번 넘어질 뿐이다. 그 이후 두 번째로 넘어진 것은 구드룬이 옆쪽에서 내 옆구리를 치고 지나갈 때다. 그 애는 실수라고 하지만, 히틀러 경례를 하려다가 히틀 러가 아주 빨리 달리는 차를 타고 지나가는 바람에 마지막 순간에 손 의 방향을 바꿔야 하지 않는 한 누구도 손이 그렇게 나오지는 않는다.

하지만 구드룬은 마르고트 언니, 그리고 루이자라는 또 다른 언니 와 함께 가기 위해 멀리 앞서 달려가고, 나는 곧 하이디 뒤에서 길을 따라 날아간다. 왼쪽으로는 나뭇잎들이 초록의 벽에 묻혀 흐릿해지 고 오른쪽으로는 시냇물이 신나게 졸졸 흐르고, 바람이 내 눈을 찌 르고 머리카락을 잡아당기며 숨 막힐 듯 내 얼굴 전체로 밀려온다. 새들이 하늘을 날아오를 때 느끼는 기분이 이런 것일 게 분명하다.

"진짜 좋아!" 나는 하이디에게 소리친다.

"나도!" 그 애가 돌아보며 외친다.

"하일 히틀러!" 나는 노래한다.

"하일 히틀러!" 하이디가 대답한다.

"하일 히틀러!" 쭉 늘어선 아이들의 환호가 울려 퍼지는 가운데 우 리는 길을 따라 날듯이 달려간다.

하일 히틀러!

나는 히틀러를 **사랑한다.**

222

정말이다. 나는 그를 너무너무 사랑한다!

다리에 힘이 빠져서 다리가 떨어질 것 같을 때까지 우리는 달리고 또 달린다. 하지만 최종적으로 우리는 어떤 농장에서 멈춘다. 두 명의 젊은 여자들이 물병과 유리컵을 담은 쟁반을 내온다.

우리가 울타리 위에 쭉 앉아서 찬물을 마시고 있을 때 한 언니가 민요를 부르기 시작한다. 바로 지금 우리 위에 있는 하늘처럼 맑고 푸른 하늘에 관한 노래이다. 하이디와 마르고트 언니, 그리고 구드룬이 두 번째 소절에서 합류해서 푸른 하늘 아래 푸른 들판, 그리고 나무 그늘에서 사랑하는 사람을 만나는 젊고 고운 하녀를 노래한다.

"정말 아름다운 노래였어." 나는 한숨을 쉰다. "너희들은 모두 목소리가 정말 예뻐."

구드룬이 울타리에서 뛰어내리며 웃는다. 진짜로 웃는다! 그 애는 내 칭찬에 기분이 좋은 것이다.

나는 미소로 답한다. 따뜻하게. 그래서 그 애는 내가 자기를 원망하지 않는다는 것을 안다.

구드룬은 빈 컵을 울타리 기둥 위에 놓고 손등으로 입을 닦는다. 그 애는 또다시 노래를 부르기 시작한다. 마르고트 언니는 들을 수 없을 만큼 나지막하게, 하지만 내 귀에는 들릴 정도로. "하녀 소피아, 변기에 앉아 …." 그 애는 자기 자전거로 천천히 돌아가면서 가는 길에 내 무릎을 슬쩍 건드린다, 내가 균형을 잃기 충분할 정도로. 나는 울타리 난간에서 뒤쪽 짚 더미 속으로 떨어진다. 외양간 오물이 묻은 더러운 짚이다.

"아, 미안." 구드룬이 우물거리듯 말한다.

그 애는 미안하지 않다.

하지만 나는 속상하다. 내 등은 온통 소똥 범벅이다.

31

오늘 밤은 캠프에서 우리가 보내는 마지막 밤이다. 저녁을 먹고 나서 모두가 개울을 따라 걷는다. 숲을 지나고 꽃이 만발한 들판을 가로질러 농장으로 걸어간다. 마르고트 언니가 우리를 거대한 외양간 앞으로 이끌고 간다. 건초 더미가 바닥에 깔려 있다. 지붕 가까이 있는 높다란 문을 통해 다락에서 던져 놓은 것이다.

"마지막 담력 테스트야!" 마르고트 언니가 발표한다. 언니는 구드룬을 포함한 일곱 명의 이름을 부른다. 수영을 할 줄 아는 아이들이다. 그 아이들은 다이빙 타워에서 호수로 뛰어내리지 않았다. 수영을 할 줄 아는 아이들에게 그 정도 일은 도전 거리가 아니고, 가라앉아서 수면으로 올라오지 못할까 봐 두려워할 일도 없다. 그건 그냥 놀이일 뿐이다.

그 애들은 안절부절못하고 긴장해서 우리 앞에 줄을 선다. 구드룬만 빼고. 구드룬은 활짝 웃는다. 마치 '난 겁이 없어. 뭐든 다 할 수 있어'라고 말하는 것처럼.

마르고트 언니가 일곱 명의 여자애들을 향해 고개를 끄덕인다. "너희가 용감하다는 것, 그리고 히틀러 청소년단에 있을 자격이 있다는 것을 보여주기 위해, 너희는 외양간으로 들어가서 한 사람씩 사다리를 타고 다락으로 올라가 저 문을 통해 뛰어내려야 해."

우리는 모두 숨을 들이켠다. 그 문은 최소한 2층 높이인 것이다!

하이디가 내 팔을 잡는다. "우리가 호수에 뛰어든 게 천만다행이야."

"나도." 아바가 말한다. "버썩 마른 얄팍한 건초 더미보다는 물에 떨어지는 게 훨씬 더 푹신해."

나는 마르고트 언니가 너무 과한 걸 요구하는 건 아닌지 의문이 든다. 아이들 중 한 명의 다리나 팔이 부러지면 어떻게 할까? 아니, 더 심한 일이 생기면?

"하일 히틀러!" 마르고트 언니가 일곱 명의 여자애들에게 경례한다.

"하일 히틀러!" 아이들은 대답하고는 외양간으로 들어간다. 그 애들은 자기들이 수영을 배우지 않았더라면 좋았을 거라고 생각할지도 모른다.

우리는 말없이 기다린다. 얼어붙은 채. 겁에 질린 채.

흥분된 순간이다!

첫 번째 아이인 엘리자베트가 우리 위쪽의 그 문 앞에 나타나기까지 백만 년은 걸린 것 같다. 그 애는 열 살치고는 작고, 마르고, 가냘프지만 전사처럼 용감하다. 엘리자베트는 미소를 지으며 아래에 있는 우리에게 손을 흔들더니 "야호!"라고 외치며 뛰어내린다.

엘리자베트가 바닥에 닿으면서 건초 더미 밖으로 굴러떨어져 흙바닥에 꼼짝하지 않고 누워 있자 우리는 비명을 지른다.

우리는 기다린다. 그러다가 하나둘씩 말이 없어진다.

몇몇 언니들이 한 발 앞으로 나서지만 마르고트 언니가 손을 들자 멈춰 선다.

엘리자베트는 일어나 앉더니 뛸 듯이 일어서서 경례한다. "하일 히틀러!"

"하일 히틀러!"

"하일 히틀러!" 우리는 포효하며 엘리자베트의 자그마한 몸을 우

코끼리한테 깔릴래, 곰한테 먹힐래?

리 어깨 위로 던져 헹가래 친다.

다음 다섯 명의 아이들이 차례차례 뛰어내린다. 네 번째 아이는 건초 더미 밖으로 튕겨 나오면서 손목이 삐끗한다. 그 애는 울면서도 다친 팔을 허공에 던지고는 훌쩍이며 말한다. "하일 히틀러!" 우리는 그 애에게 다른 아이들보다 더 큰 경의를 표한다. 그 애는 다친 몸으로도 참으면서 할 일을 하고 있기 때문이다.

이제 마지막으로 구드룬의 차례이다. 그 애는 얼굴에 미소를 머금고 다락 끝으로 발걸음을 옮긴다. 몸을 앞으로 숙이고는 아래 건초 더미를 바라본다. 그러더니 헉하고 숨을 들이켜며 미소가 사라진다.

우리는 기다린다. 말없이, 정중하게.

마침내 마르고트 언니가 고함을 지른다. "뛰어내려, 구드룬!"

"그래, 뛰어!" 루이자가 외친다.

"그냥 해!" 다른 아이가 소리친다. "오래 기다릴수록 더 힘들어진다고!"

점점 더 많은 여자아이들이 거들더니 마지막에는 모두가 노래를 부른다. "뛰어내려! 뛰어내려! 뛰어내려!"

우리가 소리를 지를수록 구드룬은 다락 끝에서 뒤로 더 물러난다.

"뛰어내리지 **않으면** 어떻게 돼?" 내가 묻는다.

아바는 어깨를 으쓱한다.

"집으로 돌려보낼 거야." 하이디가 말한다. "작년에 어떤 여자애가 그렇게 됐어. 마르고트 언니한테 그 이야기를 다 들었어. 끔찍했어. 그 뒤로 그 애는 소녀 동맹에서 나갔어."

이제 구드룬은 눈이 빨개지고 눈물을 머금은 채 문틀에 달라붙어 있다.

"불쌍한 구드룬." 나는 중얼거린다. 나는 모여 있는 아이들 틈을 비집고 마르고트 언니에게 간다. "저 애를 집에 보내지 않을 거죠, 언니?"

마르고트 언니는 눈썹을 치켜올린다. "뛰어내리지 않는다면 보낼 거야."

"하지만 그러면 안 돼요!" 내가 소리를 지른다. "그건 너무… 너무 못됐어요!"

마르고트 언니는 눈살을 찌푸리며 딱 잘라 말한다. "독일 제국에 겁쟁이가 있을 자리는 없어, 소피아. 그런 애들은 필요 없어."

필요 없는 아이!

내 피부에 소름이 돋는다. 얼마나 끔찍한 말인가! '겁쟁이'보다 더 심한 느낌이 든다.

"뛰어내려! 뛰어내려! 뛰어내려!" 아이들은 이제 야유를 보내고 있다.

"뛰어내려, 구드룬!" 마르고트 언니가 소리친다. "마지막 기회야."

"잠깐만요, 언니." 내가 애원한다. "내가 도와주면 안 돼요?"

마르고트 언니는 고개를 끄덕인다.

나는 외양간으로 달려가서 사다리를 타고 다락으로 올라가 건초를 헤치고 구드룬에게 다가간다. 나는 문틀에서 그 애의 손을 잡아 떼어내 내 손안에 꼭 잡는다. 그 애는 손을 뿌리치고 눈물, 콧물을 흘리면서 나를 쳐다본다.

"**네가** 원하는 게 뭐야?" 그 애가 흐느낀다.

"네가 뛰어내리는 것." 내가 말한다.

"무서워." 그 애는 훌쩍인다.

나는 앞으로 몸을 숙여 출입구 가장자리 너머 아래로, 아래로, 아래로 건초를 내려다본다. 너무 멀어 보인다. 건초는 너무 얇아 보인다.

"이건 당연히 그럴 만해." 내가 중얼거린다. "무시무시해! 하지만 우리가 함께 가면…."

구드룬이 흐느낀다. "우리가 함께 가면, 함께 **죽겠지!**"

나는 그 애를 멍하니 바라본다. 다이빙 타워에서 딱 그랬던 것처럼 속이 울렁거린다.

"난 너랑 같이 죽고 **싶지 않아**, 소피아 엥겔스!" 구드룬이 갑자기 화를 내며 쏘아붙인다.

"나도 **너랑** 같이 죽고 싶지 않아, 구드룬 뮐러!" 내가 소리쳐 응답한다. "넌 못됐고 거만해. 그리고 솔직히 말해서, 네 줄넘기 노래는 내가 들어본 것 중에 최악이야!"

"아니야!" 구드룬이 코웃음 친다.

"그렇다고!"

"내 줄넘기 노래는 끝내줘. **게다가** 사실이야." 구드룬은 이제 두 손을 문틀에서 떼어 허리 양옆에 갖다 댄다. "하녀 소피아, 변기에 앉 —."

"그만해!" 나는 그 애의 어깨를 떠민다.

"**날** 밀지 마!" 구드룬이 으르렁거리며 나를 밀쳐낸다. 세차게. 너무 세게 밀쳐서 나는 비틀거리며 다락문 맨 끝에서 발을 헛디디며 휘청거린다. 나는 팔을 허우적거리며 몸을 지탱하려고 구드룬을 잡아보지만 결국 떨어진다. 그리고 나는 지금 그 애의 블라우스 앞자락을 움켜쥐고 있기 때문에 구드룬도 나와 함께 떨어진다. 우리는 수직으로 낙하하고 비명을 지르며 건초 속으로 떨어진다. 건초는 놀랄 만큼 푹신하다. 우리가 함께 엉켜 구르다가 멈추자 내 몸이 구드룬 위에 있다. 나는 그 애 얼굴에 침을 흘릴 정도로 심하게 웃고 있다.

"너 때문에 토할 것 같아!" 그 애가 나를 밀쳐내며 소리를 지른다. 하지만 그 애도 역시 웃고 있다. 우리는 휘청거리며 일어서서 함께 호

228

령한다. "하일 히틀러!"

걸어서 농장에서 돌아오자 밤이 된다. 언니들이 한 사람씩 내게
와서 내 등을 두드린다.
"잘했어, 소피아."
"용감하고 친절한 행동이었어."
"넌 진실한 친구야."
"넌 히틀러 청소년단의 참 정신을 보여줬어."
"넌 언젠가 대장이 될 거야."
"담력 테스트를 **두 개**나 하다니! 다이빙 타워, **그리고** 외양간 점
프! 넌 곧 전투에 투입될 거야!"
내 가슴이 자부심으로 부풀어 오른다. 나는 기쁨에 겨워 활짝 웃
는다.
그리고 마음속으로, 작은 기도의 말을 한다. '감사합니다, 히틀러.'

캠프로 돌아와서 우리는 모닥불 주위에 둘러앉아 노래를 부르
고 이야기를 나눈다. 구드룬이 하이디와 내 사이에 끼어들어 온다.
"미안해." 그 애가 우물우물 말한다.
"뭐가?" 내가 묻는다.
구드룬은 어깨를 으쓱한다. "모든 게 다."
"넌 그렇게 못된 건 아니었어." 내가 말한다.

코끼리한테 깔릴래, 곰한테 먹힐래?   229

"아니, 그랬지!" 하이디가 소리친다. "그 끝도 없는 똥 노래는 야비해!"

"맞아." 구드룬이 인정한다. "하지만 귀에 쏙 들어오잖아!"

하이디가 으르렁거린다. 실제로 으르렁거린다.

"알았어!" 구드룬이 소리친다. "미안해… 줄넘기 노래도."

우리 사이에 어색한 침묵이 내려앉는다. 그래서 나는 말한다. "다락에서 소똥 더미로 뛰어내리기, 아니면 블랙베리 덤불로 뛰어내리기. 하나를 골라."

"소똥!" 하이디가 망설이지 않고 외친다.

아바와 구드룬, 나는 웃음이 터진다.

하이디가 우리를 바라본다. "뭐?! 소똥은 부드럽고 폭신해서 떨어지는 충격이 덜할 거야. 심지어 조금 따뜻할지도 몰라."

"**똥**이라는 것만 빼고, 하이디!" 구드룬이 소리친다.

우리는 모두 다시 한번 웃음을 터트린다.

"난 블랙베리 덤불로 뛰어내릴래." 구드룬이 말한다.

"머리부터 발끝까지 다 긁힐 텐데." 아바가 경고한다.

"소똥보다는 긁힌 자국으로 뒤덮이는 게 더 나아." 구드룬이 말한다.

하이디는 아무렇지도 않다는 듯 어깨를 으쓱한다. "똥은 씻어내면 돼."

그러자 우리는 다시 한번 웃고, 낄낄대고, 숨을 들이켜며 서로의 팔을 꼭 붙잡으면서 자지러진다. 구드룬조차도 그런다.

우리를 좀 봐! 히틀러 청소년단이 우리 모두를 하나가 되게 했다니, 얼마나 멋진 일인가.

하일 히틀러!

나는 히틀러를 **사랑한다**!

32

우리는 캠프로 우리를 태워줬던 버스를 다시 타고 시내 광장으로 간다. 버스 밖으로 쏟아져 나온 우리는 기다리고 있던 어머니들에게 달려간다. 구드룬만 빼고. 그 애는 배낭을 어깨에 메고 금발 머리의 바다를 이루어 모여 있는 동생들 너머로 자기 엄마에게 손을 흔든다.

엄마가 나를 팔로 감싸안고 숨 막히게 뽀뽀를 퍼붓는다. "너무 보고 싶었어, 우리 아가!" 엄마는 소리를 지른다. "네가 간 지 1년은 된 것 같아! 다음에는 **내가** 히틀러 청소년단 유니폼을 입고 몰래 숨어 들어가서 너랑 같이 갈 거야."

농장으로 돌아오니 프랭크, 롤프, 검댕이가 나를 반긴다. 프랭크는 내 다리에 뛰어오르며 깽깽 울고 요란하게 짖는다. 내가 두 팔로 녀석을 들어 올리자 녀석은 꼼지락거리면서 내 뺨이 지금까지 맛본 잼 중 제일 맛있는 잼인 것처럼 내 얼굴을 핥아댄다. 롤프는 자동차 지붕으로 날아올라 가서 울어댄다. "꼬꼬댁 꼬꼬!" 녀석은 나를 봐서 행복하지만 내가 자기가 아닌 프랭크를 먼저 안아줘서 화가 난 것이다. 검댕이는 내 다리 사이를 왔다 갔다 하며 그 폭신한 검은 몸을 비벼댄다.

클라라 할머니가 집 옆쪽에 있는 부엌문에서 나와 갈팡질팡하면서 행주를 펄럭거리며 투덜댄다. "이게 무슨 야단법석이람! 이놈의

코끼리한테 깔릴래, 곰한테 먹힐래?   231

동물들 때문에 내가 미치겠어!" 그러나 눈은 온통 반짝거리고 있다. 클라라 할머니가 나를 가슴에 껴안자 프랭크는 우리 사이에 끼어서 내 머리카락에서 지푸라기를 뽑아낸다.

나를 껴안고 있는 클라라 할머니의 팔 틈으로 베라, 브리기테, 에디트 언니들이 외양간 문틈으로 고개를 빼꼼 내밀고 있는 게 보인다.

나는 프랭크를 바닥에 내려놓고 그 언니들에게 달려가며 소리친다. "나 왔어요! 집에 왔어요!"

언니들은 꺅 비명을 지르며 내 주위를 빙빙 돌다가 나를 건초 더미 위에 올려 앉히고는 내 앞에 서서 소리친다.

"어땠어?"

"담력 테스트는 통과했어?"

"음식은 뭐 나왔어?"

"똥이야! 너 똥 냄새나! 목욕을 못 하게 했어?"

"갔다 오더니 많이 컸네. 일주일인데 키가 10cm는 컸어!"

나는 킥킥 웃으며 질문에 대답한다. 그러자 언니들은 차례로 돌아가며 자기들의 온갖 소식을 내게 전한다.

"미시가 새로 낳은 새끼 고양이들이 처음으로 쥐를 잡았어."

"지난주에 로테에게서 편지가 왔어. 군인 남편과 결혼해서 지겨워 죽을 지경이래. 남편이 항상 전쟁터에 나가고 없으니까 말이야. 불쌍한 애. 우리가 경고했거든."

"사과에 초파리가 생기고 있어."

"베라가 어제 실수로 에디트의 치마를 쇠스랑으로 찢어버렸지 뭐야. 치마 뒤를 바로 쭉 찢는 바람에 속바지가 펄럭이는 게 보인다고!"

그리고 제일 큰 뉴스가 있다. "브리기테에게 남자친구가 생겼어. 진짜 남자친구! 남자애들은 모두 전쟁에 나가고 없기 때문에 그건 거의 불가능하잖아. 그런데 막스 — 이게 그의 이름이야 — 가 일주일 동안 휴가를 얻어 집에 와 있었는데, 빵 배급을 받으려고 사람들이 다 줄 서 있는 빵집에서 브리기테와 눈이 마주쳤고, 그래서 첫눈에 반한 거야."

"하지만 그 사람과 결혼하면," 내가 말한다. "언니는 로테 언니처럼 지겨울 거야."

브리기테 언니는 웃는다. "난 **결혼하고** 싶지는 않아! 그냥 키스하고 싶어."

우리는 춤추며 노래하기 시작한다.

시장 광장에 하녀 브리기테,
밝고 파란 눈과 고운 피부
막스가 다가와 무릎을 꿇어요.
예쁜 브리기테에게 빈다네. "제발 키스해 줘요!"

우리는 낄낄거리며 소리를 지르고 껴안고, 신이 난 소시지 개처럼 폴짝폴짝 뛴다.

캠프는 멋졌지만 집에 오니 너무 좋다.

이틀 뒤, 뜻밖에도 아빠의 차가 집 앞에 와서 멈춘다. 엄마와 나는 웃으며 손을 흔들면서 달려 나가지만, 볼프강 아저씨 혼자 운전석에 앉아 있을 뿐이다.

"아빠는 어디 있어요?" 내가 소리친다.

볼프강 아저씨는 껄껄 웃으며 엄지손가락으로 어깨 너머를 가리킨다.

아빠가 작은 자전거 한 대를 타고서 무릎과 팔꿈치가 옆으로 쑥 삐져나온 상태로 비틀거리며 진입로로 들어온다. 엄마와 나는 서서 바라보다가 아빠가 마침내 현관문 앞에 도착하자 웃음을 터트린다.

"아빠!" 내가 외친다. "꼭 세발자전거를 탄 서커스 광대처럼 보여요! 그 자전거는 아빠한테는 너무 작잖아요."

"하지만 **너**한테는 딱 맞는 크기야." 아빠가 노래한다.

"저한테요!" 나는 숨을 들이켠다. "어머, 하이디 자전거랑 똑같아요!"

아빠가 미소 짓는다. "네가 캠프에서 가장 용감한 아이였다고 들었단다. 그래서 난 생각했지. 그렇게 다 큰 소녀라면 혼자서 친구들과 밖에 나가도 될 거고, 그러면 어떤 교통수단이 필요할 거라고 말이야. 어쨌든, 여름 방학이잖아!"

아빠는 자전거 바구니에서 꽃 한 다발을 꺼내서 엄마에게 건네고, 자전거를 내게 넘겨준다. 나는 자전거 핸들을 잡고 치마를 걷어 올린 다음 힘차게 출발해서 농장을 가로질러 날아간다. 암탉과 거위, 미시의 새끼 고양이들이 흩어져 간다. 나는 아주 크게 원을 그리며 돌고 또 돈다. 프랭크가 깽깽거리고 요란스럽게 짖으며 내 뒤를 쫓아오자 나는 꺅 소리를 지르고 킥킥 웃는다. 나는 멈춰 서서 프랭크를 자전거 바구니에 퍼 올리고는 계속 달린다. 프랭크는 바람에 귀가 날려서 펄럭이는 걸 좋아한다.

마침내 나는 집으로 돌아와서 자전거를 벽에 기대 놓는다.

엄마는 꽃을 문간 계단에 놓아두고 아빠에게 어깨를 안겨 있다.

"하지만 당신은 **분명** 집에 좀 있어도 되는 거 맞잖아요." 엄마가 애

234

원한다. "방금 도착했는데요."

"미안해요." 아빠가 이맛살을 찌푸린다. "우리 독일군이 외국에서 지독한 손실을 겪었고 여기 독일 땅에서도 상황이 혼란스러워지고 있어요."

엄마가 고개를 흔든다. "프레드리크, 난 알고 싶지 않아요."

그러나 아빠는 계속한다. "엘자, 사실이 그래요. 심지어 우리가 사랑하는 바이에른도 그렇소. 뮌헨은 폭격으로 완전히 파괴됐어요. 절반의 건물들이 피해를 당했고. 수천 명의 사람들이 집을 잃고 거리로 나앉았어요. 수없이 많은 사람이! 수많은 사람이 부상을 당했고 또 —."

"아니에요!" 엄마가 헉하고 숨을 들이켜며 손으로 귀를 막는다. "그런 말 하지 말아요. 그건 우리와는 아무 상관도 없어요. 당신과는 아무 상관 없다고요."

"당연히 상관이 있어요!" 아빠가 딱 잘라 말한다. "내가 군인은 아니어도 이건 내 일에 영향을 미치오. 모든 게 더 어려워지고 있지만, 총통은 우리가 일을 계속 수행해야 한다고 주장해요. 그러는 게 당연하고! 우리는 독일을 가장 위대한 나라로 만들기 위해 이걸 하고 있는 거 —."

프랭크가 내 발밑에서 깽깽 울자 아빠는 내가 집 모퉁이에 서 있다는 걸 갑자기 발견한다. 아빠는 다시 얼굴에 미소를 띠며 노래한다. "그래, 새 자전거는 어때?"

"완벽해요." 내가 말한다.

"당연하지!" 아빠가 소리친다. "독일제란다. 꼭 너처럼 말이야, 완벽한 우리 공주님."

코끼리한테 깔릴래, 곰한테 먹힐래?   235

나는 처음으로 혼자 자전거를 타고 마을로 들어간다. 프랭크가 바구니에 앉아서 혀와 귀를 바람에 펄럭이고 있다.

"어머나, 멋지다!" 하이디가 현관문을 열고서 꺅 소리를 지른다. "딱 맞춰 왔네!"

"하일 히틀러." 내가 말한다.

"에구머니나," 하이디가 말한다. "하일 히틀러, 넌 딱 맞춰 왔지 뭐야!"

내가 킥킥 웃는다. "뭘 하는 데 딱 맞춰 왔다는 거야?"

"엄마 놀이하려던 참이거든."

하이디와 나는 하이디의 방에서 프랭크와 양장턱에게 하이디의 인형 옷을 입히고, 둘을 유모차에 태워 밀어주며 논다. 우리는 어찌나 웃었던지 배가 아플 지경이다.

"아기 모자를 쓴 소시지 강아지, 아니면 카디건을 입은 고양이?" 내가 묻는다. "하나를 골라."

하이디는 카디건 단추를 광이 나도록 핥고 있는 양장턱을 가리킨다. "카디건을 입은 고양이!" 그 애가 소리친다. 그러더니 웃느라 힘이 빠져 침대 위로 쓰러진다.

우리는 우리의 이상한 아기들을 누구라도 다른 사람에게 보여줘 **야만 한다.** 마르고트 언니는 외출 중이고 베버 아주머니는 별로 감흥을 보이지 않는다. 그래서 우리는 자전거 바구니에 고양이를 태우고 자갈길을 낄낄거리면서 돌아다니며 만나는 사람들 누구에게나 손을 흔든다.

236

우리는 마을 성벽 문을 통해 바깥으로 나와서 숨을 고르려고 멈춘다. 바로 눈앞에 내 동화책의 한 페이지에 나오는 풍경이 ― 예쁜 농가와 외양간들이 점점이 박힌 푸른 들판, 언덕을 감싸안은 울창한 숲, 그리고 저 멀리, 삐죽삐죽 솟은 푸른 산봉우리들이 ― 펼쳐져 있다.

"저기 저 너머가 구드룬의 농장이야." 하이디가 언덕 아래쪽을 가리키며 말한다.

"깽!" 프랭크가 말한다.

"계속 움직이고 싶대." 내가 말한다. "이 녀석은 얼굴에 바람을 맞는 걸 좋아해."

"나도 그래." 하이디가 말한다. 그 애는 비탈길을 날듯이 내려간다. 그래서 나도 따라간다. 우리는 눈 깜짝할 사이에 뮐러 농장에 와 있다. 우리는 구드룬이 새끼 돼지를 붙잡는 걸 도와서 그 돼지에게 구드룬의 여동생 우르줄라의 잠옷을 입힌다.

우리는 세 명의 아기들을 빨간 수레에 태우고 농장을 돌며 킥킥거리면서 서로 자기 아기가 제일 예쁘다고 우기며 조잘거린다.

결국 구드룬이 소리친다. "알았어! 우리 엄마에게 보여주고 엄마가 결정하게 하자. 엄마한테는 아기가 **여덟** 명이나 있으니까 완벽한 심판이 될 거야."

하지만 우리가 응접실에 들어가자 뮐러 아주머니는 전보를 손에 들고 흐느끼고 있다.

구드룬이 엄마에게 달려가서 두 팔로 엄마를 얼싸안고 눈물을 흘린다. 그 애는 아는 것이다. 우리는 모두 안다. 눈물에 젖은 전보는 뭔가 나쁜 일을 뜻한다. 특히 사랑하는 사람이 싸우러 전쟁터에 나가 있을 때는 더 그렇다.

구드룬의 아버지가 전투에서 돌아가신 것이다.

우리가 도착했을 때는 살아 계셨다. 우리가 낄낄거리며 놀고 있을 때 전보가 와서 돌아가셨다.

하이디와 나는 제일 어린 남동생과 여동생 넷을 데리고 슬픈 응접실에서 나와 멀리 떨어진 들판으로 간다. 우리는 쫓기 놀이를 하고 그 애들을 우리 등에 업고 놀아준다. 그 애들은 웃고 또 웃는다. 무슨 일이 일어났는지 이해하기에는 너무 어린 것이다.

그러나 하이디와 나는 이해한다. 전쟁은 이제 더 이상 저 멀리 산 너머 어딘가에 있는 것이 아니다. 전쟁은 뮐러 농장에 있다, 여기 사는 모든 사람의 삶을 바꾸면서.

마침내 구드룬이 천천히 걸어 나온다. 눈은 충혈되고 어깨는 축 처져 있다. 나는 잔디밭 그 애 옆에 앉는다. 그리고 내 어깨를 구드룬의 어깨에 기댄다.

"우리 아빠는 폴란드에서 전사하셨어." 그 애가 말한다.

"정말 안타까워." 내가 나지막하게 말한다.

"**넌** 어떤 기분인지 알겠구나." 구드룬이 말한다. "고아니까 말이야."

나는 눈살을 찌푸린다. "이상하게 들릴지 모르겠지만, 난 사실 친어머니와 친아버지가 기억이 안 나. 아버지는 독일 군인이었는데 전쟁이 시작됐을 때 돌아가셨고, 어머니는 예쁜 금발 머리 독일인이었는데 그 뒤에 금방 병에 걸려 돌아가신 걸로 알아. 하지만 그게 다야. 나한테는 사진 한 장도 없어."

나는 데이지를 따서 사슬로 엮기 시작한다. 나는 친어머니와 친아버지를 기억하고 싶다. 하지만 아무리 노력해도 기억이 나지 않는다.

심지어 나는 그다음에 갔던 고아원도 거의 기억나지 않는다. 내 마음 한편에 몇몇 희미한 기억이 스쳐 지나간다 — 이층 침대가 있는 추운 기숙사… 긴 의자가 있는 식당… 흰 원피스와 검은 부츠….

나는 몸서리친다.

그 고아원에는 슬픔이 있었다. 상실감. 마음을 갉아먹는 깊은 그리움. 두려움. **그게** 내게 떠오르는 기억이다. 아이들이 부모를 잃은 곳에는 항상 고통이 있다.

어쩌면 그래서 더는 아무것도 떠오르지 않는 것일지도 모른다. 너무 아픈 기억들이기에 나는 그 기억들을 꽁꽁 묶어서 손이 닿을 수 없는 높은 선반에 올려놓았다.

엄마와 아빠는 한 번도 내 과거에 관해 이야기하지 않는다. 그리고 또, **그분들이** 뭘 알까? 엄마와 아빠에게 나는 입양된 그 날부터 존재했을 뿐이다. 그리고 어떤 면에서는 나도 마찬가지이다. 우리가 가족으로 사는 것만이 중요한 전부다. 예전의 시간에 대한 기억이 사라진 또 다른 이유는 그것일 것 같다.

"**옛날에** 난 슬펐어." 나는 구드룬에게 말한다. "하지만 그때 엄마와 아빠가 나를 구해줬어. 상황은 나아지게 돼 있잖아. 그리고 다시 행복해지고 나면, 언제나 그렇지는 않았다는 게 잘 상상이 안 돼."

나는 사슬로 엮은 데이지 양쪽 끝을 꼬아서 작은 왕관을 만든 다음 구드룬의 머리에 씌워준다. "너 예쁘다." 내가 말한다. 그리고 그 애의 뺨에 뽀뽀해 준다.

구드룬은 살짝 미소를 띤다. 하지만 그 애의 눈에는 여전히 슬픔이 넘치고 있고 눈물이 다시 흐르기 시작한다.

그리고 이번에는, 나도 함께다.

코끼리한테 깔릴래, 곰한테 먹힐래?

33

나는 구드룬에게 필요한 게 정확히 뭔지 안다.

바로 다음 날, 나는 다시 한번 뮐러 농장으로 자전거를 타고 간다, 바구니에 프랭크와 함께 정성스럽게 담은 특별한 선물을 가지고서.

자갈길을 따라 달리는데 고음의 비명이 들린다. 아, 안 돼! 구드룬의 어린 동생들 중 한 명이 다친 거야! 지금은 뮐러 아주머니에게 더는 힘든 일이 있으면 안 된다.

나는 자전거를 벽에 기대 놓고 프랭크를 들어서 땅바닥에 내려놓고는 소리 나는 쪽으로 달려간다.

걱정이 돼서 가슴이 답답하다. 나는 그 집의 모퉁이를 돌다가 동작을 멈춘다. 비명을 지르는 정체가 나를 향해 곧장 달려오고 있다. 그건 구드룬의 남동생이나 여동생이 아니라 축사에서 탈출한 작은 분홍색 새끼 돼지다.

나는 다리를 양옆으로 단단히 벌린 채 새끼 돼지가 휙 지나가려고 하는 순간 약간 몸을 웅크려 녀석을 잡는다. 돼지는 분노에 찬 비명을 지르며 꿈틀거리고 몸부림치며 내 흰색 블라우스에 온통 진흙과 똥을 묻혔지만 나는 빠르게 녀석을 붙잡는다.

이윽고, 한 남자아이가 나타난다. 뮐러 가족의 아이들 중 하나가 아니다. 구드룬보다 키가 크고 빗자루 막대처럼 삐쩍 마르고 새끼 돼지처럼 더러운, 나이 많은 남자아이다. 옷은 너덜너덜하고 발은 맨발이다.

그 애는 쭈뼛거리다가 나를 향해 걸어온다.

"하일 히틀러!" 나는 비명을 지르는 돼지 위로 소리친다.

그 남자아이는 대답하지 않는다. 그 애는 내 팔에서 새끼 돼지를 채어간다. 그러자 녀석은 곧 안정을 되찾는다. 녀석은 분홍색 주둥이를 그 애의 어깨에 비비면서 부드럽게 꿀꿀 소리를 낸다.

나는 웃음을 터트린다.

그 남자아이는 수줍게 미소 짓는다.

"소피아!" 앞마당에서 구드룬이 나를 부르고 나는 그 애를 만나러 달려간다.

"저 애는 누구야?" 내가 묻는다.

"우리 농장에서 일하는 애야." 구드룬이 말한다. "새로 왔어. 캠프 시작 직전에 도착했어. 소젖을 짜고 돼지들을 돌보는 일을 하고 있어."

나는 눈살을 찌푸린다. "우리랑 같이 학교에 다니게 되는 거야?"

"아니! 저 애는 폴란드 애야."

"폴란드 애." 내가 따라 한다. "**여기서** 뭘 하고 있는 거야?"

"노예로 여기 끌려온 거야." 구드룬이 말한다. "폴란드, 우크라이나, 러시아 사람들. 공장과 농장에 일손이 필요해서야. 독일 남자들은 모두 전쟁터에 싸우러 나가 있으니까 말이야."

"하지만 아직 어린 남자애잖아!" 나는 숨을 들이켠다. "뭔가 잘못된 게 틀림없어."

구드룬이 어깨를 으쓱한다. 그 애는 너무 슬퍼 보인다. 그러자 갑자기 내가 여기 온 이유가 생각난다.

"너한테 줄 선물을 가져왔어!" 나는 구드룬을 내 자전거 바구니로

코끼리한테 깔릴래, 곰한테 먹힐래?　　　　　　　　　　　　241

데려가서 양털 목도리를 펼쳐 미시가 최근에 낳은 새끼 고양이 한 마리를 보여준다. 솜털이 보송보송한 회색 얼룩 고양이다.

"어머나, 소피아!" 구드룬이 새끼 고양이를 재빨리 손으로 안아서 자기 얼굴까지 올리고는 털에 코를 문지른다. "민들레 솜털처럼 부드러워." 그 애가 한숨을 쉰다. "난 이 녀석을 그렇게 부를래. 민들레라고!"

슬픔이 사라지는 게 보인다. 구드룬은 조금 더 자신감 있어 보이고 얼굴은 미소로 밝아진다. 내 선물이 효과가 있는 것이다!

기뻐야 할 일이다.

그렇지만 나는 그 남자아이, 너무 더럽고 너무 마르고 집에서 너무 멀리 와 있는 그 애 생각을 그만둘 수가 없다.

구드룬에게서 빠져나온 슬픔이 **내** 마음속으로 들어온 것이다.

그날 밤, 엄마는 내가 있는 침대로 들어와서 <하멜린의 피리 부는 사나이>를 읽어준다. 엄마는 그 이야기를 잘 아는 듯 미소를 지으며 고개를 끄덕이지만 나는 한 번도 들어본 적이 없는 이야기다. 나는 엄마의 품속을 파고든 채 말 한마디 한마디에 귀를 기울인다. 더럽고 병든 쥐들이 피리 부는 사나이의 선율에 빠져서 마을을 떠날 때 나는 정말 행복하다. 마을 사람들이 피리 부는 사나이가 베풀어준 선량하고 정직한 일에 대한 대가를 주지 않으려고 할 때 나는 눈살을 찌푸린다. 그리고 피리 부는 사나이가 아이들을 마을에서 이끌고 나와 산 중턱의 갈라진 틈에 빠지게 할 때 나는 공포에 질려 숨이 막힌다. 나는 침대에 벌떡 일어나 앉아 고함을 지른다. "안 돼! 안 돼! 따라가지 마!"

엄마가 웃음을 터트린다. 내가 무슨 짓을 했는지 깨닫고는 나도 웃는다. 그건 결국 이야기일 뿐이다.

하지만 그날 밤, 피리 부는 사나이가 내 꿈속에서 춤을 춘다. 나는 피리 부는 사나이가 피리로 흥겨운 곡을 연주하며 마을 밖으로 나갈 때 그 사람을 따라가는 아이들 중 하나이다. 나는 피리 부는 사나이와 함께 **가고 싶지** 않지만, 마법 같은 음악에 맞춰 다리가 자꾸만 움직이고, 집에서 점점 더 멀어져 간다.

어둠 속에서 나는 잠이 깬다. 심장이 뛰고 눈물이 얼굴을 타고 흘러내린다.

구드룬의 가슴에서 내게로 흘러 들어온 슬픔은 내 가슴을 맴돌며 떠나지 않는다. 약간의 두려움도 거기 같이 들어 있다.

나는 엄마에게 그 노예 남자아이 얘기를 하지 않는다. 왠지 할 수가 없을 것 같다. 꿈 이야기도 하지 않는다. 나는 열한 살이니 동화책 악몽을 꾸고 무서워할 만큼 어린 나이가 아니다.

그런데도 엄마는 내가 기분이 안 좋다는 것을 안다.

"넌 마음이 너무 따뜻해." 엄마가 한숨을 쉰다. "구드룬이 상처를 받아서 마음이 상한 거겠지."

엄마는 나를 기운 나게 하는 게 무엇인지를 정확히 안다. 우리는 차를 타고 마을로 가서 피셔 씨 부인의 가게 뒤편에 있는 비밀 보물 창고에서 내 머리 리본을 새로 산 다음 하이디와 베버 아주머니 집에 들러서 커피를 마신다.

코끼리한테 깔릴래, 곰한테 먹힐래?   243

하이디와 나는 식품 저장실에서 이어진 비밀 통로를 따라 몰래 마을 성벽을 통해 바깥으로 나와서 포도밭에서 논다. 우리는 서로서로 포도를 던지고 늙은 떡갈나무를 기어 올라간다. 우리는 창고에 숨겨둔 차에 앉아서 히틀러를 만나러 베를린으로 가는 척한다.

"베를린에 도착하면," 내가 최대한 진지한 목소리로 말한다. "히틀러의 운전기사나 요리사로 일할 수 있어. 하나를 골라."

"글쎄," 하이디가 핸들을 이리저리 돌리며 말한다. "보다시피 난 운전을 잘하긴 하지만, 히틀러의 요리사가 되는 게 더 좋아. 저 모든 중요한 나치 방문객들의 저녁 식사를 만드는 게 얼마나 신나는 일일지 상상해 봐."

"그렇다고 네가 그 사람들을 만나는 건 아닐 텐데." 내가 말한다. "넌 부엌에 처박혀서 냄비와 프라이팬을 가지고 계속 일하고 있겠지. 네가 보게 될 사람들은 청과물을 배달하는 남자애와 더러운 접시들을 설거지하는 여자애가 다일 거야." 나는 코를 찡긋한다. "나라면 히틀러의 운전기사가 되겠어. 베라 언니 말로는, 중요한 사람들은 자기들의 미용사나 가정부, 운전기사에게 **모든 걸** 말한대. 내가 알게 될 비밀들을 상상해 봐! 히틀러가 죽으면 난 그 자리를 차지해서 독일 제국을 직접 이끌 수 있을 만큼 많은 걸 알게 될 거야!"

하이디는 팔짱을 끼고 투덜거린다. 그 애는 자기가 고른 것에 짜증이 나지만 인제 와서 바꿀 수는 없다. 그건 규칙 위반이다.

"핸들을 잡아!" 내가 소리친다.

하이디는 비명을 지르며 핸들을 잡고, 우리는 마치 차가 통제 불능인 것처럼 좌우로 몸을 흔들어 댄다.

"사실," 내가 말한다. "요리사가 되는 게 너한테는 **좋은** 선택이라고 난 생각해, 하이디. 넌 운전을 지독하게 못 하잖아."

244

"아니야!"

"맞아!" 나는 우리 뒤를 가리킨다. "넌 방금 하인리히 힘러를 치었어."

우리는 차에서 내려 집으로 돌아갈 때도 여전히 낄낄거리고 있다.

"힘러를 치었어도 난 아무렇지도 않아." 하이디가 말한다. "그 사람을 만난 적이 있는데 정말 오싹했어. 그 사람이 양계장 주인이었는데 자기 닭들을 전부 하얗게 만들려고 했다는 거 알고 있었어? 붉은 닭이나 검은 닭… 아니면 **얼룩덜룩한** 닭이 뭐가 문제야?"

"아무 문제도 없지!" 내가 소리친다. "사실, 여러 닭이 **섞여 있을 때** 농장은 훨씬 보기 좋은걸."

"새끼 고양이들이 모두 다른 색깔일 때 더 사랑스러운 것처럼 말이야." 하이디가 말한다.

"맞아! 그리고 여러 여자아이들이 섞여 있는 교실이 더 사랑스럽고." 내가 계속 말한다. "갈색 머리에 갈색 눈의 너와 금발 머리에 파란 눈의 나를 봐."

"우리는 사랑스럽지." 하이디가 맞장구친다. 그 애는 자기의 속눈썹을 깜박이며 보조개를 가리킨다. 우리는 다시 한번 웃음을 터트린다. 그리고 나는 하이디 — 다정하고 재미있는, 여자아이에게는 다시 없을 최고의 친구인 — 가 내 인생에 있어서 얼마나 행운인지 생각한다.

우리가 응접실에 들어가자 엄마가 베버 아주머니의 어깨를 팔로 감싸고 있다. 아주머니는 전보를 들고 흐느끼고 있다. 꼭 구드룬의 어머니처럼!

하이디가 얼어붙는다.

나는 그 애의 손을 잡고 그 애가 안으로 걸어가도록 돕는다.

"쿠르트," 베버 아주머니가 흐느낀다. "너희 오빠, 쿠르트가 프랑스에서 스러져 갔어."

"쓰러졌어!" 하이디가 노래한다. "그건 그렇게 나쁘지 않아요. 난 항상 쓰러지는걸요." 하이디가 나를 보며 웃는다. "난 너무 덜렁대잖아, 소피아? 캠프에서는 징검다리에서 발을 헛디뎌서 개울에 떨어졌어. 그리고 방금도 계단을 올라오다가 —."

그 애가 고개를 숙인다. 이게 **다른** 쓰러짐이라는 걸 깨달은 것이다.

하이디는 내 손에서 손을 빼고 자기 어머니 옆에 앉는다.

그 애는 더는 말하지 않는다. 울지도 않는다. 하지만 그 애의 뺨에 항상 있던 보조개는 사라지고 없다.

34

나는 클라라 할머니의 도움을 받아 사람 모양의 생강 쿠키를 굽는다. 배급이 너무나 가혹해지고 있고 우리에게는 이미 먹을 것이 거의 남지 않았기 때문에 이런 건 사치스러운 일이다. 심지어 계란과 우유, 버터, 치즈, 사과, 그리고 포도를 생산하는 여기 우리 농장에서도 거의 모든 것이 시내의 굶주리는 사람들과 적과 싸우는 군인들을 먹이기 위해 보내지고 있다. 우리는 모두 히틀러와 독일 제국을 위해 봉사해야 한다. 특히 전쟁이 코앞에 닥친 지금은 더 그렇다. 뮌헨이 폭격당했다. 전투에서 전사한 군인들 ― 아버지와 형제, 아들들은 다시는 비스텔베르크의 집으로 돌아오지 못할 것이다.

생강 쿠키를 만드느라 한 달 치 배급분의 설탕과 버터, 그리고 많은 양의 밀가루를 다 써버렸지만 마음이 따뜻한 클라라 할머니는 전혀 개의치 않는다. 나는 이미 하이디와 구드룬에게 새끼 고양이를 줬다. 내가 생각할 때 생강 쿠키는 그다음으로 그 애들을 힘내게 해줄 최고의 선물이다.

나는 반죽하고, 굴리고, 자르고, 굽느라 오후 시간을 다 보낸다. 사람 모양의 내 생강 쿠키는 클라라 할머니가 만든 것만큼 훌륭하지는 않지만 흐느적거리는 팔과 다리가 마치 춤을 추는 것처럼 보인다. 분명 좋은 일일 것이다. 특히 모두에게 응원이 필요할 때는 말이다.

클라라 할머니가 통 두 개를 찾아낸다. 우리는 그 통 안에 휴지를 덧댄다. 통 속에 넣은 생강 쿠키가 내 자전거 위에서 덜컹거리다가 부서지지 않도록 하기 위해서다.

다음 날 나는 자전거를 타고 하이디의 집으로 간다. 자전거 바구니에는 생강 쿠키 통을 넣고 프랭크는 내 배낭 속에 들어 있다. 프랭크는 덮개 아래에서 코를 내밀고 내 귀 뒤를 핥는다. 그러자 나는 기운이 쑥쑥 솟아난다. 생강 쿠키를 굽지 말고 하이디와 구드룬에게 소시지 개를 한 마리씩 사줄 걸 그랬나 싶을 정도다. 지금은 이미 늦었다. 게다가 소시지 개 두 마리를 어디서 급히 구할 수 있는지 나는 정말 모른다.

나는 하이디의 현관문을 노크한다. 하녀가 나와서 베버 씨 부인이 하이디와 마르고트 언니를 데리고 산속에 있는 자기들의 별장으로 갔다고 말한다. 쿠르트의 기억으로 가득한 집에 있는 것을 견딜 수가 없는 것이다.

내 마음이 가라앉는다. 그들은 작별 인사도 없이 가버렸다. 이제 남은 방학 동안 하이디가 없는 것이다. 그리고 마르고트 언니가 없다는 건 소녀 동맹도 없다는 뜻이다. 독일 소녀 동맹의 다른 언니들은 모두 여름 방학 동안 농장에서 일하고 있어서 마르고트 언니의 일을 대신하기엔 너무 바쁜 것이다. 나는 너무 외로울 것이다!

하지만 하녀의 눈에 맺힌 눈물을 보자 쿠르트 때문에 그 언니도 역시 슬퍼하고 있다는 것을 깨닫는다. 나는 이기적인 나 자신을 조용히 꾸짖는다.

나는 통을 열어서 내민다. "무용수 생강 쿠키 먹을래요?"

하녀는 쿠키를 받고는 미소를 지으며 나를 돌려보낸다. 최소한 나는 한 사람의 하루에는 힘을 실어준 셈이다. 어쨌거나, 하이디에게 줄 생각이었던, 남은 생강 쿠키들은 구드룬의 어린 동생들 모두가 맛있게 먹을 게 분명하다.

문을 열어주는 뮐러 아주머니의 모습은 마르고 지쳐 보인다. 눈은 빨갛게 충혈되어 있고, 머리는 빗지 않은 채 구깃구깃한 옷을 입고 있다. 아주머니는 옆으로 비켜서서 나를 들어오게 하고는 겨우겨우 인사를 중얼거린다.

프랭크가 나보다 먼저 부엌으로 달려 들어간다. 녀석은 뮐러네 어린아이들이 아침을 먹으면서 바닥에 떨어뜨린 음식을 보고 흥분한 것이다.

구드룬은 생강 쿠키를 보고는 신이 난다. "진짜 생강 쿠키네!" 그 애가 숨을 들이켠다. "꼭 춤추고 있는 것 같아!" "그러게." 나는 통에서 하나를 꺼내 식탁 위에서 튕겨본다.

구드룬이 자기 고양이, 민들레를 식탁 위로 들어 올리자 민들레는 생강 쿠키 사람을 쫓아와서 앞발로 툭툭 치며 달려든다.

"쿠키들이 손뼉을 치며 그 이상한 포크 댄스를 추고 있어." 내가 말한다. "지난 크리스마스에 슈미트 선생님이 우리에게 가르쳐준 춤 말이야."

구드룬이 웃는다. 그 애는 내 손에서 사람 모양 생강 쿠키를 빼앗아서 팔을 한 입 베어 먹고 좋아하며 웅얼거린다. 생강 쿠키가 제 역할을 해줘서 나는 기분이 좋다.

막내 여동생인 우르줄라가 부엌으로 뛰어 들어오며 비명을 지른다. "생강 쿠키다!" 순식간에, 네 명의 꼬마들이 나타나서 의자 위로 올라가 통에서 생강 쿠키 무용수들을 낚아채서 입에 집어넣는다.

구드룬이 눈동자를 굴린다. "소피아, 저 애들이 다 먹기 전에 빨리 몇 개 쥐어!"

나는 생강 쿠키 두 개를 구출해서 치마 양쪽 주머니에 하나씩 넣는다. 구드룬도 똑같이 한다. 그리고 우리는 부엌문을 나가서 외양간으로 도망친다. 우리는 사다리를 타고 다락으로 올라가서 끄트머리에 앉아 다리를 흔들고 있다.

"이상한 게 뭔지 알아?" 구드룬이 말을 꺼낸다. "아빠가 전쟁터로 나갔을 때 난 아빠가 전혀 그립지 않았어. 난 아빠가 총통님에게 봉사하고 있는 게 자랑스러웠어. 그런데 아빠가 다시는 돌아오지 못한다는 걸 아는 지금은…."

나는 그 애의 팔에 팔짱을 낀다.

구드룬이 코를 훌쩍거린다. "엄마는 **온종일** 소파에 누워 울고 있어. 어린 동생들을 돌보는 **모든 일은** 내가 다 해야 했어. 하녀는 엄마가 쥐고 흔들지 않으면 뭘 어떻게 해야 하는지 모르는 것 같아."

"**내가** 와서 쥐고 흔들 수 있어." 내가 제안한다.

구드룬은 미소를 지으며 생강 쿠키의 다리를 한 입 베어 문다.

"깽깽! 깽깽! 깽깽!" 프랭크가 나를 찾으며 외양간으로 뛰어 들어온다.

어떤 얼굴 하나가 돼지우리 난간 위로 나타난다. 삐쩍 마르고 꾀죄죄한, 크고 파란 눈의 노예 남자아이다. 그 애는 프랭크를 보고 웃는다.

프랭크가 멈춰 서서 그 애를 바라보며 꼬리를 흔든다.

그 애는 난간을 기어올라 나오더니 행복한 프랭크 앞에 쪼그리고 앉아서 녀석의 축 늘어진 귀를 손가락으로 문지른다.

내가 위에서 그 애를 부른다. "그 녀석은 귀를 문지르는 걸 **좋아**

해!”

그 애는 깜짝 놀란다. 우리가 거기 있는 줄도 몰랐던 것이다.

“이름은 프랭크푸르터야.” 내가 말한다. “줄여서, 프랭크.”

“시간 낭비하지 마, 소피아. 쟤는 못 알아들어.” 구드룬이 그 남자애를 향해 손을 내젓는다. “저리 가! 일하러 돌아가!”

그 애는 뺨을 붉히며 돼지우리로 돌아간다.

“구드룬!” 내가 숨을 들이켠다. “못되게 굴지 마.”

그 애는 놀라며 나를 바라본다. “쟤는 노예야, 소피아. 일하러 여기 온 거야.”

“**아이잖아!**” 내가 소리친다. “프리츠와 로타, 그리고 네 동생 빌헬름처럼! 놀고 학교에 다녀야 한다고.”

“쟤는 **폴란드 애라고!**” 그 애가 잘라 말한다. “폴란드는 우리의 적이야. 폴란드 사람들이 우리 아버지를 죽였어!” 그 애는 눈물을 쏟으며 사다리를 타고 내려가서 외양간 밖으로 뛰쳐나간다.

내 눈은 눈물로 반짝인다. 나는 모든 것을 엉망으로 만들었다.

나는 내려와서 외양간을 나와 자전거를 향해 걸어간다, 비참한 마음으로 코를 훌쩍이며. 나는 구드룬을 돕고 그 애의 기운을 북돋아 줘야 하는데 내가 한 일이라곤 그 애를 어느 때보다 더 화나게 하고 슬프게 만든 것뿐이다.

하지만 그 남자아이에게도 친구가 필요하지 않을까?

나는 멈춰 서서 마당을 둘러본다. 텅 비어 있다. 구드룬은 집 안으로 들어가 버린 것 같다.

나는 주머니 속에 들어 있는 생강 쿠키를 만지작거린다.

나는 도로 외양간으로 가서 돼지우리로 넘어간다. 그 남자애는 돼지들이 꿀꿀거리며 코를 킁킁거리는 동안 오물 묻은 짚을 삽으로 떠서 손수레에 던지고 있다.

나는 난간을 넘어가서 그 애 앞에 선다. 그 애는 삽을 떨어뜨리고는 나를 바라본다. 갸름한 얼굴에 파란 눈이 휘둥그레져 있다.

나는 주머니에서 생강 쿠키를 꺼내 내민다. "네 거야!" 나는 독일어를 크게 외치면 그 애가 알아들을 수 있기라도 하는 것처럼 너무 큰 소리로 말한다.

그 남자아이는 쿠키를 받아 들고 활짝 웃는다. 너무 크게 웃어서 뺨에서 흙 부스러기가 땅으로 떨어진다. 아름다운 미소다. 그렇게 더러운 얼굴로 웃는데도 말이다.

나는 주머니에서 두 번째 생강 쿠키를 꺼내 그 애의 비어 있는 손에 쥐여 준다. 그 애는 양쪽 쿠키를 번갈아 바라본다. 그러더니 갑자기 눈물이 뺨을 타고 흐르기 시작한다.

나는 당황하고 혼란스러워서 난간을 도로 넘어 달린다.

외양간을 반쯤 지났을 때 그 애가 소리친다. "착한 소녀야, 고마워!"

나는 어깨 너머로 소리쳐 답한다. "천만에!"

그리고 나는 멈춰 선다.

그 남자애가 한 말과 내가 대답한 말은 독일어가 아니기 때문이다.

나는 돌아서서 그 애를 바라본다. 그 애는 난간 위에 서서 입이 귀에 걸리도록 웃고 있다.

"폴란드 말이네!" 그 애가 소리친다. "넌 폴란드 사람이구나!"

"아니야!" 나는 숨을 들이킨다. "난 독일 사람이야!"

나는 발을 돌려 외양간 밖으로 달려 나간다. 프랭크를 잽싸게 자전거 바구니에 집어넣고 최대한 빨리 페달을 밟아 뮐러 농장을 빠져나간다. 심장이 쿵쾅거리고 머리가 빙빙 돈다.

나는 독일 소녀 소피아 엥겔스다.

그런데 **왜** 내가 폴란드어로 말하고 있는 거지?

그날 밤, 나는 침대에 누워 천장을 쳐다보고 있다. 잠이 오지 않는다.

그 노예 남자아이 생각이 난다. 밝고 파란 그 애의 눈이. 눈부신 미소가. 그 애의 폴란드어가. 폴란드어로 한 **내** 대답이.

하지만 나는 폴란드어를 **할 줄 모른다.**

나는 독일어를 하고 음악에 쓰이는 이탈리아어 단어를 몇 개 안다. 하지만 폴란드어는?

전혀. 전혀. 전혀 모른다.

나는 순수한 혈통의 독일 소녀다. 내가 어울려 지내는 건 오직 다른 독일 사람들뿐이다. 나는 항상 독일 사람들에게 둘러싸여 있다.

프랭크가 이불 밑으로 터널을 뚫는다. 내 개조차도 독일 개이고 녀석은 분명 독일 억양으로 짖을 것이다.

나는 천장을 쳐다본다.

계속해서 보고 또 본다.

깨어 있을 거라면 책을 읽는 게 낫다. 나는 전등을 켜고 내가 제일 좋아하는 공주 동화책, 아빠가 준 그 책을 집어 들고 다시 침대로 뛰어든다. 나는 <신데렐라>와 <공주와 완두콩>을 읽는다. <백설공주>를 반쯤 읽었을 때 검댕이가 내 옆에 몸을 말고 가르랑거리는 소리로 내게 자장가를 불러준다.

그리고 이제 나는 **꿈에서** 동화를 본다.

코끼리한테 깔릴래, 곰한테 먹힐래?

하지만 이 꿈속에는 예쁜 공주나 해피 엔딩 같은 건 없다.

대신에, 피리 부는 사나이가 있다.

또다시.

피리 부는 사나이가 거리를 뛰어다니며 피리를 불면 수십 명의 아이들이 춤을 추며 그의 뒤를 따라간다. 나도 집에서 나와서 웃으며 빙글빙글 돌고 펄쩍펄쩍 뛰면서 신이 나서 따라간다. 그런데 그때 그 사나이가 뒤를 돌아보는데 하이디의 아버지가 입은 것 같은 SS 제복을 입고 있는 게 보인다. 그 사람은 나를 향해 미소를 짓는다. 밝고 매력적인 미소지만, 나는 공포에 휩싸인다. 나는 어머니와 아버지가 있는 집으로 돌아가고 싶지만 그 SS 대원인 사나이의 연주가 계속되고 있어서 도망칠 수가 없다. 내 다리는 계속 춤을 추고, 춤을 추고, 또 춘다. 그리고 나는 다른 아이들 모두를 따라 길을 걸어 마을에서 나오고 트럭 뒤에 올라탄다. 트럭이 출발하자 나는 몸을 내밀고 비명을 지른다. "엄마가 보고 싶어! 아빠가 보고 싶어!"

놀라서 잠이 깨어 보니 침실 전등이 켜져 있다. 나는 엄마의 품에 안겨 있고 검댕이가 침대 끄트머리에서 등을 굽히고 꼬리를 부풀려 올린 채 서 있다. 엄마가 나를 앞뒤로 흔들며 속삭인다. "가만가만, 우리 아가. 울지 마. 그냥 나쁜 꿈을 꾼 것뿐이란다."

"피리 부는 사나이였어요." 나는 흐느낀다. "그 사람이 나와 다른 모든 아이들을 마을에서 데리고 나와 트럭 뒤에 실었어요. 다시는 엄마를 보지 못할 거라는 생각에 너무 무서웠어요."

나는 엄마의 아름다운 얼굴을 바라보며 몸서리를 치고 더 심하게 운다. 지금 나는 겁이 나기도 **하고** 혼란스럽기도 하다. 왜냐하면 내가 꿈속에서 찾아 부르던 어머니는 여기, 지금, 내 침실에 있는 어머니가 **아니었기** 때문이다.

35

그다음 주에 나는 베라, 에디트, 비르기테 언니들이 포도를 수확하는 걸 돕는다. 엄마는 내가 여름 방학을 최대한 누리며 보내야 한다고 말한다.

"금방 학교에 다시 가게 될 텐데." 엄마가 말한다. "재미있게 놀아!"

"포도 따는 건 괜찮아요." 내가 대답한다. "우리 학교의 많은 아이들이 방학 동안 농장에서 일하고 있어요. 게다가, 다른 할 일도 없는걸요. 하이디는 집에 없고 아바는 사촌들과 함께 지내야 해요."

"구드룬은?" 엄마가 묻는다. "걔는 지금 그 어느 때보다 친구가 필요하잖아."

나는 얼굴이 붉어진다. "우리는 싸웠어요. 그 애는 이제 더는 나를 좋아하지 않는 것 같아요."

"말도 안 돼!" 엄마가 소리친다. "친구들은 모두 싸우는 거야. 아빠와 나도 심지어 가끔씩 싸우는걸. 그런 건 아무것도 아니야."

하지만 내가 피하는 건 구드룬만이 아니다. 그 남자아이도 있다.

그래서 나는 농장의 언니들과 포도를 따면서 웃고 재잘거리고 노래를 부른다. 그러면 하루가 아주 행복하게 지나간다. 그리고 내가 독일을 먹여 살리는 데 도움을 주는 것으로 총통에게 봉사하고 있다는 걸 아는 건 좋은 일이다. 포도 수확 일을 마치고 나면 나는 클라라 할머니의 사과 일을 돕는다. 사과를 따고, 졸이고, 저장하는 등등의 일이다.

지금, 오늘 아침에 나는 프랭크와 검댕이를 데리고 베라 언니가 유제품 만드는 걸 돕는다. 우리는 치즈를 만들고 있다. 최소한, **베라 언니와 나는** 치즈를 만들고 있다. 프랭크는 벽의 갈라진 틈 앞에 앉아 쥐가 나타나기를 기다리고 있다. 검댕이는 크림을 홀짝홀짝 핥을 수 있기를 기대하며 우리 다리를 문지르며 가르랑거리고 있다.

응고된 우유는 작은 조각으로 잘려서 소금에 절여진다. 이제 둥근 틀을 채울 시간이다.

"어떻게 저런 고약한 냄새가 나는 게 그렇게 맛있을 수가 있어요?" 내가 묻는다.

베라 언니가 웃는다. "우리가 여기서 일을 마칠 때쯤에는 **너도** 똑같이 고약한 냄새가 **날 거야.** 네 옷이랑 머리카락, 피부가 온통 치즈 냄새로 덮이고 말걸."

"치즈 향수!" 나는 귀 뒤로 향수를 뿌리고 냄새를 맡는 시늉을 한다.

"깽깽! 깽깽!" 프랭크가 틈새를 긁기 시작한다.

"**쥐** 향수다." 베라 언니가 갈라진 틈을 가리키며 말한다.

나는 킥킥 웃는다. "<신데렐라>에 나오는 것 같은 왕실 무도회에 간다고 상상해 봐요, 베라 언니."

베라 언니는 동그란 틀에 응고된 우유 한 숟가락을 넣는다. "와, 멋지네! 난 뭘 입고 있어?"

"긴 치마에 봉긋한 소매가 달린 하늘색 파티 드레스. 다이아몬드 왕관. 유리 구두." 나는 미소를 짓는다. "자 이제, 향수를 뿌릴 시간이에요. 하지만, **이럴 수가!**, 치즈 향수, 아니면 쥐 향수밖에 없어요.

하나를 골라요.”

"으악!” 베라 언니가 손등으로 이마를 닦는다. “어느 걸로도 왕자의 구애를 받을 가능성이 없는걸!”

“그렇지만 둘 중 하나를 골라**야 해요**.” 내가 말한다. “향수를 뿌리지 않고는 의상이 완성되지 않는다고요.”

베라 언니가 한숨을 쉰다. “치즈 향수. 내가 아니라 연회 테이블에서 그 냄새가 나는 걸로 왕자가 생각하기를 바라야지.”

“흠, 재미있네요.” 나는 응고된 우유를 한 국자 더 틀 속에 넣는다. “나라면 쥐 향수를 뿌릴 거예요.”

“아-안-돼!” 베라가 소리친다. “그건 아니지! 그건 끔찍하게 불쾌해, 소피아!”

“하지만 왕자에게 소시지 개가 있다면,” 내가 설명한다. “그 개는 충실한 친구처럼 내 주위를 맴돌며 내 발가락 냄새를 맡고 내 다리를 긁어대겠죠. 왕자는 자기 개가 나를 사랑한다고 생각할 거고, 그러면 왕자의 마음도 분명 따라올 거예요. 사람들은 동물이 사람의 성격을 잘 판단한다고 생각하잖아요?”

베라 언니가 웃는다. “그래, 맞아. 하지만, 물론, 왕자에게 소시지 개가 **없다면**, 그는 너를 쥐 냄새가 났던 소녀로 항상 생각하게 될 거야.”

“쥐 소녀.” 나는 중얼거린다. “난 그보다 더 심한 말도 들었는걸!”

정말 그랬을까? 나는 항상 엄마와 아빠의 공주가 아닌가? 그렇다면 왜 나는 그런 말을 했을까?

점심시간에 부엌으로 들어가자 클라라 할머니가 투덜거린다. "아이고, 냄새야!"

"치즈 향수예요!" 내가 지저귄다.

"위층에 올라가서 욕조에 들어가!" 엄마가 소리친다. "그리고 비누칠을 듬뿍해."

"하지만 우리는 아직도 치즈를 만들고 있어요." 내가 말한다. "지독한 냄새가 또 날 거예요."

"안 돼!" 양쪽 허리춤에 손을 얹고 엄마가 나를 노려본다. 엄마는 나를 노려보는 일이 절대로 없다. 엄마는 진심인 거다! "베라가 치즈를 완성할 수 있도록 에디트가 도울 거야. 난 네가 오늘 오후에 클라라 할머니가 뮐러 씨 부인을 위해 남겨둔 사과 조림을 가져다주고, 가는 김에 구드룬에게 미안하다고 했으면 좋겠어."

프랭크가 배낭에서 꿈틀대며 깽깽거리는데도 나는 천천히 자전거를 굴린다. 녀석은 내가 더 빨리 달려서 얼굴에 바람을 맞는 기분을 느끼고 싶다. 하지만 나는 불안한 마음으로 뱃속이 요동치고 회전할 때마다 페달이 바닥에 달라붙는 것 같다. 나는 심지어 자전거를 멈추고 길을 따라가는 소 세 마리에게 말을 걸기도 한다. 하지만 그래도 어찌어찌, 오후가 가기 전에 뮐러 농장에 도착한다.

구드룬이 민들레를 품에 안고 문을 연다.

"미안해." 내가 말한다. 그리고 사과 조림 그릇을 앞으로 들이민다.

"나도." 구드룬이 중얼거린다. 그리고 우리는 고양이와 그릇을 교환한다. 프랭크, 민들레, 그리고 내가 구드룬을 따라 안으로 들어간다. 그 애는 그릇을 식탁 위에 올려놓고 천을 걷어 올리며 미소를 짓는다. "사과 조림이네! 맛있겠다! 어쩌면 엄마가 조금 맛보고 싶으실지도 몰라." 그 애는 나를 향해 말한다. "새끼 돼지들을 데리고 놀까?"

나는 얼굴이 붉어진다. 그 남자아이가 새끼 돼지들을 돌보는 것이다.

"아니!" 내가 말한다. 너무 크게 말해서 나는 더듬거리며 다음 말을 이어간다. "난 방금 목욕했어. 또 더러워져서 집에 가면 엄마가 화내실 거야. 네 방에서 놀아도 돼?"

우리는 구드룬과 우르줄라의 방바닥 전체에 책과 블록, 신발, 그리고 양말을 깔아 장애물 코스를 만들고서 민들레와 프랭크가 끝까지 통과하도록 해주려고 한다. 민들레는 등을 둥글게 말고 첫 번째 양말까지 게걸음으로 걸어가서 양말을 공격하고는 겁에 질려 꼬리를 부풀려 세우고는 침대 밑으로 재빨리 기어들어 간다. 프랭크는 우리가 부엌 바닥에 떨어진 부스러기를 쭉 깔아 놓고 그냥 따라가게만 해도 행복하게 장애물 코스를 완주한다. 하지만 부스러기가 없어지자 녀석은 곧 흥미를 잃고 쏜살같이 방을 빠져나간다.

잠시 후, 녀석이 밖에서 깽깽거리는 소리가 들린다. 창문으로 가서 보니 녀석이 그 노예 남자아이를 발견하고 그 애 다리를 돌며 뛰어다니는 게 보인다. 그 애는 걸음을 멈추고 프랭크의 펄럭이는 귀를 문질러 주더니 계속 걸어간다. 프랭크는 꼬리를 흔들며 웃으면서 그 애 뒤를 총총 뛰어간다.

'동물은 사람의 성격을 잘 판단하잖아.' 나는 생각한다.

나는 그 애가 마당을 느릿느릿 가로질러 가는 모습을 지켜본다. 그

코끼리한테 깔릴래, 곰한테 먹힐래?

애는 녹초가 된 듯 너무 피곤해 보인다. 그런데도 대문을 지나 소가 풀을 뜯고 있는 넓고 탁 트인 풀밭으로 들어가면서 그 애는 턱을 들고 허리를 곧게 편다. 그러고는 팔을 쭉 뻗어 날개처럼 우아하게 아래위로 흔든다. 그리고 달려간다. 빙빙 돌다가 긴 잔디밭을 미끄러지듯 급히 달려 내려가며 점점 더 넓게 원을 그리고 있다. 마침내 그 애는 소 가까이 내려앉아서 날개를 접고 한쪽 다리를 다른 쪽 뒤로 접은 채 선다.

나는 목덜미가 얼얼하다. "자기가 황새인 척하고 있어!" 나는 말한다.

하지만 구드룬은 듣지 못한다. 우르줄라가 울면서 들어온 것이다. 빌헬름이 사과 조림을 다 먹어버렸기 때문이다. 그 애는 자기 형제자매들이 먹을 것을 하나도 남기지 않았다.

구드룬은 우르줄라를 침대 위로 올리고 그 옆에 앉아 등을 문지르며 달랜다. "그래, 그래." 그러면서 내게 눈동자를 굴린다.

나는 우르줄라의 다른 쪽 옆에 앉아서 그 애의 어깨를 토닥이며 구드룬을 따라 한다. "그래, 그래."

"난 사과 조림 **좋아한단** 말이야." 우르줄라가 칭얼거린다. "내가 그걸 제일 좋아하는 걸 빌헬름은 알고 있어!" 그 애는 콧물을 흘리며 큰 소리로 코를 훌쩍거린다. 그러더니 엉엉 울기 시작한다.

나는 움찔한다. 구드룬은 얼굴을 찡그린다. 그러다가 우리는 둘 다 웃음을 터트리고, 그것 때문에 우르줄라는 더 크게 운다.

"내가 이야기 하나 해줄까?" 내가 묻는다.

우르줄라가 울음을 멈춘다. "응, 해줘. 동물 이야기."

"내가 아는 것 중에 황새와 여우 이야기가 하나 있어." 내가 말한다.

우르줄라는 내 무릎으로 기어들어 와서 엄지손가락을 입에 넣고 나를 빤히 쳐다본다.

"여우가 황새를 저녁 식사에 초대했어. 재미로 뭘 좀 하려고 생각하면서 말이야." 나는 이 이야기가 어디서 온 건지 모른다. 하지만 막 이야기를 하려고 하자 그 이야기가 내 마음속에서 펼쳐진다. "여우는 넓고 납작한 그릇에 수프를 담아서 내왔어. 맛있는 냄새가 났지만 황새는 부리가 길고 좁아서 그걸 먹을 수가 없었어. 여우가 수프를 다 먹어 치우는 동안 황새는 꼬르륵거리는 배를 안고 그냥 보고만 있었어."

우르줄라가 엄지손가락을 입에서 빼고 소리친다. "그 여우는 빌헬름이야! 욕심 많고 못됐고 머리가 똥이야!" 그 애는 엄지손가락을 도로 집어넣는다.

구드룬은 코웃음을 치고, 나는 이야기를 계속 이어간다.

"'아, 이런,' 여우가 말했어. '네가 배를 곯고 가게 돼서 정말 **미안해**.' 하지만 여우는 진짜로는 전혀 미안하지 않았어. 그리고 황새도 그걸 알았지. '괜찮아.' 황새가 말했어. '멋진 저녁 시간을 보냈으니까 내일은 네가 **우리** 집에 와서 저녁을 먹으면 정말 좋겠어.' 다음 날, 욕심 많은 여우가 황새의 집에 도착하자 저녁으로 준비해 놓은 맛있는 수프 냄새가 났어. 여우는 배가 꼬르륵거리고 입에 군침이 돌았지. 그리고 이틀 안에 **두 번째로** 근사한 식사를 기대하고 있었어. 하지만 안타깝게도, 황새는 그 수프를 주둥이가 좁고 기다란 병에 내왔지 뭐야. 여우는 그 속으로 코를 넣을 수가 없었어. 하지만 황새의 가늘고 긴 부리는 쉽게 들어갔고, 그래서 황새는 혼자서 그 수프를 다 먹었어. 여우는 배고픈 채 집으로 갔어. 그리고 심술이 난 채!"

"여우한테 꼭 맞는 대접을 한 거네!" 우르줄라가 소리친다.

"그래!" 나도 맞장구친다. "그게 이 이야기의 교훈이야, 우르줄라. 다른 사람에게 못되게 굴면 안 된다는 거야. 왜냐하면 결국 **자기도** 똑같이 나쁜 대접을 받게 될 테니까!"

우르줄라는 내 무릎에서 미끄러져 내려와서 방에서 뛰어나가며 신이 나서 외친다. "빌헬름! 빌헬름! 넌 벌을 받을 거야!"

구드룬과 나는 웃는다. 다시 친구가 되어서 다행이다.

하지만 갑자기, 예상치도 못하게, 무서운 느낌이 다시 슬금슬금 찾아온다. 그건 여우와 황새에 관련된 어떤 것이다.

아니면, 그냥 황새일까?

아니면, 황새인 **척하고** 있던 그 남자아이일까?

36

다음번에 내가 뮐러 농장에 도착하자 외양간에서 낄낄거리는 소리와 비명 지르는 소리가 들린다. 나는 자전거를 벽에 세워놓고 문으로 가서 안을 들여다본다. 그 노예 남자애가 뮐러 가족의 제일 어린 아이들인 클라우스와 디터를 데리고 건초 더미 위에 앉아 있다. 그 애는 아이들에게 벌레 다섯 마리를 만나는 무당벌레에 관한 동요를 들려주고 있다. 새로운 벌레가 나올 때마다 그 애는 디터의 통통한 작은 손가락을 하나씩 꼭 쥐어 누른다. 디터는 기뻐하며 꺅 비명을 지르고 클라우스는 자기의 작은 손가락으로 그 동작을 흉내 낸다.

"더 해줘!" 무당벌레가 날아가고 동요가 끝나자 디터가 소리친다. 그 애는 처음부터 다시 또 시작한다.

이번에는, 그 애가 가사를 말할 때 나도 함께한다. 잘 아는 운율이어서 그 동요를 따라 말하자 온몸에 행복한 느낌이 번진다. 끝부분이 되어 무당벌레가 날아가는 것처럼 내 손을 공중으로 펄럭이고 나서야 나는 그 동요가 폴란드어라는 걸 깨닫는다.

나는 헉하고 숨을 들이켜고, 그 남자아이는 내가 서 있는 곳을 쳐다본다. 그 애는 파란 눈을 반짝이며 내게 미소를 짓는다. "이 동요 아는 거지?" 그 애가 폴란드어로 묻는다.

나는 뺨이 화끈거린다. "아니!" 나는 거짓말을 한다. 독일어로 크게 말한다. 그리고 고개를 흔든다.

코끼리한테 깔릴래, 곰한테 먹힐래?   263

나는 구드룬에게 인사도 하지 않고서 달려가서 자전거를 타고 집으로 돌아간다.

그날 밤, 엄마가 내게 잘 자라고 뽀뽀하고 불을 끄자 나는 어둠 속에서 폴란드어로 그 무당벌레 동요를 읊조리고 또 읊조린다.

검댕이가 내 베개 위로 뛰어올라 가르랑거리며 내 목을 파고든다. 나는 검댕이의 털에 턱을 비비며 꿈속에서 우유가 흐르는 강을 본 새끼 고양이에 관한 다른 노래를 부른다. 그것도 역시 폴란드 노래이다. 나는 폴란드어로 그 노래를 부른다.

검댕이는 그 가사를 듣고 편안해한다.

나는 그 가사 덕분에 편안해진다.

나는 그 가사 때문에 **혼란스럽다.**

그 가사는 어디서 온 걸까?

37

1944년 8월 말

새 학기가 시작된다. 오늘은 5학년 첫날이다. 나는 오른쪽으로는 하이디와 아바, 왼쪽으로는 구드룬과 도라 사이에 꽉 끼여서 긴 의자에 앉아 있다. 모든 의자가 복작거린다. 뮌헨과 아우크스부르크, 뉘른베르크, 그리고 적에게 폭격당한 또 다른 도시들에서 피난 온 아이들이 너무 많기 때문이다. 심지어 여름 방학 이후 더 많은 아이들이 들어왔다. 그 애들은 마르고 피곤해 보인다. 몇몇은 겁에 질린 표정이다.

"남자 반에는 새 선생님이 생겼어." 아바가 말한다. "아델베르크 선생님은 전쟁터로 나가셨어."

"아델베르크 선생님이?" 구드룬이 코웃음을 친다. "**최소한** 쉰 살은 됐을 텐데!"

"새 선생님은 더 늙은 분이야." 아바가 말한다. "후버 선생님, 매일 시내 광장에 앉아서 신문을 읽는 할아버지 말이야."

구드룬이 눈살을 찌푸린다. "하지만 그 할아버지는 지팡이를 짚고, **게다가** 말할 때는 의치가 덜거덕거리잖아!"

"나는 덜거덕거리는 이가 **좋아**." 내가 말한다. "대시는 당근을 먹을 때 이를 덜거덕거려."

"후버 선생님의 이는 당근이 **아니어도** 덜거덕거린다고!" 구드룬이 소리친다.

"선생님이기는 해?" 하이디가 묻는다.

"옛날에." 도라가 말한다. "우리 아버지의 선생님이었어. 하지만 오래전에 퇴직하셨어."

"퇴직한 선생님들이 전부 다시 불려오고 계셔." 아바가 말한다. "그래야 남자 선생님들이 전쟁에 나갈 수 있기 때문이야."

"전사한 군인들을 대체하기 위해서." 하이디가 중얼거린다.

무거운 침묵이 우리 주위에 내려앉는다.

나는 손을 뻗어 하이디와 구드룬의 손을 모두 잡는다.

카린과 루스가 우리 앞 줄 의자에서 뒤를 돌아본다. 카린은 눈에 눈물이 그득한 채 나지막하게 말한다. "하이디, 쿠르트 오빠 일은 안됐어… 그리고 구드룬, 너희 아버지도. 내 사촌인 에른스트와 얀, 그리고 피터 모두 여름에 프랑스에서 전사했어."

루스가 작은 소리로 말한다. "멘도르프 선생님의 남동생 둘이 모두 지난주에 우크라이나에서 전사했어. 그리고 캠프에 있던 그 어린 엘리자베트는 아버지와 삼촌 넷을 잃었어."

그토록 많은 사랑하는 사람들이! 세상을 떠나고 없다. 나는 아빠가 군인이 아니라 의사인 게 기쁘다. 아빠는 너무 바빠서 우리는 이제 아빠를 거의 보지 못하지만 그래도 어쨌든 아빠는 살아 계신다.

침울한 분위기가 교실에 내려앉는다. 하지만 그때 슈미트 선생님이 들어온다. 선생님이 팔을 힘차게 앞뒤로 흔들며 갈색 구두로 바닥을 쿵쿵 울리면서 앞으로 걸어갈 때 우리는 미소를 지으며 서 있다. 세상은 바뀌고 있지만, 우리가 사랑하는 선생님은 언제나 똑같이 여기 있다.

슈미트 선생님이 단상 위로 올라가서 우리를 향해 돌아서서 경례를 한다. "하일 히틀러!"

"하일 히틀러!" 우리, 50명의 여자아이들이 하나가 되어 대답한다. 웅장한 소리다. 조금만 더 컸다면 천장에서 석고가 부스러져 내렸을 정도로!

"5학년이 된 걸 환영한다!" 슈미트 선생님이 노래하듯 말한다. "우리 반에 새로운 친구들이 많이 생겼어. 너희들이 환영해 주길 바라. 우리의 멋진 도시들이 적에게 파괴되는 것을 보는 건 슬픈 일이야. 하지만 전쟁이 막바지로 갈수록 상황은 항상 나빠지는 거란다. 적은 우위를 점하기 위해 필사적으로 마지막 시도를 하지만 우리가 승리할 거야! 하일 히틀러!"

"하일 히틀러!" 우리는 대답한다.

"우리는 이길 것이고, 그런 다음 재건할 것이다!" 슈미트 선생님이 선언한다. "독일은 그 어느 때보다 더 강하고, 더 크고, 더 강력해질 것이다! 하일 히틀러!"

"하일 히틀러!" 우리가 외친다.

"이번 여름에 너희들 중 많은 수가 전쟁에서 가족을 잃었다는 걸 알고 있단다." 슈미트 선생님이 계속 말한다. "내 사랑하는 조카는….." 선생님은 잠시 말을 멈추고 입술을 꾹 다물고는 눈을 깜박인다. "하지만 우리는 그들이 우리의 총통님께 복무하며 용감하게 사망한 것을 자랑스러워할 수 있어! 우리는 영광스러운 독일 제국을 건설하기 위해 모든 희생을 감수해야 해. 하일 히틀러!"

"하일 히틀러!"

"독일 제국은 위대하다. 독일 제국은 강하다. 우리는 이 전쟁에서 승리할 것이다. 하일 히틀러!"

"하일 히틀러! 하일 히틀러! 하일 히틀러!"

코끼리한테 깔릴래, 곰한테 먹힐래?   267

노는 시간에 우리는 프리츠, 에리히, 휴고, 그리고 로타에게 우리와 함께 줄넘기를 할 건지 묻는다.

"아니." 로타가 말한다. "줄넘기는 애들이나 하는 거야."

"그럼 이제 너희는 **뭔데**?" 구드룬이 양쪽 허리에 손을 얹고 묻는다. "어른 남자?"

에리히가 어깨를 으쓱한다. 프리츠는 웃는다.

로타는 주머니에서 칼을 꺼내 자기 손을 탁 친다. 손잡이에 나치의 만자 문양이 새겨진 단검이다. "히틀러 청소년단 캠프에 갔다 오면 소년에서 남자가 되게 돼 있어."

에리히가 고개를 끄덕인다. "너희 여자애들은 이해하지 못할 거야. 남자애들은 달라."

"**우리는** 캠프에서 뭘 했다고 생각해?" 내가 짜증이 나서 묻는다. "둘러앉아서 데이지꽃 목걸이 만들기?" **실제로** 우리는 어느 날은 둘러앉아서 데이지꽃 목걸이를 만들기는 했지만 지금 여자아이들 중 누구도 그걸 인정하지 않을 태세다.

"우리는 담력 테스트를 통과해야 했어." 하이디가 말한다. "난 다이빙 타워에서 너희들이 상상할 수 있는 가장 깊고 차가운 호수로 뛰어내렸어. 거의 익사할 뻔했는데, 전혀 무서워하지 않았다고."

"난 정말 높은 외양간 다락에서 땅바닥으로 뛰어내렸어." 구드룬이 말한다.

"난 둘 다 했어!" 내가 소리친다.

"애들 장난이네." 로타가 말한다. "우리는 수류탄을 던지고 소총 조준하는 법을 배웠어. 그리고 한 번에 며칠씩 계속되는 전투도 벌였어."

"로타는 코가 부러졌어." 에리히가 말한다.

"어쩌다가?" 하이디가 묻는다. "자기 발에 걸려 넘어졌어?"

아바와 내가 킥킥 웃는다.

"아니." 로타가 딱 잘라 말한다. "육박전을 하다가. 진짜처럼 험악했다고!"

하이디와 구드룬이 서로를 바라본다. 나는 그 애들이 무슨 생각을 하는지 안다. 진짜라면 사람이 죽는다. 오빠들. 아버지들. 아들들.

나는 눈동자를 굴린다. 하이디에게 내가 고개를 끄덕이자 우리는 일부러 심드렁하게 줄넘기 줄을 돌리기 시작한다. 구드룬이 줄 속으로 뛰어들어 다른 남자, 여자 아이들에게 들리도록 큰 소리로 노래를 부르기 시작한다.

변기에 앉아 있는 아기 로타,
똥을 밀어내느라 끙끙, 얼굴이 파랗게 질리네.
로타는 얼마나 많은 똥을 쌌을까요?
하나, 둘, 셋, 넷….

로타는 폭풍처럼 사라진다. 에리히와 휴고도 역시. 하지만 프리츠는 남아서 우리와 함께 줄넘기를 한다. 남자답거나 군인답지는 않지만 훨씬 더 좋다.

"생강 쿠키 소녀들이네요!" 내가 노래한다. "클라라 할머니! 생강

쿠키 남자들보다 훨씬 좋아요." 나는 클라라 할머니의 허리에 팔을 두른다. 그리고 너무 말라서 놀란다. "버터와 설탕을 다 써버리다니, 저를 정말 사랑하시는군요."

엄마와 나는 식탁에 앉는다. 엄마는 커피를 마시고 나는 우유 한 잔을 마시며 생강 쿠키 소녀를 한 입 베어 문다. 클라라 할머니는 빵을 반죽하면서 개학 첫날이 어땠는지 듣고 싶어 주위를 맴돈다.

"우리 반은 이제 50명이에요!" 내가 소리친다. "**50명이** 작은 교실에 복작복작 모여 있는 거예요!"

엄마가 두 손을 맞잡고 미소를 짓는다. "신날 것 같은데. 애들이 더 많으면 같이 놀 친구가 많아지잖아."

나는 눈살을 찌푸린다. "**별로** 신나지 않는걸요. 그 애들은 자기 집을 잃어서 피난 온 거예요. 몇몇 애들은 가족도 잃었어요."

엄마는 내 말을 날려 보내려는 것처럼 손을 내젓는다. 엄마는 전쟁 이야기를 하고 싶어 하지 않는다. 상황이 안 좋아지면 질수록 더 알고 싶어 하지 않는다.

내 생각에 엄마는 전투에서 쓰러져 간 아버지, 형제, 삼촌, 조카, 그리고 대자들에 관해서도 듣고 싶지 않은 것 같다. 혹은, 캠프에서 군인이 되는 법을 배우며 시간을 보낸 남자아이들에 관해서도. 그래서 나는 그 대신 엄마에게 구드룬이 장난기 어린 줄넘기 노래를 부른 이야기를 해준다. 그런 다음 내가 구드룬 대신 그 노래를 부른다.

> 변기에 앉아 있는 아기 로타,
> 똥을 밀어내느라 끙끙, 얼굴이 파랗게 질리네.
> 로타는 얼마나 많은 똥을 쌌을까요?
> 하나, 둘, 셋, 넷….

"이런, 소피아!" 엄마가 가슴에 손을 얹고 소리친다. "밖에 나가서 좀 뛰어노는 게 좋겠어, 아가야. 바람을 좀 쐬고 와. 그런 엉뚱한 노래 같은 건 머릿속에서 털어버리고. 베라, 에디트, 그리고 브리기테를 찾아보렴. 그 애들은 네가 하루를 어떻게 보냈는지 듣고 싶어 죽을 지경일 거야. 하지만 그 줄넘기 노래를 또 하지는 마!"

나는 남아 있는 생강 쿠키 네 개를 집어 주머니에 넣는다. 엄마가 눈썹을 치켜올린다.

"제 건 하나만이에요." 내가 설명한다. "나머지 세 개는 농장의 언니들 거예요. 열심히 일하잖아요. 그 언니들은 특별한 걸 받을 자격이 있어요." 나는 엄마의 아름다운 하얀 뺨에 뽀뽀를 하고 부엌 문밖으로 뛰어나간다.

에디트 언니와 브리기테 언니가 들판에 나와 있는 게 눈에 들어온다. 소들을 데리고 나와서 오후에 젖을 짤 준비를 하고 있는 것이다. 나는 그 언니들에게 인사를 하려고 나가지 않는다. 내 발은 그 자리에 붙어 있다. 아마도 **모든** 농장에서 일꾼들이 소를 돌보며 밖에 나와 있을 것이다. 어쨌든 모든 농장에서는 같은 시간에 젖을 짠다. 아침에 제일 먼저 하는 일, 그리고 오후에 마지막으로 하는 일이 그것이다.

그건 그 폴란드 노예 남자애가 지금쯤 뮐러네 들판에 나와 있을지도 모른다는 뜻이다.

나는 주머니 속에 있는 생강 쿠키를 만지작거린다. 잘 먹고 지내는 농장 언니들보다는 그 삐쩍 마른 애에게 간식이 훨씬 더 필요할 것이다.

나는 엄마와 클라라가 지켜보고 있지 않은 걸 확인하려고 집을 힐끗 돌아다본다. 그런 다음 자전거를 타고 진입로를 따라 내려가서 집에서 멀어진다. 남겨지는 것이 두려운 프랭크가 깽깽 울면서 내 뒤를 쫓아온다. 나는 브레이크를 밟고 녀석을 바구니에 태우고는 쌩쌩 달린다. 다리가 타는 듯하고 심장이 뛴다. 나는 뮐러네 농장에 도착할 때까지 쉬지 않고 달린다.

나는 그 집까지 자전거를 타고 가지는 않는다. 대신에, 자전거를 진입로 초입에 있는 나무에 기대 세워두고 프랭크를 들어 올려 바닥에 내려놓는다.

"깽깽!" 녀석은 진짜인지 아닌지 모를 쥐를 쫓아서 긴 잔디밭으로 뛰어 들어간다.

저 멀리, 들판 너머로 살진 갈색 젖소가 보인다. 나는 가만히 살금살금 다가가다가 한쪽에 있는 그 남자애를 발견한다. 그 애는 주머니에 손을 꽂고서 언덕 너머를 바라보고 있다. 폴란드가 있는 방향이다. 불쌍한 아이. 그 애는 집을 그리워하고 있는 것 같다.

나는 숨이 턱 막힌다.

나는 가슴에 손을 얹는다. 너무나 뜻밖에도, **내** 가슴이 그리움으로 아파오는 것이다.

하지만 **무엇** 때문일까?

나는 조금 더 다가가다가 다시 한번 멈춘다. 그 애가 주머니에서 뭔가를 꺼내 손에 올려놓았기 때문이다. 회색에 네모난 것이다. 빵한 조각일까? 아니, 너무 얄팍하고 흐물흐물하다. 그리고 그 애는 그걸 먹지 않는다. 오히려 뺨에 대고 누른다. 마치 그 물체에서 위안을 얻는 것처럼 고개를 손 쪽으로 기울인다.

"깽깽! 깽깽!" 프랭크가 내 발 앞을 황급히 지나간다.

그 남자애가 몸을 휙 돌리자 우리는 눈이 마주친다. 그 애는 흐물흐물한 그 물체를 자기 주머니에 도로 집어넣는다.

나는 잔디밭을 헤치고 천천히 걸어가서 그 애 앞에 선다. 무슨 말을 해야 할지 모르겠다. 내가 어떤 기분인지 설명할 말을 찾을 수가 없다.

난 그 애를 만나서 기쁘다.

난 그 애와 얘기하고 싶은 마음이 간절하다.

난 그 애가 무섭다.

난 내가 폴란드어를 말한다는 것과 끔찍한 악몽, 그리고 내 가슴 속에 이제 막 자리잡은 이 이상한 갈망이 무섭다.

나는 무슨 말을 해야 할지 몰라서, 대신에 생강 쿠키 소녀들을 그 애에게 건네면서 그 쿠키들이 내 손에서 그 애 손으로 넘어갈 때마다 하나씩 이름을 부른다. "카타르지나. 마리아. 야드비가. 에바."

그 애는 킥킥 웃지만 나는 두려워서 속이 울렁거린다. 이 이름들은 **어디서** 온 걸까?

그 남자애는 생강 쿠키 소녀들을 보며 싱긋 웃더니 파란 눈을 반짝이며 내게 미소를 보낸다.

밝고 파란 눈이다. 꼭 내 눈처럼.

"예쁜 폴란드 이름들이네!" 그 애가 노래한다. "이건 **폴란드** 생강 쿠키 소녀들이야!"

"아니야!" 내가 소리친다. "**독일** 생강 쿠키 소녀들이야! 독일인이라고! 나랑 똑같이!" 그런데 나는 그 말을 폴란드어로 외친다.

폴란드어!

또다시!

겁에 질리고 혼란스러워서 나는 흐느낀다. "날 내버려 둬!" 그 애를 찾아간 건 **나인데도** 말이다. 내가 그 애를 미는 바람에 그 애는 비틀거리다가 생강 쿠키 소녀 둘을 떨어뜨린다. 그 애는 몸을 숙여 그 쿠키들을 줍고 나는 달려간다. 나는 자전거로 돌아와서 프랭크를 오라고 부르고는 최대한 빨리 집으로 달려간다. 가는 내내 나는 울고 있다.

코끼리한테 깔릴래, 곰한테 먹힐래?

38

1944년 10월

일요일 오후다. 나는 추운 강당에서 덜덜 떨면서 소녀 동맹에 참석해 또다시 부상병들에게 보내는 카드를 만들고 있다. 이토록 많은 군인이 병원에 누워 있는데 우리가 전쟁에서 과연 이길 수 있는 건지 모르겠다. 그런데도 히틀러는 우리가 강하고 무적이라고, 그리고 끝이 보인다고 말한다. 슈미트 선생님도 매일같이 그렇게 말한다.

오늘 우리는 엄청나게 많은 카드를 만든다. 내 마음은 방황하고 있다. 요즘 들어 자주 그런 것처럼 내 마음은 그 폴란드 노예 아이를 향해 떠나닌다.

나는 지금 몇 주 동안 그 애를 염탐하고 있다. 구드룬에게 놀러 갈 때마다 나는 외양간을 배회하거나 들판으로 나갈 이유를 찾는다. 나는 그 애의 모든 것을 눈여겨본다. 뮐러네 어린 동생들을 친절하게 대하는 것을 본다. 불쌍한 뮐러 아주머니는 가족에게 관심을 다 잃었는데, 그 노예 아이가 어린아이들을 너무 외롭지 않게 해준다. 그 아이들이 자기의 애정을 소중하게 여기는 것만큼이나 그 애도 그 아이들의 애정과 손길을 소중하게 여기는 게 보인다. 나는 그 애의 누더기 바지와 맨발을 보고 겨울이 오기 전에 새 옷과 부츠를 사줄 계획을 세운다. 그 애가 가슴속에 그리움을 안고 동쪽을 바라보는 모습과 그 애의 외로움을 본다. 납작한 그 회색 물체를 뺨에 대고서 마법에 빠진 듯한 모습을 본다. 언젠가 그 땅을 떠나 멀리, 고향 폴란드로 날아갈 날이 오기를 희망하며, 연습이라도 하는 것처럼 황새처럼 들판을 돌며 솟아오르는 모습을 본다.

그 애는 이상한 소년이고, 나는 그 애가 질리지 않는다.

하지만 너무 가까워지는 건 두렵다.

"소피아!" 하이디가 쉿소리를 낸다. "**그게 뭐야?**"

나는 방금 내가 쓴 단어들을 바라본다. "독일 제국을 위해 용감하게 복무해 주셔서 감사합니다. 빨리 회복하시기 바랍니다. 히틀러 총통님께는 당신이 필요합니다."

나는 하이디를 보며 눈살을 찌푸린다. "위문편지잖아." 내가 말한다. "네 것과 똑같아."

하이디의 눈이 휘둥그레진다. "내 거랑 같지 **않아**! 말도 안 돼! 어떤 글자들에는 구불구불한 선이 더 붙어 있는걸!"

나는 카드를 집어서 얼굴 가까이 가져간다. 나는 헉하고 숨을 들이켠다. 내가 쓴 단어들은 폴란드어였던 것이다!

나는 카드를 구겨서 주머니에 쑤셔 넣는다. "나… 머리가 아파." 내가 중얼거린다. "눈앞이 흔들리는 것 같아. 바람을 좀 쐬어야겠어."

나는 일부러 천천히, 침착하게 걸어서 강당 밖으로 나온다. 하지만 문밖으로 나오자마자 자전거를 거머쥐고 마을 성벽에 있는 관문을 지나 언덕 아래 뮐러 농장으로 달려간다. 구드룬은 하이디와 다른 소녀 동맹 아이들 모두와 함께 강당에 있는데도.

나는 그 애를 만나야 한다.

그 애를 찾으면, 이번에는 얘기할 것이다. 많은 얘기를 전부 폴란드어로 할 것이다. 문장을 제대로 말할 수 없다면 동요를 부를 것이다.

내 혀에서 가사가 나오게 되면 어디서 그걸 **배웠는지** 기억할 수 있을지도 모르기 때문이다.

나는 자전거를 외양간 문 앞에 던져두고 돼지우리 안으로 뛰어 들어간다. 한 우리에서 다음 우리로 달려가지만 그 애는 거기 없다. 그 애는 유제품 만드는 곳에도, 소가 겨울을 나는 마구간에도, 사료 저장고에도 없다. 나는 사다리를 타고 그 애가 밤에 잠을 자는 다락으로 올라간다. 내가 그 애를 생각하는 것만큼 그 애가 나를 생각하는지, 내가 염탐하는 것만큼 나를 염탐하는지 궁금해진다. 거기에도 그 애는 없다.

나는 내가 숨기고 있는 비밀 때문에 불안하고 지쳐서 다락 바닥에 털썩 주저앉는다. 내가 이해하지 못하는 비밀. 내가 기억조차 하지 못하는 비밀.

내가 양손에 머리를 파묻고 훌쩍거리고 있을 때 지푸라기 사이에 놓인 뭔가가 눈에 들어온다. 그 애가 뺨에 대고 즐겨 누르곤 하던 납작한 회색 물건이다. 그 애에게 그만큼 위안이 되는 것 같은 물건. 그 애 주머니에서 떨어진 게 분명하다.

나는 그걸 줍는다. 진흙과 곰팡냄새가 나지만 나는 그걸 내 손바닥 위에 놓는다. 꼭 그 애가 하듯이.

눈에 익은 모양이다. 나는 그걸 뒤집어보고, 그런 다음 다시 뒤집는다. 고개를 옆으로 기울여본다. 한쪽 눈을 감고 뒤집힌 면의 끄트머리를 들여다본다. 그러자 보인다! 그건 코트에서 떨어져 나온 주머니이다. 진흙과 기름, 그리고 때에 파묻혀 있지만, 그건 분명 주머니이다. 천에 줄무늬가 있고 더께 아래로 보일 듯 말 듯 선이 있다.

나는 미소 짓는다. 이 보물을 씻어서 그 애에게 돌려줄 것이다. 친절이기도 하고 일종의 선물이기도 할 것이다.

"깜짝 놀라겠지." 나는 중얼거린다.

내가 완전히 틀렸다.

놀라게 되는 건 **나**다.

집으로 돌아와서, 나는 욕실 세면대 앞에 서서 따뜻한 비눗물로 그 주머니를 빤다. 겨우 빨기 시작했을 뿐인데 물이 시커멓다. 나는 세면대 마개를 뽑고 깨끗한 물과 더 많은 비누로 다시 시작한다. 다시. 그리고 또다시.

마침내, 천이 부드러워진다. 세 번을 더 빨고 나자 회색 아래로 약간의 색깔이 나타난다.

나는 젖은 주머니를 창문에 대본다. 초록색인 것 같다. 나는 네 번 더 빨고 나서 그 천을 클라라 할머니의 행주들과 함께 난로 위 건조대에 걸어둔다.

저녁을 먹은 후 나는 선반에서 그 주머니를 내려 손에 쥔다. 부드럽고 말라 있다. 나는 그걸 손바닥에 놓는다.

세상에!

나는 손가락으로 줄무늬를 훑어 내린다.

초록색 줄무늬다.

부드러운 초록색 벨벳 줄무늬다.

행복한 배신자,
아니면 비참한 영웅?

하나를 골라!

39

나는 한숨도 자지 못한다.

아침에 나는 책가방에 도시락과 교과서를 넣고 엄마에게 뽀뽀하며 인사하고서 자전거를 타고 진입로를 내려간다. 들판을 지나가며 나는 베라, 에디트, 브리기테 언니들에게 손을 흔든다. 하지만 학교로 가기 위해 마을로 들어가는 대신 나는 뮐러 농장으로 간다. 나무 뒤에 자전거를 숨기고 살금살금 돌아다니다 보니 그 남자아이가 외양간으로 들어가는 게 보인다. 나는 그 애를 따라가면서 누구의 눈에도 띄지 않도록 조심한다. 특히 우르줄라가 보지 않도록. 그 애가 나를 발견하면 분명 자기 어머니와 구드룬, 그리고 아마도 바이에른에 있는 모든 사람에게 말을 할 것이다.

그 남자아이는 돼지우리 안에서 새끼 돼지의 등을 긁고 있다.

"안녕." 내가 폴란드어로 말한다.

그 애는 나를 올려다보며 미소를 짓는다. 파란 눈이 반짝거린다.

"너한테 줄 게 있어." 나는 여전히 폴란드어로 말한다. 나는 건초더미를 향해 고갯짓을 하고 우리는 나란히 앉는다. 나는 그 애에게 내 아침 식사였던 삶은 달걀과 점심 도시락을 건넨다.

그 애는 뚜껑을 열고 활짝 웃는다. "고마워!" 그 애는 달걀을 집어서 통째로 입에 넣는다. 달걀을 미처 삼키기도 전에 빵과 사과도 먹기 시작한다.

코끼리한테 깔릴래, 곰한테 먹힐래?   281

내가 책가방에서 초록색 줄무늬 벨벳 주머니를 꺼낼 때 그 애는 여전히 우걱우걱 먹는 중이다.

그 애가 울부짖는 듯한 안도의 소리를 내뱉는다. 그 애는 도시락을 떨어뜨리고는 그 주머니를 움켜쥐고 뺨에다 꼬옥 갖다 댄다.

"부탁인데," 내가 말한다. "그 주머니에 관해 말해주겠어?"

얼굴에 슬픔이 가득해지더니 그 애가 고개를 끄덕인다. "옛날에, 크라쿠프에 있을 때, 초록색 줄무늬 벨벳 커튼으로 만든 우스꽝스러운 양복에 붙어 있던 주머니야. 마렉 보이치크라는 멋지고, 용감하고, 다정한 우리 할아버지 양복이었지."

내 가슴이 쿵쾅거린다, 마치 선반에서 둥근 치즈가 바닥으로 떨어지는 것처럼. 쿵! 쿵! 쿵! 쿵!

나는 침을 꿀꺽 삼키고는 속삭인다. "넌 토마슈구나."

"맞아!" 그 애가 눈이 휘둥그레져서 소리친다. "어떻게 알았어?"

"너희 할아버지의 양복은 요세프 울린스키라는 재단사가 만들었어!"

"그래! 그래!" 토마슈가 소리친다. "맞아!"

"요세프 울린스키는 내가… 내가 **알던** 사람이야." 나는 그 애에게 인상을 쓴다. "어떻게 알게 된 건지는 모르지만, 그 사람을 알았던 건 확실해. 그 사람은 키가 크고 말랐고, 알이 두꺼운 둥근 안경을 쓰고 있었어. 그리고 아주 훌륭한 재단사였어. 아마도 예전에 내 코트를 만들어 준 사람이었나 봐. 내게 폴란드어를 가르쳐 준 것도 아마 그 **사람**이었을 거야."

"하지만 언제?" 토마슈가 묻는다. "어디서?"

나는 어깨를 으쓱한다. 나는 도시락을 집어서 그 애에게 다시 건넨다. "그 주머니 얘기를 좀 더 해줄래?"

토마슈는 고개를 끄덕인다. "할아버지는 폴란드 레지스탕스 대원
이셨어." 그 애가 빵을 입에 더 넣으면서 말한다. "할아버지는 수십
명의 유태인들을 크라쿠프 게토에서 구해냈어. 옷장 안에, 지하실
감자 뒤에, 계단 아래 작은 공간에는 항상 누군가가 숨어 있었어. 할
머니는 더 많은 사람을 먹이기 위해 수프를 끝없이 묽게 만들었어.
하지만 여름이 끝나가던 어느 날 밤에 할아버지와 세 명의 다른 레
지스탕스 지도자들이 비밀리에 만나고 있던 지하실을 비밀 국가 경
찰인 게슈타포가 급습했어. 한 시간도 못 돼서, 독일군은 체포된 사
람들의 가족들을 모두 잡아들였어. 할머니와 나도 거기 포함됐고."

나는 그 독일 사람들을 변명하려고 입을 열지만, 변명거리를 하나
도 찾을 수가 없다. 할머니와 어린이들이 다른 사람의 죄 때문에 처
벌받다니! 끔찍한 일이다!

토마슈는 코를 훌쩍거리며 계속 말한다. "우리는 작은 감방에 잔
뜩 쑤셔 박힌 채 며칠을 보냈는데, 그다음에 나치의 SS 장교들이 와
서 어린아이 넷 — 여자아이 셋과 나 — 을 골라냈어. 어떤 군인이 나
를 붙잡았어. 하지만 당연히, 나는 가고 싶지 않았어. 나는 겁에 질렸
어. 할아버지의 코트 주머니를 잡고 매달리는 바람에 그게 뜯어져서
나와 함께 오게 된 거야! 그때부터 난 계속 이걸 가지고 있었어. 이건
할아버지의 작은 조각이야. 내 폴란드의 작은 조각."

그 애는 먹던 걸 멈추고는 그 주머니를 다시 한번 얼굴에 갖다 댄
다. 이제 그 애의 더러운 뺨을 타고 눈물이 흘러내리고 있다.

"그 사람들은 너를 어디로 데려갔어?" 내가 묻는다.

"다른 폴란드 아이들이 아주 많이 있는 집으로. **모두들** 금발 머리
에 파란 눈이었어."

나는 몸서리를 친다. "내가 있던 **고아원이** 금발 머리와 파란 눈의

아이들로 가득했었어." 나는 눈살을 찌푸린다. "하지만 그건 독일 고 아원이니까 그럴 만해."

토마슈가 나를 이상하다는 듯 쳐다본다. "많은 독일 사람들은 금 발 머리에 파란 눈이 **아니야.** 예를 틀어, 히틀러처럼."

그리고 하이디, 구드룬, 슈미트 선생님 등 수많은 다른 사람들도 그렇다.

토마슈가 내 눈을 똑바로 쳐다본다. "독일 사람들은 폴란드 사람 들이 멍청하고, 못됐고, 더럽고, 노예 노동 말고는 잘하는 게 없다고 말해. 하지만 금발 머리에 눈이 파란 수천, 수만 명의 폴란드 아이들 을 납치해 독일로 데려와서 히틀러의 어린이들로 만들고 있잖아! 상 상해 봐! 폴란드 아이들을 소중하게 여기는 독일 사람들을. 자기가 독일 사람인 척하는 폴란드 아이들을."

"상상해 봐." 내가 읊조린다. 나는 다시 몸서리를 친다. 이번에는, 머리 꼭대기부터 발끝까지 길고 깊은 전율이 이어진다. 나는 메스꺼 워서 눈을 감는다.

하지만 내가 토마슈와 외양간을 눈에서 지우는 순간, 피리 부는 사나이가 거기 있다! 그 사람은 춤을 추고 피리를 불다가… 중단한 다. 그 사람이 돌아서서 내게 미소를 짓자 내 눈에… 그 피리 부는 사 나이가 아빠인 게 보인다.

드디어, 기억이 난다.

모든 게 기억난다!

"토마슈," 이제 눈을 크게 뜨고 내가 말한다. "요세프 울린스키는 내 옷을 만든 재단사가 **아니었어.** 우리 **아버지**였어. 옛날에, 나는 조 피아 울린스키였어."

284

토마슈와 나는 서로의 이야기를 들려주며 아침 시간을 보낸다. 강제로 가족의 품을 떠난 것, 트럭에 실려 다닌 무서운 시간, 추운 기숙사, 건강 검진, 독일어 수업, 화난 간호사들, 거짓말, 매질, 외로움, 그런 잔인함 속에서 경험하는 맛있는 음식과 따뜻한 옷의 기묘함, 탈락해서 쫓겨난 아이들 등등 많은 부분이 똑같다. 그러나 내가 말하지 않는 약간의 일들, 너무 고통스러워서 차마 말로 담아낼 수 없는 기억들이 있다. 토마슈도 똑같을 것이라고 나는 생각한다. 왜냐하면 그 애는 때때로 이야기를 시작하다가 멈추고, 고개를 흔들며 눈을 닦곤 하기 때문이다.

"오랫동안 나는 엄마와 아빠가 나를 구해주길 바라고 있었어." 내가 말한다. "나를 찾으러 다니다가 발견해서 집으로 데려갈 거라고 믿었어. 하지만 당연히, 그런 일은 절대로 일어나지 않았어…. 엄마, 아빠는 나를 충분히 사랑하지 않았나 봐." 나는 눈살을 찌푸린다. "난 엄마, 아빠가 내가 없어져서 기뻐한다는 말을 들었어."

"아, 아니야, 조피아." 토마슈는 온몸을 축 늘어뜨린다. "물론, 넌 모르겠지."

"뭘?" 내가 묻는다.

"너희 엄마와 아빠는 너를 찾으러 올 **수가 없었어**. 너희 아빠는 네가 붙잡혀 갈 때 너무 괴로워서 독일군 장교를 때렸어. 폴란드 사람은 독일 사람을 다치게 하고서 자유롭게 다닐 수 **없어**. 감옥에 가지 않으려면 독일 사람의 눈을 똑바로 쳐다볼 수도 없어. 너희 엄마와 아빠는 체포됐어. 할아버지가 감옥을 찾아가서 풀어달라고 간청했지만 독일군 대장은 이미 늦었다고 했대.”

“뭐가 이미 늦었다는 거야?” 내가 묻는다.

토마슈는 대답하지 않는다.

“아.” 마음속으로 상황이 이해되면서 나는 중얼거린다. 나는 **또다시** 엄마, 아빠를 잃은 것이다!

나는 오래도록 얼어붙은 채 앉아 있다.

천천히, 나는 몸을 앞으로 숙이고 양손에 머리를 묻는다. 그리고 흐느낀다. 조용히. 숨이 떨린다. 눈물이 손가락 사이로 흘러서 치마 위로 떨어진다.

폴란드 고아가 된다는 건 독일 고아가 되는 것과는 **전혀 다르다.**

당연히, 같지 않다! 내 독일 부모님이 돌아가셨다는 건 거짓말이었기 때문이다.

엄마와 아빠는 진짜였다. 따뜻하고, 재미있고, 똑똑하고, 말 한마디 한마디, 표정과 손길 하나하나로 나를 얼마나 사랑하는지 보여주던 우리 엄마, 아빠.

코끝을 톡톡 두드리던 생각이 나자 내 흐느낌은 외로움과 두려움이 뒤섞여 울상이 된 거친 숨소리로 바뀐다. 그리고 나는 사무치게 그립다.

마침내, 흐느낌이 가라앉는다. 나는 소매로 얼굴을 닦는다. 나는 똑바로 앉아서 말한다. “그래도 어쨌든 난 새로 엄마와 아빠가 생겼어.”

토마슈가 고개를 가로젓는다. “네가 안됐어, 조피아 울린스키. 독일 아이로 살아야만 하다니, 정말 끔찍할 거야.”

나는 눈을 크게 뜨고 그 애를 바라본다. “하지만 아주 멋진걸! 난 여기서 잘살고 있어, 토마슈.” 내가 얼굴을 붉힌다. “예쁜 집과 나를

286

너무나 사랑하는 엄마, 아빠가 있고 나도 그분들을 사랑해. 굶는 일도 전혀 없고 무섭지도 않아. 폴란드에 있었을 때와는 달라. 따뜻한 옷과 제대로 된 신발, 그리고 책이 있어. 책이 정말 많다고. 난 학교에 다니면서 매일매일 새로운 멋진 것들을 배우고 다른 아이들과 놀아. 학교라고, 토마슈! 넌 학교가 얼마나 굉장한 곳인지 **상상도** 못 할 거야! 난 하이킹도 가고 캠프도 가고, 이번 여름에는 자전거 타는 법도 배웠어!" 나는 그 애의 팔에 손을 얹는다. "**난 네가 안됐어.** 너는 노예처럼 끔찍하게 지내고 있잖아. 네가 테스트를 통과해서 독일 아이가 되었다면 훨씬 좋았을 텐데. 불쌍한, 불쌍한 토마슈."

토마슈는 건초 더미에서 뛰어내리더니 완전히 몸을 일으켜 선다. "**난 통과했어,** 조피아! 그 사람들은 내가 완벽한 아리아인의 이목구비에 훌륭한 독일인 혈통이라고 했어."

나는 토마슈를 머리부터 발끝까지 관찰한다. 특히 그 애의 머리를. 완벽한 아리아인의 머리같이 보인다.

"**난 폴란드 사람**이야!" 토마슈가 선언하듯 말한다. "난 독일 사람인 척하지 **않을 거야!** 난 폴란드인의 피가 흐르는 폴란드 아이야. 난 폴란드어로만 말해. 독일어는 쓰지 않아. 난 그 사람들이 내게 준 독일 이름을 거부하고 만나는 모든 사람에게 말했어. '나는 자랑스러운 폴란드 황새, 토마슈 보이치크예요!'라고. 그 사람들은 나를 혼내고 때리고 따로 가둬놓고 굶겼지만 나를 변하게 할 수는 없었어."

이제 그 애는 다시 한번 어깨가 움츠러들고 목소리는 부드러워진다. "그래서 나는 다른 수백 명의 필요 없는 아이들과 함께 가축 운반차에 실렸어. 그리고 어쨌든 독일로 보내졌지만 히틀러를 위한 귀한 아이가 아니라 **노예로** 보내진 거지."

'**따로 가둬놓고.**' 나는 생각한다.

"불쌍한 토마슈," 내가 중얼거린다. "그러니까, 결국, 너의 그 모든 용기와 반항은 아무 소용이 없었던 거야."

그 애는 다시 내 옆에 앉고 나는 그 애의 손을 살며시 잡는다.

마침내, 내가 말한다. "**난** 행복한 배신자야. **넌** 비참한 영웅이고. 누가 옳은 걸 고른 걸까?"

"우리는 **아이**들일 뿐인걸." 토마슈가 중얼거린다. "그렇게 고르도록 **강요받아서는** 안 되는 거지."

40

다음 날, 학교 운동장으로 들어가자 하이디와 아바, 구드룬이 달려와서 나를 반긴다.

폴란드 아이와 놀려고 달려오는 독일 아이들.

나는 얼어붙는다.

저 애들이 알아차리게 될까? 내 앞에서 공포 가득한 얼굴로 갑자기 멈춰 서게 될까?

"어제는 어디 갔던 거야?" 하이디가 묻는다 "히틀러는 네가 보고 싶었어. 아니 내 말은, 하일 히틀러! **내가** 보고 싶었다고."

나는 안도하며 그 애에게 미소를 보낸다. 물론 그 애들은 알아차리지 못한다. 오늘 내 모습은 어제와 똑같으니까.

'평소처럼 해.' 나는 속으로 말한다. '소피아 엥겔스가 되라고.'

"**히틀러가** 날 보고 싶어 했어?" 내가 묻는다.

하이디가 킥킥 웃는다. "넌 특별**하잖아**."

구드룬은 눈동자를 굴린다. 그 애는 우리의 친구일지 모르지만, 여전히 한 번씩 우리를 아주 한심하게 여긴다.

"아팠던 거야?" 아바가 묻는다.

"응," 나는 거짓말을 한다. "온종일."

"어디가 아팠어?" 하이디가 묻는다.

"배가 아파." 내 뺨이 달아오른다. 그래서 나는 덧붙인다. "열도

나고."

"불쌍한 소피아." 하이디가 위로하며 나를 안아준다.

로타, 에리히, 휴고, 그리고 프리츠가 자기들끼리 아주 흐뭇한 표정으로 우리에게 행진해 온다. "하일 히틀러!"

"하일 히틀러!" 우리가 대답한다.

로타는 두 발을 넓게 벌리고 주먹으로 자기 엉덩이를 내리친다. "어제 히틀러 청소년단 모임에서 우리는 **진짜** 총을 썼어." 그 애가 큰 소리로 말한다.

"뭐 하려고?" 하이디가 묻는다. "순무 캐려고?"

"코 후비는 데 썼어?" 구드룬이 묻는다.

"서로서로 코를 후벼주려고?" 내가 묻는다.

프리츠가 활짝 웃는다.

로타는 콧구멍을 벌름거린다. "우리는 제대로 총알을 발사했다고!" 그 애가 말한다. "우리는 적이 올 때를 대비해서 연습하고 있어."

하이디의 보조개가 사라진다.

"하지만 너희들은 겨우 열한 살이야!" 내가 소리친다.

"**난** 열두 살이야." 에리히가 말한다.

"그리고 그건 나이와는 아무 상관 없어." 로타가 턱을 치켜올리며 말한다. "기술과 담력이 전부야."

구드룬이 코웃음을 친다. "그럼, 너희는 큰일이네. 안 그래?"

로타는 그 애를 노려보더니 가버린다. 에리히, 휴고, 그리고 프리츠가 그 뒤를 쫓아간다.

"**자기들이** 마치 적을 막을 수 있는 것처럼 굴고 있어!" 구드룬이 비웃는다.

"자기들이 해야 하는 것처럼!" 하이디가 고함지르듯 너무 크게 말한다. "적이 이렇게 멀리까지 올 리는 절대로 없어. 우리가 전쟁에서 이기고 있는 거 기억하지?"

그러나 독일이 전쟁에서 이기고 있다면 왜 히틀러 청소년단이 실제 무기를 사용하는 훈련을 받고 있는 걸까?

오늘, 슈미트 선생님은 교실 앞으로 걸어가서 히틀러에게 경례를 하면서 잠깐 멈칫한다. 선생님은 유럽 지도를 아래로 내리고는 초조하게 흘깃 보더니 다시 위로 올린다.

선생님은 손가락을 깍지 끼고 말한다. "아헨!"

"선생님, 감기 조심하세요!" 내가 대답한다.

슈미트 선생님은 깜짝 놀라 눈을 깜박인다.

하이디가 킥킥 웃는다.

구드룬이 쉬쉬 말한다. "소피아! 선생님은 재채기하는 게 아니야. 벨기에 국경 근처에 있는 도시를 말하는 거야."

"아헨이 미국에 점령당했단다." 슈미트 선생님이 말한다, 떨리는 목소리로. "물론, 미군은 막대한 손실을 입었어. 그리고 영광스러운 우리의 독일군은 용감하게 싸웠어. 그리고 계속해서 싸울 것이고… 그리고… 또…." 선생님은 할 말을 잃고서 눈을 깜박거린다.

"하지만 아헨은 독일에 있잖아요." 도라가 외친다.

"그래, 그래." 슈미트 선생님이 중얼거린다.

그 뉴스의 심각성이 모두에게 스며들자 교실은 침묵에 빠진다. 적이 독일 땅에 발을 들인 것이다.

나는 방금 "우리는 적이 올 때를 대비해서 연습하고 있다"고 한 로

코끼리한테 깔릴래, 곰한테 먹힐래?   291

타의 말을 떠올린다.

"우리는 지고 있어." 나는 하이디와 구드룬에게 귓속말을 한다.

하이디가 울기 시작한다. 우리 주위의 다른 아이들도 그렇다.

구드룬의 눈이 공포에 질려 커다래진다.

"우리가 전쟁에서 지고 있어." 내가 말한다, 이번에는 더 큰 소리로.

선생님이 나를 향해 날카로운 눈빛을 보낸다. 그리고 잘라 말한다. "말도 안 돼! 독일 제국은 강하다. 우리는 굳건하게 서 있을 거야. 우리는 승리할 거야." 그러나 선생님의 말에는 평소의 불같은 기운이 없고, 선생님의 눈은 평소처럼 반짝이지 않는다. 그리고 선생님은 "하일 히틀러!"로 말을 맺는 것을 잊는다.

그래서 이제 나는 확신한다.

독일은 전쟁에서 지고 있다.

"이제 시작이군!" 오후에 외양간으로 들어가자 베라 언니가 말한다. 언니는 소들이 만족스럽게 먹이를 씹고 있는 마구간을 가리킨다. "소들은 겨울에는 실내에 있어. 이제 들판에 나가는 시기는 끝났어. 서리에, 얼음처럼 차가운 바람에, 바깥은 너무 추워지고 있어. 올해는 눈이 일찍 올 거야."

"대시는 어떻게 해요?" 내가 묻는다.

베라 언니는 고갯짓으로 마지막 마구간을 가리킨다. 나는 밤색 말에게 다가가서 녀석의 벨벳 같은 코를 문지른다. 녀석은 내 머리띠를 야금야금 씹으며 부드럽게 힝힝거린다.

롤프가 어디선가 나타나 대시의 마구간 난간 위로 날아오른다. 롤프는 목을 쭉 빼고 날개를 퍼덕이며 운다. "꼬끼오 꼬꾜!"

나는 웃는다. "질투하는 새구나!" 나는 녀석을 휙 품에 끌어안고 녀석이 좋아하는 식으로 앞뒤로 흔들면서 자장가를 불러준다.

"그게 무슨 노래니?" 유제품 만드는 곳에서 에디트 언니가 천천히 걸어 나오며 묻는다.

나는 입을 멍하니 벌린 채 언니를 본다. 나는 **폴란드** 자장가를 부르고 있었던 것이다!

나는 롤프를 다시 난간 위에 앉히고 불쑥 말한다. "아헨 얘기 들었어요? 미군들에게 점령당했대요."

에디트 언니는 고개를 끄덕인다.

베라 언니가 우리에게 끼어든다. 언니는 대시가 뜯어먹은 머리띠를 부드럽게 풀어준다.

"우리가 지고 있는 거 맞죠?" 내가 묻는다.

에디트 언니와 베라 언니는 서로를 흘깃 쳐다본다.

"엄마는 말해주지 않을 거예요." 내가 말한다. "하지만 그게 사실이죠?"

브리기테 언니가 쇠스랑을 손에 들고 나타난다. "무기만 있으면 나는 적에 맞설 거야!" 언니는 쇠스랑을 들고 돌진하며 전투에서 외치는 무서운 고함을 내뱉는다.

우리는 모두 웃음을 터트리지만, 나는 언니들의 얼굴에 두려움이 순간적으로 스쳐 가는 것을 본다.

일요일에, 나는 구드룬이 집에 없을 거라는 걸 알면서도 자전거를 타고 뮐러 농장으로 간다. 금요일에 그 애가 내게 전 가족이 그날 할머니를 뵈러 갈 거라고 말했던 것이다.

나는 자전거를 외양간으로 끌고 가서 프랭크를 책가방에서 꺼내 풀어준다.

"안녕?" 내가 부른다.

토마슈의 머리가 다락 끝에 나타난다. "조피아!" 그 애가 소리치며 황급히 사다리를 타고 내려온다.

나는 자전거 바구니에서 꾸러미를 꺼내 그 애에게 건넨다.

"와!" 그 애가 소리친다. "부츠와 양말, 그리고 빵과 사과다!"

"모두 스웨터로 감싸 놓았어." 내가 알려준다.

그 애는 바닥에 털썩 앉더니 곧바로 양말과 부츠를 신는다. "멋지다!" 그 애는 흥분한 나머지 신발 끈을 더듬으며 소리친다. "이것들을 어디서 구했어?"

"로테 언니 물건들이었어." 내가 말한다. "전에 우리 농장에서 일했던 언니야. 결혼해서 이사 갔기 때문에 이것들은 이제 필요 없게 됐어. 그 스웨터는 내 거야."

토마슈는 스웨터를 머리 위로 씌워 입는다.

"짧아도 **너무 짧네!**" 내가 탄식한다.

"완벽한걸!" 그 애가 외친다. "깨끗하고 따뜻해." 그 애는 팔로 나를 얼싸안는다. "그리고 이걸 보면 항상 네가 생각날 거야!"

토마슈는 빵 반쪽과 사과 한 개를 다락에 숨겨놓고 나머지를 먹는다. 그 애가 씹고 있는 동안 내가 말한다. "매일 빵과 사과 먹기, 아니면 일주일에 한 번 체리 케이크 한 통 먹기? 하나를 골라."

"체리 케이크가 뭐야?" 토마슈가 묻는다.

당연히, 그 애가 알 리가 없다. 독일 아이가 되기 전까지는 나도 그게 뭔지 몰랐으니까.

"체리와 설탕, 킥킥 웃음이 나는 것들이 듬뿍 들어 있는 버터케이크야. 이 세상에서 제일 맛있는 거라고!"

"매일 빵과 사과를 먹을래." 토마슈가 말한다.

"난 케이크 먹을 거야!"

토마슈는 코를 긁적인다. "나머지 6일간 배가 고프지 않겠어?"

"하지만 **케이크**인걸!" 내가 소리친다.

그렇지만 빵을 허겁지겁 먹어 치우는 토마슈를 보면서 나는 그 애가 옳은 걸 골랐다는 것을 안다. 진짜 배가 고프다는 건 아픈 일이다.

구드룬은 토마슈가 배고픈 걸 신경 쓸까? 아니면, 춥고 외로운 걸 신경 쓸까? 의문스럽다.

뮐러 아주머니는 신경 쓸까?

더 나쁜 질문이 마음속에 떠오른다. 엄마나 아빠라면 신경 쓸까?

"토마슈," 내가 말한다. "너를 행복하게 해줄 소식이 있어."

그 애는 활짝 웃는다. "내 머리에 달 리본도 가져왔구나!"

"아니, 바보야. 미국이 아헨이라는 도시를 점령했어. 독일 서쪽에 있는 도시야. 그보다 멀리까지는 도달하지 못했지만 —."

"미군이 오고 있다!" 그 애가 소리친다. "난 풀려날 거야!" 그 애는 벌떡 일어나서 펄쩍펄쩍 뛰어다니며 소리를 지른다. 나를 일으켜 세우더니 외양간을 돌며 나를 끌고 춤을 추기 시작한다.

세 바퀴를 다 돌고 나서 그 애가 말한다. "밖으로 나가자. 아무도 우리를 보지 못할 거야. 아무도 집에 없어. 하녀도 없어."

우리는 외양간을 나와서 농장을 가로질러 들판 깊숙이 달려간다. 계곡에서 불어오는 차갑고 세찬 바람에 얼굴이 시리고 옷과 머리카락이 빨려 들어간다.

토마슈는 눈을 감고 두 팔을 넓게 벌리며 심호흡을 한다.

"뭐 하는 거야?" 내가 묻는다.

그 애가 눈을 딱 뜬다. "폴란드 공기를 마시고 있어!"

나는 웃는다. "우리는 바이에른에 있어. 여기는 온통 **독일** 공기뿐이야."

"바람을 느껴봐!" 토마슈가 소리친다. "동쪽에서 불어오고 있어. 그리고 얼음처럼 차가워. 그건 러시아에서 시작해서 폴란드를 휩쓸면서 여기까지 쭉 왔다는 거야. 이 바람에는 폴란드 먼지가 있어, 조피아. 할아버지의 집 밖 거리에서 날려온 먼지일 수도 있다고!" 그 애는 눈을 감고 얼굴을 바람에 내맡긴다. "어쩌면 이 바람에는 폴란드의 간절한 바람이 담겨 있을지도 몰라. 폴란드의 축복이. 우리가 다시 폴란드의 집으로 돌아갈 때까지 우리를 안전하게 지켜줄 축복 말이야."

"**난** 폴란드로 돌아가지 않을 거야." 내가 말한다.

토마슈가 휙 몸을 돌린다. "하지만 **고향**이잖아!"

나는 인상을 쓴다. "이제는 **여기가** 내 고향이야."

"넌 폴란드가 그립지 않아?" 그 애가 묻는다. "크라쿠프가? 사람들이?"

나는 잠시 생각하다가 고개를 젓는다. "나는 폴란드에 아무도 **없어**. 여기엔, 어머니와 아버지가 있어."

"어머니, 아버지**인 척하는** 사람들이지." 토마슈가 말한다.

"상관없어." 내가 중얼거린다. "그분들은 나를 구해줬어."

"아니야." 토마슈가 잘라 말한다. "그 사람들은 너를 **훔친** 거야!"

나는 폴란드의 바람을 얼굴에 맞으며 독일 땅을 발밑에 밟고서 조용히 거기 서 있다.

토마슈가 옳지만, 그렇다고 달라지는 건 없다.

폴란드 사람, 아니면 독일 사람? 하나를 골라.

나는 **이미** 오래전에 골랐다. 독일 사람이 되기로 했다. 인제 와서 되돌아갈 수는 없다. 규칙이 그러니까. 한 번 고르고 나면, 그대로 지켜야 한다.

정말 합리적인 규칙이다. 그렇지 않으면, **잘못** 고른 건 아닐까 걱정하느라 가슴이 미어질 수도 있다.

코끼리한테 깔릴래, 곰한테 먹힐래?   297

41

겨울이 일찍 와서 눈이 내리기 시작한다. 나는 이제 더는 자전거를 탈 수가 없다. 베라 언니가 자전거를 닦고 기름칠한 다음 외양간 뒤편 구석에 넣어둔다.

자전거가 없다는 건 학교까지 걸어가야 한다는 뜻이다. 이제는, 휘발유가 부족해져서 엄마처럼 부자인 사람들조차 차를 탈 수가 없다. 우리는 비상시에 대비해서 엄마 차에 남아 있는 휘발유를 아껴야 한다. 하지만 제일 안 좋은 일은 자전거 없이는 비밀리에 뮐러 농장까지 빠르게 갔다 올 수가 없다는 것이다.

나는 토마슈가 걱정된다. 제대로 먹고 있을까? 따뜻하게 지낼까? 뮐러 가족이 그 애에게 담요를 더 줬을까? 그 애가 거기, 외양간에 처박혀서 소와 닭, 돼지를 돌보고 있다는 걸 기억하고 있기는 할까?

일요일 오후에 하이디와 베버 아주머니가 놀러 온다. 농장용 화차를 타고 있다! 하이디와 나는 모자와 목도리, 장갑, 그리고 코트를 꽁꽁 싸매고 알에서 새로 나온 새끼 오리들과 놀려고 외양간으로 나간다.

에디트 언니가 대시의 마구간에서 손을 내저으며 달려 나온다. "저놈이 나를 물었어!" 언니가 소리를 지른다. "대시는 안 그래요." 내가 말한다. "얼마나 다정한데요."

"너한테는 그럴지 모르지." 에디트 언니는 투덜거린다. "하지만 겨울을 나도록 내가 그 녀석을 안으로 넣은 뒤부터 계속 나한테 화가 나 있어."

나는 천천히 대시의 마구간으로 가서 부드러운 벨벳 같은 녀석의 코와 주둥이를 쓰다듬는다. "불쌍한 녀석. 네가 눈 속에서 산책할 수만 있다면."

"할 수는 있어." 에디트 언니가 말한다. "그 녀석은 눈밭에서 뛰노는 걸 좋아할걸. 하지만 나는 데리고 가지 않을 거야. 아마도 나를 떨어뜨리고 밟아버릴 거야."

"있잖아!" 하이디가 소리친다. "구드룬 집으로 가서 새끼 돼지들과 놀아야 해. 지난주에 열두 마리가 부화했다고 구드룬이 말했거든."

나는 하이디를 쳐다본다. 설마 **돼지 새끼들이** 알에서 부화한다고 생각하는 건 아니겠지? 그런데 어찌 보면, 그 애는 농장이 아니라 시내에 산다. 그리고 하이디는 진짜 알 수 없는 아이기도 하다

"대시를 데리고 나가도 돼요?" 내가 묻는다.

에디트 언니는 어깨를 으쓱한다. "물론이야. 그렇지만 베라에게 가서 마구를 채워야 할 거야. 난 봄이 오기 전에는 그 녀석 옆에 가지 않을 거야."

하이디와 나는 뮐러 농장으로 가는 길 내내 대시를 속보로 걷게 하며 킬킬거린다. 우리는 대시를 타고 문 바로 앞까지 가서 노크를 한다. 그래서 문으로 나온 하녀는 대시의 길고 큰 얼굴과 마주친다. 하녀가 비명을 지르며 도망간다. 우리는 숨넘어갈 듯 크게 웃는다.

우리 소리를 들은 게 분명한지 잠시 뒤 구드룬이 문으로 나온다.

코끼리한테 깔릴래, 곰한테 먹힐래?

"안녕, 소피아." 그 애는 대시를 앞에 대고 말한다. "넌 볼 때마다 더 못생겨지네. 콧구멍이 엄청나게 크고 턱에 털이 많은 게 오늘은 정말 말처럼 보여!"

"어휴, 입 다물고 말 타러 와!" 내가 소리친다.

내가 대시를 울타리로 이끌자 구드룬은 난간을 이용해서 하이디 뒤에 올라탄다. 우리는 웃고 꺅 비명을 지르고 노래를 부르며 농장을 한 바퀴 돈다. 나는 토마슈가 우리 소리를 듣고 밖으로 나오기를 바라면서 대시를 외양간 쪽으로 점점 더 가까이 몰고 간다. 그 애가 굶주리지 않고, 얼어 죽지 않고, 외로워서 시들어 가고 있지 않은지 확인하고 싶다.

"점점 지루해지는데." 구드룬이 말한다. "이 녀석은 좀 더 빨리 가지는 못해?"

"가능하지." 내가 말한다. "하지만 우리 셋이 누르고 있는데 이 정도면 충분히 빠른 것 같은데."

"이랴!" 구드룬이 발 뒷굽으로 대시의 옆구리를 찌르자 대시는 빠른 속도로 치고 나간다. 우리는 위아래로 흔들리며 낄낄거리고 비명을 질러대다가 옆으로, 옆으로, 옆으로 미끄러져서 결국 모두 눈 속으로 떨어지고 만다. 대시는 아무것도 모른다는 듯 계속 달려간다.

우리는 웃으며 눈 속을 뒹군다. 눈이 모자와 코트, 뺨과 장갑에 달라붙는다. 그때 갑자기 얼굴 하나가 우리 위로 나타난다. 토마슈다!

그 애는 손을 내밀어 하이디를 양손으로 잡고 일어설 수 있도록 돕는다. 구드룬에게도, 그런 다음 내게도 똑같이 해준다. 그 애는 내 손을 필요 이상으로 오래 붙잡고 꼭 쥔다. 그 애의 밝고 파란 눈이 반짝이며 웃는다. 그러더니 헛간으로 도로 뛰어 들어간다.

그 애는 괜찮다!

"저 애는 누구야?" 하이디가 묻는다.

"우리 집 노예야." 구드룬이 말한다. "동물들을 돌보고 장작을 마련해."

"어디서 왔어?" 하이디가 묻는다.

"폴란드." 내가 말한다.

"저 애가 내 손을 만졌어!" 하이디는 숨을 들이켠다.

"걱정 마." 구드룬이 말한다. "저 불쌍한 남자애한테 너의 그 못된 베버 균을 그렇게 많이 옮기지는 않았을 테니까 말이야."

구드룬과 내가 웃는다. 하지만 하이디는 진짜로 무서워하는 게 보인다.

내가 폴란드 사람이라는 걸 알게 되면 저 애는 어떻게 할까?

"소피아, 이제 너희 집으로 돌아가고 싶어." 그 애가 소리친다.

"하지만 새끼 돼지들은 어쩌고?" 내가 묻는다.

그 애는 불안한 듯 외양간 쪽을 흘긋 본다. "안 놀래!"

오후의 다과와 차를 먹으려고 우리 집으로 돌아오자 하이디는 장갑을 쓰레기통에 던지고는 안으로 뛰어 들어가서 마치 병든 쥐를 가지고 놀기라도 한 것처럼 손을 문질러 씻는다.

그날 밤, 잠자리에 들기 전에 나는 밖으로 나가 쓰레기통에서 하이디의 장갑을 꺼낸다. 다시 안으로 들어오자 부엌에 엄마와 함께 아빠가 서 있다! 걱정이 있는 듯 이마에 깊은 주름이 있지만 여전히 밝고 따뜻한 미소를 띠고 파란 눈이 사랑으로 반짝인다.

"아빠!" 나는 소리친다.

코끼리한테 깔릴래, 곰한테 먹힐래?

나는 아빠를 향해 세 걸음을 내딛다가 멈춘다.

아빠는 피리 부는 사나이다. 아빠는 나를 **훔쳤다.** 다른 아이들도 훔쳤다.

"소피아," 아빠가 노래한다. "내 작은 공주님." 아빠는 두 팔을 활짝 벌리고 내가 그 안을 채워주기를 기다린다.

나는 뒤로 물러서려고 해본다.

그럴 수가 없다.

아빠는 비록 피리 부는 사나이이기는 하지만, 나의 아빠이기도 하다.

나는 아빠에게 달려가고, 아빠는 나를 품에 안아준다. 나는 안전하고 사랑받는 기분이 들고… 그리고 행복하다.

우리는 식탁에 앉는다. 클라라 할머니가 법석을 떨며 뜨거운 커피를 끓이고 숨겨둔 버터와 잼을 다 꺼내서 우리가 빵을 먹을 수 있게 해준다. 하지만 아빠는 음식에 거의 손도 대지 않는다.

"볼프강에게 밥 먹으러 오라고 해야죠?" 엄마가 묻는다.

"그는 여기 없소." 아빠가 말한다. "전쟁터로 파견됐지. 이제는 내가 **직접** 운전을 해야 해요."

"볼프강 아저씨가요?" 내가 소리친다. "하지만 너무 늙으셨잖아요!"

아빠가 웃는다. "그래, 하지만 성질이 나빠서 용맹스러운 군인이 될걸."

"대시도 성질이 나빠요." 내가 말한다. "녀석은 겨울에 갇혀 있게 돼서 몹시 화가 나 있어요. 오늘 오후에는 에디트 언니를 물었어요."

"그 녀석은 너에게 좀 배워야겠다, 소피아." 아빠는 손을 내밀어 내 뺨을 부드럽게 쓰다듬어 준다. "착한 우리 공주님. 온 세상을 다 뒤져도 너만큼 훌륭한 딸은 찾지 못할 거야."

나는 뿌듯하게 미소를 짓지만, 내 안에서는 불편한 감정이 소용돌이치기도 한다.

빵과 잼을 다 먹자마자 아빠는 내게 위층으로 올라가서 자라고 한다. 아빠는 내가 올라가기 전에 주머니에서 선물을 꺼내지 않는다. 심지어 올라와서 이야기책을 읽어주겠다고도 하지 않는다.

나는 가고 싶지 않다. 아빠는 여기 하룻밤만 있다가 내가 깨기 전에 갈 것이다. 그래서 나는 꾸물거리고 있다.

내가 겨우 문밖으로 나가는데 아빠가 말하는 소리가 들린다. 낮고 침울한 목소리다. "엘자, 전쟁 상황이 독일에 좋지 않아요."

"차 더 마실래요?" 엄마가 가볍게 말한다.

"엘자, **제발** 들어봐요." 아빠가 말한다. "이건 심각한 일이오. 난 총통을 위해, 그리고 힘러를 위해 훌륭하게 일해 왔소. 하지만 나머지 세상 사람들은 이해하지 못할지도 몰라요. 나를 나쁜 놈이라고 할지도 모르오."

"프레드리크!" 엄마가 숨을 들이켠다. "당신이 무슨 일을 했는데요?"

긴 침묵이 흐른다.

나는 문턱에서 안을 들여다본다. 입을 벌린 채 아빠를 바라본다.

아빠는 엄마에게 진실을 말할까? 자신이 하는 중요한 일이 폴란드 아이들을 훔쳐서 독일로 보내는 거라고, 그중 몇몇은 훌륭한 독일인으로 키우고 나머지는 노예로 만드는 거라고?

코끼리한테 깔릴래, 곰한테 먹힐래?　　　303

엄마는 아빠를 어떻게 생각할까?

엄마는 **나를** 어떻게 생각할까?

"무슨 일을 했냐고요?" 엄마가 다시 묻는다.

아빠는 한숨을 쉰다. 아빠는 몸을 기울여 엄마의 이마에 키스한다. "아무것도 안 했어요, 엘자." 아빠는 중얼거린다. "아무것도."

그리고 엄마는 더할 나위 없이 기쁘게 아빠를 믿는다.

다음 날 아침, 수업이 시작되기 전에 나는 하이디에게 그 애의 장갑을 돌려주려고 한다. 하지만 그 애는 고개를 내저으며 뒷걸음질 친다. "폴란드 병균이 묻어 있잖아." 그 애가 쇳소리를 낸다

구드룬이 내게서 장갑을 획 낚아챈다. "하이디가 싫다면 **내가** 가질게. 그 폴란드 남자애에게 줄 거야."

"그러지 마!" 하이디가 헉한다.

구드룬은 어깨를 으쓱한다. "그 애 병균이 이미 온 데 다 묻어 있잖아."

하이디는 눈물을 흘리며 교실로 뛰어 들어간다.

"고마워, 구드룬." 내가 속삭인다. "고마워."

"뭐가?" 그 애가 묻는다. "하이디를 화나게 해서?"

"아니! 그 폴란드 애에게 친절하게 대해줘서."

구드룬이 코웃음을 친다. "이런 말은 하기 싫지만, 소피아 엥겔스, 네가 옳았어. 난 항상 네가 옳다는 걸 알고 있었어. 나는 그냥 슬펐던 거야. 아빠 때문에, 그리고 이 멍청한 전쟁 때문에. 토마슈가 폴란드인인 게 그 애 잘못은 아니잖아."

"그 애 이름을 알고 있어?" 나는 숨을 들이켠다.

구드룬은 고개를 끄덕인다. "엄마는 여전히 몸이 좋지 않아. 엄마는 어린 동생들에게 거의 신경을 쓰지 않고 있어. 내가 학교에 있는 동안 토마슈가 그 애들을 돌보느라 많은 시간을 보내. 그 애는 아주 친절해. 우르줄라, 오토, 클라우스, 그리고 디터는 항상 그 애 얘기를 하고 있어 ― 토마슈가 이랬어, 토마슈가 그렇게 말했어, 토마슈가 지푸라기로 작은 인형을 만들어 줬어, 토마슈가 황새에 관해 온갖 걸 다 가르쳐 줬어 등등. 그 애들은 심지어 토마슈와 함께 있으면서 폴란드어도 하기 시작했어!" 구드룬이 가까이 몸을 기울이며 속삭인다. "꼭 너처럼 말이야, 조피아."

나는 얼굴이 달아오른다.

나는 겁에 질려 어쩔 줄 모른다.

하이디를 따라 교실로 뛰어 들어갈까 생각한다.

아니면 집으로 달려가든지.

하지만 구드룬은 살며시 내 팔에 자기 손을 얹으며 말한다. "못되게 굴어서 미안해, 너에게, 그리고 토마슈에게. 하지만 앞으로는 안 그럴 거야. 네 비밀은 나 말고는 아무도 모르게 할게."

코끼리한테 깔릴래, 곰한테 먹힐래?

42

1945년 3월

우리 집 외양간 안으로 들어가니까 암탉들이 꼬꼬댁꼬꼬댁 야단법석을 떤다. 다락을 올려다보니 토마슈가 얼굴을 빼꼼히 내밀고 나를 내려다보는 게 보인다.

"토마슈!" 내가 기쁨의 비명을 지른다. "여기서 뭘 하는 거야?"

"쉿!" 그 애가 쉬쉬거린다.

"괜찮아." 내가 말한다. "나 말고는 주위에 아무도 없어."

토마슈는 사다리를 내려오고 우리는 끌어안는다. 꽉. 오래도록. 그 애는 삐쩍 마르고 냄새가 난다. 하지만 팔로 그 애를 꼭 조여 안으니 기분이 좋다.

우리는 몇 달 동안 만나지 못했다. 겨울은 혹독했고, 이제 3월이 되어 눈이 녹았는데도 정상적인 생활은 회복되지 못하고 있었다.

미군과 영국군이 라인 강을 넘어서 독일의 심장부로 진격하고 있다. 독일이 전쟁에서 지고 있는 것이다. 급격하게. 처참하게. 이제 더는 아무도 의심하지 않는다. 엄마조차도 더는 안 그런 척하지 못한다.

그런데도 히틀러는 우리가 계속 싸워야 한다고 고집한다. 우리는 최후의 남자가 쓰러질 때까지 우리의 마을과 도시를 지켜야 하는 것이다. 최후의 여자와 아이도.

농장의 언니들은 뮌헨을 지키기 위해 모두 그곳으로 보내졌다. 로타, 에리히, 휴고, 프리츠, 그리고 히틀러 청소년단의 다른 남자아이들은 모두 총과 수류탄을 사용하는 훈련을 받고 있고, 그래서 종종학교에 결석한다. 로타와 에리히는 총통을 위해 명예롭게 죽는 것에 대해 계속해서 떠들어댄다. 미군이 도착한다면 우리 마을 사람들이 싸울 수 있도록 돕기 위해 수백 명의 독일 군인들이 마을 성벽 안쪽에 진을 치고 있다. 그런데 아빠는 사라졌다. 우리는 몇 달 동안 아빠를 보지도, 아빠 소식을 듣지도 못했고 아빠가 살아 계신지 돌아가셨는지도 알지 못한다. 모든 것이 끔찍하고 무섭다. 전쟁이 너무 가까이 느껴진다.

학교에 가지 않을 때 엄마는 나를 항상 곁에 둔다. 엄마는 그 어느 때보다 더 많이 나를 안아주고, 또 더 많이 운다. 아빠 때문에. 그리고 나 때문에. 엄마 자신 때문에. 독일 때문에.

하지만 지금 나는 웃고 있다. 나는 토마슈를 향해 활짝 웃고 있다. 그 애도 내게 웃어준다. 그리고 우리는 끌어안고, 또 안는다.

"음식을 줘서, 그리고 목도리와 털모자, 그 모든 걸 줘서 고마워." 토마슈가 말한다.

"그것들을 전달해 **준 건** 구드룬이야!" 나는 미소 짓는다. "그 애는 멋진 친구야. 그리고 비밀을 지켜주는 정말 착한 친구고."

"최고야." 토마슈가 말한다.

내 가슴에 구드룬을 향한 사랑이 차오른다. "그 애는 호두야." 내가 말한다. "겉은 딱딱하지만 안은 부드럽고 달콤하고 살짝 고소하잖아."

토마슈가 고개를 끄덕이며 밝고 파란 눈을 반짝인다.

"그런데 넌 **우리 집** 외양간에서 뭘 하고 있어?" 내가 묻는다.

"미군이 가까이 와 있어." 그 애의 눈이 커진다. "구드룬 말로는 그들이 곧 여기로 올 거래. 그래서 난 독일군이 나를 다른 곳으로 데려가기 전에 도망치려고 해. 미군을 찾으러 갈 거야! 난 자유의 몸이 될 거야, 조피아!"

나는 다시 한번 그 애를 와락 끌어안는다. 나는 그 애를 위해 기뻐하고 싶은데도 울음이 나기 시작한다. "작별 인사를 하러 온 거구나."

"아니!" 토마슈가 몸을 움직인다. "너를 데려가려고 왔어!"

"아." 나는 한 발짝 물러선다. 두 손이 얼굴로 날아오른다. 다리가 흔들려서 나는 무릎을 꿇고 만다.

토마슈가 내 옆에 앉는다. "떠나야 한다는 걸 너도 **알잖아**."

"난 못 가." 내가 훌쩍이며 말한다. "엄마가 여기 있어. 아빠가 언제든 돌아올 수 있어. 여기가 내 **집이야**."

"**폴란드가** 너희 집이지!" 토마슈가 외친다. "크라쿠프가 너희 집이야. 요세프 울린스키의 양복점이 너희 집이라고."

나는 고개를 흔든다. "요세프 울린스키는 이제 없어. 할리나 울린스키는 이제 없다고."

토마슈가 입술을 깨문다. 그 애는 이것이 사실이라는 걸 알면서도 계속 시도한다. "그래도 넌 폴란드 사람이야. 넌 자랑스러운 폴란드 황새라고. 다른 황새들이 다 매년 봄이면 돌아오는 것처럼 네가 태어난 땅으로 돌아가는 게 네 운명이야. 상상해 봐, 조피아. 너와 내가 크라쿠프로 함께 날아가는 걸 말이야. 할아버지와 할머니가 나를 기다리고 계실 거야. 그분들은 너를 보면 감격하실 거야! 크라쿠프에 있는 모든 사람들이 도둑맞은 자기 아이들이 돌아오기를 기다리고 있을 거야. 우리는 황새야. 사람들은 우리가 돌아오기를 기다리고 있을 거라고."

그 애는 벌떡 일어서더니 두 팔을 활짝 펴고 아래위로 펄럭거리며 외양간 주위를 날아오른다. 마침내 내 앞에 착륙해서 날개를 접고 한쪽 다리로 서서 균형을 잡으며 희망에 찬 눈빛으로 나를 바라본다.

눈물이 내 뺨을 타고 흘러내린다.

"난 소피아 엥겔스야." 내가 말한다. "난 독일 사람이야. **여기가 우리 집이야.**"

"넌 조피아 울린스키야!" 이제 두 발을 땅에 내리고 토마슈가 고함을 지른다. "조피아 울린스키는 폴란드 사람이야!"

"난 소피아 엥겔스야." 내가 흐느낀다. "소피아 엥겔스!"

토마슈는 떠나고 나는 3일 동안 운다.

엄마는 내가 아픈 줄 알고 나를 침대로 보내 프랭크, 검댕이와 함께 누워 있으라고 한다.

넷째 날, 어슴푸레한 새벽에 우르릉거리는 이상한 소리가 나서 나는 잠이 깬다. 천둥소리 같지만 쉬지 않고 계속 들리고 함께 오는 번개도 없다.

엄마와 클라라 할머니가 옷을 다 입고서 내 방으로 갑자기 들어온다. 불이 켜지자 검댕이가 등을 구부리고 꼬리를 부풀린 채 창턱에 서 있는 게 보인다.

"천둥 치는 거예요?" 내가 침대에서 몸을 일으켜 앉으며 묻는다.

"미군이야." 클라라 할머니가 두 손을 비비며 말한다. "저건 포격소리야. 아, 사랑하는 바이에른 들판에서 저런 소리를 듣게 되리라곤 생각도 못 해봤는데!"

"빨리!" 엄마가 소리친다. "내가 차를 가져올 동안 클라라 할머니가 옷 입는 걸 도와줄 거야. 우리는 마을로 갈 거야. 베버 씨네 집에

코끼리한테 깔릴래, 곰한테 먹힐래?　　　　　　　　　　309

서 지낼 거야. 우리 군인들이 지켜주고 있는 마을 성벽 안쪽에 있으면 우리는 안전할 거야.”

옷을 입으면서 나는 또 다른 때가 생각난다. 오래전, 어머니가 내 방으로 갑자기 들어오던 때가. **이** 어머니가 아니라 다른 어머니가. 몸이 덜덜 떨린다. 이번에는 그렇게 나쁜 일이 일어나지 않기를 나는 바란다.

하이디와 나는 프랭크, 검댕이, 양장턱에게 인형 옷 입히기 놀이를 한다. 우리는 다른 날과 다름없이 재잘거리고 얼굴에는 미소가 번져 있다. 그러나 군대가 다가오는 소리를 들리지 않게 해줄 것은 아무것도 없다.

근처에서 폭발음이 들리자 검댕이와 양장턱은 침대 밑으로 허둥지둥 들어간다.

“구드룬과 그 가족은 괜찮을 것 같아?” 하이디가 묻는다. “그 집 농장은 저 너머에 있는데…” 그 애는 몸을 움찔하며 굉음이 들려오는 방향을 가리킨다.

“엄마가 뮐러 아주머니에게 어떠냐고 물어봤어.” 내가 말한다. “아주머니가 구드룬과 어린 아이들을 모두 교회 근처에 있는 할머니 집으로 데려갔대.”

하이디는 양장턱을 품에 안는다. “구드룬이 여기 있으면 좋겠어. 난 그 애가 옆에 있으면 항상 더 안전한 느낌이 들어.”

“무슨 말인지 알아.” 나는 오늘 처음으로 제대로 웃어 보인다. “그 애는 시들어가는 눈빛 하나만으로 미군 전체를 도망치게 만들 수 있지. 그들도 도망칠 때는 아기들처럼 울걸!"

우리는 킥킥 웃는다. 하지만 하이디는 웃음을 멈추고는 내게 양 팔을 두른다. "소피아, 무슨 일이 있어도 넌 내 인생 최고의 친구라 는 걸 알면 좋겠어!"

"너도." 내가 속삭인다.

아래쪽 거리에서 총소리와 고함 지르는 소리가 들린다. 하이디와 나는 창문으로 달려간다. 히틀러 청소년단의 고학년 남자아이들이 저마다 기관단총을 들고 마을 성벽 문을 향해 달려가고 있다. 키가 좀 더 작은 몇몇 아이들은 무거운 총을 지탱하느라 씨름하면서 뒤 에서 따라간다.

"저기 봐!" 내가 외친다. "로타와 프리츠야!"

"진짜네!" 하이디가 숨을 들이켠다. "저 애들은 진짜로 히틀러를 위해 싸우려고 훈련하고 **있었던 거야.**"

"나는 히틀러가 싫어!" 내가 소리친다.

"나도." 하이디가 훌쩍인다.

그 애의 말이 내게 큰 희망을 준다. 히틀러를 미워하는 걸 배울 수 있다면 하이디는 언젠가는 폴란드 사람들을 사랑하는 법을 배울 수 있을 것이다. 진실을 알게 된다고 해도 어쩌면 그 애는 **나를** 계속 사 랑할지도 모른다.

귀가 먹먹할 정도로 높은음의 호루라기 소리가 들린다. 길 아래쪽 저 너머에 있는 건물이 폭발한다. 벽돌과 먼지가 사방으로 날린다.

로타가 비틀거리며 쓰러진다. 프리츠도 마찬가지다.

나는 창문을 열고 그들을 향해 소리친다. "어설프고 멍청한 녀석 들아! 일어나! 대피해!"

아니다.

코끼리한테 깔릴래, 곰한테 먹힐래?　　　311

어설픈 게 아니다.

멍청한 게 아니다.

하이디와 나와 동시에 깨닫는다. 그 애는 비명을 지르며 머리를 커튼에 파묻는다. 하지만 그때 또 다른 폭탄이 집에 훨씬 더 가까운 곳에 떨어진다. 그리고 우리는 바닥에 내려앉아 함께 한 덩어리가 된다.

침실 문이 활짝 열리더니 베버 아주머니가 뛰어 들어온다. 아주머니는 우리를 한 손에 한 명씩 붙잡고는 계단 아래로 끌고 내려간다. "미군이 시내를 폭격하고 있어. 짐승 같은 놈들! 어떻게 이럴 수가 있어? 여기 있는 건 여자와 아이들인데, 그들도 그걸 알면서! 독일군은 **절대로** 그런 괴물 같은 짓은 하지 않아."

납치당한 폴란드 아기들과 아이들을 가득 실은 트럭의 그림이 내 머릿속을 빛처럼 스쳐 간다.

엄마와 클라라 할머니가 현관에서 우리를 맞이하고, 우리는 함께 지하실로 긴급하게 내려간다. 우리는 어둠 속을 더듬더듬 걸어서 마르고트 언니가 손전등을 들고 기다리고 있는 식품 저장실까지 간다.

우리는 마을 성벽 비밀 통로를 통해 탈출할 것이다. 이번에는 게임이 **아니다.** 이건 진짜다.

클라라 할머니는 바닥에 누워 뻣뻣하고 늙은 몸을 선반 밑으로, 그리고 벽에 있는 구멍 속으로 넣으려고 신음하며 꿈틀거린다. 베버 아주머니가 그 뒤를 따르고 그다음에는 하이디가, 그리고 마르고트 언니가 손전등을 들고 뒤따른다.

이제 춥고 어두운 곳에 엄마와 나, 단둘이 남아 있다.

엄마가 나를 앞쪽으로 보낸다. "먼저 가, 소피아. 내가 따라갈게. 빨리! 빨리!"

빨리! 빨리!

다시, 또 다른 어머니가, 또 다른 밤이 떠오른다.

다리가 후들거린다. 심장이 쿵쾅거린다.

"소피아, 우리 가야 해!" 엄마가 재촉한다.

나는 가만히 서 있다. 내가 납치당하던 날 밤과 똑같은 생생한 공포가 느껴진다.

우리가 어디로 가는지 나는 알지 못한다. 무슨 일이 앞에 놓여 있는지 알지 못한다.

내가 누구인지 엄마가 알게 된다면? 그래도 엄마는 나를 사랑할까? 그래도 우리 엄마로 있고 싶을까?

아니면 혐오스러워하며 나는 필요 없는 아이라고 말하게 될까?

결국 나는 토마슈와 함께 도망쳐야 했던 걸까?

또 다른 폭탄이 마을 어딘가에 떨어진다. 집 전체가 흔들리고 식품 저장실 천장에서 석고가 부서져 내린다.

"소피아, 가!" 엄마가 비명을 지른다. "지금 안 가면 우리는 죽어!"

나는 바닥에 주저앉아 기어서 구멍을 통과해서 베버 가족과 클라라가 기다리고 있는 통로로 들어간다. 엄마가 뒤따라와서 내 손을 잡고 달린다.

얼마 안 가서 내가 멈춘다.

"엄마!" 내가 외친다. "엄마가 알아야 할 게 있어요."

또 다른 폭탄이 떨어지고 작은 돌멩이들과 포탄들이 우리 머리 위쪽에 쏟아져 내린다.

엄마가 내 손을 잡아당긴다. "지금은 안 돼, 소피아!"

하지만 나는 엄마와 같이 갈 수가 없다. 내가 진짜 누구인지 엄마가 알기 전까지는. 내가 어디서 왔든, 내 혈관에 어떤 피가 흐르든, 내가 누구이든 상관없이 엄마가 나를 사랑한다는 것을 알기 전까지는.

코끼리한테 깔릴래, 곰한테 먹힐래?

"엄마!" 나는 손을 비틀어 풀고 소리친다. "전 폴란드 사람이에요!"

"아니야, 아니야!" 엄마가 울부짖는다. "넌 독일인이야. 아빠가 너를 독일 고아원에서 구해 왔잖아. 아빠가 내게 말해줬어!"

"전 폴란드 사람이에요." 내가 고집스레 말한다.

"너무 놀라다 보니 그런 말을 하는구나." 엄마가 흐느낀다. "이리 와. 여기 있으면 안전하지 않아."

엄마는 내 손을 붙잡지만 나는 뒤로 펄쩍 물러선다.

"엄마." 나는 소리친다. "제 말은 사실이에요! 전 독일 사람이 아니에요. 폴란드 사람이에요. 제 이름은 조피아 울린스키예요!" 그리고 그 말을 증명하기 위해서 나는 그 말을 폴란드어로 반복한다.

어두워서 엄마의 얼굴은 보이지 않는다.

그러나 숨소리는 들린다.

그리고 엄마가 움직이지 않는다는 걸 안다.

엄마는 나를 잡으려고 다시 손을 뻗지 않는다.

총알이 심장을 관통한 것처럼 고통스럽다.

나는 조금 더 기다린다.

'제게 손을 내밀어 줘요, 엄마. 제발요! 엄마를 사랑해요. 엄마도 저를 사랑해 주세요!'

그러나 아무 일도 없다.

나는 발을 돌려서 벽에 난 구멍으로 도로 달려간다. 식품 저장실 속으로 꿈틀거리며 들어가서 선반들 사이를 헤집고 위층으로, 현관으로, 거리로 뛰어나간다.

포탄이 터지고 있다. 사람들은 사방으로 도망치고 있다. 군인들이 마을 성벽에서 숲과 포도밭, 들판으로 총을 쏘고 있다.

나는 계속 달린다. 어디로 가는지는 모르겠다. 다만 나를 충분히 사랑하지 못했던 여자에게서 도망쳐야 한다는 것만 알 뿐이다.

나는 어떻게 그렇게 멍청할 수 있었을까?

어떻게 그 동화가 진짜라고 믿을 수 있었단 말인가?

달리면서 울고 비틀거리다가 조금 더 달리는데 마지막에 뒤에서 나를 부르는 목소리가 들린다. "조피아!"

나는 달리기를 멈추고 뒤를 돌아본다. 엄마다. 엄마가 두 팔을 벌리고 울면서 달려오고 있다.

"조피아 울린스키!" 엄마는 내게 달려와 양팔로 나를 감싸안고 숨이 막히게 내 머리에 뽀뽀를 하며 눈물을 흘린다. "조피아. 조피아. 사랑해! 넌 소중한 내 딸이고 난 언제나, **언제나** 널 사랑할 거야!"

강력한 폭발이 하늘을 돌멩이와 나무 파편, 모래와 먼지, 연기, 그리고 재로 가득 채운다. 엄마가 바닥으로 주저앉으면서 나를 함께 끌어내린다.

이윽고 먼지가 가라앉자 엄마의 헝클어진 금발 머리 너머로 마을 성벽이 폭격당한 것이 보인다. 비밀 통로의 윗부분은 사라지고 없다.

하이디, 마르고트 언니, 베버 아주머니와 클라라 할머니는 사라지고 없다.

"엄마." 내가 울부짖는다. "저기 봐요!"

그러나 엄마는 볼 수가 없다. 엄마는 이제 다시는 그 아름다운 파란 눈으로 아무것도 볼 수가 없다.

코끼리한테 깔릴래, 곰한테 먹힐래?

진홍색 물방울무늬 벨벳 치마,
아니면 초록색 줄무늬 벨벳 코트?

하나를 골라!

43

1946년 2월

"히틀러 계집애!" 누군가가 비웃으며 뒤에서 나를 민다.

나는 베로니카와 부딪혀서 그 애의 칫솔이 세면대에 떨어진다. 그 애는 천천히 돌아선다. 물이 턱을 타고 흘러내려서 원피스 앞에 젖은 자국이 나 있다. 그 애는 콧구멍을 벌름거리며 나를 화장실 뒤로 밀친다. "밀지 마, 이 히틀러 계집애야!"

나는 비틀거리다가 다른 여자아이에게 부딪히고 그 애가 나를 밀치자 다른 아이들의 손이 기다리고 있다. 나는 화장실에서 이 애 저 애에게 이리저리 떠밀린다.

"히틀러 계집애! 히틀러 계집애!" 그 애들은 비웃고 야유하며 이를 드러내고 으르렁거린다. 한 여자애는 침까지 뱉는다.

내가 크라쿠프에 있는 천주교 고아원에 도착한 뒤부터 내내 이런 식이다. 나는 나아질 줄 알았다. 그 여자애들이 나도 자기들과 똑같은 아이라는 걸 알게 될 거라고. 하지만 석 달이 지난 후에도 달라진 건 아무것도 없다.

"난 히틀러 계집애가 아니야!" 내가 소리친다. "난 조피아 울린스키야. 폴란드 사람이야."

"난 히틀러 계집애가 아니야!" 베로니카가 투박하고 형편없는 독

코끼리한테 깔릴래, 곰한테 먹힐래?   319

일어 억양으로 흉내 낸다.

"내 억양은 내가 어쩔 수가 없어." 내가 말한다. "난 납치당했어! 납치당해서 독일 집에서 자라서 독일 학교에 다니게 된 거야."

"배신자!" 얼굴과 목이 상처투성이인 삐쩍 마른 율리아라는 여자 애가 소리친다. "넌 전쟁 동안 독일 사람인 척하면서 살찌고 행복하게 지냈어! 넌 감자와 고기, 양배추, 빵과 버터를 먹었잖아."

나는 울먹인다. "맞아. 하지만 —."

율리아가 자기 얼굴을 내 얼굴에 바짝 갖다 댄다. "전쟁이 **나한테**는 어떤 거였는지 알아?"

나는 짐작할 수 있다. 고아원에 있는 여자아이들 대부분은 운 좋게 살아남은 아이들이다. 어떤 아이들은 크라쿠프 길거리에서 도둑질하고, 구걸하며 계속 굶주리며 살았다. 납치되어 독일로 보내진 많은 아이들은 공장과 농장, 부유한 독일 집들의 노예가 됐다. 그 아이들은 야단을 맞고, 구타당하고, 굶주리고, 지칠 때까지 일했다.

전쟁 기간에 독일 공주로 살았던 사람은 나뿐이었다. 그러나 그 동화 속 인생은 거의 1년 전에, 엄마가 돌아가시던 날 끝이 났다.

율리아가 내 가슴을 쿡쿡 찌른다. 그 애의 손가락은 너무 말라서 칼처럼 느껴진다. "내가 물었잖아." 그 애가 쉿소리를 낸다. "전쟁이 **나한테** 어떤 거였는지 아냐고?"

나는 겁에 질린다. 입이 너무 말라서 말을 할 수가 없다. 나는 고개를 흔든다.

"**나는** 전쟁 동안 독일 농장에서 일했어. 쟁기를 끌 말이 없어서 나와 다른 여자아이들 셋이 끌어야 했어. 우리는 헛간에서 자야 했고 음식을 먹으려고 돼지들과 싸워야 했어." 그 애는 나를 노려본다. "돼지가 툭 떨어뜨린 것들! 그게 우리가 먹은 거야. 하지만 돼지

320

가 먼저 먹지 않았을 때만이지!"

눈물이 내 뺨을 타고 흘러내린다. 율리아 때문에. 나 때문에. 토마슈 때문에. 야드비가 언니와 카트 언니 때문에 에바와 마리아 언니 때문에.

전쟁 동안 고통받은 모든 폴란드 아이들 때문에.

아직도 상처받고 아파하며 아직 오지 않은 더 나은 무언가를 갈망하고 있는 우리 모두 때문에.

"**네가** 왜 우는 거야?" 율리아가 으르렁거린다. "그건 네가 아니라 내가 겪은 일이야, 이 히틀러 계집애야!"

그 애는 다시 나를 민다. 또다시 밀치고 야유하는 일이 시작되려고 하는 순간 테레사 수녀님이 손뼉을 치면서 부산하게 끼어든다. "자, 가자. 잘 시간이야."

수녀님은 내 어깨를 팔로 감싸고 나를 이층 침대로 데려간다. 나는 수녀님의 친절과 보호에 감사하며 수녀님의 앙상한 몸에 기댄다.

그날 밤, 피리 부는 사나이가 내 꿈속에 돌아와서 춤을 춘다. 그 사나이는 크라쿠프의 거리를 이리저리 뛰어다니며 피리를 분다. 곡조가 독일 민요처럼 가볍고 경쾌하고 아름답다. 나는 집에서 달려 나와 그 사나이를 따라간다.

엄마와 아빠가 내 뒤를 쫓아오며 집으로 오라고 부른다. "조피아 울린스키! 조피아 울린스키!" 엄마 아빠가 소리친다. "돌아와! 우리는 너를 사랑해!"

나는 돌아가고 **싶지만** 그 사나이와 춤을 추고 싶기도 하다. 폴짝

코끼리한테 깔릴래, 곰한테 먹힐래?　　　321

폴짝 뛰고, 껑충 뛰고, 빙글빙글 돌고 계속 달리다가 어느덧 내가 집에서 얼마나 멀리 왔는지 깨닫는다.

나는 멈춘다. 그 사나이는 뒤돌아보며 나를 향해 미소를 짓는다. "소피아 엥겔스!" 그 사람이 노래한다. "나와 함께 가자. 생강 쿠키 집과 소시지 개, 파란 비단 머리 리본이 있는 동화 속 왕국으로 내가 너를 데려가 줄게. 그곳은 정말 멋질 거야!"

하지만 그 사나이의 미소는 뭔가 나를 무섭게 한다. 그래서 나는 엄마, 아빠에게 돌아가고 싶다. 그 사나이는 어깨를 으쓱하며 춤을 계속 추면서 언덕 너머로 시야에서 사라진다.

나는 돌아서서 집으로 가는 길을 찾으려고 하지만 너무 멀리 춤을 추고 와서 내가 어디 있는지를 모른다. 다시 돌아서서 그 사나이를 찾지만, 그 사람도 가버리고 없다. 나는 돌고 또 돈다. 하지만 눈에 보이는 건 오직 끝없이 돌고 도는 언덕들뿐이다. 하나같이 똑같이 생겼다. 아무것도 내 눈에 익은 게 없다.

나는 바닥에 주저앉아 운다. "저는 길을 잃었어요! 길을 잃었어요! 길을 잃었단 말이에요!"

깨고 보니 나는 눈물에 흠뻑 젖은 얼굴로 침대 옆 차갑고 딱딱한 바닥에 몸을 웅크리고 있다. 나는 다시 침대로 올라간다. 그리고 이제 다시 한번 흐느끼기 시작한다. 내 꿈이 사실이기 때문이다. 나는 길을 잃었다.

나는 두 세계 사이의 이상하고 무서운 곳에서 길을 잃었다.

전쟁이 끝난 후 나는 폴란드로 돌려보내졌다. 왜냐하면 나는 폴란드 소녀 조피아 울린스키이기 때문이다. 그런데도 나는 더는 이곳의 아이가 아니다. 나는 가족도, 집도, 친구도 없다. 그 무엇보다 더 나쁜 건, 독일에서 내가 보낸 몇 년간의 시간 때문에 멸시받는 것이다.

나는 히틀러 계집애다.

하지만 나는 더는 독일에 속해 있지도 않다. 나는 엄마를 잃었다. 베버 가족과 클라라 할머니도 잃었다. 구드룬 가족은 모두 우리 마을의 폭격에서 살아남았지만 뮐러 아주머니에게는 이미 아이들이 너무 많고 돌봐 줄 남편이 없다. 나까지 돌볼 수는 없는 것이다. 프랭크, 검댕이, 롤프, 그리고 대시는 아직 거기 있지만 미군들은 나를 홀로 농장에 남아 있게 하지 않는다.

미국인들이 잔인해서 그런 건 아니었다. 그들은 친절하고 상냥했다. 그들은 나를 이재민 수용소로 데려갔고, 그곳에서 나는 따뜻한 잠자리와 먹을 것을 넉넉하게 제공받았다. 나는 아빠가 와서 나를 찾기를 기다리고 또 기다렸다. 하지만 끝끝내 내가 듣게 된 건 나쁜 소식이었다. 프레드리크 엥겔스 박사는 폴란드에서 수천 명의 어린이를 납치해서 히틀러에게 바친 역할을 담당한 혐의로 나치 전범으로 수배 중이라는 것이었다. 아빠는 전쟁이 끝나기 전에 나라에서 빠져나간 것으로 추정되고 있었다. 엄마도 데려가지 않고. 나도 데려가지 않고서. 자기 자신만 챙기는 겁쟁이인 것이다.

그게 그렇게 괴로웠던 것은 아니었다. 어차피 진짜 내 아버지가 아니었으니까 말이다. 나는 안도해야 했을 것이다. 고향인 폴란드로 돌아가게 된 것이다.

나는 안도하지 못했다. 나는 괴로웠다. 그 모든 것이.

나는 아빠가 나를 훔쳤다는 걸 알고 있다. 내 안의 작은 부분에서는, 아빠에게 나는 롤프처럼 그저 각인을 위한 또 다른 실험이 아니었을까 하는 생각이 든다. 암탉에게서 알을 훔쳐서 자기 손에서 부화시키면, 스스로 아들이라고 믿는 수탉이 생기게 된다. 폴란드 여자아이를 가족에게서 훔쳐서 고통받게 한 다음, 그 아이가 바랄 수 있는 모든 것을 주고 그 아이의 인생을 바꾸어 놓으면, 그 아이는 과거에 대한 기억을 묻어버리고 자기가 그 사람의 딸이라고 믿게 되는 것이다.

아빠는 사악한 짓을 했다. 그런데도 아빠는 다정하고 재미있고, 딸이 경험할 수 있는 최고의 사랑을 주는 아버지였다.

나는 아빠를 경멸하고 싶다.

나는 아빠를 사랑하고 너무나 좋아하지 않을 수가 없다.

내가 사랑하는 다정한 엄마에게도 결함이 있었다. 엄마는 비단결 같은 마음씨를 지녔지만 그것을 친구와 마을이라는 자기 자신만의 작은 세상 외에는 그 무엇을 위해서도 사용하지 않았다. 엄마는 그 세상 밖의 어떤 것도 알지 못했기 때문이다. 엄마는 머리를 파묻고 우리가 전쟁에서 지고 있지 않은 척했다. 수백만 명의 군인과 민간인들이 죽어가지 않은 척했다. 독일이 유럽 전역과 그 너머로 고통과 불행을 가져다주지 않은 척했다. 동유럽에서 아이들이 납치되어 어린 독일인으로 변하거나, 더 나쁘게는 노예로 이용되지 않은 척했다.

그로 인해 나는 중요한 뭔가를 깨닫는다. 사람들은 착하면서 나쁘고, 친절하면서 못됐고, 용감하면서 겁이 많고, 행복하면서 슬픈, 그런 것들이 뒤섞인 존재라는 것이다. 아무도 완벽하지 않다. 그리고 아무도 전적으로 나쁘기만 하지 않다. 구드룬처럼 말이다. 악의적이면서 친절하기도 한 그런 기묘한 혼합체인 것이다. 그 애는 내가 비스텔베르크 학교에 처음 갔을 때 내게 정말 너무 못되게 굴었다. 하지만 내 제일 친한 친구 중 하나가 되었다. 여전히 입이 험하고 성질도 나쁘지만 그 애는 의리 있는 친구였다. 그 애는 한 번 준 사랑은 절대로 거두지 않았다. 내가 폴란드 사람이고 거짓말쟁이라는 걸 알게 되어도.

그리고 하이디! 보조개가 쏙 들어간 예쁜 친구. 그 애는 제일 소중한 내 친구였고, 너무나 다정하고 재미있었다. 나는 그 애가 내가 자기를 사랑한 만큼 나를 사랑했다는 걸 안다. 하지만 만일 그 애가 진실을 알았다면? 내게 순수한 독일인의 피가 아닌 폴란드인의 피가 흐른다는 걸 알았다면? 그 애는 내 더러운 폴란드 병균을 얻게 될까 봐 무서워하며 비명을 지르며 도망쳤을까?

가슴이 조금 아픈 걸 보면 그럴 수도 있을 것 같다. 그래도 나는 하이디를 여전히 똑같이 사랑한다. 나는 **언제나** 하이디를 사랑할 것이다.

내가 폴란드로 돌아가게 될 거라고 미군이 내게 말했을 때 나는 소리쳤다. "전 독일 사람이에요! 여기가 제 집이에요. 여기가 제가 있을 곳이에요. 제발! 제발! 저를 데려가지 마세요."

"넌 운이 좋은 거야!" 그 사람들이 말했다. "넌 구조됐어. 집에 가는 거란다."

하지만 **이곳은** 집이 아니다. 이 고아원은 두 세계 사이에서 길을 잃어버린 악몽 같은 장소다.

나는 폴란드 아이가 아니다.

나는 독일 아이도 아니다.

나는 **도대체** 어떤 아이일까?

3일 후에, 고아원 원장님인 막달레나 수녀님이 나를 사무실로 부른다. 난로 쇠창살 안에서 작은 불꽃이 튀고 있지만 사무실은 여전히 얼음같이 춥고 모든 것이 칙칙하고 먼지투성이다.

코끼리한테 깔릴래, 곰한테 먹힐래?   325

"조피아." 막달레나 수녀님이 책상 앞의 의자를 가리킨다.

나는 너무 큰 나막신을 신은 발을 끌고 가서 앉는다.

수녀님은 책상에서 종이 한 장을 들더니 찬찬히 살펴본다. "여기 편지가 하나 있어." 수녀님은 이맛살을 찌푸린다.

가슴이 무겁게 내려앉는다. 그 안에 무슨 말이 있을지 상상이 된다.

친애하는 막달레나 원장 수녀님

수녀님의 고아원 한가운데 나치가 하나 있습니다. 그 애의 이름은 소피아 엥겔스입니다. 그 애는 사악한 아이이고 우리는 그 애가 여기 폴란드에 있는 것을 원하지 않습니다. 그 애를 자기 나라인 독일로 돌려보내 주십시오.

그럼 이만,

분노한 한 폴란드 시민이.

독일로 돌아간다고 생각하자 가슴이 살짝 뛴다. 하지만 다시 생각하니, 엄마는 돌아가셨고 아빠는 사라져 버렸으며 내게는 집이 없다는 것이 떠오르면서 내 가슴은 다시 한번 무거워진다. 모든 것이 다 무너졌다. 내가 바랄 수 있는 최상의 것은 이 고아원의 슬픈 회색 세상에 적응하는 것이다.

막달레나 수녀님이 편지에서 고개를 든다. 그러나 수녀님이 말을 하기도 전에 내가 소리친다. "전 나치가 아니에요! 정말이에요! 전 히틀러가 싫어요! 정말이에요!"

그건 사실이다. 히틀러는 거짓말쟁이였다. 히틀러는 사악한 사람이었다. 히틀러는 유럽을 파괴하고 수백만 명의 목숨을 앗아간 전쟁을 일으켰다! 히틀러는 우리 가족을, 처음에는 폴란드 가족을, 그다음에는 독일 가족을 파괴했다. 나는 히틀러가 **싫다**!

막달레나 수녀님은 고개를 끄덕인다. "나도 안단다, 얘야. 나도 히틀러를 좋아한 적이 없는걸." 수녀님은 편지를 도로 책상 위에 놓고 부드럽게 편 다음 앞으로 몸을 기울인다. "이걸 내가 읽어줄까?"

"감사합니다만, 사양할게요."

"네가 좋아할 것 같은데." 수녀님이 권유한다.

나는 고개를 젓는다.

수녀님은 그래도 편지를 읽는다.

막달레나 원장 수녀님께

저는 늙은 홀아비입니다. 그래서 일반적으로는 어린 소녀의 이상적인 아버지가 되지는 못할 것입니다. 하지만 저는 고아인 조피아 울린스키를 정말로 입양하고 싶습니다. 그 애의 부모인 요세프와 할리나 울린스키는 제 소중한 친구였습니다. 그들은 자기들의 딸을 위해 제가 할 수 있는 일을 해주기를 바랄 겁니다. 제게는 안락한 집이 있고, 그 집에서 저는 조피아보다 한 살 많고, 역시나 고아인 손자와 함께 살고 있습니다. 제 손자의 이름은 토마슈입니다. 그리고 ─.

"토마슈!" 나는 의자에서 벌떡 일어나며 소리친다. "토마슈, 황새예요! 그 애가 집에 왔네요!" 나는 두 손을 꽉 쥔다. "그렇게 내내 비행 연습을 하더니 성공했어요! 그 애는 폴란드 집으로, 할아버지에게로 날아서 돌아온 거예요. 아, 토마슈! 난 정말 기뻐!"

막달레나 수녀님이 미소를 짓는다. "내가 마저 읽을까?"

수녀님은 그럴 기회를 갖지 못한다. 무례하다는 건 알지만, 나는 선생님의 책상에서 편지를 낚아채서 수녀님 대신 끝까지 읽는다.

> 제 손자의 이름은 토마슈입니다. 그리고 그 애는 조피아를 정말 좋아합니다. 우리 둘 다 그렇습니다. 독일에서 노예살이할 때 토마슈는 조피아의 사랑과 친절 덕분에 살아남을 힘과 희망을 얻었습니다. 수녀님께서 제 청을 호의적으로 고려해 주시기를 진심으로 바랍니다.
>
> 진심을 담아서,
> 마렉 보이치크 드림

나는 그 편지를 가슴에 대고 꼭 누른다. 그러자 조금 전만 해도 그렇게 춥고 칙칙한 것 같던 그 사무실이 밝고 따뜻하게, 생명이 넘치고 다채로운 색채로 가득 찬 곳으로 여겨진다.

44

내 마음은 두근두근 고동친다. 끝도 없이 두근거린다.

나는 얼굴을 씻고 머리를 빗어서 땋고 있다. 내 원피스는 깨끗하게 세탁해서 다림질한 상태다. 나막신에는 깨끗한 신문을 덧대어 놓았다. 심지어 새 스타킹도 신고 있다. 고아원에서 찾을 수 있는 제일 새 스타킹이다. 이 스타킹은 딱 세 군데만 꿰맨 자국이 있다. 막달레나 수녀님은 내가 자신이 제공할 수 있는 최상의 복장을 하고 가야한다고 고집했다.

테레사 수녀님이 나를 보고 미소를 짓는다. "준비됐어?"

"네!"

수녀님은 내 손을 잡는다. 그리고 우리는 함께 고아원 마당을 가로질러 걸어간다.

나는 아무것도 가져가지 않는다. 누구에게도 작별 인사를 하지 않는다. 이곳은 내가 속한 적이 없는 곳이다. 그리워할 것도, 그리워할 사람도 없을 것이다.

우리는 돌담에 있는 무거운 나무 문에 이른다. 테레사 수녀님이 허리춤에서 커다란 금속 열쇠를 꺼낸다. 수녀님이 열쇠를 자물쇠에 넣어 돌리자 딸깍 소리가 난다. 이 단순한 소리에 나는 희망으로 가득 찬다. 새로운 시작을 알리는 소리다.

갑자기, 나는 또 다른 소리가 들리는, 꽃이 만발한 바이에른의 들판에 있다. 그건 부드럽고 둥글둥글하게 울리며 음악을 만들어 내던 소 방울 소리다. 옛날 옛적에, **그건** 희망과 새로운 시작을 알리는 소리였다.

이 세상에서 내 자리를 찾기까지 얼마나 많은 새로운 시작이 있어야 하는 걸까?

"조피아?" 테레사 수녀님이 살짝 열린 문을 잡고 있다.

나는 깊은숨을 쉬고 그 문을 통과한다.

거기, 거리에서, 보이치크 씨가 기다리고 있다. 마지막으로 내가 봤을 때보다 머리는 더 허옇고, 얼굴은 더 수척해지고, 몸은 더 구부정해졌지만 눈은 예전과 마찬가지로 반짝반짝 빛이 난다.

나는 가슴이 터질 것 같다. 그리고 하고 싶은 말이 너무 많지만 툭 튀어나온 말은 오직 "양복이 정말 멋져요!"라는 것뿐이다.

할아버지는 껄껄 웃는다. "마음에 드니?"

전체에 커다란 물방울무늬가 있는 진홍색 벨벳으로 만들어진 깜짝 놀랄 만한 양복이다. 웃기다. 정말 화려하다. 어떤 것들과 어떤 사람들은 전쟁으로도 바꿀 수가 없다는 생각이 든다.

"제가 여태껏 본 것 중에서 제일 굉장한 양복이에요!" 내가 외친다.

"바로 얼마 전에 맞춘 거란다." 보이치크 씨가 말한다. "그 재단사는 우리 요세프 울린스키만큼 솜씨가 뛰어나지는 않아." 할아버지의 얼굴에 어두운 그림자가 스쳐 지나간다. "하지만 매우 영리하거든." 할아버지는 작은 원을 그리며 빙빙 돈다. "이 천은 내 방에 걸려 있던 멋진 커튼에서 온 거야."

나는 웃음을 터트린다. 엄마가 돌아가신 이후 그런 소리를 낸 것은 처음이다.

"토마슈는 같은 천으로 코트를 맞췄단다." 보이치크 씨가 말한다.

330

"그리고 우리는 네게 치마를 만들어 주려고 마지막 한 조각을 남겨 뒀어!" 할아버지는 말을 멈추고 눈살을 찌푸린다. "그런데 토마슈는 어디 **있는 거야?**" 할아버지는 주위를 이리저리 돌아다닌다. "토마슈?"

돌담 모퉁이 너머로 하얗고 갸름한 얼굴이 보인다. 깨끗한 피부, 활짝 웃는 미소, 행복하고 신이 나서 춤을 추는 밝고 파란 눈의 아름다운 얼굴이다.

"토마슈." 나는 낮게 읊조린다. 그 애에게 달려가고 싶지만 다리에 힘이 풀리고 발이 자갈에 달라붙은 것 같다.

그런 건 문제가 되지 않는다. 왜냐하면 진홍색 벨벳 코트를 멋지게 차려입은 토마슈가 숨어 있던 곳에서 뛰쳐나오기 때문이다. 그 애는 웃더니 두 팔을 펄럭이며 거리를 따라 날아간다. 커다란 원을 그리며 날아오르더니 내 앞에 착륙해서 나를 날개로 감싼다.

"이리 오렴." 보이치크 씨가 앙상한 늙은 손을 우리 머리 위에 하나씩 얹으며 말한다. "이리 오렴, 내 소중한 황새들아. 집에 가자."

그날 밤, 우리는 보이치크 씨의 부엌 식탁에 앉아 묽은 순무 수프를 먹는다.

"내 요리 실력이 이래서 미안하구나." 할아버지가 말한다. "사랑하는 아내라면 훨씬 더 맛있게 만들었을 텐데 말이야. 냄비에 넣을 게 거의 없어도 그랬을 거야. 그 사람은 다른 사람들을 위해 음식을 만드는 걸 좋아했지. 지금도 하늘나라에서 우리의 소중한 사람들을 위해 수프를 만들고 있을 것 같구나."

나는 숟가락을 입에 반쯤 가져가다가 얼어붙는다. "할머니가… 제 어머니 **두 분 다**에게 수프를 만들어 줄까요?" 내가 묻는다.

할아버지는 미소를 짓는다. "당연히 그럴 거야! 지금쯤 김이 모락 모락 나는 뜨거운 닭고기 수프를 한 그릇씩 대접하고 있을 거고, 그러면 그 세 사람이 함께 앉아서 수다를 떨며 자기들이 제일 좋아하는 조피아 이야기를 나누고 있을 거야."

나는 숟가락을 입에 올려 묽은 수프를 꿀꺽 삼킨다. "맛있어요." 내가 말한다. "이 수프는 전혀 맛없지 않아요. 사실, 제가 오랫동안 먹어본 수프 중 최고인걸요. 진짜예요, 보이치크 할아버지."

"조피아, 부탁인데," 할아버지가 말한다. "이제부터는 나를 그냥 할아버지라고 불러주렴."

나는 환한 웃음을 보낸다. "할아버지."

토마슈와 나는 방을 함께 쓴다. 다시 한번 같이 있게 된 것이 너무 신나기 때문이다. 우리는 혼자 있는 게 너무 무섭기 때문이다.

토마슈는 악몽을 꾼다. 그 애는 비명을 지르며 잠이 깨고 나는 그 애 쪽으로 달려가서 이마를 쓰다듬으며 말한다. "그래, 그래. 알아."

내 말은 사실이다. 나 역시 악몽을 꾸니까. 피리 부는 사나이는 내 꿈에서 절대로 멀리 떠나지 않는다. 다른 사람들도 꿈속으로 기어들어 온다. 나를 트럭 뒤로 던져 넣은 SS 장교. 이솝 우화에 나오는 여우 같은 미소를 짓는 선생님. 따귀를 때리는 손과 험한 말을 퍼붓는 키 크고 어깨가 넓은 간호사들. 토마슈라는 이름의 쥐.

"너 그거 알고 있었어?" 내가 토마슈에게 묻는다. "내가 예전에 네 이름을 따서 쥐에게 이름을 붙여줬다는 거 말이야."

토마슈는 얼굴을 찡그린다.

"귀여운 쥐였어." 내가 말한다. 그리고 나는 그 애에게 3일 동안 지하실에 갇혀 있었던 이야기를 모두 들려준다.

토마슈는 귀 기울여 듣고, 내가 이야기를 다 하자 나를 안아준다. 우리는 함께 운다. 그러자 그 기억에서 날카롭게 아픈 느낌이 조금 사라진다.

할아버지가 우리 옆에 앉아서 뼈만 앙상한 늙은 팔로 우리 둘을 한꺼번에 감싸안는다. "조피아, 너무 미안하구나. 어떤 아이도 그렇게 말할 이야기가 있으면 안 되는 건데."

하지만 나는 있다.

그리고 토마슈는 자기만의 끔찍한 이야기가 있다.

한번 이야기를 시작하자 우리는 멈출 수가 없다. 최악의 이야기들조차 나온다. 기억하면 마음이 아프지만 도움이 되기도 한다. 고통이란 나누면 어느 정도 가벼워지는 것이다. 말을 한다는 건 우리 가슴에서 나쁜 것들을 모두 끄집어내서 거리로, 폴란드의 산들바람이 그것들을 멀리 날려버릴 수 있는 거리로 내던지는 것 같다.

조금씩 조금씩 우리는 치유되고 강해지고 때로는 행복해지기까지 한다.

그리고 행복할 때는 좋은 일들을 기억할 여유가 생긴다. 나는 토마슈와 할아버지에게 카트, 야드비가, 마리아 언니들, 그리고 에바 이야기를 한다. 건방지고 똑똑하고 반항적이고 강한 그 아이들. 토마슈는 피오트르, 크지슈토프, 그리고 로만이라는 남자아이들에 관해 말한다. 우리는 이 아이들이 지금 어디 있는지 궁금하다. 우리는 최고로 좋은 상황을 바라지만 나쁘게 끝났을지도 모른다는 것을 인정한다.

코끼리한테 깔릴래, 곰한테 먹힐래?

우리는 이야기하고 울고 웃고 껴안는다. 그러자 악몽이 사라지기 시작한다.

나는 토마슈와 함께 새 학교에 다닌다. 그건 기쁜 일이기도 하고 충격적인 경험이기도 하다. 나는 언제나 배우는 것을 좋아했다. 지금도 그렇다. 하지만 새 폴란드 학교는 무섭다. 나는 내게 남아 있는 독일어 억양 때문에 거의 말을 하지 않는다. 내가 말을 하면 아이들과 선생님들이 모두 나를 쳐다본다. 그들의 얼굴에는 혼란스러움… 역겨움… 증오가 가득하다.

'히틀러 계집애.' 그들은 생각한다. 나는 그들의 눈에서 그걸 읽을 수 있다.

나는 고개를 숙이고 공부한다.

하지만 친구는 사귀지 않는다.

나는 하이디가 그립다. 그리고 이상한 순간에는 그 애 때문에 울게 된다. 나는 구드룬과 아바가 그립다. 프리츠가 줄넘기 하는 걸 보고 싶다. 심지어 로타가 내 앞에 서서 자기가 남자라고 뻐기는 것조차 보고 싶다. 하지만 그 애는 영원히 남자 어른이 되지 못한다.

놀이터에서 토마슈와 나는 서로를 찾는다. 우리는 어깨를 맞대고 나란히 앉는다.

"고마워." 내가 중얼거린다.

"뭐가?" 그 애가 묻는다.

"안전하다고 느끼게 해줘서."

"**너한테** 고마워." 그 애가 중얼거린다.

"뭐가?" 내가 묻는다.

"마찬가지지." 그 애가 대답한다.

겨울이 녹아서 사라져 간다. 할아버지는 창문을 열어 집 안을 환
기하기 시작한다. 오늘 아침에는 남아 있는 마지막 커튼을 나부끼게
하는 바람이 다르게 느껴진다. 거의 따뜻한 느낌이다.

"이제 곧," 할아버지가 말한다. "황새들이 돌아올 거야."

토마슈의 얼굴이 환해진다. "어쩌면 드라베크네 집에 또다시 둥지
를 틀지도 몰라요."

"그래!" 할아버지가 소리친다. "얀 드라베크와 그 가족이 돌아왔
어. 황새라고 왜 아니겠어?"

토마슈가 두 팔을 펄럭이며 응접실을 돌며 날아오른다. "황새는
행운의 상징이잖아요, 할아버지?"

"그렇지! 그렇지!" 할아버지가 껄껄 웃는다. "나가서 산책하면서 황
새가 돌아오고 있는지 한번 볼까?"

토마슈와 할아버지는 진홍색 벨벳 코트 속으로 꼼지락꼼지락 몸
을 집어넣는다. 나는 할머니의 것이었던 갈색 털목도리를 두른다. 우
리는 푸른 하늘과 햇빛이 빛나는 날로 나가는 문을 연다.

할아버지가 팔꿈치를 내밀자 토마슈와 나는 할아버지의 팔에 팔
짱을 낀다. 우리는 함께 계단을 내려간다. 발걸음에는 봄이 묻어나
고 마음이 설렌다.

길이 끝나기 전에 우리는 멈춰 서서 나무들 사이로 드라베크네 집
을 유심히 바라본다. 창문이 열려 있고 커튼이 바람에 나부낀다. 만

자 문양은 사라지고 없다. 그러나 예전에 황새가 둥지를 틀었던 제일 높은 굴뚝 꼭대기는 여전히 비어 있다.

우리는 말없이 서 있다. 유쾌한 분위기가 사그라져 간다.

"아아!" 할아버지가 허공에 손을 휘두른다. "내가 무슨 생각을 하고 있었던 거지? 이제 겨우 3월 30일인걸. 황새는 종종 4월 중순까지 돌아오지 않기도 하는데 말이야."

나는 희망에 찬 눈으로 할아버지를 쳐다본다.

"내 생각에는," 할아버지가 말한다. "내가 어렸을 때 하던 걸 너희들이 해야 할 것 같구나. 나는 3월 중순부터 매일매일 이 지점까지 걸어와서 드라베크네 집을 쳐다보곤 했어. 매일매일 지켜보면서 황새를 기다렸지. 황새들은 때로는 일찍 오고, 때로는 늦게 오기도 했어. 하지만 황새는, **언제나**, 왔단다." 할아버지는 우리의 손을 하나씩 잡고 꽉 쥔다. "**이건** 너희들이 할 일이다, 얘들아. 나는 너희들이 매일매일 여기로 나와서 신선한 폴란드의 공기를 마시면서 황새를 기다리는 걸 보고 싶구나."

"네, 할아버지." 우리가 말한다.

그리고 우리는 그렇게 한다. 왜냐하면 황새는 우리가 기다리는 어떤 것이기 때문이다. 우리가 희망하는 그 어떤 것.

날이면 날마다 학교에서 돌아오는 길에 토마슈와 나는 거리를 돌아다니며 부드러운 풀이 있는 곳을 찾는다. 우리는 앉아서 나무들 사이로 드라베크네 집 쪽을 바라보거나 등을 대고 누워서 하늘을 올려다보며 황새를 기다린다.

기다리면서 우리는 우리가 납치되어 있던 날들, 상처받았던 시간 **이후의** 일들에 관해 말하기 시작한다.

"시내에 있는 대저택, 아니면 꽃이 만발한 들판에 있는 작은 집?"

내가 묻는다. "하나를 골라."

"들판에 있는 작은 집." 토마슈가 말한다. "황새가 지붕에 둥지를 틀지도 모르니까. 난 매일 물고기와 개구리를 황새 모이로 줘서 황새들이 진짜 환영받는다고 느끼고 해마다 돌아오게 할 거야. 그리고 황새들은 자기 친구들에게 거기가 얼마나 둥지 틀기 좋은 곳인지 말해 주겠지. 그러면 곧 **수십 마리의** 황새들이 우리 집에 둥지를 틀게 될 거야. 황새들이 우리 집에 축복을 쏟아부어 주면 내가 사랑하는 사람들과 내게 다시는 나쁜 일이 생기지 않겠지."

토마슈가 그린 그림이 아름다워서 나는 마음속이 따뜻하고 뭉클해진다.

"나도 그 작은 집에서 살면 좋겠다." 나는 속삭인다.

토마슈가 자기 손을 내 손안에 밀어 넣는다. "넌 **당연히** 거기 있을 거야! 너와 나, 우리는 항상 함께 있을 거야."

45

우리는 조바심을 내며 초조하게, 그리고 희망으로 촉촉해진 눈으로 계속해서 황새를 기다린다. 하루하루가 지나갈수록 황새가 돌아오는 게 더욱더 중요하게 여겨진다. 어느새 4월 13일이다. 그런데도 황새는 아직 오지 않았다.

토마슈와 나는 침대에 누워 잠들지 못한다.

"황새가 돌아오지 않으면 어쩌지?" 내가 묻는다.

"돌아올 거야." 토마슈가 말한다.

"하지만 만일 오지 않으면?" 내가 보챈다.

토마슈의 눈동자 굴러가는 소리가 들리는 것 같다.

"지독하게 늦었잖아." 내가 말한다. "아마도 어디 다른 곳을 골라서 둥지를 틀었는지도 몰라. 크라쿠프의 다른 쪽이나 어떤 마을의 외양간이나 교회 옥상에."

"황새는 돌아올 거야." 토마슈가 우긴다. "돌아올 거라는 걸 난 알아. **내가** 황새인데, 집에 돌아왔잖아. 나는 돌아올 거라고 네게 말했고, 그렇게 했어! 쉽지는 않았지만 난 길을 찾았어. 그리고 너도 그랬지. 그럴 의도는 아니었다고 해도 말이야. 집은 네가 저항할 수 없는 보이지 않는 힘으로 너를 끌어당긴다고. 황새는 돌아올 거야!"

다음 날 아침, 할아버지는 남아 있는 진홍색 물방울무늬 벨벳을 소파 뒤로 쭉 드리워 놓는다. "오늘은 네 새 치마를 맞출 거야, 조피아!"

"일요일인데요?" 내가 묻는다.

할아버지는 고개를 끄덕인다. "레스코 씨는 아주 바쁘단다. 그만큼 훌륭한 재단사인 거지. 너를 위해 정말 예쁜 옷을 만들어 줄 거야." 할아버지는 내 머리에 손을 얹는다. "물론, 너희 아빠만큼 훌륭한 재단사는 없었단다, 조피아."

아빠! 고통이 가슴을 찌른다. 요즘 들어서 나는 아빠 생각을 자주 한다. 꼭 내 눈같이 밝고 파란 눈. 두꺼운 둥근 안경. 내 코끝을 톡톡 두드리는 특별한 습관.

하지만 그보다 훨씬 더 많이, 나는 엄마를 생각한다. 엄마를 떠올리면 너무나 좋다. 단어 게임, 목욕 시간에 누에고치처럼 싸 안아주기, 고양이 그리는 법 가르쳐주기, 잠자리 동화, 뽀뽀들. 그렇지만 나는 마음이 아프다. 할리나 울린스키와 엘자 엥겔스, 돌아오지 못할 두 어머니가 지금 너무나도 그립기 때문이다. 다른 부분의 나는 치유됐지만 어머니를 향한 그리움은 커져만 가는 것 같다. 내가 진짜로 다시 행복해질 날이 올까?

토마슈가 마치 내 아픔을 감지하기라도 한 것처럼 말한다. "우리 잘 어울리겠는걸! 나는 코트를 입고, 넌 치마를 입으면 말이야. 우리는 꼬투리 속에 든 완두콩 두 알이 될 거야."

나는 뜨거워진 눈을 닦으며 미소를 짓는다. "호두 반쪽 두 개가 될 거야!"

"너희 두 완두콩은 꼬투리에서 나와 길로 굴러가는 게 어때?" 할아버지가 제안한다. "꾸물거리고 있는 저 황새들이 오고 있는지 보렴. 레스코 씨는 여기 정오에 올 테니 시간은 넉넉해."

토마슈가 나를 보고 활짝 웃는다. "4월 14일이다!" 그 애가 노래한다. "자, 시작이야. 황새가 오는 날이라고. 내 날개는 그걸 느낄 수있어." 그 애는 두 팔을 펄럭이며 응접실에서 나와 복도를 따라 현관문으로 날아오른다. 그 애의 희망은 전염성이 있어서 나도 뒤를 따라 날아간다. 우리는 나막신을 쿵쿵거리며 거리로 달려 내려간다. 그애의 다리는 내 다리보다 길다. "어서 와, 거북아!" 그 애가 어깨 너머로 소리친다.

내가 간신히 따라잡고서 그 애 옆의 풀밭에 털썩 내려앉았을 때 하늘에 검은 반점이 나타난다. 그러더니 또 하나가, 그리고 또 하나가.

"저것 봐!" 내가 가리킨다.

"내가 말했잖아." 토마슈가 속삭인다.

반점들은 점점 더 커지고 더 많은 반점이 합류한다.

"열 마리야." 내가 토마슈 쪽으로 고개를 돌린다. "황새 열 마리! 모두 크라쿠프의 집으로 오고 있어! 뭔가 좋은 조짐인 게 **분명해**!"

우리는 어깨를 나란히 하고 앉아서 밝고 푸른 하늘을 응시한다. 우리의 기분은 황새들과 함께 솟구친다. 우리가 지켜보는 동안 황새두 마리가 무리에서 떨어져 나와 드라베크네 집 위로 날아간다. 두마리는 한 바퀴, 두 바퀴, 세 바퀴, 원을 그리며 돌다가 전에 둥지가있었던 지붕에 내려앉는다.

"토마슈," 내가 속삭인다. "저 황새들은 바로 여기 우리 집이 있는거리에 둥지를 틀 건가 봐."

"내가 그렇다고 했잖아!" 그 애가 소리친다. 전에 그렇게 말했다고해도 아무 상관 없다. 백번을 말해도 된다. 그 애 말이 옳아서 기쁘다!

나는 벌떡 일어나서 토마슈의 손을 끌고 웃으며 춤을 춘다. 마침내 우리는 포옹을 하고 내 심장은 너무 큰 희망으로 부풀어서 가슴이 터질 것만 같다.

토마슈의 어깨 너머로 어떤 남자가 할아버지의 집 현관문에 도착하는 것이 보인다.

"아, 안 돼." 나는 신음한다. "재단사 레스코 씨가 왔어. 일찍 왔어."

나는 황새들을 오랫동안 바라본다. 내 시야에서 그 새들을 놓치고 싶지 않다.

"새들은 나중에도 여전히 여기 있을 거야." 토마슈가 말한다. 그 애는 활짝 웃는다. "여름 내내 있을 거고 곧 아기 새가 태어날 거야. 그러면 그 황새들이 너무 많은 행운과 행복을 가져다줘서 우리는 얼굴이 아플 정도로 웃게 될 거야."

"상상해 봐!" 나는 한숨을 쉰다. "황새와 기쁨이 넘치는 여름이라니!"

나는 토마슈의 손을 잡고 집으로 뛰어 돌아가면서 할아버지에게 황새가 집으로 왔다는 걸 누가 말할 건지 다툰다.

우리가 다가가자 레스코 씨가 현관문에서 물러나서 우리를 바라본다.

우리는 걸음을 늦추고 목소리를 낮추지만 여전히 다투고 있다.

"황새를 먼저 본 건 **나라고**." 내가 말한다. "그러니까 할아버지에게 말할 사람은 내가 돼야 해."

토마슈가 나를 팔꿈치로 친다. "바로 그러니까 **내가** 할아버지에게 말해야 하는 거지. 네가 황새를 발견했잖아. 나한테도 좋은 걸 **좀** 남겨줘야지."

레스코 씨가 우리 쪽으로 걸어온다. 그는 키가 크고 말랐으며 하얗게 센 머리에 작고 둥근 안경을 쓰고 있다. 옷은 낡고 너덜너덜해서 재단사가 입을 것 같은 옷과는 거리가 멀다.

나는 걸음을 멈추고 이맛살을 찌푸린다.

레스코 씨도 걸음을 멈춘다. 그 사람은 안경을 벗더니 올이 나간 셔츠로 안경을 닦은 다음 다시 쓴다. 그리고 약간 놀라는 기색을 보이더니 앞으로 달려든다.

그러고는 뛰어온다. 무슨 일이 일어난 건지 알 새도 없이 그 사람이 나를 두 팔로 휙 끌어안고는 빙글빙글 돌린다.

나는 어안이 벙벙하다! **이게** 재단사가 치마를 만들기 위해 치수를 재는 방식인가? 허리 사이즈를 느낄 수 있도록 들어 올리고, 치마 길이를 정하기 위해 다리가 얼마나 긴지 알 수 있도록 빙빙 돌리는 것이?

"레스코 씨!" 내가 숨을 들이켠다.

"조피아! 조피아! 조피아!" 재단사가 외친다.

나는 그렇게 빙글빙글 돌다 보니 어지러울 수밖에 없다. 그 목소리가 너무 친숙하고 너무 정답게 들려서 나는 울기 시작한다. "아니야, 아니야, 아니야." 나는 흐느낀다. "저를 내려주세요."

재단사는 나를 내려놓는다. 그 사람이 뒤로 물러서자 처음으로 얼굴이 제대로 보인다.

재단사**인 건** 너무나 분명하다.

하지만 우리가 기다리던 사람은 아니다.

"요세프 울린스키!" 나는 숨인지 아닌지 모를 소리로 중얼거린다.

재단사의 얼굴에 미소가 터지더니 내 가슴에 남아 있던 모든 슬픔을 다 삼켜버릴 만큼 큰 웃음이 된다. 내 몸은 한없이 가벼워지고 나는 황새처럼 땅에서 솟아올라 아빠의 품속으로 날아간다.

46

나는 아빠의 무릎에 앉아 있다. 비록 내 다리는 너무 길어서 마룻바닥에 닿지만. 바닥에 다리를 늘어뜨린 채 앉아 있는 것도 아빠의 목소리와 포옹만큼이나 익숙하고 신난다. 토마슈가 식탁 너머로 우리를 보고 활짝 웃는다.

할아버지는 믿을 수 없다는 듯 고개를 내저으며 뜨거운 물을 찻주전자에 붓는다. "요세프 울린스키! 자네는 오늘 우리가 기다리던 재단사가 아닌데."

"저는 방금 집에 왔습니다." 아빠가 설명한다. "친애하는 제 오랜 친구, 마렉 어르신, 저는 어르신이 수용소에서 살아남으셨는지 아닌지 알지 못했어요. 확인을 **해야 해서** 어르신 댁으로 온 거예요." 아빠는 팔로 나를 감싼다. "이런 보물을 문 앞에서 발견할 줄은 꿈에도 몰랐어요!"

"우리는 아빠가 돌아가신 줄 알았어요." 내가 말한다.

아빠가 내 머리 위에 뺨을 문지른다. "살아 있단다. 그리고 지금은 지구상에서 제일 행복한 사람이고!"

우리가 차를 마시며 끌어안고 눈물을 흘리고 감격의 한숨을 쉬는 사이사이로 아빠는 조금씩 자기 이야기를 들려준다. "할리나와 바르바라, 그리고 저는 모두 독일에 있는 강제 수용소로 보내졌어요. 거기서 여자와 남자는 분리됐습니다. 저는 할리나에게 작별의 키스를 했고 아내는 사라졌어요!" 아빠는 나를 껴안은 손에 힘을 준다. "저는 운이 좋았어요. 재단사인 제 기술이 수요가 많았으니까요. 저는 채석장이나 건설 현장에서 춥고 혹독한 겨울을 보내는 대신 실내에서 일을 했고, 그래서 살아남은 겁니다. 많은… 많은 사람들은 그렇게 운이 좋지 않았죠."

나는 아빠의 가슴에 귀를 대고 심장 박동 소리를 듣는다.

"러시아군이 수용소를 해방했을 때," 아빠가 계속 말한다. "저는 바르바라가 첫 주를 넘기지 못했다는 것과 할리나는 서쪽으로 더 멀리 보내졌다는 것을 알게 됐어요." 아빠는 한숨을 쉰다. "아내와 딸 중 누구를 먼저 찾아야 할지 모르겠더군요. 제가 결정할 시간도 없이 러시아군은 저를 이재민 수용소로 데려갔고, 그곳에서 저는 폴란드로 태워줄 기차가 올 때까지 기다려야 했습니다. 하지만 전 우리 가족이 여전히 독일에 있다고 생각했어요. 그들이 없는 폴란드는 집이 아니기 때문에 저는 밤에 몰래 빠져나왔는데… 아아!" 아빠는 안경을 식탁 위에 내려놓고 손바닥 끝부분으로 눈을 문지른다. "너무 많은 일이 있어서 지금 다 말을 할 수가 없네요. 조피아, 내가 지금껏 내내 너를 찾고 있었다는 것만 알아두렴 — 거의 1년이란다! 단서가 없다는 게 점점 명확해지고 나서야 저는 크라쿠프로 돌아갈 때라고 마음을 정했죠."

"아빠는 황새예요, 아빠." 내가 말한다. "꼭 토마슈처럼요. 꼭 저처럼요. 아빠는 집으로 와야 했던 거예요. 그건 운명이었어요."

문에서 노크 소리가 난다. 할아버지가 껄껄 웃는다. "하! 재단사일 거야. 그 **다른** 재단사 말이야. 조피아에게 진홍색 물방울무늬 벨벳 치마를 만들어 주려고 여기 온 거야."

아빠가 나를 옆의 바닥에 내려놓으며 일어선다. "집에 가자, 조피

아. 훨씬 더 좋은 게 거기서 널 기다리고 있어."

나는 그게 뭔지 안다! 멋진 새 코트로 꿰매어지길 기다리고 있는 초록색 줄무늬 벨벳 한 묶음이다. 그건 나를 너무 오래 기다리고 있었다. 나 역시 오랫동안 기다리고 있었다. 하지만 드디어 그날이 왔다!

진홍색 물방울무늬 벨벳 치마, 아니면 초록색 줄무늬 벨벳 코트? 하나를 골라.

나는 초록색 줄무늬 벨벳 코트를 고른다.

아빠와 나는 낡은 우리 가게 앞에 서 있다. 한때는 <요세프 울린스키, 재단사>라는 금색 글자로 반짝이던 창문은 이제 널빤지로 막혀 있다.

나는 코를 찡그린다.

"음, 손질을 조금 해야겠지." 아빠가 내 손을 꽉 쥐며 말한다. "하지만 이 세상 모든 시간이 우리에게, 너와 나에게 있잖아."

너와 나. 그 말에 나는 기뻐서 머리가 어지럽다.

아빠가 문을 밀어서 연다. 우리는 먼지가 덮인 가게 앞부분을 지나 작업장으로 들어간다.

"엉망진창이에요!" 내가 소리친다. "마치 우리가 떠난 뒤부터 곰들이 떼 지어 여기서 살았던 것 같잖아요."

나는 유리 파편과 흩어진 종이, 부서진 가구를 헤치고 초록색 줄무늬 벨벳이 보관돼 있던 선반으로 향한다.

비어 있다.

모든 선반이 다 비어 있다.

나는 아빠를 향해 고개를 돌린다. "없어졌어요."

나는 혼란스럽다. 그 초록색 줄무늬 벨벳이 없어졌다면 아빠는 어떻게 진홍색 물방울무늬 벨벳 치마보다 더 좋은 게 있다고 할 수 있었을까?

아빠가 미소를 짓는다. 아빠는 계단을 오르기 시작하면서 내게 따라오라고 손짓한다.

나는 금이 가고 굽어진 익숙한 난간을 하나하나 손으로 느끼면서, 천천히, 계단을 올라간다. 아빠는 복도를 따라 나를 옛날 내 방의 문까지 이끌어간다. 아빠가 걸음을 멈추고 미소를 짓는다. "저 안에," 아빠가 속삭인다. "진홍색 물방울무늬 벨벳 치마보다 더 좋은 게 있단다."

나도 미소를 돌려준다. 아빠에게는 결국 초록색 줄무늬 벨벳이 있다! 어쨌거나 내게는 새 코트가 생길 것이다!

나는 아빠를 옆으로 젖히고 들어간다. 그러다가 갑자기 우리 집 지붕 위에 황새 백 마리가 둥지를 튼 게 틀림없다는 생각이 든다. 왜냐하면 거기, 내 침대 위에 초록색 줄무늬 벨벳보다 **훨씬** 더 좋은 것이 있기 때문이다.

나는 그 보물에 시선을 고정하고 천천히, 한 걸음 한 걸음을 즐기면서, 살금살금 다가간다.

나는 걸음을 잠시 멈춘다.

히틀러가 아니라 신에게 감사의 기도를 드린다.

나는 침대 위로 올라가서 잠든 여자의 품 안으로 파고든다. 연약한 팔이다. 피부와 뼈만 있을 뿐 아무것도 없다. 하지만 사랑스럽다. 아름답다.

그 여자는 무슨 말을 중얼거리며 하품을 한다. 그리고 깨어나면서 얼굴을 찡그린다. 그 여자가 나를 바라본다. 경이로움이 가득 찬 눈빛이 사랑으로 녹아간다. 내가 아는 가장 깊고 순수한 사랑.

"이게 진짜야?" 그 여자가 중얼거린다.

"진짜예요, 엄마." 내가 대답한다. "저예요, 조피아 올린스키."

작가의 말

이 이야기는 허구이지만 실제 사건에서 영감을 받아 쓴 것입니다. 1935년에 나치 SS 국가 지도자인 하인리히 힘러는 레벤스보른 프로그램을 만듭니다. 강하고 순수한 독일인 인구를 늘리려는 히틀러의 계획을 달성하는 것이 목적인 프로그램이었죠. 이 프로그램이 그 계획을 달성하기 위해 사용했던 수단에는 독일인 부부에게 아이를 많이 낳도록 장려하는 것, 독일의 아기들이 안전하게 태어날 수 있는 조산 시설을 공급하는 것, 그리고 아이들을 훔쳐 오는 것이 있었습니다.

제2차 세계대전 중에 이 레벤스보른 프로그램에 의해 수십만 명의 어린이들이 동유럽에서 납치됩니다. 이 어린이들은 일련의 평가를 거쳐 **인종적으로 가치 있는 어린이와 탐탁지 못한 어린이로** 나뉘어졌죠.

당연히도, 이것은 야비한 규정입니다. 사람은 모두 귀한 존재입니다. 사람은 모두 평등합니다. 우월한 인종이나 집단이란 있을 수가 없죠. 하지만 나치의 핵심적인 이념은 인종 차별주의였습니다.

인종적으로 가치 있다고 여겨지려면, 금발 머리와 파란 눈, 하얀 피부 등이 포함된 아리아인의 외모를 지녀야 했어요. 그 밖에 다른 많은 신체적, 지적, 성격적 특성 또한 평가 대상이었습니다. 이러한 평가 중에 실제 과학이나 의학에 근거한 것은 하나도 없었습니다.

그 과정 전체가 황당하고 비도덕적이었으며 해당 아이에게는 비참한 재앙이 되었죠.

인종적으로 가치 있다고 판단된 어린이들은 독일화라는 과정을 거치게 됩니다. 이름과 생년월일을 바꾸는 것도 그 일부였어요. 새로운 출생증명서가 발급되어 아이의 과거에 대한 진짜 기록은 모두 지워졌습니다. 아이는 흔히 부모가 죽었다거나 자신을 버렸다는 말을 들었고, 아니면 끔찍한 범죄를 저질러 감옥에 갇혔다는 말을 들었습니다. 독일어로만 말하도록 강요당하고 나치의 선전을 배웠고요. 할수 있는 모든 것을 다 해서 아이가 자기의 진짜 전통과 유산을 잊도록 했습니다.

독일화가 이루어진 후에는 여섯 살 이하의 어린이들은 독일 가정에 입양되어 순종적인 독일 시민으로 자랐습니다. 이 아이들을 입양한 가족들은 대개 고아가 된 이 아이들의 원래 부모가 독일인이라고 들었습니다. 여섯 살에서 열두 살 사이의 아이들은 독일의 다양한 학교와 기관에 보내져서 미래의 독일 제국의 어머니와 군인이 될수 있도록 세뇌 교육을 받았습니다. 때로는, 특히 전쟁이 끝날 무렵에는, 나이가 좀 더 많은 아이들도 독일 가정에 입양되거나 위탁 양육되는 경우도 있었습니다.

인종 평가를 통과하지 못한 아이들, 탐탁지 못하다고 평가된 아이들은 끔찍한 운명을 맞았습니다. 그 아이들은 강제 수용소로 보내지거나 독일에서 노예 노동을 하거나 살해당했던 거죠. 운이 좋은 몇몇 아이들은 가족의 품으로 돌려보내지기도 했습니다.

전쟁이 끝날 무렵, 이 납치된 아이들을 찾아서 구출하려는 시도가 있었습니다. 그러나 많은 아이들이 독일 사회 속으로 그야말로 사라져 버렸으며, 연합군이 독일에 승리하면서 레벤스보른의 기록들이 파기되자 그 아이들의 진짜 신원은 찾을 길이 없게 되었죠. 납치될 당시의 어린 나이, 그 충격적인 경험, 그리고 철저한 독일화 과정으로 인해 그들 중 많은 아이들이 자신들의 유산을 잊었습니다. 일부는 기억하고 있었지만 입양된 가족에게 정착해서 행복하게 살고 있었기에 떠나고 싶어 하지 않았고요.

전쟁이 끝난 후 납치된 아이들 중에서 발견되어 고향으로 돌아간 아이들의 수는 상대적으로 적습니다. 그러나 돌아갔다고 해서 모두 행복하거나 성공적인 전환을 맞은 것은 아니었어요. 이런 아이들은 자신들의 언어와 기억, 정체성, 그리고 원래 가족이나 고향과의 유대감을 잃게 된 일이 흔했으니까요. 때로는 생존한 가족이 없기도 했는데, 이런 경우에는 독일 가정에서 데려온 아이를 고아원에 보내기도 했어요. 이런 아이들은 두 세계 사이에 갇혀서 상실과 비극을 두번 경험하게 되었던 것입니다.

작가 소개

카트리나 나네스타드는 호주 작가이다. 그녀는 뉴사우스웨일스 주의 시골, 행복한 아이들이 가득했던 동네에서 자랐다. 성인이 되어서는 아들들을 키우고, 학생들을 가르치고, 공상을 하며, 이야기를 사랑하는 자신의 꿈을 추구하며 지내고 있다.

나네스타드는 가족과 우정, 그리고 소속감을 기리는 글을 쓴다. 그녀는 또 다른 사람들의 삶에 기쁨과 희망을 주는 이야기를 만드는 것을 좋아한다.

나네스타드는 현재 빅토리아주 중심부의 언덕에서 남편과 올리브라는 멍청한 휘펫 개, 그리고 캥거루 무리와 함께 살고 있다.

www.katrinanannestad.com

옮긴이 최호정

서울대학교 미학과와 한국외국어대학교 통번역대학원 한노과를 졸업하고 뉴욕주립대학교 빙엄턴에서 번역학 박사과정을 수료했다. 옮긴 책으로는 『반투 스티브 비코』, 『도스또예프스키와 함께 한 나날들』, 『무엇을 할 것인가』, 『킬러스 와이프』, 『리슐리외 호텔 살인』, 『사냥이 끝나고』등이 있다.

코 끼리한테 깔릴래, 곰한테 먹힐래?
ⓒ 2025 키멜리움

초판 펴낸 날 2025년 08월 29일

지은이 카트리나 나네스타드
옮긴이 최호정
편집 이경희
펴낸이 김찬휘
펴낸곳 키멜리움
주소 04025 서울특별시 마포구 방울내로11길 16 하나빌딩 4층
전화 02) 544-9294
팩스 070) 7614-2454
전자우편 cimeliumbooks@gmail.com
등록 2021년 4월 23일 (제2019-000016호)
ISBN 979-11-993573-0-3(43840)

* 책값은 뒤표지에 있습니다.

* 잘못된 책은 구입하신 곳에서 교환 가능합니다.